ANNE'S BOOKS
4
제인 물망초
루시 모드 몽고메리/김유경 옮김

동서문화사

제인 물망초
차례

명랑한 거리 60번지

　제인은 그 거리가 사람들에게 '명랑한 거리'로 불리는 것을 이해할 수 없었다. 오히려 토론토에서 가장 우울한 거리인 것 같았다. 사실, 11살의 나이에 토론토 거리를 많이 볼 기회는 없었지만, 그래도 제인은 명랑한 거리라면 당연히 즐거운 곳이어야 한다고 생각했다.

　즐겁고 친근한 분위기의 집들이 꽃에 에워싸여 있고, 그 옆을 지날 때면 꽃들이 '안녕?' 하고 인사를 하는 곳, 나무들이 손을 흔들고 해질녘에는 창문이 눈짓을 하는 곳이어야 할 것만 같다.

　그런데 명랑한 거리는 그와는 반대로 어둡고 칙칙했고, 거리 양쪽에 엄숙한 느낌을 주는 구식 벽돌집들은 낡고 찌들어 있어서, 쇠창살이나 차양이 쳐진 높다란 창문이 지나가는 사람들에게 눈짓을 한다는 건 생각할 수도 없는 일이었다. 명랑한 거리를 따라 서 있는 나무들은 너무 늙고 굵어서 나무 같은 느낌이 들지 않았고, 그 앞 길모퉁이 주유소 입구의 화초도 완전히 말라비틀어져서 식물이라는 느낌이 들지 않기는 마찬가지였다.

길 모퉁이에 있던 애덤스 씨네 집이 허물어지고, 그 자리에 흰색과 빨간색의 주유소가 들어서자, 외할머니는 노발대발하여 프랭크에게 절대로 그 집에서는 주유를 하지 못하게 했다. 하지만 제인은 외할머니가 아무리 화를 내도 그곳이 이 마을에서 유일하게 밝은 장소라고 생각했다.

제인은 명랑한 거리의 60번지에 살고 있었다. 벽돌로 지은 커다란 성 같은 건물로, 장식기둥이 있는 현관과 조지 왕조풍의 아치형 창문, 그리고 크고 작은 탑들이 비좁은 듯 서 있었다. 건물을 에워싼 높은 철책에 역시 철로 만든 대문이 있었다. 이 대문은 개척시대의 토론토에서는 유명했다고 하는데, 밤이 되면 프랭크가 반드시 문을 닫고 자물쇠를 채웠다. 그래서 제인은 갇혀버린 죄수처럼 기분이 나빠지곤 했다.

명랑한 거리 60번지 주변에는 그 거리의 다른 어느 집보다 넉넉한 빈터가 있었다. 앞쪽은 상당히 넓은 잔디밭이고——울타리 안쪽에 고목이 한 줄로 늘어서 있어서 그리 잘 자라지는 않았지만——집 옆쪽과 블루어 거리 사이에는 상당한 간격이 있었다. 하지만 블루어 거리에서 들려오는 끊임없는 소음을 줄여줄 만한 거리는 못 되었다. 명랑한 거리 주변은 특별히 시끄럽고 번화한 곳이었기 때문이다.

사람들은 로버트 케네디 노부인이 포레스트힐이나 킹스웨이에 있는 멋진 새집을 사고도 남을 만큼 돈이 많으면서도, 왜 이곳에 계속 살고 있는지 이상하게 생각했다. 명랑한 거리 60번지처럼 넓은 저택이라면 틀림없이 웬만한 사람이 파산해 버릴 정도로 엄청난 세금이 나왔을 거고 건물은 완전히 구식이었기 때문이다.

케네디 노부인은 아들 윌리엄 앤더슨이 그런 말을 했을 때도 그저 경멸하는 듯한 미소를 지을 뿐이었다. 윌리엄 앤더슨은 사업에 성공하여 자기 힘으로 부자가 되었기 때문에 케네디 노부인은 그 아들만은 인정하고 있었다. 노부인은 그를 사랑하지는 않았지만 경의를 표하지 않을 수 없었다.

케네디 노부인은 명랑한 거리 60번지에 지극히 만족하고 있었다. 노부인이 로버트 케네디의 신부로서 이곳에 왔을 무렵 명랑한 거리는 마을이라고 부를 만한 곳이 못 되었지만, 로버트의 아버지가 지은 60번지의 그 집은 토론토에서도 손꼽히는 훌륭한 저택이었다. 케네디 노부인의 눈에는 언제까지나 그렇게 비쳤다. 노부인은 그 집에서 45년 동안이나 살았고, 앞으로도 계속 그곳에서 살 생각이었다. 이 집이 마음에 들지 않는 사람은 여기 있을 필요 없다고 비웃듯 말하면서 노부인은 제인에게 놀리는 듯한 시선을 힐끗 던지기도 했다.

제인은 명랑한 거리가 마음에 들지 않는다고 말한 적이 한 번도 없었지만, 제인이 이미 오래전에 알아차렸듯 외할머니는 섬뜩할 만큼 사람의 마음을 잘 읽었다.

눈이 내리던 어둡고 음산한 어느 날 아침, 여느 때처럼 캐딜락 안에서 세인트애거슨 초등학교에 데려다줄 프랭크를 기다리고 있던 제인은, 우연히 낯선 두 여자가 길모퉁이에서 주고받는 이야기를 들었다.

"이렇게 죽어 있는 것 같은 집을 본 적이 있어요? 벌써 오래전에 죽어버린 것 같지 않아요?" 젊은 여자가 말하자 나이 든 여자가 말했다.

"저 집은 30년 전 로버트 케네디가 죽었을 때 함께 죽어버렸어요. 그때까지는 무척 활기에 찬 저택이었지요. 온 토론토에서 그토록 손님이 많은 집은 없었어요. 로버트 케네디는 무척 사교적인 남자였고 굉장한 미남인 데다 친절한 사람이었어요. 어떻게 제임스 앤더슨 부인 같은 사람하고 결혼할 마음이 들었는지 사람들은 이해하지 못했죠. 아이가 셋이나 딸린 과부였으니까요. 그녀는 원래는, 뭐라더라, 아, 그렇지, 빅토리아 무어라고, 무어 대령의 딸이었어요. 굉장히 귀족적인 집안이래요. 그 무렵에는 그림 같은 미인이었다는데 로버트 케네디한테 폭 빠져 있었어요! 한마디로 숭배했지요. 잠시라도 남편과 떨어져 있기를 싫어했을 정도라나요. 첫 남편한테는 전혀 애정이 없었대요. 로버트 케네디는 결혼한 지 15년쯤 지나 세상을 떠났지요. 첫 애가 태어난 지 얼마 안 되었을 때라고 하더군요."

"그 노부인은 저 저택에 혼자 살고 있나요?"

"아니요, 두 딸하고 같이 살아요. 하나는 과부라는 소문이 있던데. 그리고 손녀도 하나 있나봐요. 케네디 노부인은 대단한 독재자라고 하더군요. 딸 하나, 그러니까 과부 쪽이요. 그녀는 굉장히 발랄해서 〈새터데이 애프터눈〉지(紙)에 나온 장소는 빠짐없이 간다지요, 아마? 그 딸은 케네디의 자식이니까 아버지를 닮은 셈이지요. 지체 높은 양반들은 아마 이 명랑한 거리에 오는 걸 좋아하지 않을 거예요. 마을이 보다시피 아예 죽어버린 것보다 더 나쁠 정도로 황폐해졌으니까. 하지만 지금도 기억나는데, 명랑한 거리가 이 부근에서는 최고급 주택가였던 시절도 있었어요. 그런데 지금은 이렇게 되어버렸으니!"

"죽어 있으면서도 여전히 어깨에 힘을 주고 있는 거로군요."

상대가 맞장구를 쳤다.

"그것조차 지금은 어려워요. 명랑한 거리 58번지는 하숙집이거든요. 그렇지만 케네디 노부인은 60번지의 집을 잘 보존하고 있어요. 발코니 칠은 저렇게 벗겨졌지만."

"아! 내가 명랑한 거리에 살지 않는 게 다행이라는 생각이 들어요."

또 한 사람이 쿡쿡 웃으며 말했고, 이내 두 사람은 차를 타기 위해 달려갔다.

'맞는 얘기야.'

제인은 생각했다.

하지만 명랑한 거리 60번지가 아니면 어디서 살고 싶은 건지 그 것은 제인 자신도 알 수 없었다. 자동차를 타고 세인트애거서 초등학교로 가는 길은 대부분 초라하고 아무 매력이 없었다. 외할머니가 정해준 극히 사치스럽고 고급스러운 사립학교 세인트애거서도 지금은 살풍경하고 지저분한 거리에 에워싸여 있다. 하지만 세인트애거서 초등학교는 그런 것은 아랑곳하지 않았다. 설령 사하라 사막 한 가운데 있다 하더라도 세인트애거서는 세인트애거서인 것이다.

포레스트힐에 있는 윌리엄 앤더슨 외삼촌 집은 공원풍의 잔디와 돌탑까지 갖춰진 무척 좋은 집이었지만, 제인은 그곳에 살고 싶지는 않았다. 잔디밭 앞을 지나갈 때도 외삼촌이 애지중지하는 비로드 같은 잔디를 밟을까봐 늘 조마조마한 마음으로 걸었다. 납작한 징검돌 사이를 잘못 디디기라도 하면 안 되는 것이다.

제인은 뛰고 싶었다. 세인트애거서에서도 운동할 때 말고는 뛸 수 없었다. 제인은 운동을 별로 잘 하지 못했다. 운동을 할 때면 언제나 거북한 느낌이 드는 것이다. 11살의 제인은 이미 13살 정도의 키여서 다른 아이들보다 머리 하나는 더 큰 것 같았다. 또래의 소녀들은 제인의 큰 키를 싫어해서 운동을 할 때마다 제인은 몸 둘 바를 모르는 듯한 기분이 들었다.

명랑한 거리 60번지의 집 안에서 뛰어본 사람이 있을까? 엄마는 아마 뛰어다녔을 것이다. 엄마는 지금도 다리에 날개가 달린 듯 가볍고 경쾌하게 걸어다닌다. 단 한 번뿐이었지만 언젠가 제인은 마을 한 구역을 반이나 차지할 만큼 넓게 자리잡은 이 집을 현관에서 뒤뜰까지 일직선으로, 목청껏 노래를 부르면서 달려본 적이 있었다. 그런데 외출한 줄 알았던 외할머니가 식당에서 나타나, 밀랍처럼 창백해진 얼굴로 제인이 무척이나 싫어하는 미소를 지으며 노려보고 있었다.

"이 난동의 원인이 뭐니, 빅토리아?"

외할머니의 비단처럼 매끄러운 목소리는 그 미소보다 더 싫었다.

"그냥 재미 삼아 달려보았을 뿐이에요."

제인은 대답했다. 그것 말고 다른 의미는 없었다. 하지만 외할머니는 예의 그 미소를 지으면서 아무도 흉내낼 수 없는 말투로 말했다.

"내가 너라면 두 번 다시 그런 짓은 하지 않겠다, 빅토리아."

제인은 그 이후로 정말 두 번 다시 뛰지 않았다. 이것이 작고 쭈글쭈글한 외할머니의 위력이었다. 외할머니는 몸집이 작고 가냘팠으며, 키는 말라깽이 키다리 제인하고 거의 같았다.

제인은 '빅토리아'라고 불리는 것이 싫었다. 그런데도 엄마 말고는 모두들 그녀를 그렇게 불렀다. 엄마만은 '제인 빅토리아'라고 불렀는데, 외할머니가 그것을 못마땅하게 여긴다는 것을 제인은 어렴풋이 짐작하고 있었고, 어떤 이유에서인지 외할머니가 제인이라는 이름을 싫어한다는 것도 알고 있었다. 그러나 제인은 자기 이름이 무척 마음에 들었다. 처음부터 그 이름이 좋아서 항상 자신을 '제인'으로 생각했다. '빅토리아'라는 이름이 외할머니 이름에서 따온 것인 줄은 알았지만, '제인'은 누구 이름을 딴 것인지 몰랐다. 케네디 집안이나 앤더슨 집안에도 '제인'이라는 이름을 가진 사람은 없었다.

11살이 되면서 제인은 그 이름이 어쩌면 스튜어트 집안 쪽에서 따온 것이 아닌가 하는 생각이 들기 시작했다. 하지만 그것 역시 제인에게는 유감스러운 일이었다. 마음에 드는 이름이 아버지 쪽에서 따온 거라는 생각은 하고 싶지 않았다. 제인은 그 누구도, 심지어는 외할머니조차도 미워할 수 없었지만, 아버지만큼은 제인의 작은 가슴이 지닐 수 있는 최대한의 증오심으로 미워했다. 이따금 자기가 외할머니를 싫어하는 게 아닌가 하는 생각이 들 때도 있었지만, 외할머니가 자신을 입히고 먹이고 학교에 보내주고 있는데도 그런 생각을 하는 것은 죄악으로 여겨졌다. 외할머니를 좋아해야 한다는 건 알고 있었지만 그렇게 하는 것은 여간 어려운 일이 아니었다. 제인이 보기에 엄마한테는 그것이 간단한 일 같았다. 하지만 외할머니가 엄마를 사랑하고 있다는 점에 차이가 있다. 외할머니는 세상의 그 무엇과도 바꿀 수 없을 만큼 엄마를 사랑하고 있었다. 그러면서도 제인은 사랑해 주지 않았다. 그것은 진작부터 알고 있었다. 또 엄마가 제인을 깊이 사랑하는 것을 외할머니가 못마땅하게 여긴다는 것도 입밖에 낼 수는 없었지만 느끼고 있었다.

언젠가 엄마가 제인의 인후염을 걱정하자 외할머니는, "넌 그 아이 가지고 너무 호들갑을 떨고 있구나" 하고 비웃듯 말한 적이 있었다.

"저한테는 이 아이밖에 없는걸요."

그러자 외할머니는 늙고 창백한 얼굴을 새빨갛게 물들이며 말했다.

"나 같은 건 아무 것도 아니라는 말이구나."

"아이, 어머니도 참, 그런 뜻이 아니라는 걸 잘 아시잖아요."

엄마는 두 손을 내저으면서 변명했는데 그 손은 제인에게 언제나 두 마리의 작고 하얀 나비를 연상시켰다.

"제 말은 이 아이가 하나뿐인 자식이라는 뜻이에요."

"그럼 넌 이 아이가, 그 남자한테서 태어난 이 아이가 나보다 소중하다는 말이니?"

"어머니보다 소중하다는 뜻이 아니에요. 그것과는 의미가 달라요."

엄마가 애원하듯 말했다.

"배은망덕한 것!"

그것은 단 한마디에 지나지 않았지만, 그 단 한마디에 뭐라 표현할 수 없는 독기가 서려 있는 것 같았다. 외할머니는 얼굴을 붉게 물들이고 하얀 머리카락 밑의 물빛 눈에서 괘씸해하는 빛을 거두지 않은 채 방에서 나갔다.

울지 않는 아이

"엄마, 외할머니는 어째서 엄마가 절 귀여워하는 걸 싫어하시죠?"

제인은 목이 아파서 목소리를 쥐어짜며 말했다.

"제인, 그런 게 아니야."

엄마는 제인에게 몸을 굽혔다. 장밋빛 전등갓의 불빛에 비친 엄마의 얼굴은 마치 장미꽃 같았다.

하지만 그렇다는 것을 제인은 알고 있었다. 엄마가 외할머니 앞에서는 왜 좀처럼 자신에게 키스나 애정 표시를 하지 않는지 잘 알고 있었다. 외할머니가 주위 공기까지도 얼어붙게 만드는 듯한, 조용하면서도 차갑고 무서운 분노를 드러내기 때문이었다. 엄마가 가끔은 그렇게 하지 않는 것이 제인은 오히려 좋았다. 두 사람만 있을 때는 엄마가 그 보상을 충분히 해 주었기 때문이다.

하지만 두 사람만 있는 경우가 극히 드물었다. 있다 해도 그리 오래 함께 있을 수는 없었다. 엄마는 늘 저녁모임에 나갈 약속이 되어 있었기 때문이다. 엄마는 이런저런 일로 매일같이 외출했고 오후에도 거의 매일 집에 없었다. 제인은 외출하기 전의 엄마의 모습을 보는 걸 좋아했는데, 그걸 알고 있는 엄마는 대부분 그렇게 할 수 있도록 해주었다. 아름다운 옷을 입고 있는 엄마는 무척 예쁘게 보였다. 제인은 세상에서 가장 아름다운 엄마라고 생각하며, 저렇게 아름다운 엄마한테서 어째서 자기처럼 못생기고 멍청한 아이가 태어났을까 하고 이상하게 생각했다.

"넌 절대로 예뻐질 수 없어. 입이 너무 크잖아."

세인트애거서의 소녀 가운데 한 아이가 말한 적이 있었다.

엄마의 입은 마치 장미꽃 봉오리처럼 작고 붉었고 볼에는 보조개가 숨어 있었다. 눈은 푸른색이었지만 외할머니의 눈처럼 얼음같이 차가운 푸른색은 아니었다. 엄마의 눈은 커다란 흰 구름 사이로 보이는 여름 아침의 하늘색으로, 같은 푸른 눈인데도 어쩜 저렇게 다를까 싶을 정도였다.

오늘 밤 엄마는 따뜻하게 물결치는 금빛 머리카락을 이마 위로 빗어올려 귀 뒤에서 감아 작은 다발을 만들고, 하얀 목덜미에도 금발 몇 가닥이 흘러내리는 머리 모양을 하고 있었다. 연노랑 호박단 드레스를 입고, 아름다운 어깨 한쪽에는 짙은 노랑색 비로드로 만든 커다란 장미꽃을 달고 있었다. 크림빛 실크 같은 팔에 가느다란 불꽃 같은 다이아몬드 팔찌를 낀 엄마는 아름다운 황금 여왕 같다고 제인은 생각했다. 그 팔찌는 지난주 엄마 생일에 외할머니가 선물한 것이었다. 외할머니는 엄마에게 언제나 그렇게 최고의 것만을 주었다. 엄마의 몸에 걸치는 모든 것, 좋은 드레스와 모자와 코트 같은 것은 모두 외할머니가 골라주었다. 스튜어트 부인이 너무 멋을 낸다는 세상의 소문과는 달리 사실 엄마는 좀더 간소한 복장을 좋아하지만 외할머니의 기분을 상하게 하고 싶지 않아서 화려한 것을 좋아하는 척하고 있을 뿐이라고 제인은 생각했다.

제인은 엄마의 아름다움이 말할 수 없이 자랑스러웠다. "아름다

운 부인이죠?" 하고 사람들이 소곤대는 것을 들으면 기뻐서 가슴
이 뛰었다. 엄마가 커다란 잿빛 깃이 달린, 눈빛처럼 푸른색의 호화
로운 견직물 코트를 입는 모습을 제인은 목이 아픈 것도 잊고 황홀
하게 올려다보았다.

"아! 엄만 정말 예뻐요!"

제인은 허리를 굽히고 키스해 준 엄마의 뺨을 만져보았다. 마치
장미꽃잎 같았다. 엄마의 속눈썹이 비단 쥘부채 같은 그림자로 그
뺨에 드리워져 있었다. 사람에 따라서는 멀리 떨어져서 볼수록 더
예쁘게 보이는 사람도 있다는 것을 제인은 알고 있었지만, 엄마는
가까이 다가설수록 더 아름다웠다.

"제인 아가씨, 많이 아프니? 널 두고 가고 싶지는 않지만⋯⋯."

엄마는 말을 끝맺지 않았지만, 제인은 엄마가 '가지 않으면 외할
머니가 언짢아하시니까' 하고 말하려 했다는 것을 알고 있었다.

"저, 그렇게 아프지 않아요. 메리가 돌봐줄 거니까 걱정 마세요."

제인은 씩씩하게 대답했다.

하지만 엄마가 호박단 드레스 자락을 사각사각 스치면서 나가버
리자, 제인은 편도선과는 별도로 목에 무거운 덩어리가 치밀어 올라
오는 걸 느꼈다. 우는 것은 쉬운 일이었지만 제인은 울지 않기로 했다.

몇 년 전 제인이 5살 정도밖에 되지 않았을 때, 엄마가 무척 자랑
스러운 듯, "제인은 절대로 울지 않아요. 이 아이는 갓난아기였을
때도 운 적이 없는 걸요" 하고 말하는 것을 들은 적이 있었다.

그날부터 제인은 밤에 혼자 침대에 들어가 있을 때도 울지 않도록
조심했다. 엄마가 자기를 자랑할 수 있는 일은 아주 조금밖에 없었
고, 그 조금밖에 없는 것 가운데 하나마저 잃어서는 안 된다고 생각
한 것이다.

하지만 견딜 수 없이 외로웠다. 밖에서는 바람이 윙윙 불고 높은
창문은 덜컹덜컹 소리를 내고 있었고, 뭔가 불길하게 속삭이는 듯한

소리가 커다란 집에 가득 차 있는 것처럼 느껴졌다. 조디가 와서 한동안 함께 있어주면 좋겠다고 생각했지만 그런 일은 꿈도 꿀 수 없었다. 제인은 꼭 한번 조디가 이 집에 왔을 때의 일을 잊을 수가 없었다.

목도 머리도 아팠지만 제인은 낙관적으로 생각하려 했다.

"어쨌든 오늘밤에는 어른들에게 성경책을 읽어주지 않아도 돼."

'어른들'이란 외할머니와 거트루드 이모를 가리키는 말이다. 엄마는 거의 외출하고 없기 때문에 엄마가 그 자리에 함께 있는 일은 좀처럼 없었다. 매일 밤 제인은 잠자기 전에 외할머니와 거트루드 이모에게 성경책을 읽어주어야 했다. 하루 24시간 중에서 그때처럼 싫은 때도 없었다. 또 그런 줄 알기 때문에 외할머니가 그렇게 시키고 있다는 것을 제인도 잘 알고 있었다.

성경책을 읽을 때면 그들은 응접실로 갔는데, 응접실에 발을 들여놓을 때마다 제인은 어김없이 몸서리를 쳤다. 움직이면 반드시 무언가에 부딪히지 않을 수 없을 정도로 많은 것들이 잔뜩 놓여 있는 그 크고 복잡한 방은, 여름철의 가장 무더운 밤에도 오싹 한기가 느껴졌고 겨울밤에는 말할 것도 없이 추웠다.

거트루드 이모는 방 한가운데 있는 대리석 테이블에서 커다란 가족용 성경책을 가지고 와서, 창문과 창문 사이의 작은 탁자 위에 놓았다. 그리고 이모와 외할머니는 탁자 양쪽에 자리잡고, 제인은 두 사람 사이에 앉았는데, 양쪽의 짙은 녹색 비로드 커튼 사이에서 외증조할아버지 '케네디'가 금도금이 벗겨진 튼튼한 액자의 희미하고 낡은 초상화 속에서 제인을 뚫어지게 노려보고 있었다. 길모퉁이에서 수군대던 그 여자는 외할아버지가 친절하고 자상한 사람이었다고 했는데, 외할아버지의 아버지는 그렇지 않았던 것 같다. 마치 못을 물어뜯어 두 동강내는 것을 즐기는 사람이었을지도 모른다고 제인은 생각했다.

"출애굽기 14장을 펼쳐라." 외할머니가 말했다.

읽는 페이지는 매일 밤 바뀌었지만 그 말투만은 바뀌지 않았다. 그 말을 들으면 제인은 언제나 혼란을 느껴 페이지를 찾는 것이 쉽지 않았다. 그러면 외할머니는 "그런 것도 못하니?" 하는 듯 기분 나쁜 조소를 지으면서 화려한 구식 반지를 낀, 비단처럼 쪼글쪼글하고 메마른 손을 뻗어, 섬뜩할 만큼 정확하게 자기가 말한 페이지를 펼치는 것이었다.

제인은 긴장한 나머지 우물거리는 목소리로 잘 알고 있는 말을 틀리게 발음하기도 했다. 외할머니가 이따금 주의를 주었다.

"좀더 큰 소리로 읽어다오, 빅토리아. 너를 세인트애거서 학교에 넣었을 때는 지리와 역사는 몰라도, 최소한 책을 읽을 때 입을 벌리는 것 정도는 배울 수 있을 거라고 생각했다."

그 말에 제인이 갑자기 소리를 크게 내면, 거트루드 이모는 흠칫하며 놀랐다. 하지만 이튿날 밤에는, "소리가 너무 크구나, 빅토리아. 우린 둘 다 귀먹지 않았다" 하는 말에 가엾은 제인은 주눅든 것처럼 다시 목소리를 죽이는 것이었다.

제인이 성경책 읽기를 마치면 외할머니와 거트루드 이모는 고개를 숙이고 주기도문을 외웠다. 제인도 함께 외워보려 했지만 쉽지 않았다. 대개 외할머니 쪽이 거트루드 이모보다 두 마디쯤 빠르기 때문이다. 제인은 언제나 안도하는 기분으로 "아멘"을 말했다. 몇 세대에 걸쳐 이어져 온 예배의 아름다움이 희미한 빛처럼 감돌고 있는 이 아름다운 기도도 제인에게는 한낱 공포의 시간일 뿐이었다.

그런 다음 거트루드 이모는 마지막 책장을 덮고, 성경책을 방 한가운데 테이블 위 처음에 놓여 있던 그 자리에 한 치의 어긋남도 없이 갖다 놓는 것이다. 마지막으로 제인은 이모와 외할머니에게 밤인사를 한다. 제인은 언제나 의자에 앉아 있는 외할머니에게 허리를 굽히고 이마에 키스를 했다.

"외할머니, 안녕히 주무세요."

"잘 자거라, 빅토리아."

하지만 키가 큰 거트루드 이모는 테이블 옆에 서 있기 때문에 제인은 발꿈치를 들지 않으면 안 되었다. 이모는 아주 약간 몸을 굽혔고 제인은 그 여윈 잿빛 얼굴에 키스했다.

"거트루드 이모, 안녕히 주무세요."

"잘 자거라, 빅토리아."

이모는 가늘고 차가운 목소리로 말했다.

그런 다음 제인은 운이 좋을 때면 아무 것에도 부딪히지 않고 방에서 나갈 수 있었다.

"어른이 되면 난 절대로 성경책도 읽지 않고 주기도문도 외지 않을 거야."

제인은 작은 목소리로 그렇게 혼잣말을 하면서 길고 웅장한 층계를 올라갔다. 그 층계는 옛날에 토론토에서 유명했다고 한다.

어느 날 밤 외할머니가 미소 지으며 이렇게 물은 적이 있었다.

"성경을 어떻게 생각하니, 빅토리아?"

"무척 지루하다고 생각해요."

제인은 솔직하게 느낀 대로 대답했다. 그날 밤 읽은 부분에는 '놉스(단추라는 뜻의 옛 영어)'나 '타셰스(얼룩이라는 뜻의 옛 영어)' 같은 말이 많이 나왔는데, 둘 다 무슨 말인지 제인은 짐작도 가지 않았다.

"저런! 넌 네 의견이 장하다고 생각하니?"

외할머니는 종잇장처럼 얇은 입술에 조소를 띠며 말했다.

"그럼 왜 저한테 물으셨어요?" 제인이 되물었다.

그래서 제인은 결례를 범할 생각이 전혀 없었음에도 차가운 꾸중을 들어야 했다. 그날 밤 제인이 명랑한 거리 60번지의 집이 진저리나게 싫다는 기분으로 층계를 올라간 것도 무리가 아니었다.

제인은 그 집을 싫어하고 싶지 않았다. 그 집을 좋아하고 사이좋게 지내며 그 집을 위해 뭔가 하고 싶었다. 하지만 좋아지지가 않았다. 집은 제인과 조금도 가까워지려 하지 않았고 제인에게 무엇 하나 바라는 것이 없는 것처럼 보였다. 거트루드 이모와 요리사인 메리 프라이스, 하인 겸 운전기사인 프랭크 데이비스가 모든 일을 맡아 했다.

거트루드 이모는 집안일을 스스로 관리하는 것을 좋아하여 외할머니가 가정부를 두는 것을 반대했다. 키가 크고 그림자처럼 말수가 적은 거트루드 이모는 엄마와 전혀 닮지 않았기 때문에, 그 둘은 아버지는 다르지만 같은 엄마의 딸이라는 사실이 제인은 믿어지지 않았다.

거트루드 이모는 질서와 조직을 중시하는 원칙주의자였다. 명랑한 거리 60번지에서는 모든 일이 각각 정해진 날에 정해진 방식으로 처리되지 않으면 안 되었다. 그 집은 언제나 무서울 정도로 청결했다. 거트루드 이모의 차가운 잿빛 눈은 어느 곳이고 먼지 하나도 용납하지 않았다. 늘 집안을 돌아다니며 모든 물건을 있어야 할 장소에 놓았고 모든 일을 직접 했다. 엄마가 하는 일이라고는 손님이 왔을 때 식탁에 꽃을 꽂거나 저녁 식사 때 촛불을 켜는 정도였다.

제인은 자기도 그것을 해보고 싶었다. 은그릇을 닦고 싶었고 무엇보다 요리를 만들고 싶었다. 이따금 외할머니가 안 계실 때는 부엌을 기웃거리며 마음씨 좋은 메리 프라이스가 음식을 만드는 모습을 지켜보았다. 모든 것이 너무 쉬워 보여서 시켜만 준다면 자기도 거뜬히 해낼 수 있을 것 같았다. 식사준비를 하는 것은 무척 재미있어 보였다! 그리고 냄새를 맡는 것도 먹는 것 못지않게 황홀했다. 하지만 메리 프라이스는 절대로 제인이 요리하게 해 주지 않았다. 빅토리아 아가씨가 하인과 말 하는 것을 노마님이 좋아하지 않는다는 걸 알고 있었기 때문이다.

어느 일요일 점심 식사 때 "빅토리아는 자기가 부엌일에 소질이 있다고 생각하고 있어" 하고 외할머니가 말한 적이 있었다. 그 자리에는 여느 때와 다름없이 윌리엄 앤더슨 외삼촌과 미니 외숙모, 데이비드 콜먼과 실비아 콜먼 이모 부부와 그들의 딸 필리스가 함께 있었다. 외할머니는 사람들 앞에서 상대방을 스스로 어리석고 초라한 사람이라는 기분이 들게 하는 요령을 알고 있었다. 제인은 그날 몹시 바빴던 메리 프라이스가 샐러드에 쓸 양상추를 제인에게 씻게 하고 그릇에 담게 한 것을 안다면 외할머니가 뭐라고 하실까 하고 생각했다. 외할머니가 어떻게 할지는 이미 알고 있었다. 아마 양상추에는 손도 대지 않았을 것이다.

"그럼요, 여자는 부엌일에 취미가 없으면 안 되지요."

윌리엄 외삼촌은 제인을 두둔해주려는 마음에서가 아니라, 여성의 자리는 언제나 가정이어야 한다는 자신의 신념을 표현하기에 딱 좋은 기회라고 생각한 것 같았다.

"여자라면 누구나 요리를 배워야 해요."

"빅토리아는 요리는 그다지 배우고 싶어하는 것 같지 않아. 그저 부엌 같은 데를 기웃거리는 걸 좋아할 뿐이지."

외할머니의 목소리에는 빅토리아가 저급한 취미를 가지고 있으며, 부엌은 품위 있는 장소가 아니라는 뜻이 담겨 있었다. 제인은 엄마 얼굴이 갑자기 빨개지며 한순간 묘하게 반항적인 빛이 눈에 떠오른 것을 보고 이상하게 생각했다. 하지만 아주 잠깐이었다.

"학교는 잘 다니고 있겠지, 빅토리아? 진급할 수 있을 것 같니?"

윌리엄 외삼촌이 물었다.

제인은 진급할 수 있을지 어떨지 자신이 없었다. 이 불안은 밤낮 없이 제인을 따라다니며 괴롭혔다. 매월 성적표가 그리 좋지 않다는 것은 스스로도 알고 있었다. 외할머니는 그 일에 대해 몹시 화를 냈고, 엄마조차 좀더 잘 할 수 없겠느냐고 비참한 표정으로 제인에게 부탁했다. 제인은 최대한 노력하고 있지만, 역사와 지리는 지루하고 따분해서 견딜 수가 없었다. 산수와 철자법은 쉬웠고 실제로 산수 성적은 정말 우수했다.

"빅토리아가 작문은 잘하는 모양이더라."

외할머니가 비꼬는 투로 말했다. 어떤 이유에서 그런지는 모르지만 외할머니는 제인이 작문을 잘하는 것을 좋아하지 않았다.

"쯧쯧!" 윌리엄 외삼촌이 혀를 찼다. "빅토리아는 마음만 먹으면 별 어려움 없이 진급할 수 있을 거야. 그러려면 열심히 공부해야지. 이제 다 큰 아가씨니까 그 정도는 알고 있겠지? 캐나다의 수도가 어디지, 빅토리아?"

제인은 캐나다 수도가 어디인지 잘 알고 있었다. 하지만 윌리엄 외삼촌의 질문이 너무 갑작스러운 데다 손님들이 모두 먹는 것을 멈추고 제인의 입만 주시하고 있었기 때문에, 제인은 갑자기 말문이 막혀 얼굴을 붉히며 입 속으로 우물거렸다. 만약 엄마를 쳐다보았더라면 엄마가 목소리는 내지 않고 입술로 가르쳐 주는 것이 눈에 들어왔을 테지만, 제인은 아무도 쳐다볼 수 없었다. 제인은 창피하고 분해서 거의 죽고 싶은 심정이었다.

"필리스, 캐나다 수도가 어딘지 빅토리아한테 가르쳐 주렴."

윌리엄 외삼촌이 말했다.

"오타와예요."

필리스가 금방 대답했다.

"오, 타, 와, 란다."

윌리엄 외삼촌이 제인에게 강조했다.

제인은 엄마만 빼고 모든 사람들이 흠잡을 데를 찾기 위해 자신을 뜯어보고 있는 듯한 느낌이 들었다. 실비아 이모는 길고 검은 리본이 달린 코안경을 걸치고 자기가 사는 나라의 수도도 모르는 아이가 대체 어떻게 생겼는지 자세히 보고 싶다는 듯 안경 너머로 제인을 빤히 쳐다보았다. 그 시선에 제인은 몸이 굳어져서 포크를 떨어뜨리고 말았고, 외할머니와 시선이 마주치자 어쩔 줄 몰라하며 몸을 꼬았다. 외할머니는 작은 은종을 흔들었다.

"데이비스, 빅토리아 아가씨한테 새 포크를 다시 갖다드려."

외할머니의 말투는 제인이 벌써 포크를 몇 개나 바꾼 것처럼 들렸다.

윌리엄 외삼촌은 방금 잘라낸 닭고기의 흰살 한 토막을 큰 접시 한쪽에 놓았다. 제인은 그것을 자기한테 주면 좋겠다고 생각했다. 제인은 가끔 흰살코기를 먹고 싶었다. 윌리엄 외삼촌이 없을 때는 메리가 부엌에서 닭고기를 잘라 큰 접시에 담은 것을 프랭크가 들고 식탁을 돌았다. 제인은 여간해서 흰살코기를 집을 엄두를 내지 못했다. 외할머니가 보고 있다는 것을 알기 때문이다. 한번은 제인이 아주 작은 가슴살 두 조각을 자기 접시에 덜었을 때, 외할머니는 "다른 사람들도 닭고기를 먹고 싶어할지 모른다는 걸 잊어선 안 돼, 빅토리아" 하고 주의를 주었다.

지금 제인은 닭의 다리 부분을 받은 것만도 다행이라 생각했다. 윌리엄 외삼촌이 제인을 캐나다 수도도 모른다고 꾸중한 보상으로 목살을 줄 수도 있었을 텐데. 실비아 이모가 몹시 친절한 양 순무를 두 개 덜어주었다. 제인은 순무를 무척 싫어했다.

"식욕이 별로 없나보구나, 빅토리아."

접시 가득한 순무가 그리 줄어들지 않는 것을 보고 실비아 이모가 핀잔을 주었다.

"무슨 소리, 빅토리아는 식욕에 전혀 문제가 없어."

문제가 없는 건 오직 그것뿐이라고 외할머니는 말하는 것 같았다. 외할머니가 하는 말에는 꼭 그 말 이상의 무언가가 있다고 제인은 전부터 느끼고 있었다. 몹시 비참한 기분이 된 제인은 만약 엄마를 쳐다보지 않았더라면 지금까지 한번도 운 적이 없는 기록을 그 자리에서 깨고 말았을 것이다. 하지만 엄마가 너무도 다정하게 연민과 이해를 담은 표정으로 자신을 지켜보고 있는 것을 알고 금세 기운을 차려 더 이상 억지로 순무를 먹지 않기로 했다.

실비아 이모의 딸인 필리스는 세인트애거서 학교가 아니라 최근에 생긴 학비가 더 비싼 힐우드홀 학교에 다니고 있었고, 캐나다 수도뿐만 아니라 대영제국 자치령의 모든 나라의 수도를 줄줄이 외웠다. 제인은 필리스를 좋아하지 않았다. 이렇게 좋아하지 않는 사람이 많은 건 자기 쪽에 문제가 있는 것 같아서, 제인은 한심한 기분이 들 때가 있었다. 하지만 필리스는 상대방을 몹시 무시하는 아이였다. 제인은 무시당하는 것이 싫었다.

"넌 왜 필리스를 좋아하지 않니?"

어느 날 외할머니가 벽이며 문이며 할 것 없이 모든 것을 뚫고 이쪽의 마음속까지도 꿰뚫을 듯한 눈으로 제인을 뚫어지게 응시하면서 물은 적이 있었다.

"필리스는 예쁘고 얌전한 데다 예절도 바르고 영리한 아이야."

외할머니는 네가 가지고 있지 않은 것은 뭐든지 다 가지고 있다고 덧붙이고 싶었을 게 틀림없었다.

"저한테 거들먹거려요."

"애, 빅토리아, 너도 거들먹거리는 말을 사용하고 있는 것 같은데, 정말 그 말뜻을 알고 있기는 한 거니? 어쩌면 필리스를 질투하고 있는 게 아닐까?"

"아니요, 그렇지 않아요."

제인은 단호하게 말했다. 자신이 필리스를 질투하지 않는다는 건 분명했다.

"물론 필리스는 너의 그 조디와는 크게 다르지."

외할머니의 목소리에 담긴 비웃음에 제인의 눈에 분노의 빛이 떠올랐다. 누구든 조디를 업신여기는 말은 참을 수 없었다. 하지만 제인이 도대체 뭘 어떻게 할 수 있단 말인가?

내 친구 조디

　제인과 조디가 처음 친구가 된 것은 1년 전의 일이다. 조디도 11살 정도로 역시 나이에 비해 키가 큰 편이었다. 하지만 제인처럼 건강한 체격은 아니었고 들풀처럼 여위고 약해 아무래도 먹을 것을 제대로 먹지 못한 것 같은 모습이었다. 하숙집에 살고 있기는 하지만 ……. 그것은 사실이다. 명랑한 거리 58번지는 원래는 상류층 주택이었지만 지금은 허름한 3층짜리 하숙집이 되어 있었다.

　작년 봄 어느 날 밤 제인은 명랑한 거리 60번지의 뒤뜰에 나가 지금은 사용하지 않는 낡은 정자의 통나무 벤치에 앉아 있었다. 마침 엄마도 외할머니도 외출하고 없었고 거트루드 이모는 심한 감기에 걸려 침대에 누워 있었다. 그렇지 않았더라면 뒤뜰에 앉아 있는다는 건 생각도 못했으리라.

　제인은 보름달을 실컷 바라보고 싶어서 가만히 나간 것이었다. 제인에게는 달을 바라보고 싶은 특별한 까닭이 있었다. 그리고 58번지 집의 뜰에 피어 있는 하얀 벚꽃도 보고 싶었다. 벚나무에 커다란 진주알처럼 걸려 있는 달이 너무 아름다워 제인은 가슴이 벅차오르며 눈물이 날 것 같았다. 그때 58번지의 뜰에서 누군가가 울고 있는 소리가 들려왔다. 맑은 봄날 저녁·고요한 공기를 가르며 훌쩍훌쩍 숨죽이며 울고 있는 가냘픈 목소리.

제인은 일어서서 정자를 나가 차고를 돌아서 개가 산 적이 한번도 없는——적어도 제인의 기억으로는——개집 옆을 지나 담장으로 다가갔다. 그 담장은 이젠 철로 된 담장이 아니라 나무울타리로 60 번지와 58번지의 경계를 이루고 있었다. 개집 뒤의 판자 한 장이 덩굴풀 속으로 꺾어지면서 생긴 좁은 틈새를 가까스로 빠져나가자 58 번지의 어지러운 뜰이 나왔다. 아직 어둡지는 않았기 때문에, 제인의 눈에 한 소녀가 벚나무 아래 웅크리고 앉아 두 손에 얼굴을 묻고 서럽게 흐느끼고 있는 것이 보였다.

"내가 뭐 도와줄 일이 없겠니?"

제인이 물었다.

스스로 깨닫지는 못했겠지만 이 말은 제인의 타고난 성격을 잘 보여주고 있었다. 보통 사람 같았으면 "왜 울고 있니?" 하고 물었을 것이다. 하지만 제인은 언제나 남을 돕고 싶어했다. 아직 어려서 스스로는 그런 생각을 못했지만, 제인이라는 작은 존재의 비극은 아무도 제인에게 도움을 청하는 사람이 없다는 것이었다. 그건 엄마도 마찬가지였는데 그녀는 원하는 것은 뭐든지 가지고 있었다.

벚나무 밑에서 울고 있던 아이는 울음을 그치고 일어섰다. 그 아이가 제인을 물끄러미 쳐다보고 제인도 그 아이를 쳐다보는 동안 두 아이를 교감시키는 무언가가 서로에게 일어났다. 훗날, 제인은 "우리가 같은 종류의 사람이라는 것을 알았어" 하고 말했다.

제인이 본 여자아이는 제인과 비슷한 나이에 얼굴이 매우 작고 창백하며 헝클어진 검은 머리카락이 이마를 덮고 있었다. 머리는 오랫동안 감지 않은 것처럼 보였지만 이마 아래의 눈은 아름다운 갈색이었다. 하지만 제인의 갈색 눈과는 전혀 달랐다. 제인의 눈은 웃음이 숨어 있는 금잔화 같은 금갈색이었지만 이 소녀의 눈은 매우 어둡고 슬픔에 찬 진갈색이었다. 눈동자가 너무 슬퍼 보여서 제인의 가슴이 묘하게 죄어 왔다. 이렇게 어린 아이가 이토록 슬픈 눈을 하고 있는 건 좋지 않다는 것을 제인은 잘 알고 있었다.

소녀는 몹시 낡고 푸른 옷을 입고 있었는데, 그것은 이 소녀를 위해 만든 옷이 아닌 게 분명했다. 길이가 너무 길고 묘하게 요란스러운 디자인이었으며, 때가 묻고 기름 얼룩이 배어 있었다. 그 옷이 작고 여윈 어깨에 걸쳐져 있는 모습은 알록달록한 넝마를 걸친 허수아비를 연상시켰다. 하지만 제인에게 옷 따위는 아무래도 상관없었다. 제인은 그 아이의 호소하고 있는 듯한 눈동자를 제외한 다른 것에는 아무런 관심이 없었다.

"내가 도와주면 안 될까?"

제인이 다시 물었다.

소녀는 고개를 저었고 커다란 눈망울에서 다시 눈물이 넘쳐흘렀다.

"저것 좀 봐."

소녀는 손가락으로 무언가를 가리켰다. 벚나무와 울타리 사이에 있는 임시로 만든 꽃밭 같은 곳에 짓밟힌 장미꽃이 흩어져 있었다.

"딕이 그랬어. 일부러 그런 거야. 저건 내 꽃밭이거든. 저 장미는 지난주 미스 서머즈가 생일날 받은 건데 크고 붉은 장미가 열두 송이나 되었어. 오늘 아침에 미스 서머즈가 꽃이 시들었으니 버리라고 나에게 말했지만 난 버릴 수가 없었어. 아직도 너무 예뻤거든. 난 여기 와서 저 꽃밭을 만들고 장미를 가득 꽂아두었어. 오래 가지 않을 줄은 알았지만 무척 예쁘게 보였어. 그리고 내 꽃밭이 있다는 기분도 들었고. 그랬는데 조금 전에 딕이 나와서 모두 짓밟아버렸어. 그러고는 웃는 거야."

소녀가 다시 울기 시작했다. 딕이 누구인지 몰랐지만 그때의 제인은 그 부드럽고 예쁘고 작은 손으로 딕의 목을 조르는 일 정도는 너끈히 할 수 있을 것 같았다. 제인은 소녀의 어깨를 감싸안았다.

"걱정하지 마. 이제 그만 울어. 둘이서 벚나무 가지를 많이 꺾어서 네 꽃밭에 가득 꽂아보자. 장미보다 싱싱하고 달빛을 받으면 얼마나 예쁠지 상상해 봐."

"그건 무서워서 못해. 미스 웨스트가 몹시 화낼 거야."

제인에게는 그런 소녀의 마음이 잘 이해되었다. 이해할 수 있다는 건 감격스러운 일이었다. 이 아이도 나처럼 누군가를 무서워하고 있어!

"그럼 저 튀어나와 있는 큰 가지에 올라가서 거기에 걸터앉아 꽃을 구경하자. 그러면 미스 웨스트도 화내지 않겠지?"

"그 정도는 괜찮을 것 같아. 하지만 어차피 미스 웨스트는 오늘밤 나 때문에 화가 나 있어. 저녁 식사 시중을 들 때 발이 걸려 넘어지는 바람에 컵을 세 개나 깨뜨렸거든. 내가 자꾸 그런 실수를 되풀이하면 다른 곳으로 보내버리겠대. 간밤에는 미스 서처의 비단옷에 수프를 엎질렀지 뭐야."

"미스 웨스트는 널 어디로 보내겠다는 건데?"

"몰라. 난 아무 데도 갈 데가 없어. 미스 웨스트는 아무 쓸모도 없는 나를 순전히 동정심에서 거두어주고 있는 거래."

"넌 이름이 뭐니?"

두 아이는 고양이처럼 민첩하게 벚나무에 올라가, 하얀 꽃무리 속에서 둘만의 향기로운 세상에 스스로 갇혀버렸다.

"조세핀 터너. 하지만 모두 '조디'라고 불러."

조디라고? 제인은 그 이름이 마음에 들었다.

"난 제인 스튜어트라고 해."

"나는 네 이름이 빅토리아인 줄 알았어. 미스 웨스트가 그렇게 말했거든."

"제인이야. 그게 아니면 제인 빅토리아. 하지만 그래도 난 제인이 더 좋아." 제인은 단호하게 말한 뒤 스스럼없는 태도로 제안했다. "그럼, 우리 이제부터 친하게 지내자."

그날 밤 제인은 담장의 벌어진 틈을 지나 집으로 돌아가기도 전에 조디에 대해 많은 것을 알게 되었다. 조디의 부모는 조디가 아기였을 때 돌아가셨다고 했다. 58번지에서 요리사로 일하던 엄마의 사촌이 조디를 맡았는데, 부엌 밖으로 내보내지 않는다는 조건으로 58번지에 있어도 좋다는 허락을 받았다. 2년 전에 엄마의 사촌 밀리 아주머니까지 죽자 조디는 그대로 그 집에 '눌러앉은' 것이다.

새로 온 요리사를 거들어 감자껍질을 벗기거나 칼을 닦고, 설거지, 청소, 잔심부름도 했다. 최근에는 그 일보다 좀 나은 식탁 시중을 들게 되었지만, 잠자는 곳은 여전히 여름에 덥고 겨울에 추운, 동굴 같은 다락방이었다. 하숙생들로부터 얻은 헌옷을 입고 특별히 바쁜 일이 없는 한 매일 학교에 간다. 친절하게 말을 걸어주는 사람은 아무도 없고, 상대해 주는 것은 오직 딕뿐이었다. 딕은 미스 웨스트가 눈에 넣어도 아프지 않을 만큼 사랑하는 조카로, 조디를 놀리거나 괴롭히며 '고아'라고 부르기도 했다.

조디는 딕을 무척 싫어했다. 언젠가 아무도 없을 때 조디는 몰래 응접실에 들어가서 피아노 앞에 앉아, 늘 들어서 알고 있던 곡조를 쳐본 적이 있었다. 그런데 딕이 미스 웨스트에게 고자질하는 바람에 조디는 두 번 다시 피아노를 만져서는 안 된다고 호된 꾸중을 들어야 했다.

"난 피아노를 정말 배우고 싶어. 내 소원은 그것과 꽃밭뿐이야. 내 꽃밭이 있다면 얼마나 좋을까!"

조디가 슬픈 표정으로 말했다.

제인은 세상이 왜 이렇게 불공평한지 모르겠다고 생각했다. 제인은 피아노를 좋아하지 않았지만, 외할머니가 무슨 일이 있어도 피아노 레슨을 받아야 한다고 해서, 엄마를 난처하게 만들지 않기 위해 성실하게 연습하고 있었다. 그런데 가엾은 조디는 음악을 동경하고 있으면서도 그 기회를 얻지 못하고 있는 것이다.

"그리 크지 않은 꽃밭이라면 만들 수 있지 않을까? 이곳에는 땅이 넉넉하게 있고 우리 집 뒤뜰처럼 나무그늘도 없는걸. 나도 꽃밭 만드는 걸 거들어 줄게. 엄마가 씨앗을 조금 주실지도 몰라."

"그래도 소용없을 거야. 그것도 딕이 짓밟아버릴 텐데, 뭐."

조디가 힘없이 말했다.

"그럼 이렇게 하면 돼. 씨앗 카탈로그를 구하자. 아마 프랭크가 구해 줄 거야. 그리고 상상 속의 꽃밭을 만드는 거야."

"어떻게 그런 생각을 다했니? 정말 기막힌 아이디어야."

조디가 감탄했다.

제인은 행복감을 느꼈다. 누구한테서 칭찬을 받은 것은 그때가 처음이었기 때문이다.

달의 비밀

물론 외할머니는 당장 조디에 대해 알게 되었다. 외할머니는 조디를 두고 빈정대는 말을 하기는 했지만, 58번지의 뜰에 가서 조디와 놀아서는 안 된다는 말은 하지 않았다. 그 까닭을 안 것은 제인이 좀더 자란 뒤였다. 누군가가 거기에 대해 물어보았을 때 외할머니는 제인이 얼마나 저속한 취미를 가지고 있으며 얼마나 수준 낮은 사람을 좋아하는지 보여주고 싶어서였다고 했던 것이다.

"조디는 정말 착한 아이예요."

제인은 힘주어 두둔했다.

"하지만 보살펴주는 사람이 아무도 없는지 굉장히 불결한 것 같더구나."

"얼굴은 항상 깨끗하고 귀 뒤를 씻는 것도 잊은 적이 없어요, 엄마. 제가 머리 감는 방법을 가르쳐 줄 거예요. 깨끗해지기만 하면 조디의 머리는 정말 아름다울 거예요. 새카만 머리카락이 비단처럼 고운걸요. 그리고 제 크림을 한 병 그 아이에게 줘도 되죠? 전 손에 바르는 게 두 개나 있거든요. 조디의 손은 빨갛게 갈라져 있어요. 열심히 일하고 설거지를 많이 해서 그래요."

"하지만 그 옷은⋯⋯."

"옷은 조디로서도 어떻게 할 수가 없어요. 얻은 것을 입어야 하니까요. 그것도 한번에 두 벌 이상 가져본 적이 없대요. 한 벌은 평상복으로 또 한 벌은 주일학교에 갈 때 입어요. 주일학교에 입고 가는 옷도 그리 좋은 건 아니에요. 벨 씨네 에셀이 입던 분홍색 옷인데 거기에 커피를 쏟았거든요. 게다가 조디는 힘든 일을 하지 않으면 안 돼요. 정말 노예처럼 산다고 메리가 말했어요. 전 조디가 무척 좋아요, 엄마. 너무 착한 아이인걸요."

"그래⋯⋯."

엄마는 한숨을 쉬었으나 결국 지고 말았다. 열심히 설득하면 엄마는 언제나 지고 만다. 제인은 이 사실을 이미 알고 있었다. 제인은 엄마를 숭배하고 있었지만 반면 엄마의 약점을 완전히 간파하고 있었다. 엄마는 누구한테고 '용감하게 대항'하지 못하는 것이다. 어느 날 제인이 듣고 있는 줄도 모르고 메리가 프랭크에게 그렇게 말하는 것을 듣고, 제인은 그것을 확신했다.

"그분은 마지막에 설득하는 사람이 말하는 대로 하신다니까요. 그 마지막 사람은 물론 노마님이죠."

"맞아, 노마님은 그분한테 정말 잘해주고 계셔. 그분은 화려한 걸 좋아하는 귀여운 분이시지."

프랭크가 말했다.

"화려한 걸 좋아하고말고요. 하지만 행복하실까?"

'행복하냐고? 물론 엄마는 행복하고말고.'

제인은 마음속으로 분개했다. 엄마가 춤과 파티, 모피 옷, 보석, 그리고 친구들에게 에워싸여 있어도 행복하지 않은 게 아닌가 하는 의구심이 마음 한 켠에 늘 있었기 때문에 더 화가 났는지도 모른다. 어째서 그런 생각을 하게 된 건지는 제인 자신도 알 수 없었다. 이따금 떠오르는 엄마의 눈빛 탓인지도 모른다. 그 눈빛은 감옥에 갇힌 사람의 눈빛이었다.

봄에서 여름까지 제인은 저녁때 조디가 산처럼 쌓인 접시를 다 닦고 나면 58번지의 뜰에 가서 조디와 함께 놀았다. 두 아이는 공상의 뜰을 함께 만들거나, 울새와 검은 잿빛 다람쥐에게 빵부스러기를 주고, 벚나무에 올라가 함께 별을 바라보기도 했다. 그리고 얘기하고, 얘기하고, 또 얘기했다! 필리스하고는 얘기할 것이 하나도 없었지만 조디한테는 항상 말할 것이 산더미 같았다.

조디는 그 후에도 벚나무 아래에서 운 적이 있었다. 미스 웨스트가 조디의 헌 곰인형을 쓰레기통에 버리라고 말했기 때문이다. 완전히 낡아서 더 이상 기울 곳이 없을 만큼 누덕누덕 기운 데다, 닳아 버린 곰인형의 눈에는 이제 단추를 새로 달 수도 없을 지경이었다. 게다가 미스 웨스트의 말에 의하면 조디가 이제 곰인형하고 놀 나이가 아니라는 것이었다.

"하지만 난 이것 말고는 아무 것도 가진 게 없는걸."

조디는 흐느껴 울었다.

"다른 인형이 있으면 곰인형은 더이상 필요 없을 텐데……. 전부터 인형이 갖고 싶었어. 이제부터 다락방에서 혼자 자야 하다니 너무 외로울 거야."

"우리 집에 가자. 내가 인형을 줄게."

제인은 인형을 별로 좋아하지 않았다. 살아 있는 것이 아니었기 때문이다. 제인이 7살 되던 해의 크리스마스 때 실비아 이모가 굉장히 좋은 인형을 주었지만, 그 인형은 예쁜 옷을 입고 있었고 결점이 하나도 없어서 전혀 보살펴 줄 필요가 없었다. 매일 새롭게 기워줘야 할 곰인형이었으면 좀더 예뻐했을지도 모른다.

제인은 눈을 동그랗게 뜨고 뛸 듯이 기뻐하는 조디를 명랑한 거리 60번지의 호화로운 집으로 데리고 가서 그 인형을 주었다. 그 인형은 제인의 방에 있는 검은 호두나무 옷장의 아래 서랍 속에서 오랫동안 누구의 방해도 받지 않고 잠들어 있었다. 그런 다음 제인은 조디를 엄마의 방으로 데리고 가서, 엄마의 테이블 위에 있는 여러 가지 것들, 은으로 세공한 머리빗과 무지개 같은 무늬의 유리뚜껑이 있는 향수병, 작은 금쟁반에 담겨 있는 아름다운 반지들을 보여주었다. 그런데 두 아이가 그곳에 있는 것을 외할머니가 보고 만 것이다.

외할머니는 문 앞에 선 채 두 아이를 뚫어지게 노려보았다. 차갑고 숨막히는 침묵이 파도처럼 온 방 안에 퍼지는 것이 느껴졌다.

"빅토리아, 이게 어찌된 일이냐?"

"이, 이 아이는 조디예요. 전, 전, 인형을 주려고 데리고 왔어요. 조디는 인형이 하나도 없어서요."

"오, 그래? 그래서 넌 실비아 이모가 준 것을 그 애한테 줘버린 거냐?"

제인은 자신이 이미 용서받을 수 없는 잘못을 저질렀다는 것을 깨달았다. 자기 인형조차 마음대로 남에게 줄 수 없을 줄은 꿈에도 생각지 못했던 것이다.

"난 이 조디라는 아이와 네가 이 아이가 사는 곳에서 노는 것은 말리지 않아. 핏줄은 속일 수 없는 것이니까. 하지만 잘 들어라. 너의 천한 친구를 이 집에 데리고 오는 건 안 된다, 나의 사랑스러운 빅토리아."

그녀의 '사랑스러운 빅토리아'는 상처 받은 가엾은 조디를 재촉하여 인형을 남겨둔 채 방에서 나갔다. 그렇지만 외할머니에게 한마디도 하지 않고 물러갈 수는 없었다. 문에서 나가려던 제인은 한순간 멈춰 서서 얼어붙은 갈색 눈으로 비난하듯 외할머니를 쏘아보았다.

"외할머니는 틀렸어요."

제인의 목소리는 조금 떨리고 있었지만, 아무리 외할머니한테 실례가 되는 말이라 해도 그 순간 말하지 않을 수 없었다. 그렇게 말해버린 뒤 조디를 따라 아래층으로 내려가 밖으로 나갔는데, 가슴속에서 이상한 만족감이 차 올랐다.

"난 천한 사람이 아니야. 물론 난 너하고는 다르지만. 너네 집안은 신분이 높다고 미스 웨스트가 그랬거든. 하지만 우리 집안도 모두 반듯한 사람들이었다고 밀리 아주머니가 얘기해 주었어. 우리 집안 사람들은 살아 있을 때 언제나 자기 힘으로 생계를 꾸려갔다고 했어. 나도 미스 웨스트를 열심히 거들면서 생계를 위해 스스로 일하고 있는 거야."

조디의 입술이 떨리고 있었다.

"물론 넌 천한 사람이 아니고 난 널 무척 좋아해. 이 세상에서 내가 좋아하는 사람은 너하고 엄마밖에 없어."

그렇게 말하는 동안 애잔한 슬픔이 이상하게 제인의 가슴을 죄어왔다. 이 세상의 수백만 명이나 되는 사람들 가운데——제인은 수백만이 어느 정도인지 정확히는 몰랐지만 많은 숫자라는 것은 알고 있었다——좋아하는 사람이 단 두 사람밖에 없다니! 하는 생각이 갑자기 든 것이다.

'난 많은 사람을 좋아하고 싶어. 그건 기쁜 일인걸.' 제인은 생각했다.

"나한테는 너 말고 아무도 좋아하는 사람이 없어."

조디가 말했다. 제인이 뒤뜰 구석에 있는 헌 깡통으로 성을 만들자고 제안하자 조디는 금세 마음 상했던 일도 잊어버리고 거기에 몰두했다. 그 깡통들은 미스 웨스트가 시골에 사는 사촌을 위해 모으고 있는 것이었다. 그 시골의 사촌은 그 깡통들을 도대체 알 수 없는 어떤 일에 사용하고 있었다. 올 겨울 내내 그 사촌이 오지 않았기 때문에, 빈 깡통이 고층 건물도 지을 수 있을 만큼 많이 모여 있었다. 물론 다음날이면 딕이 발로 차버릴 것이 틀림없었지만 두 아이는 성을 짓는 것만으로도 재미있었다. 두 아이는 58번지의 하숙생인 신진 건축가 토리 씨가 자동차를 차고에 넣다가, 달빛 아래 반짝이는 이 성을 발견하고 휘익 하고 휘파람을 부는 것도 몰랐다.

"아이들 둘이서 지은 것치고는 제법 괜찮은 솜씬데?"

토리 씨는 혼잣말을 했다.

여느 때 같으면 자고 있어야 할 이 시간에 제인은, 눈을 반짝 뜨고 창밖으로 내다보이는 달 속에 자기가 산다고 가정하고 달나라에서의 생활을 상상하느라 시간가는 줄 몰랐다.

제인은 자기가 '달의 비밀'이라고 부르고 있는 것에 대해서만은 엄마와 조디에게도 말하지 않았다. 혼자만의 비밀이기 때문에 도저히 애기할 수가 없었다. 애기하면 상상 속의 생활이 무너져버릴 것 같아서였다.

지금까지 3년 동안 제인은 달나라를 향해 꿈의 항해를 계속해 왔다. 희미하게 빛나는 상상의 세계에서 제인은 멋진 생활을 하며, 반짝이는 은빛 언덕 사이에 있는, 사람들이 알지 못하는 마법의 샘에서 영혼의 갈증을 달래고 있었다. 달나라로 가는 방법을 발견하기 전에는 앨리스처럼 거울 속으로 들어가고 싶어했다. 그런 기적이 일어나기를 바라면서 종종 오랫동안 거울 앞에 서 있었기 때문에, 거트루드 이모는 빅토리아처럼 자만심이 강한 아이는 처음 보았다고 말했다.

"그게 정말이냐?"

외할머니는 도대체 제인에게 자만할 만한 것이 어디 있느냐는 듯 빈정대는 투로 말했다.

마침내 제인은 안타깝게도 거울의 세계에는 들어갈 수 없다는 결론에 도달했다. 그런데 어느 날 밤, 휑뎅그렁하기만 하고 아늑한 맛이 없는 방에 혼자 누워 있다가, 창문 하나에서 달이 자기를 엿보고 있는 것을 보았다. 편안하고 아름다운 달이었다. 그때부터 제인은 달나라에서의 자신을 꿈꾸기 시작했다. 신비로운 하얀 달나라에서 제인은 요정나라의 음식을 먹고 꽃이 만발한 요정나라의 들판을 상상 속의 친구들과 함께 뛰어다녔다.

제인은 상상의 달나라 속에서조차 성실했다. 달은 전부 은으로 되어 있었기 때문에 매일 밤 윤이 나도록 닦지 않으면 안 되었다. 제인과 달나라 친구들은 달을 닦는 것이 무척 재미있었다. 특별히 열심히 닦는 자와 게으른 자를 위해 지혜로운 상과 벌이 마련되어 있었다. 게으른 자는 보통 달의 반대쪽으로 추방되었다. 그곳은 몹시 어둡고 춥다는 것을 책에서 읽은 적이 있다. 뼛속까지 얼어붙는 추위를 겪은 게으른 자들은, 용서를 받고 돌아오면 있는 힘을 다해 열심히 달을 닦아 몸을 따뜻하게 함으로써 비로소 기쁨을 느꼈다.

그런 밤이면 달이 더욱 밝게 빛나는 것 같았다. 아, 얼마나 즐거운 일인가! 달이 없는 밤만 아니라면 이제 침대에 혼자 들어가는 것도 외롭게 느껴지지 않았다. 제인에게 가장 반가운 것은 서쪽 하늘에 떠오르는 가느다란 초승달로, 제인은 초승달이 떠오르면 마치 자기 친구가 돌아온 것처럼 기뻐했다. 제인은 수많은 쓸쓸한 나날을, 밤이면 달나라에서 즐겁게 뛰놀 수 있다는 희망으로 견뎌냈다.

넌 태어나지 말았어야 했어

　10살이 될 때까지 제인은 아버지가 죽은 것으로 알고 있었다. 누구한테서 그런 말을 들은 기억은 없었지만, 제인은 거기에 대해 의심해 본 일이 없었다. 아버지에 대한 얘기를 입에 올리는 사람은 아무도 없었다. 제인이 알고 있는 것이라곤 아버지의 이름이 앤드루 스튜어트라는 정도였다. 사람들이 엄마를 '앤드루 스튜어트 부인'이라고 부르고 있었기 때문이다.

　그것만 알고 있을 뿐 제인한테 아버지는 없는 거나 마찬가지였다. 제인은 아버지라는 사람에 대해서 별로 아는 것이 없었다. 아버지에 대해 알고 있는 사람은 필리스의 아버지인 데이비드 콜먼 이모부뿐이었다. 이 이모부는 잘생긴 외모에 나이보다 약간 늙어보이는 사람으로 눈 밑이 주머니처럼 늘어져 있었는데, 일요일에 식사하러 오면 이따금 제인에게 고함치듯 말을 걸었다. 그 목소리는 일부러 다정한 마음을 드러내기 위한 것임을 제인은 알고 있었고, 그래서 이모부가 싫지 않았다. 하지만 그런 아버지가 있는 필리스가 부럽다고 생각한 적은 한번도 없었다. 이렇게 다정하고 애정이 깊은 멋진 엄마가 있는데 아버지가 왜 필요하단 말인가?

그때쯤 아그네스 리플리가 세인트애거서 학교에 전학 왔다. 제인은 처음에는 아그네스가 마음에 들었다. 아그네스는 제인을 처음 만났을 때 놀리듯이 혀를 날름 내밀었다. '거물 토머스 리플리'라고 하는 사람의 딸로——이 사람은 '철도인지 뭔지 하는 것'을 건설했다고 한다——세인트애거서의 소녀들은 하나같이 아그네스의 비위를 맞추며 그녀의 관심을 끌고 싶어했다. 아그네스는 '비밀'을 굉장히 좋아해서 세인트애거서의 소녀들은 아그네스한테서 비밀 얘기를 듣는 것을 대단한 명예로 생각했다. 그런 어느 날 오후 운동장에서 아그네스가 제인에게 다가와, "난 비밀을 알고 있어" 하는 수수께끼 같은 말을 던졌을 때 제인은 가슴이 두근거릴 정도로 기뻤다.

"난 비밀을 알고 있어" 하는 말만큼 사람의 마음을 유혹하는 것이 또 있을까? 제인은 그 마력 앞에 무릎을 꿇었다.

"뭔데? 가르쳐 줘!"

제인은 졸랐다. 아그네스한테서 비밀을 들음으로써 그 매력의 포로가 된 소녀들의 그룹에 끼고 싶기도 했고, 또 비밀 자체가 궁금하기도 했다. 비밀이란 언제나 신비롭고 아름다운 것이다.

아그네스는 동그랗고 작은 코에 주름을 잡으며 으스댔다.

"하지만 이 다음에 가르쳐 줄게."

"이 다음엔 듣고 싶지 않아. 지금 듣고 싶어."

제인은 금잔화색 눈을 빛내며 열심히 부탁했다.

갈색 생머리를 늘어뜨린 아그네스의 작은 악마 같은 얼굴에서 장난스러운 표정이 떠올랐다. 아그네스는 녹색 눈 한쪽으로 제인에게 윙크를 했다.

"좋아. 듣고 난 뒤에 마음에 안 들어도 난 몰라. 자, 얘기할 테니까 잘 들어."

제인은 귀를 쫑긋 세웠다. 세인트애거서의 탑도, 저편에 있는 초라한 길도 귀를 기울이고 있는 듯했다. 제인은 온 세상이 귀를 기울이고 있는 것처럼 느꼈다. 나도 선택받은 사람들 중의 하나야! 드디어 아그네스가 비밀을 털어놓으려 하고 있어!

"네 아버지와 엄마는 함께 살고 있지 않아."

제인은 말똥말똥한 눈으로 아그네스를 쳐다보았다. 무슨 말인지 전혀 알아들을 수가 없었다.

"물론 함께 살고 있지 않아. 우리 아버지는 돌아가셨으니까."

"아냐, 그렇지 않아. 돌아가시지 않았어. 프린스에드워드 섬에 살고 있대. 네가 3살이었을 때 네 엄마가 네 아버지를 버렸어."

제인은 커다랗고 차가운 손이 자신의 심장을 움켜잡는 것 같은 느낌이 들었다.

"그건 사실이, 아니야."

"사실이야. 도러 큰엄마가 우리 엄마한테 얘기하는 걸 모두 들었는걸. 어느 해 여름 네 외할머니가 네 엄마를 바닷가로 데리고 갔을 때, 네 엄마는 전쟁에서 막 돌아온 네 아버지와 결혼을 했었대. 네 외할머니는 심하게 반대했지. 모든 사람이 오래 가지 못할 거라고 생각했다고 도러 큰엄마가 말했어. 네 아버지는 가난뱅이였거든. 하지만 가장 문제가 됐던 건 너였어. 넌 태어나지 말았어야 했어. 네 아버지도 엄마도 널 원하지 않았다고 도러 큰엄마가 말했어. 그 뒤부터 네 부모님은 매일 싸움만 하다가 결국 네 엄마가 아버지를 버리고 만 거래. 도러 큰엄마가 그러는데, 네 엄마는 아버지하고 이혼하고 싶었지만, 캐나다에서는 이혼이 너무 어려운 데다 케네디 집안 사람들은 모두 이혼을 무서운 것으로 생각했대."

제인은 심장을 움켜잡고 있는 손이 너무 강해 숨도 쉴 수 없을 지경이었다.

"난, 난, 그런 말 믿을 수 없어."

"내가 비밀을 가르쳐줬는데도 그렇게 말을 한다면 나머진 말해 주지 않을 테니까 알아서 해, 빅토리아 스튜어트!"

아그네스가 얼굴을 붉히며 소리쳤다.

"더 이상 듣고 싶지도 않아."

제인은 방금 들은 말을 절대로 잊을 수 없을 것 같았다. 사실일 리가 없어, 그럴 리가 없어! 오후 시간은 영원히 끝나지 않을 것처럼 느리게 갔다. 세인트애거서 학교 자체가 악몽 같았다. 집으로 돌아갈 때 프랭크가 그토록 느리게 자동차를 운전한 적은 지금까지 한 번도 없었다. 칙칙한 거리가 그토록 더럽고 지저분하게 보인 적도, 바람이 이렇게 잿빛을 하고 있었던 적도 없었다. 하늘 높이 떠 있는 달은 아직 빛을 잃고 종잇장처럼 하얬건만, 그것이 다시 빛나든 말든 제인은 아무 관심도 없었다.

제인이 집에 도착했을 때 명랑한 거리 60번지에서는 오후의 차 마시는 시간을 즐기던 중이었다. 분홍색 금어초와 튤립, 풀고사리를 아낌없이 장식한 넓은 응접실에는 많은 손님들이 있었다. 엄마는 풍성한 레이스 소매가 달린 난초색 시폰 드레스를 입고 즐겁게 웃고 있었다. 파르스름한 빛을 발하고 있는 다이아몬드를 머리에 얹은 외할머니는 자신이 가장 좋아하는 의자에 앉아 있었다.

한 부인의 말을 빌리면 외할머니는, "은발을 한 정말 감미로운 분으로, 휘슬러(1834년 미국에서 태어나 파리에서 그림을 공부하고 주로 런던에 살았던 화가) 그림의 어머니상을 연상케 하는" 모습이었다. 거트루드 이모와 실비아 이모는 베니스 레이스로 감싼 모습으로 길다란 분홍빛 촛불이 켜져 있는 테이블에서 차를 준비하고 있었다.

그 사람들 한가운데를 지나서 제인은 똑바로 엄마를 향해 걸어갔다. 많은 사람들이 있는 것도 눈에 들어오지 않았다. 꼭 물어봐야 할 것이 하나 있었고, 거기에 대해 당장 대답을 들어야만 했다. 지금 당장. 제인은 더 이상 견딜 수가 없었다.

"엄마, 아버지가 살아 있어요?"

무서운 침묵이 방 안을 엄습했다. 외할머니의 푸른 눈에 칼날 같은 빛이 번쩍였다. 실비아 이모는 숨을 삼켰고 거트루드 이모의 얼굴은 드물게 보랏빛으로 변했다. 하지만 엄마의 얼굴은 그 위에 눈이 내린 것 같았다.

"살아 있다는 게 정말이에요?"

제인이 다시 물었다.

"그래."

엄마는 그렇게만 대답하고 더 이상 아무 말도 하지 않았다.

제인도 그 이상은 묻지 않았다. 방을 나가 멍하니 층계를 올라갔다. 자기 방에 들어간 제인은 문을 닫고 침대 옆에 깔려 있는 커다란 흰곰 깔개 위에 가만히 드러누워 부드러운 털 속에 얼굴을 묻었다. 무겁고 어두운 고통의 파도가 밀려오는 기분이었다.

지금까지 아버지가 죽은 줄로만 알고 있었는데 살아 있다는 것이다. 지도에서 프린스에드워드 섬이라고 배운 멀리 떨어진 점 같은 곳에. 아버지와 엄마는 서로 사랑하지 않았고 자신을 원하지도 않았다. 부모가 원하지 않았다는 것은 몹시 기묘하고 불쾌한 느낌이라고 제인은 생각했다.

"넌 태어나지 말았어야 했어"라고 말하던 아그네스의 목소리가 귓전에서 영원히 사라질 것 같지 않았다. 제인은 아그네스 리플리가 미웠다. 영원히 미워할 것이다. 나도 외할머니의 나이가 될 때까지 살게 될까? 그렇다면 그토록 오랫동안 어떻게 견딜 수 있단 말인가.

손님들이 돌아간 뒤 2층으로 올라온 엄마와 외할머니는 제인의 그런 모습을 발견했다.

"빅토리아, 일어나거라."

제인은 꼼짝도 하지 않았다.

"빅토리아, 내가 무슨 말을 했을 때는 그대로 따라 주었으면 좋겠다."

제인은 일어났다. 울고 있지는 않았다. 몇 년 전에 누군가가 제인은 절대로 울지 않는다고 하지 않았던가? 하지만 제인의 얼굴에는 누구의 가슴이든 쥐어뜯어 버리고 말겠다는 결의가 나타나 있었다. 그래서 외할머니조차 마음이 움직이지 않을 수 없었는지 외할머니로서는 참으로 부드럽게 이렇게 말했다.

"나는 전부터 네 엄마한테 말했어, 빅토리아. 너에게 사실을 얘기해야 한다고 말이다. 언젠가는 누군가를 통해 이 사실이 네 귀에 들어갈 게 틀림없을 거라고 했지. 네 아버지는 살아 있다. 엄마는 내 반대를 무릅쓰고 결혼했다가 나중에 후회하게 된 거야. 네 엄마가 제정신을 차렸기 때문에 난 네 엄마를 용서했고, 이 집으로 돌아왔을 때는 기꺼이 환영해 주었지. 그것뿐이야. 앞으로는 우리가 손님을 접대하고 있을 때 네가 기어이 소란을 피워야 할 일이 있다면 손님들이 돌아가실 때까지 참아주기 바란다."

"왜 그 사람은 절 좋아하지 않았어요?"

제인이 멍하니 물었다.

무엇보다도 그것이 가장 괴로웠다. 엄마도 처음에는 자기를 원하지 않았을지 모르지만 지금은 사랑해주고 있다는 것을 제인은 잘 알고 있었다.

엄마는 갑자기 웃었다. 너무 슬픈 웃음이어서 제인은 가슴이 찢어지는 것 같았다.

"널 질투했기 때문이란다."

엄마가 대답했다.

"그 남자 때문에 네 엄마 인생은 비참해졌어."

외할머니의 목소리는 다시 엄격해져 있었다.

"아, 저도 잘하지는 않았어요."

엄마는 목이 메어 소리쳤다.

엄마와 외할머니의 얼굴을 번갈아 쳐다보던 제인은 외할머니의 표정이 홱 변하는 걸 느꼈다.

"너는 내가 듣고 있는 데서, 또 네 엄마가 듣고 있는 데서 두 번 다시 아버지라는 말을 입에 올려서는 안 돼. 우리에게 또 너에게, 네 아버지는 죽은 사람이니까."

그런 말은 할 필요 없었다. 제인은 아버지에 대한 얘기는 다시는 입밖에 꺼내지 않았다. 엄마를 불행하게 만든 그 사람을 제인은 머릿속에서 완전히 몰아내 버렸다. 세상에는 생각하기도 싫은 사람이 있기 마련인데 아버지가 그랬다. 하지만 이 일에서 무엇보다 괴로운 건 엄마하고도 마음을 터놓고 얘기할 수 없다는 사실이었다. 막연하기는 하지만 엄마와 자기 사이를 가로막는 무언가가 있다는 것을 제인은 느꼈다. 지금까지처럼 뭐든지 털어놓을 수는 없게 된 것이다. 절대로 입에 올려서는 안 되는 일이 생기자 모든 것이 한꺼번에 무너지는 것 같았다.

제인은 아그네스 리플리와 또 그 비밀 예찬주의자들을 절대로 용서할 수 없었기 때문에, 아그네스가 학교를 그만두었을 때 가슴을 쓸어내리는 기분이었다. '거물 토머스'는 이 학교가 자기 딸에게 어울릴 만큼 현대적이지 않다고 생각한 것이다. 아그네스는 탭댄스를 배우고 싶어했다.

외할머니와 새끼고양이

아버지가 살아 있다는 사실을 안 지 1년이 지났다. 그 1년 동안 제인은 가까스로 진급해──필리스는 모든 과목에서 우등을 했고 제인은 그 얘기를 귀가 따갑도록 들어야 했다──변함없이 자동차를 타고 세인트애거서 학교에 다녔다. 필리스를 좋아하려고 최대한 노력했지만 결과는 그리 신통치 않았다. 저녁이면 뒤뜰에서 조디를 만났고 좋아하지 않는 피아노도 열심히 연습했다.

"음악을 좋아하지 않다니 곤란한 일이야. 물론 좋아할 리가 없겠지만."

외할머니의 말은 내용이 아니라 그 말투가 늘 문제였다. 상대방의 마음을 후벼파고 아픈 상처를 주었다. 제인은 사실 음악을 좋아했다. 음악을 듣는 게 아주 좋았다. 58번지에서 하숙하고 있는 음악가 랜섬 씨는 저녁 때 자기 방에서 연주하는 바이올린 소리가 뒤뜰 벚나무 위에 걸터앉은 두 명의 청중의 마음을 사로잡고 있는 줄은 꿈에도 몰랐을 것이다.

제인과 조디는 손을 잡고 말할 수 없는 기쁨에 가슴이 벅차오르는 것을 느끼며 앉아 있었다. 겨울이 되어 침실 창문을 닫아야 할 때면 제인은 견딜 수 없이 외로웠다. 그럴 때는 오로지 달만이 유일한 피난처였기 때문에 전보다 더욱 자주 달을 찾아 긴 침묵에 빠지곤 해서, 외할머니로부터 '심통을 부린다'고 꾸중을 들었다.

"저 아이는 천성이 좋지 않아" 하고 외할머니가 말하면, 엄마는 "아니에요. 전 그렇게 생각하지 않아요"라고 대답했다.

엄마가 외할머니의 말에 반대하는 것은 제인을 두둔할 때뿐이었다.

"제인은 그저 예민한 아이일 뿐이에요."

"예민하다고?"

외할머니는 웃었다. 외할머니는 좀처럼 웃지 않았는데, 차라리 그게 더 낫겠다고 제인은 생각했다. 거트루드 이모는 웃거나 농담을 한 적이 있기는 해도 상당히 옛날 일이라 기억하고 있는 사람이 아무도 없었다. 엄마는 사람이 있을 때는 웃었지만, 방울을 굴리는 듯한 그 웃음소리는 어딘가 부자연스럽게 들렸다. 아니, 명랑한 거리 60번지에서 자연스러운 웃음소리는 좀처럼 들을 수 없었다. 남몰래 사물의 유머러스한 면을 간파하는 재능을 가진 제인은 이 큰 집을 웃음소리로 가득 채울 수 있었지만, 외할머니가 웃는 것을 싫어한다는 것을 어릴 때부터 알고 있었다. 메리와 프랭크조차 부엌에서 극히 조심스럽게 소리를 낮춰 웃지 않으면 안 되었다.

그해에 제인은 놀랄 만큼 키가 자라 더욱 뼈가 앙상하고 보기 흉해졌다. 턱은 모가 나고 가운데가 갈라져 있었다.

"갈수록 그 남자의 턱과 닮아가는 것 같지 않니?"

외할머니가 언젠가 비웃는 듯한 말투로 거트루드 이모한테 그렇게 말하는 것을 듣고, 제인은 흠칫 놀랐다. 괴로운 진실을 알아버린 지금 제인은 '그 남자'가 아버지를 가리킨다는 것을 눈치채고 그때부터 자신의 턱이 싫어졌다. 왜 엄마처럼 둥글고 고운 턱이 아니란 말인가?

그해는 극히 평온하게 지나갔다. 거의 단조롭다고 해도 좋을 정도였지만, 제인은 아직 그 말을 몰랐다. 그해에는 제인에게 강한 인상을 남긴 세 가지 사건이 있었다. 새끼고양이 사건과 케네스 하워드의 사진에 대한 이해할 수 없는 사건, 그리고 불운했던 시낭송사건.

제인은 그 새끼고양이를 길에서 주워왔다. 어느 날 오후 운전기사 프랭크는 시간에 맞춰 외할머니와 엄마를 마중하러 어디론가 가야 했기 때문에, 서둘러 세인트애거서에서 제인을 태우고 돌아가다가 명랑한 거리 입구에서 내려주며 걸어서 돌아가도 좋다고 했다. 제인은 뜻밖에 얻은 자유를 즐기면서 기쁜 마음으로 걸어갔다. 어디든 혼자 걷는 것, 아니 아예 걷는 것 자체가 허락되는 경우는 몹시 드물었다. 걷는 것을 무척 좋아하는 제인은 세인트애거서 학교에도 걸어다니고 싶었지만, 사실 걷기에는 너무 먼 거리여서 전차를 타고 다닌다면 괜찮을 것 같았다.

제인은 전차를 타는 것도 몹시 좋아했다. 전차에 타고 있는 사람들을 보면서 그 사람들에 대해 생각해보는 것은 무척 재미있는 일이었다. 저 윤기 나고 아름다운 머리의 여자는 누구일까? 붉으락푸르락 화를 내고 있는 저 할머니는 무슨 말을 저렇게 혼자 중얼거리고 있는 것일까? 저 작은 남자아이는 사람들이 보는 앞에서 엄마가 손수건으로 얼굴을 닦아주는 것을 기뻐하고 있을까? 저 명랑해 보이는 여자아이도 진급을 걱정하고 있을까? 저 남자는 이가 아픈 것일까? 아프지 않을 때는 웃는 얼굴을 할까? 제인은 그 사람들에 대한 것을 전부 알고 싶었고 필요에 따라 동정을 보내거나 기뻐하고 싶었다. 하지만 명랑한 거리 60번지에 사는 사람이 전차를 타는 일은 거의 없었다.

즐거운 시간을 늘리기 위해 제인은 되도록 천천히 걸어갔다. 늦가을의 쌀쌀한 날씨였다. 아침부터 태양은 빛을 아끼며 음울한 잿빛

구름 뒤에서 유령처럼 희미하게 세상을 내려다보고 있었고, 어두워지기 시작한 지금은 눈발이 흩날리고 있었다. 불빛이 희미하게 빛을 내뿜기 시작했고, 명랑한 거리에 있는 빅토리아 왕조식의 위엄 있는 창문에도 하나 둘 불이 켜졌다.

제인은 살갗을 찌르는 듯한 바람은 아랑곳없이 다른 것에 마음이 끌렸다. 아래쪽에서 가냘픈 울음 소리가 들려와서 쳐다보니 새끼고양이 한 마리가 철책 옆에 웅크리고 있는 불쌍한 모습이 눈에 들어왔다. 제인은 허리를 굽혀 새끼고양이를 안아들고 뺨에 갖다댔다. 부드러운 털 속에 한줌밖에 되지 않을 것 같은 작고 앙상한 새끼고양이가 제인의 뺨을 열심히 핥았다. 아무도 돌보는 사람이 없는 듯 몸은 차갑게 식었고 배도 고픈 것 같았다. 명랑한 거리의 고양이가 아니라는 걸 한눈에 알 수 있었다. 폭풍이 다가오는 이 밤에 내버려두면 죽을 것이 뻔했다.

"아니 저런! 빅토리아 아가씨, 어디서 데리고 온 거예요?"

제인이 새끼고양이를 안고 부엌에 들어서자 메리가 놀란 눈으로 물었다.

"그런 걸 데리고 오면 안 돼요. 할머님이 고양이를 싫어하시잖아요. 거트루드 이모님이 언젠가 고양이 한 마리를 얻어왔을 때 장식품의 술 장식을 모조리 물어 뜯어버리는 바람에 쫓겨나고 말았어요. 그 고양이도 밖으로 내보내는 게 좋을 거예요, 빅토리아 아가씨."

제인은 '빅토리아 아가씨'라고 불리는 것이 무척 싫었지만 외할머니가 하인들에게 그렇게 부르도록 시켰다.

"저렇게 추운 바깥으로 쫓아내다니 도저히 그럴 수 없어요, 메리. 뭔가 먹을 것을 좀 주세요. 그리고 저녁 식사가 끝날 때까지 이곳에 놔두세요. 외할머니께 키우게 해달라고 부탁할 거니까. 이곳과 뒤뜰 밖으로는 내보내지 않겠다고 약속하면 허락해 주실지도 몰라요. 메리는 여기 둬도 상관없겠죠?"

"저야 물론 두고 싶지요. 고양이가 있으면 좋은 말상대가 될 텐데 하고 늘 생각하고 있었으니까요. 개라도 상관없지만요. 아가씨의 엄마께서 전에 개를 키우신 적이 있는데, 독을 먹고 죽어버린 뒤로 다시는 키우려 하지 않으셨죠."

메리는 개를 독살한 것은 노마님이 틀림없다고 믿고 있었지만 제인에게는 말하지 않았다. 그런 일은 어린아이에게 얘기할 것이 못되었고, 또 반드시 그렇다는 확신이 있는 것도 아니었기 때문이다. 메리가 확실히 알고 있는 것은 케네디 노마님이 개에 대한 딸의 애정을 몹시 질투했다는 사실뿐이다.

'내가 보고 있는 줄 모르실 때의 노마님의 그 표정, 정말 굉장했지!' 메리는 생각했다.

그날 외할머니와 엄마, 그리고 거트루드 이모는 여러 군데를 방문하기로 되어 있었기 때문에 제인은 적어도 1시간은 걱정 없다는 것을 알고 있었다. 그 1시간은 정말 즐거운 시간이었다. 작은 옆구리가 터져버리지 않을까 싶을 정도로 우유를 잔뜩 마신 새끼고양이는 기분 좋은 듯 장난을 쳤고 부엌은 따뜻하고 아늑했다. 메리는 과자에 뿌릴 땅콩을 잘게 다지고 샐러드에 넣을 배를 얇은 활 모양으로 써는 것을 제인에게 하도록 해주었다.

"어머나, 메리, 월귤파이잖아요! 왜 좀더 자주 만들지 않아요? 메리의 파이는 참을 수 없을 정도로 맛있는데."

"파이는 아무나 만들 수 있는 게 아니죠."

메리는 우쭐했다.

"자주 만들고 싶어도 노마님께서 파이를 좋아하지 않으시거든요. 소화에 나쁘다면서요. 하지만 90살까지 사신 우리 아버지는 죽는 날까지 매일 아침 파이를 드셨다니까요! 전 다만 아가씨의 엄마를 생각해서 가끔 만들 뿐이에요."

"저녁 식사 뒤에 외할머니한테 새끼고양이에 대해 얘기하고 키워도 좋은지 물어보겠어요."

제인이 문을 닫고 나자 메리는 혼자 중얼거렸다.

"가엾게도 헛수고만 하실걸. 로빈 아씨가 좀더 감싸주면 좋을 텐데. 하지만 그분은 언제나 엄마가 시키는 대로만 하시니까. 어쨌든 저녁 식사가 즐겁게 끝나서 마님의 기분이 좋으시면 좋겠지만, 역시 월귤파이는 만들지 말걸 그랬나봐. 빅토리아 아가씨가 샐러드를 직접 만드셨다는 걸 아무도 몰라서 다행이야. 암, 모르는 게 약이지."

저녁 식사는 즐겁지 않았다. 거북한 분위기가 식탁을 온통 지배하고 있었다. 외할머니는 내내 한마디도 하지 않았다. 오후에 무슨 일이 있었고, 그래서 외할머니가 화를 내고 있는 것 같았다. 거트루드 이모는 오늘뿐만 아니라 어떠한 때에도 절대로 말을 하지 않았다. 엄마는 불안한 모습으로 제인과 둘이서 정해둔 신호를 한번도 보내지 않았다. 입술을 살짝 마주치거나 눈썹을 치켜올리고 손가락을 굽혀보이는 것은 각각 '착한 아이' '사랑해' '키스를 받았다고 생각하렴'이라는 뜻이었다.

마음속에 비밀을 품고 있었기 때문에, 제인은 평소보다 더 긴장하여 월귤파이를 먹다가 포크로 집은 것을 그만 식탁보에 떨어뜨리고 말았다.

"5살 먹은 어린아이라면 몰라도 너만한 여자아이의 경우는 절대로 용서받을 수 없는 일이다. 월귤 얼룩은 잘 지워지지도 않고 거기다 이건 내가 가장 좋아하는 식탁보야. 물론 하찮은 일이기는 하지만."

외할머니가 이렇게 말하자 제인은 어쩔 줄 몰라 식탁보를 응시했다. 이런 얼마 안 되는 파이 조각이 어쩜 이렇게 넓게 얼룩을 남길 수가 있단 말인가! 그리고 물론 나쁜 일은 언제나 한꺼번에 닥치는 법, 바로 그 순간 새끼고양이가 목을 가릉가릉 울리면서 쫓아오는 메리를 피해 식당으로 뛰어들더니 제인의 무릎 위로 올라갔다. 제인은 완전히 낙담하고 말았다.

"그 고양이가 어디서 나타난 거지?"

외할머니가 날카롭게 물었다.

'겁쟁이가 되어서는 안 돼.'

제인은 필사적으로 용기를 내려고 했다.

"길에서 발견해서 제가 데리고 왔어요."

제인은 용감하게 말했고 외할머니는 그것을 도전하는 듯한 말투라고 생각했다.

"몹시 추워하는 데다 굶주리고 있었어요. 얼마나 말랐는지 보세요, 외할머니. 제가 키우면 안 될까요? 귀엽지 않으세요? 말썽 부리는 일 없도록 할게요. 전……."

"나의 빅토리아, 바보 같은 소리 그만 해라. 우리 집에서 고양이를 키우지 않는다는 걸 너도 알고 있는 줄 알았다만. 부탁이니 당장 그것을 밖으로 내보내다오."

"아, 집 밖으로 쫓아내라는 말씀은 아니겠죠, 외할머니? 부탁이에요! 진눈깨비가 오는 것 좀 보세요. 오늘밤에 얼어 죽고 말 거예요."

"내가 하는 말에는 이러쿵저러쿵 말대답하지 말고 시키는 대로 하는 거야, 빅토리아! 그렇게 언제나 저 하고 싶은 대로 고집만 피워선 안 돼. 가끔은 다른 사람의 기분도 생각해 줘야지. 하찮은 일로 더 이상 소란 피우지 말았으면 좋겠구나."

"외할머니……."

제인은 간절히 호소했다. 하지만 외할머니는 반지가 번쩍이는 쭈글쭈글하고 작은 손을 쳐들었다.

"이제 그만! 진정해라, 빅토리아. 어서 고양이를 밖으로 내보내."

제인은 새끼고양이를 데리고 부엌으로 갔다.

"걱정하지 마세요, 빅토리아 아가씨. 프랭크한테 부탁해서 차고에 헌옷을 깔아 재워줄 테니까요. 그렇게 하면 무척 아늑할 거예요. 그리고 날이 새면 제 동생 집에서 키우도록 하겠어요. 동생은 고양이를 무척 좋아하거든요."

제인은 지금까지 운 적이 한번도 없었다. 그래서 엄마가 잘 자라고 키스를 하러 발소리를 죽이며 가만히 제인의 방에 들어왔을 때도 울지 않았다. 다만 반항심으로 불타고 있었을 뿐이었다.

"엄마, 우리, 엄마하고 저하고 둘이서 달아나면 안 될까요? 전 이 집이 싫어요, 엄마. 너무 싫어요!"

엄마는 이상한 말을 했다. 쓰디쓴 것을 뱉어버리듯이.

"이젠 우린 둘 다 달아날 수 없어."

케네스 하워드

제인은 아무래도 그 사진 사건을 이해할 수 없었다. 마음의 상처와 분노가 사라진 뒤에는 그저 당혹스러울 뿐이었다. 어째서, 어째서 전혀 모르는 사람의 사진 한 장이 명랑한 거리 60번지의 사람들과, 특히 엄마와 무슨 관계가 있다는 것일까?

어느 날 필리스를 찾아갔을 때 제인은 우연히 그 사진을 발견했다. 제인은 이따금 필리스와 함께 오후를 보내야만 했다. 그날도 여느 때와 마찬가지로 영 재미가 없었다. 그날의 여주인 필리스는 새 인형과 새 옷, 새 실내화, 새 진주 목걸이, 새 도자기 돼지 등을 전부 제인에게 보여주었다. 필리스는 도자기 돼지를 모으고 있었는데, 도자기 돼지에 흥미를 느끼지 못하는 사람은 바보라고 생각하고 있는 것 같았다.

필리스가 여느 때보다 더욱 무시하고 업신여겼기 때문에 당연히 제인도 여느 때보다 더 감정이 상했고, 두 아이는 서로 못 견디게 지루하고 따분한 시간을 보내고 있었다. 그래서 제인이 〈새터데이

이브닝〉지를 집어들어 열심히 보기 시작하자 둘 다 안도하는 기분이었다. 제인은 사교계나 결혼하는 신부와 사교계에 처음 등장하는 부인들 이야기가 나오는 사교란, 주식란과 1면의 케네스 하워드가 쓴 '국제간 난국의 평화적 재조정'이라는 논설 같은 것에는 조금도 흥미가 없었다. 제인에게는 〈새터데이이브닝〉을 읽어서는 안 된다는 막연한 느낌이 있었다. 어떤 이유에선지 외할머니는 이 잡지를 좋아하지 않았고, 명랑한 거리 60번지에는 이 잡지를 넣지 못하게 했다.

제인의 마음을 사로잡은 것은 1면에 나와 있는 케네스 하워드의 사진이었다. 처음 본 순간 제인은 끌리는 것을 느꼈다. 케네스 하워드는 한 번도 만난 적이 없었고, 어떤 인물인지 어디에 살고 있는지도 몰랐지만, 그의 사진은 자신이 잘 알고 있고 굉장히 좋아하는 사람 같다는 느낌이 들었다. 그 사진의 모든 점이 마음에 들었다. 묘하게 꺾인 눈썹, 이마 위로 쓸어올린 주체할 수 없을 정도로 숱이 많은 머리카락, 의지가 강해 보이는 굳게 다문 입술, 약간 엄격한 표정을 띠고 있기는 하지만 눈꼬리에 유쾌한 주름이 잡혀 있는 눈, 각지고 가운데가 갈라진 턱. 이 턱은 매우 강렬하게 제인에게 무언가 생각나게 했다. 그게 뭔지는 떠오르지 않았지만. 그 턱에서는 먼 옛날의 향수 같은 것이 느껴졌다. 제인은 그 턱을 바라보며 깊은 한숨을 쉬었다. 아버지라는 사람을 미워하지 않고 사랑하고 있다면 케네스 하워드와 얼굴이 닮았으면 좋겠다고 생각했다.

제인이 오랫동안 사진만 들여다보고 있자 필리스는 이상하게 생각했다.

"뭘 그렇게 보고 있니, 빅토리아?"

제인은 불현듯 정신을 차렸다.

"이 사진 내가 가져도 돼, 필리스?"

"누구 사진? 아, 그거? 너 그 사람을 알고 있니?"

"아니, 이름도 들은 적이 없는걸. 하지만 어쩐지 이 사진이 좋아."

"난 마음에 들지 않아." 필리스는 경멸하는 눈길로 바라보았다.

"좀 늙어 보이지 않니? 그리고 조금도 잘생기지 않았어. 그 뒷면에 노먼 테이트의 멋진 사진이 있어, 빅토리아. 보여 줄게."

제인은 노먼 테이트 같은 영화배우한테는 흥미가 없었다. 외할머니는 어린아이가 영화를 보는 것에 찬성하지 않기 때문이었다.

"난 이 사진을 갖고 싶어."

제인이 완강하게 말했다.

"그럼 가지렴." 필리스는 제인을 전보다 더욱 바보라고 생각했다. 이런 가엾은 바보! "그런 사진은 우리 집에선 아무도 원하는 사람이 없을 거야. 난 조금도 마음에 들지 않아. 마치 이쪽을 보고 웃고 있는 것 같지 않니?"

그것은 필리스로서는 놀라운 통찰력이었다. 케네스 하워드는 정말 그렇게 보였다. 다만 그 웃음은 느낌이 좋은 웃음이었다. 제인은 그런 웃음이라면 조금도 상관없다는 느낌이 들었다. 제인은 그 사진을 잘 오려서 집으로 가지고 돌아가, 옷장 맨 위 서랍의 손수건 밑에 숨겼다. 어째서 아무한테도 보여주고 싶지 않은 것인지 그 이유는 자신도 몰랐다. 아마 필리스한테서 놀림을 받은 것처럼 다른 사람들에게서도 놀림을 받을 것 같아서였는지도 모르고, 제인과 그 사진 사이에 불가사의한 연관이 있는 것처럼 생각되었기 때문인지도 모른다. 그것은 엄마한테도 말할 수 없을 정도로 아름다운 것이었다.

요즈음은 엄마와 얘기할 기회도 별로 없었다. 엄마가 요새처럼 화려하고 들뜬 모습으로 아름답게 차려입고 끊임없이 파티와 차모임, 브리지게임에 다닌 일은 일찍이 없을 정도였다. 잘 자라고 키스를 하러 오는 일도 드물어졌다. 제인에게는 그렇게 생각되었다. 엄마가 늦게 돌아온 날에는 살금살금 제인의 방에 들어와 제인이 깨지 않도록 그 붉은 갈색 머리에 살짝 키스를 하고 나간다는 것을 제인은 몰랐다. 이따금 엄마는 엄마의 방으로 돌아가 울 때가 있었는데, 그리 자주 있는 일은 아니었다. 아침 식사 때 울었다는 것을 들킬 수도 있고, 무엇보다 로버트 케네디 노부인이 자기 집에서 밤늦게 누가 우는 것을 좋아하지 않았기 때문이다.

3주일 동안 제인과 사진은 둘도 없이 친한 사이가 되었다. 기회만 있으면 사진을 꺼내 쳐다보았다. 조디에 대한 이야기와 힘든 숙제, 그리고 엄마를 얼마나 사랑하고 있는지 모든 걸 얘기해 주었다. 달의 비밀까지도 털어놓고 싶었다. 침대 속에 외롭게 누워 있을 때도 그 사진을 생각하면 왠지 마음이 따뜻해지는 걸 느낄 수 있었다. 밤에는 자기 전에 키스를 하고 아침에는 맨 먼저 그것부터 꺼내보았다. 그러다가 마침내 거트루드 이모가 사진을 발견하고 말았다.

그날 학교에서 돌아온 순간, 제인은 무슨 일이 일어났다는 것을 알았다. 늘 제인을 감시하고 있는 것처럼 보이는 그 집은 조롱과 승리에 찬 악의를 품고 전보다 더욱 엄중하게 감시의 눈을 번뜩이고 있었다. 응접실 벽의 외증조할아버지 케네디도 전보다 더욱 무서운 얼굴로 노려보고 있었다. 외할머니는 의자에 몸을 꼿꼿이 세우고 앉아 있고, 그 양쪽에 엄마와 거트루드 이모가 앉아 있었다. 엄마는 작고 하얀 손으로 예쁜 장미꽃을 만지작거렸고, 거트루드 이모는 외할머니가 들고 있는 사진을 꼼짝 않고 노려보았다.

"제 사진이에요!"

제인이 소리를 질렀다.

외할머니가 제인을 쳐다보았다. 그 차갑고 푸른 눈이 처음으로 불길처럼 타오르고 있었다.

"이걸 어디서 손에 넣었니?"

"그건 제 거예요. 누가 제 서랍에서 꺼냈어요? 그럴 권리는 아무한테도 없어요."

"네 태도가 마음에 들지 않는구나, 빅토리아. 그리고 우리는 윤리 문제에 대해 얘기하고 있는 것이 아니라, 너에게 묻고 있는 거다."

제인은 바닥으로 시선을 떨어뜨렸다. 케네스 하워드의 사진을 지니고 있는 것이 엄청난 잘못인 것 같았지만, 그 이유는 전혀 짐작이 가지 않았다. 하지만 이제 이 사진을 가지는 것이 허락되지 않을 거라는 것은 짐작할 수 있었다. 제인에게는 견딜 수 없는 일이었다.

"이쪽을 똑바로 보고 내 질문에 대답해주기 바란다, 빅토리아. 설마 혀가 굳어버린 건 아니겠지?"

제인은 분노와 반항심으로 불타는 눈길을 쳐들었다.

"잡지에서 오렸어요. 〈새터데이이브닝〉에서요."

"그런 쓰레기 같은 잡지!" 외할머니의 그 말은 〈새터데이이브닝〉을 한없는 경멸의 대상으로 격하시켰다.

"어디서 그 잡지를 봤지?"

"실비아 이모님 집에서요."

제인은 한껏 용기를 짜냈다.

"왜 이걸 오려냈지?"

"마음에 들어서요."

"케네스 하워드가 누구인지 알고 있니?"

"아니요."

"'아니요, 외할머니'라고 해야지. 그래, 모르는 사람의 사진을 옷장 서랍에 넣어둘 것까지는 없다고 생각한다만. 이런 어리석은 짓은 이제 그만 두도록 해라."

외할머니는 두 손으로 사진을 집어들었다. 제인이 앞으로 달려나가 외할머니의 팔을 붙잡았다.

"아, 외할머니, 찢지 말아주세요! 찢으면 안 돼요! 전 그게 필요하단 말예요."

그렇게 말한 순간, 제인은 자기가 잘못했다는 것을 알았다. 지금에 와서 사진을 되찾을 희망은 거의 없었지만, 이제 그나마도 사라져버린 것이다.

"너 지금 제정신으로 말하고 있는 거냐, 빅토리아?"

외할머니는 지금까지 누구한테서도 '무엇무엇을 해서는 안 된다' 따위의 말은 들은 적이 없었다.

"내 팔에서 손을 떼라."

외할머니는 천천히 사진을 네 조각으로 찢어 불 속에 던져넣었다. 제인은 사진과 함께 자신의 마음까지 찢어진 것 같았다. 분노가 폭발하려는 순간, 문득 제인은 엄마를 쳐다보았다. 엄마는 재처럼 핏기 없는 얼굴로 잘게 찢긴 장미꽃잎이 흩어져 있는 깔개 위에 서 있었다. 그 눈에는 소름이 끼칠 정도로 무서운 고통의 빛이 떠올라 있었다. 그 표정은 즉시 사라졌지만, 제인은 그 표정을 영원히 잊을 수 없을 것 같았다. 그리고 엄마에게 사진에 관한 수수께끼의 설명을 요구할 수도 없다는 것을 알았다. 제인이 모르는 어떤 이유에서 케네스 하워드는 엄마를 괴롭히고 있었다. 그것이 사진과 사이좋게 지냈던 아름다운 추억을 해치고 물거품으로 만들었다.

"자, 더 이상 불평하면 안 돼. 내가 부를 때까지 네 방에 가 있거라." 외할머니는 제인의 표정을 그리 탐탁지 않게 여겼다. "그리고 이 집안 사람이라면 〈새터데이 이브닝〉을 읽지 않는다는 것을 명심해라."

제인은 말하지 않을 수 없었다. 아니, 말이 저 혼자 입에서 튀어나왔다.

"전 이 집안 사람이 아니에요."

그렇게 말하고 제인은 자기 방으로 갔다. 손수건 밑에서 이쪽을 보며 미소짓고 있는 케네스 하워드가 없는 방은 또다시 전처럼 휑뎅그렁하고 쓸쓸해졌다.

그것도 엄마한테 말할 수 없는 일이었다. 커다란 고통의 덩어리가 된 기분으로 제인은 오랫동안 창가에 서 있었다. 잔인한 세상, 별까지 자신을 보고 웃고 있었다. 조롱하는 것처럼 깜박이면서.

　"이 집에서 행복한 사람이 과연 있을까?"

　제인은 천천히 중얼거렸다.

　그때 제인은 달을 쳐다보았다. 초승달이었다. 하지만 여느 때처럼 가느다란 은빛 달이 아니었다. 지평선에 걸려 있는 검은 구름 속으로 당장 가라앉을 듯 크고 탁한 붉은색이었다. 달을 닦아 광택을 낼 필요가 있다고 한다면 바로 그 달이 그랬다. 제인은 순식간에 모든 슬픔으로부터 빠져나가 39만 킬로미터 저편으로 날아갔다. 다행히 외할머니의 힘도 달까지 미치지는 못했다.

시낭송사건

시낭송사건은 그 다음에 일어났다.

세인트애거서 학교에서 학부형들을 초대해 학예회를 열게 되었는데 짧은 연극과 음악, 시낭송 같은 것이 있을 예정이었다. 제인은 연극을 하고 싶었다. 날개를 달고 하얀 옷자락을 끌며 머리 위에는 후광을 달고 들락날락하는 여러 천사 가운데 하나라도 좋다고 생각했다. 하지만 그런 행운은 돌아오지 않았다. 제인은 천사가 되기에는 자기가 너무 말라깽이였기 때문이라고 생각했다.

그런데 셈플 선생님이 제인에게 시낭송을 해보겠느냐고 물었다.

제인은 그 제안을 기쁘게 받아들였다. 시낭송은 상당히 잘할 자신이 있었기 때문이다. 이번에야말로 엄마가 나를 자랑스럽게 여기고 외할머니에게는 내 교육에 쓰고 있는 돈이 전혀 낭비가 아니라는 것을 알게 해 줄 좋은 기회였다.

제인은 오랫동안 애송하던 시 한 편을 골랐다. 그것은 〈매슈의 작은 아기〉라는 시인데, 사투리로 적혀 있었음에도 불구하고, 아니 어쩌면 오히려 그것 때문인지도 모르지만, 제인은 그 시가 특히 마음에 들었다. 제인은 그 시를 열심히 외웠다. 자기 방에서는 물론이고 어디서나 입 속으로 흥얼거렸다. 그러다가 뭘 그렇게 중얼거리느냐고 외할머니한테 핀잔을 받자, 제인은 조개처럼 입을 딱 다물고 말았다. 아무도 눈치채서는 안 되었다. 모두를 깜짝 놀라게 해 줄 생각이었으니까. 엄마는 자랑과 기쁨을 느낄 것이고, 어쩌면 외할머니도 조금쯤은 자신을 마음에 들어할지도 몰랐다. 하지만 혹시라도 잘하지 못했을 때 제인은 가차없이 험담을 듣게 될 것을 잘 알고 있었다.

외할머니는 제인을 말버러 백화점으로 데리고 갔다. 벽에는 온통 거울이 걸려 있고 비로드 양탄자가 깔려 있으며 사람들이 소리 죽여 애기하는 곳으로, 제인은 별로 좋아하지 않았다. 그곳에 들어가면 제인은 언제나 숨이 막힐 것 같았다. 외할머니는 학예회에 입고 갈 옷을 새로 마련해 주었다. 무척 예쁜 옷이었다. 외할머니는 분명히 의상에 관해서는 세련된 취향을 가지고 있었다. 고상한 녹색 비단옷으로, 제인의 붉은 갈색 머리와 금갈색 눈을 돋보이게 해 주어서 제인도 마음에 들었다. 제인은 전보다 더욱 낭송을 잘해서 외할머니를 기쁘게 해드려야겠다고 다짐했다.

학예회 전날 밤, 제인은 걱정으로 잠을 이룰 수가 없었다. 목소리가 좀 갈라진 게 아닐까 하고 생각했지만 이튿날이 되자 완전히 나아 있었다. 하지만 태어나서 처음으로 학예회 무대에 올라 청중 앞에 섰을 때는, 기분 나쁜 떨림이 등줄기를 타고 지나갔다. 이렇게 많은 사람들이 올 줄은 몰랐던 것이다. 한순간 도저히 입이 열리지 않을 것 같은 무서운 생각이 들었다. 그때 케네스 하워드가 눈가에 주름을 잡고 제인을 향해 웃고 있는 것 같은 느낌이 들었다.

"나를 위해 낭송해 주렴."

이렇게 말하고 있는 것 같았다. 제인은 입을 열었다.

세인트애거서 학교 임직원들은 모두 깜짝 놀라고 말았다. 그 내성

적이고 부끄럼 많은 빅토리아 스튜어트가 시를 낭송하리라고 누가 상상이나 했겠는가? 게다가 방언시라니! 놀랍게도 제인은 청중을 사로잡고 즐겁게 낭송하며 청중과 하나가 된 기쁨을 맛보고 있었다. 그것은 마지막 절에 올 때까지 이어졌다. 마지막 절에 이르렀을 때 비로소 정면에 엄마와 외할머니가 앉아 있는 모습이 눈에 들어왔다. 엄마는 새로 지은 아름다운 여우털 옷을 입고, 제인이 무척 좋아하는 작은 잔 모양의 모자를 살짝 구부려서 머리에 쓰고 있었는데, 자랑스럽다기보다는 잔뜩 겁먹은 얼굴을 하고 있었다. 외할머니는……. 제인은 그 표정을 지금까지 수없이 보아왔기 때문에 잘못 볼 리가 없었다. 외할머니의 눈은 분노로 불타올라 있었다.

그래서 클라이맥스가 되어야 할 마지막 절에서 얼마간 맥이 빠지고 말았다. 제인은 촛불이 갑자기 꺼진 듯한 느낌이 들었다. 하지만 우레와 같은 박수소리는 그칠 줄 몰랐고 셈플 선생님은 무대 뒤에서 속삭였다.

"잘 했어, 빅토리아, 정말 잘했어!"

하지만 집으로 가는 차 안에서 아무도 칭찬해 주는 사람이 없었다. 아무도 입을 열지 않았고 심상치 않은 분위기가 감돌았다. 엄마는 무서워서 말도 못하는 눈치였고 외할머니는 돌처럼 입을 다물고 있었다. 이윽고 집에 도착하자 외할머니가 말했다.

"누구 꾐에 빠져서 그런 짓을 한 거니, 빅토리아?"

"누구 꾐에 빠지다뇨, 무슨 말씀이세요?"

제인은 진심으로 놀라 되물었다.

"내 질문을 따라하지 말아다오, 빅토리아. 내가 하는 말을 잘 알아들었을 테니까."

"전 누구의 부추김을 받아서 낭송했던 것이 아니에요. 셈플 선생님이 낭송을 해보겠느냐고 하셨고, 전 그 시를 무척 좋아하기 때문에 그걸 골랐어요" 하고 제인은 대답했다. 아니, 말대꾸를 했다고 하는 편이 나을지도 모른다. 시낭송은 성공적이어서 무척 마음이 들떠 있던 제인은 자존심이 상하고 화가 났다.

"전 외할머니가 기뻐해 주실 줄 알았어요. 하지만 외할머니는 제가 하는 일은 뭐든지 마음에 들어하지 않으시는군요."

"부탁이니까 그런 싸구려 연극 같은 시늉은 그만 둬라. 앞으로 '도저히' 낭송을 하지 않으면 안 될 경우에는——그 말투는 마치 '도저히 천연두에 걸리지 않으면 안 될 경우에는'이라고 말하는 것 같았다——제대로 된 영시를 골라. 난 패트와(사투리)는 좋아하지 않으니까."

패트와가 무슨 말인지 몰랐지만 뭔가 실수를 저지른 것만은 분명했다.

엄마가 어깨 위에 작은 레이스 장식이 달린 장밋빛 크레이프 옷을 입고, 시원하고 호리호리한 모습으로 좋은 향기를 풍기면서 제인에게 밤인사를 하기 위해 방에 들어왔을 때, 제인은 풀이 죽어서 물었다.

"외할머니가 왜 그토록 화를 내시는 거예요, 엄마?"

엄마의 푸른 눈에는 조금 그늘이 져 있었다.

"외할머니가 좋아하지 않았던 어떤 사람이 방언시 낭송을 무척 잘했기 때문이야. 마음에 두지 마, 착한 아기. 넌 정말 훌륭하게 해냈어. 엄마는 네가 무척 자랑스러웠단다."

엄마가 허리를 굽혀 제인의 얼굴을 두 손으로 감쌌다. 엄마의 동작에는 언제나 애정이 듬뿍 담겨 있었다.

그래서 모든 것이 생각대로 잘 되지는 않았지만 제인은 무척 행복한 기분으로 꿈나라에 들어갔다. 결국 아이를 행복하게 만드는 데는 그리 대단한 수고가 필요 없는 법이다.

'그 사람'의 편지

그 편지는 청천벽력과도 같았다. 4월 초의 어느 날 아침에 배달된 편지 한 통.

춥고 기분 나쁜 4월이었다. 날씨로 봐선 4월이 아니라 3월 같았다. 토요일이어서 세인트애거서 학교는 휴일이었다. 제인은 커다란 호두나무 침대에서 눈을 뜨자 오늘 하루 무엇을 하며 지낼지를 생각했다. 엄마는 브리지 모임에 나갈 예정이었고 조디는 감기에 걸려 있었다.

제인은 한동안 누운 채 창밖을 바라보고 있었는데, 희끄무레한 잿빛 하늘과 고목의 가지들이 바람과 싸우고 있는 것이 보일 뿐이었다. 북쪽 창문 밑에는 아직도 지저분한 눈덩이가 남아 있었다. 세상에서 더러워진 눈처럼 초라한 것은 없다고 생각했다. 제인은 이런 황량한 겨울의 끝이 싫었고 혼자서 자야 하는 이 침실도 싫었다.

제인은 엄마와 함께 자고 싶었다. 침대에 들어간 뒤나 아침 일찍, 누구한테도 들리지 않게 둘이서 얘기하며 즐겁게 지낼 수 있을 텐데. 한밤중에 눈을 떴을 때, 옆에서 엄마의 부드러운 숨소리가 들리고 아주 약간만, 엄마가 깨지 않도록 조심하면서 몸을 기댈 수 있다면 얼마나 좋을까?

하지만 외할머니는 엄마와 제인을 함께 자게 해 주지 않았다.

"한 침대에서 두 사람이 자는 건 비위생적이야. 집이 크니까 각자 자기 방을 가질 수 있지. 세상에는 이런 특권을 누리지 못하는 사람이 더 많아."

외할머니는 그 냉랭한, 미소 아닌 미소를 지으며 말했다.

제인은 이 방이 좀더 작으면 좋아질지도 모른다고 생각했다. 이 방에 들어서면 언제나 몸둘 바를 모르는 기분이었다. 모든 것이 자기하고는 아무 관계도 없는 것처럼 보였다. 방은 언제나 제인에게 적의를 품고 복수할 기회를 노리며 감시하고 있었다. 그런데도 제인은 만약 이 방을 위해 무언가를 할 수 있다면, 이를테면 바닥을 쓸고 먼지를 털고 꽃을 꽂을 수만 있다면 크기는 해도 이 방이 좋아질지 모른다고 전부터 생각해 왔다.

방에 있는 것은 모두 큰 것뿐이었다. 감옥처럼 커다란 검은 호두나무 옷장과, 서랍장, 커다란 호두나무 침대, 묵직하고 검은 대리석 벽난로 위의 커다란 거울. 하지만 벽난로 옆의 벽장 속에 놓여 있는 작은 요람만은 달랐다. 그것은 외할머니가 그 속에서 흔들리며 자랐던 요람이었다. 아기였을 때의 외할머니라니! 제인은 상상도 할 수 없었다.

제인은 침대에서 일어나 벽에 걸려 있는 몇 명의 옛날 '위인'과 '거물'들이 지켜보는 가운데 옷을 갈아입었다. 아래의 잔디밭에서는 울새가 폴짝폴짝 뛰어다니고 있었는데 울새들은 제인으로 하여금 언제나 웃음을 자아내게 했다. 그들은 너무나도 건방지고 익숙한 자태로 거들먹거리면서, 명랑한 거리 60번지를 마치 자기네 뜰인 양 뽐내며 걸어다녔다. 외할머니에 대해선 전혀 아랑곳하지 않는 모습이었다.

제인은 가만히 복도 끝 엄마 방으로 가보았다. 그것은 금지된 일 가운데 하나였다. 명랑한 거리 60번지에서는 아침에 아무도 엄마를 방해하지 못하게 되어 있었다. 하지만 오랜만에 엄마는 간밤에 외출하지 않았기 때문에 지금쯤 틀림없이 일어나 있을 거라고 제인은 생각했다. 뿐만 아니라 마침 메리가 아침 식사 쟁반을 들여가던 중이었다. 제인은 자기가 그 일을 하고 싶어서 견딜 수 없었지만 절대로 허용되지 않았다.

엄마는 거미줄 같은 회갈색 레이스로 가장자리를 두른 더없이 아름다운 장밋빛 시폰 실내복을 입고 침대에 일어나 앉아 있었다. 뺨은 윗옷과 같은 색이었고, 눈은 이슬에 씻은 듯 싱싱한 생기로 가득 차 있었다. 아침에 일어났을 때의 엄마는 밤에 자기 전 못지않게 예쁘다고 제인은 자랑스럽게 생각했다.

엄마는 오트밀 대신 오렌지 주스에 차가운 멜론 조각을 띄운 것을 먹으며 제인에게도 나눠주었다. 토스트도 먹으라고 권했지만 제인은 자신의 아침 식사를 위해 식욕을 남겨두어야 하기 때문에 괜찮다고 말했다. 두 사람은 다른 사람에게 들리지 않도록 아주 조용하게 웃기도 하면서 즐거운 시간을 보냈다. '다른 사람에게 들리지 않도록' 이라는 말은 누구도 입밖에 내지는 않았지만, 두 사람 다 알고 있었다.

'매일 아침 이렇게 할 수 있으면 얼마나 좋을까!' 하고 제인은 생각했지만 말하지 않았다. 그런 말을 할 때마다 엄마의 눈이 고통으로 흐려지는 것을 알고 있었고, 어떤 일이 있어도 엄마를 괴롭히고 싶지 않았다. 제인은 밤에 엄마가 울고 있었던 날을 잊을 수가 없다.

이가 아파서 잠에서 깬 제인이 엄마한테 치통약이 있는지 물어보러 가만히 엄마 방으로 갔다. 제인이 문을 아주 살짝 열자, 엄마가 목소리를 죽이며 고통스럽게 울고 있는 소리가 들렸다. 그때 외할머니가 촛불을 들고 복도를 걸어왔다.

"빅토리아, 거기서 뭘 하고 있는 거냐?"

"이가 아파서요."

"나하고 함께 가자. 약을 줄 테니까."

외할머니는 차갑게 말했다.

제인은 외할머니를 따라갔다. 하지만 이미 치통은 멀리 달아나버린 뒤였다. 엄마가 왜 울고 있는 것일까? 엄마는 불행할 리가 없어. 그렇게 아름답고 잘 웃는 엄마가! 이튿날 아침 식사 때의 엄마는 지금까지 눈물 같은 건 한 방울도 흘린 적이 없는 사람 같은 얼굴이었다. 제인은 이따금 그건 꿈이 아니었을까 하고 생각할 때가 있다.

제인은 엄마를 위해 욕조에 레몬 향료를 넣은 뒤 서랍에서 명주처럼 얇은 새 양말을 꺼내왔다. 제인은 엄마에게 많은 것을 해 주고 싶은 마음이 간절했지만, 제인이 할 수 있는 일은 극히 적었다.

제인은 외할머니와 둘이서 아침을 먹었다. 거트루드 이모는 이미 먹었기 때문이다. 좋아하지 않는 사람과 단둘이 식사를 하는 건 유쾌한 일이 아니었고, 게다가 메리는 오트밀에 소금을 넣는 것을 잊고 있었다.

"구두끈이 풀렸구나, 빅토리아."

식사하는 동안 외할머니가 한 말은 그것뿐이었다. 집 안은 어두웠고 밖은 스산한 날씨였는데, 이따금 조금 개는가 싶다가도 전보다 더 흐려지곤 했다. 10시에 우편물이 왔지만 제인은 우편물에는 관심이 없었다. 자기한테는 아무 것도 오지 않기 때문이다. 누군가로부터 편지가 오면 얼마나 기쁘고 재미있을까 하는 생각이 들 때도 있었다. 엄마한테는 언제나 초대장과 광고 같은 편지가 많이 왔다.

제인은 우편물을 서재로 가지고 갔다. 서재에는 외할머니와 거트루드 이모, 엄마가 앉아 있었다. 엄마 앞으로 온 편지 속에서 제인은, 펜으로 검은 잉크를 찍어 쓴 듯한 낯선 편지가 한 통 들어 있는 것을 보았다. 그 편지가 자신의 일생을 바꿔놓게 될 줄은 제인은 그때는 꿈에도 몰랐다.

외할머니는 제인한테서 우편물을 받아들더니 늘 하던 대로 그것들을 쪽 훑어보았다.

"출입문을 닫았니, 빅토리아?"

"네."

"뭐라고?"

"네, 외할머니."

"어제는 열려 있더구나. 로빈, 커비 부인한테서 편지가 왔다. 틀림없이 그 바자회 때문이겠지. 내가 그 일에는 관여하지 않길 바라고 있다는 걸 잊지 말아다오. 난 세일러 커비가 영 마음에 들지 않아. 거트루드, 위니펙의 사촌 메리한테서 편지가 왔어. 만약 내 어머니가 자기한테 남겨준 것이라고 메리가 주장하는 그 은그릇 세트에 대한 얘기라면, 나는 그 일에 대해선 이미 끝난 것으로 생각하고 있다고 써보내라. 로빈, 이건……"

외할머니는 갑자기 말을 멈췄다. 외할머니는 그 검은 잉크의 편지를 들고 마치 뱀이라도 쳐다보듯이 응시하고 있었다. 그리고 자신의 딸 쪽을 보았다.

"이건, 그 남자한테 온 거다."

제인은 커비 부인의 편지를 떨어뜨리면서 얼굴이 새파랗게 질린 엄마를 보고 자기도 모르게 달려가려고 했지만, 외할머니가 팔을 뻗어 가로막았다.

"내가 대신 읽어주랴, 로빈?"

엄마는 보기에도 가련하게 떨고 있었지만 거절했다.

"아니에요, 아니에요. 제가 읽겠어요."

외할머니는 화난 표정으로 편지를 건넸고 엄마는 떨리는 손으로 봉투를 뜯었다. 더 이상 새파래질 수 없을 정도로 새파래진 얼굴이 편지를 읽을수록 더욱 더 새파래졌다.

"뭐라고 썼니?"

외할머니가 묻자 엄마는 숨이 가쁜 듯 말했다.

"이번 여름에 제인을 자기한테 보내 달래요. 자기한테도 권리가 있으니까 가끔은 이 아이를……."

"누가 그런 말을 했어요?" 제인이 소리쳤다.

"네가 나설 일이 아니다, 빅토리아. 나에게 그 편지를 보여다오, 로빈."

외할머니가 읽고 있는 동안, 모두들 기다리고 있었다. 거트루드 이모는 핏기 없는 긴 얼굴에 차가운 잿빛 눈을 깜박이지도 않고 앞쪽을 응시하고 있었다. 엄마는 두 손으로 머리를 감싸고 주저앉았다. 제인이 우편물을 가지고 온 지 3분밖에 지나지 않았지만, 그 3분 사이에 지구가 완전히 거꾸로 뒤집힌 것 같았다. 제인은 자기와 전 인류 사이에 검고 깊은 구덩이가 입을 벌리고 있는 것 같은 느낌이 들었다. 그 편지를 누가 보낸 것인지는 가르쳐주지 않아도 이미 알고 있었다.

"그래서!"

외할머니는 그렇게 말하며 편지를 접어 봉투에 넣고 테이블 위에 놓은 뒤, 아름다운 레이스 손수건으로 손을 꼼꼼하게 닦았다.

"물론 이 아이를 보낼 생각은 아니겠지, 로빈?"

제인은 태어나서 처음으로 외할머니에게 동의했다. 제인은 애원하듯이 엄마를 쳐다보았는데, 엄마를 처음 보는 것 같은 야릇한 기분을 느꼈다. 자애로운 엄마로서, 또는 애정이 두터운 딸로서가 아니라 여자로서였다. 무서운 격정으로 괴로워하는 여자로서의 엄마였다. 그렇게 번민하는 엄마를 보고 제인은 또 다른 고통으로 가슴이 찢어지는 것만 같았다.

"만약 보내지 않으면 그 사람은 저한테서 이 아이를 완전히 빼앗아버릴 거예요. 그렇게 하려고 마음만 먹으면 할 수 있으니까요. 편지에는……."

"편지는 나도 읽었다. 그래서 더욱 그 편지를 무시하라는 거야. 그 남자는 널 괴롭히기 위해 이런 편지를 보낸 데 지나지 않으니까. 그 남자는 이 아이에 대해서는 손톱만큼도 관심이 없어. 자신의 하잘것 없는 글 외에는 머릿속에 아무 것도 없는 작자야."

"하지만 전……."

엄마가 다시 뭔가 말하려 했다.

"윌리엄하고 의논하는 것이 좋겠어요. 이런 일에는 남자의 의견이 필요해요."

불쑥 거트루드 이모가 그렇게 말했다.

"남자라고?" 외할머니는 씹어뱉듯이 그렇게 말한 뒤 자신을 억제하는 듯 말했다. "맞는 말일지도 몰라, 거트루드. 내일 윌리엄이 저녁 식사 때 오면 이 일에 대해 얘기해 보자. 그때까지는 이 일에 대해선 아무 말도 해선 안 돼. 이 일로 인해 우리가 조금이라도 방해받는 일이 있어서는 안 되니까."

그날 하루종일 제인은 악몽을 꾸는 듯한 기분이었다. 분명히 이것은 꿈일 거야. 1600킬로미터나 떨어진 그 무서운 프린스에드워드 섬에서, 지도에서 보면 가스페와 브레튼 곶의 목 부분의 작은 손톱만한 프린스에드워드 섬에서, 자신을 사랑하지도 않고 자기도 사랑하지 않는 아버지와 함께 여름을 보내야 한다는 편지가 왔을 리가 없어.

제인은 그 일에 대해 엄마와 얘기할 기회가 없었다. 외할머니가 막았기 때문이었다. 어른들은 다같이 실비아 이모 집으로 점심 식사를 하러 갔기 때문에——엄마는 아무 데도 가고 싶지 않은 것 같았다——제인은 점심 식사 때 혼자였다. 제인은 음식을 삼킬 수가 없었다.

"빅토리아 아가씨, 어디 머리라도 아픈 것 아니에요?"

메리가 동정이 깃든 어조로 물었다.

어딘가 몹시 아팠지만 머리는 아닌 것 같았다. 통증은 오후부터 저녁 내내, 그리고 밤늦게까지 계속되었다. 이튿날 아침 제인이 잠에서 깨어나 등골이 오싹한 기분으로 어제의 일을 떠올렸을 때도 통증은 전혀 사라지지 않았다. 엄마와 애기만 할 수 있다면 이 통증도 조금은 가벼워질지 모른다고 생각했지만, 엄마의 방문은 굳게 잠겨 있었다. 제인은 본능적으로 엄마가 그 일에 대해 자기와 얘기하고 싶어하지 않는다는 것을 느꼈다. 그것이 다른 무엇보다 제인의 마음에 상처를 주었다.

온 가족이 교회에 갔다. 시내에 있는 크고 오래된 음침한 교회로, 케네디 집안에서는 처음부터 그곳에 다녔다. 제인은 교회에 가는 것을 좋아하는 편이었는데, 그것은 교회에서는 약간이나마 자유를 느낄 수 있다는 불온한 이유에서였다. 무슨 생각을 하고 있느냐는 질문을 받지 않고 말없이 있을 수 있었고, 교회에서는 외할머니도 제인을 가만히 내버려둘 수밖에 없었다. 어차피 좋아해 주지 않을 거라면 차라리 내버려두는 편이 나았다.

그것을 제외하면 제인은 세인트 바나바스 교회를 좋아하지 않았다. 설교는 제인으로서는 알아들을 수 없는 내용뿐이었다. 하지만 음악과 찬송가 가운데 어떤 것은 마음에 들었고, 특히 가슴을 설레게 하는 구절도 있었다. 산호초, 빙산, 잠자듯 흐르는 바닷물, 종려나무가 하늘을 향해 높이 솟아 있는 섬들, 풍요로운 수확물을 지고 집으로 돌아가는 농부들, 햇빛이 비치는 언덕에 그림자처럼 가로놓인 세월, 그런 것들에서 뭔가 끌리는 것을 느꼈다.

하지만 오늘은 그 어떤 것도 즐겁지 않았다. 차갑게 머물고 있는 구름 사이로 비쳐드는 파르스름한 햇빛마저 미웠다. 내 운명이 어떻게 될지도 모르는데 어떻게 감히 태양이 미소를 지을 수 있단 말인가? 설교는 언제 끝날지 모르고, 기도는 지루했으며, 찬송가 중에 제인이 좋아하는 대목은 하나도 없었다. 하지만 제인은 필사적으로 기도를 올렸다.

"하느님, 제발 윌리엄 외삼촌이 절 그 사람에게 보낼 필요가 없다고 말하게 해 주세요."

제인은 일요일 저녁 식사가 끝날 때까지, 윌리엄 외삼촌이 뭐라고 말할까 하는 불안 속에서 기다려야만 했다. 제인은 거의 아무 것도 먹지 못했다. 하느님은 정말로 윌리엄 외삼촌에게 어떤 영향을 미칠 수 있을까 하는 불안한 시선으로 줄곧 윌리엄 외삼촌을 바라보며 앉아 있었다.

윌리엄 외삼촌과 미니 외숙모, 데이비드 이모부와 실비아 이모, 그리고 필리스, 온가족이 모두 모였다. 저녁 식사가 끝나자 모두들 서재로 가서 딱딱한 자세로 둘러 앉았다. 윌리엄 외삼촌은 안경을 끼고 편지를 읽었다. 제인은 자기 심장 고동소리가 모두에게 들릴 게 틀림없다고 생각했다.

윌리엄 외삼촌은 대충 편지를 훑어본 뒤 지나온 한 곳으로 돌아가서 다시 읽었다. 입술을 오므리고 편지를 접어 봉투에 넣은 뒤, 안경을 벗고 가방에 넣어 바닥에 내려놓았다. 그런 다음 헛기침을 하며 잠시 생각에 잠겼다. 제인은 당장이라도 비명이 튀어나올 것만 같았다.

마침내 윌리엄 외삼촌이 입을 열었다.

"이 아이를 보내는 편이 좋을 것 같습니다."

이어서 여러 가지 의견이 나왔지만 제인은 한마디도 할 수 없었다. 외할머니는 몹시 화를 냈다. 윌리엄 외삼촌이 말했다.

"마음만 먹으면 앤드루 스튜어트는 이 아이를 아예 데려갈 수도 있어요. 그 사람의 인품은 알고 있지만, 화가 나면 그 정도쯤은 할 수 있을 겁니다. 저도 어머니와 같은 생각이에요. 그 사람은 우리를 난처하게 만들려고 이런 짓을 하는 거니까, 우리가 조금도 난처해하지 않고 태연하다는 것을 알면, 아마 두 번 다시 이 아이 문제로 우리를 성가시게 하는 일은 없을 겁니다."

제인은 자기 방으로 돌아가 우뚝 섰다. 절망에 빠진 눈길로 크고 냉정한 방을 둘러보았다. 적의를 품은, 어두컴컴한 방에 있는 또 하나의 자신의 모습이 큰 거울 속에 비쳤다.

"하느님도 별로 도움이 안 됐어."

제인은 분명하게 힘주어 말했다.

작별 준비

"너만 태어나지 않았더라면 네 부모님은 잘 살았을지도 몰라."

필리스가 말했다.

제인은 그만 기가 꺾이고 말았다. 아버지에 대해 필리스도 알고 있으리라고는 생각지 못했다. 하지만 제인 말고는 모두가 알고 있는 것 같았다. 제인은 아버지에 대한 얘기는 하고 싶지 않았지만 필리스는 계속 얘기하고 싶어했다.

제인은 비참한 기분이었다.

"어째서 내가 있고 없고가 그분들한테 문제가 되는지 난 이해가 안 돼."

"로빈 이모가 널 너무 사랑했기 때문에 네 아버지가 질투를 했다고 엄마가 말했어."

그건 아그네스 리플리한테서 들은 얘기와는 달랐다. 아그네스는 엄마가 나를 원하지 않았다고 말했는데, 어느 쪽이 진실일까? 아마 필리스도 아그네스도 진실은 모르고 있을지도 모른다. 어느 쪽이 진실이든 제인에게는 아그네스보다 필리스의 말이 더 마음에 들었다.

나는 태어나지 말았어야 했고, 내가 태어난 것을 엄마가 기뻐하지 않았다는 건 생각만 해도 견딜 수 없는 일이었다.

제인이 아무 말도 하지 않자 필리스는 말을 이었다.

"엄마가 그랬어, 미국에서라면 로빈 이모는 문제없이 이혼할 수 있지만 캐나다에서는 어렵다고."

"이혼이 뭔데?"

제인은 아그네스 리플리도 그런 말을 한 것을 떠올리고 물어보았다.

필리스는 경멸하듯이 웃었다.

"빅토리아, 넌 정말 아무 것도 모르는구나? 이혼이라는 건 두 사람이 결혼하지 않은 상태로 돌아가는 것을 말해."

"결혼하지 않은 상태가 될 수 있다는 거니?"

제인은 눈을 동그랗게 떴다. 제인에게 그것은 완전히 새로운 생각이었다.

"물론이지, 이 바보야! 엄마는 로빈 이모가 미국에 가서 이혼수속을 밟으면 될 텐데 하고 말했어. 하지만 아버지는 그것은 캐나다에서는 합법적인 일이 아니고, 어쨌든 케네디 집안 사람들은 그런 건 중요하게 생각하지 않을 거래. 또 로빈 이모가 누군가 다른 사람과 결혼할까봐 외할머니는 이혼을 허락하지 않는 거라고 아버지가 말했어."

"만약, 만약 엄마가 이혼하면 '그 사람'은 내 아버지가 아닌 게 되는 거야?"

제인이 희망을 가지며 말했다.

필리스는 애매한 표정을 지었다.

"그렇지는 않을 거라고 생각해. 하지만 네 엄마가 결혼하는 상대는 그게 누구든 네 의붓아버지가 되지."

제인은 아버지도 필요 없었지만 의붓아버지도 원하지 않았다.

제인이 다시 입을 열지 않자 필리스는 애가 탔다.

"프린스에드워드 섬으로 가는 건 언제, 빅토리아?"

제인은 자신을 멸시하고 있는 필리스에게 속마음을 보여주고 싶지 않았기 때문에, "그곳에 대해선 난 아무 것도 몰라" 하고 새침하게 말했다.

"난 알고 있어." 필리스가 뻐기듯이 말했다. "2년 전에 거기서 여름을 보냈거든. 우린 북쪽 해안의 커다란 호텔에서 지냈는데 정말 아름다운 곳이었어. 너도 틀림없이 그곳이 마음에 들 거야."

제인은 자기가 그곳을 아주 싫어하게 될 거라는 걸 알고 있었다. 제인은 화제를 바꾸려 했지만 필리스는 끝까지 이 문제를 물고늘어질 기세였다.

"넌 아버지하고 어떻게 지낼 생각이니?"

"몰라."

"네 아버진 머리가 좋은 사람을 좋아할 거야. 그런데 넌 머리가 별로 좋지 않잖아, 안 그래? 빅토리아."

제인은 자신이 벌레 같은 기분이 드는 것이 싫었다. 필리스는 그림자 같은 기분으로 만들지 않을 때는 언제나 그런 기분이 들게 만들었다. 게다가 필리스한테 화를 내봤자 아무 소용이 없었다. 필리스는 절대로 화를 내지 않았다. 필리스를 두고 사람들은 '정말 착한 아이야, 어쩜 저렇게 성격이 좋을까' 하고 칭찬했다. 제인이 보기에 필리스는 사람을 우습게 여기고 무시하기만 할 뿐이었다. 제인은 단한 번이라도 좋으니 필리스하고 실컷 싸울 수만 있다면 필리스를 좀더 좋아하게 될지도 모른다는 생각이 들 때가 있었다. 제인이 같은 또래의 소녀들과 그다지 친하게 지내지 않는 것을 엄마가 염려하고 있다는 것을 제인은 알고 있었다.

필리스는 얘기를 계속했다.

"뭐, 그것도 한 가지 이유가 되겠지. 로빈 이모는 네가 머리가 좋지 않으니까 아버지하고 얘기 상대가 될 수 없을 거라고 생각한 거야."

제인은 벌레도 꿈틀할 때가 있다는 걸 보여주고 싶었다.

"이제 우리 엄마하고 '그 사람'에 대한 얘기는 그만 두자."

제인은 분명하게 말했다.

필리스는 조금 뽀로통해져서 그날 오후는 더욱 재미가 없었다. 프랭크가 데리러 왔을 때 제인은 여느 때보다 더 반가웠다.

제인이 프린스에드워드 섬으로 가는 것에 대해 명랑한 거리 60번지에서는 거의 아무도 입에 올리는 사람이 없었다. 하루하루가 어쩜 그리 빨리 지나가는지! 제인은 해를 붙들고 싶을 지경이었다.

아주 어렸을 때 제인은 엄마에게, "엄마, 시간을 멈추게 하는 방법은 없어요?" 하고 물은 적이 있었다.

엄마가 한숨을 쉬며, "우린 결코 시간을 멈추게 할 수는 없어요, 제인 아가씨" 하고 말한 것을 지금도 기억하고 있다.

그리고 지금 시간은 무정하게 째깍째깍 계속 나아갈 뿐이었다. 해가 뜨고 해가 지고 엄마와 떨어져야 할 날이 시시각각 다가오고 있었다. 프린스에드워드 섬에는 6월 초에 가기로 했다. 세인트애거서 학교는 다른 학교보다 일찍 방학하기 때문이었다.

외할머니는 5월 말에 제인을 말버러 백화점으로 데리고 가서 굉장히 좋은 옷을 여러 벌 사주었다. 지금까지 입었던 그 어느 옷보다 좋은 것이었다. 제인은 푸른 코트와 작은 주홍색 나비 장식이 있는 아담하고 자그마한 푸른 모자, 단정한 붉은 가죽 벨트에 빨간색으로 수놓은 예쁜 흰옷을 좋아할 나이였다. 필리스도 그처럼 아름다운 옷은 가지고 있지 않았다. 하지만 지금의 제인은 그런 것에는 별 관심이 없었다.

"거기서는 이런 고급옷이 별로 필요없을 거예요."

엄마가 말했다.

"이 아이에게 모든 걸 철저히 준비해 줄 거야. 그 남자가 이 아이의 옷을 살 필요가 없도록. 그렇게 하면 아일린 프레이저도 이러쿵저러쿵 트집을 잡지 못할 테니까. 그 남자는 판잣집 같은 집이나마 있기는 한 모양이구나. 그렇지 않으면 이 아이를 보내라고 하지 않았겠지. 빅토리아, 빵 전체에 한꺼번에 버터를 바르는 건 품위 있는 행동이 아니라고 주의를 주지 않든? 그리고 냅킨을 무릎에서 떨어뜨리지 않고 식사를 마칠 수는 없니?"

제인은 전보다 더욱 식사시간을 두려워하게 되었다. 생각이 딴 데가 있어서 실수를 연발했고, 외할머니는 그것을 하나도 놓치지 않았다. 제인은 식탁에 앉지 않을 수 있었으면 좋겠다고 생각했지만, 불행히도 사람은 뭔가 먹지 않으면 살 수 없다. 제인은 극히 조금밖에 먹지 않았다. 식욕이 떨어졌고 눈에 띄게 여위어 갔다. 공부에 마음을 쏟을 수가 없어서, 필리스는 우등으로 진급했는데 제인은 가까스로 상급학년에 올라갈 수 있었다.

"예상했던 대로야."

외할머니가 말했다.

조디는 위로하듯 말했다.

"그리 오래 있을 건 아니잖아, 제인. 겨우 석 달인걸 뭐."

소중한 엄마로부터 떨어져서 증오하는 아버지와 함께 보낼 석 달은 제인에게는 영원과도 같은 시간이었다.

"꼭 편지해, 제인. 나도 우표만 사면 쓸게. 랜섬 씨한테서 받은 10센트가 있으니까 그 돈으로 우표 석 장 정도는 살 수 있을 거야."

그때 제인은 가슴이 무너지는 얘기를 조디에게 털어놓았다.

"너한테는 자주 편지를 쓸 거야, 조디. 하지만 엄마한테는 한 달에 한 번밖에 쓸 수 없어. 그리고 '그 사람'에 대한 얘기는 쓰면 안 돼."

"엄마가 그러랬어?"

"아니야, 그렇지 않아! 외할머니야. 마치 내가 그 사람에 대해 얘기하고 싶어하기라도 하는 것처럼 말이야!"

조디의 어두운 비로드 같은 갈색 눈에 동정의 빛이 넘치고 있었다.

"나도 프린스에드워드 섬을 지도에서 찾아봤어. 주위가 온통 물로 에워싸여 있었어. 가장자리에서 떨어지면 무섭지 않을까?"

"떨어져도 상관없어."

제인은 우울한 표정으로 말했다.

프린스에드워드 섬으로

　제인은 시집간 딸을 찾아가는 스탠리 부부와 함께 프린스에드워드 섬에 가게 되었다. 마지막 며칠 동안 제인은 안간힘을 다해 버텼다. 되도록 조용히 떠나겠다는 결심이었다. 엄마가 괴로워할 것이기 때문이다. 밤이 되어도 다정하게 얘기하거나 서로 사랑을 나누고, 특별한 기회에 조그마한 애정이 담긴 말을 주고받는 일은 이제 없어졌다. 거기에는 두 가지 이유가 있다는 것을 제인은 알고 있었다. 하나는 엄마가 그것을 견딜 수 없다는 것, 또 하나는 외할머니가 그렇게 하는 것을 절대 허락하지 않고 있다는 것이었다. 하지만 명랑한 거리 60번지에서의 마지막 밤, 외할머니가 아래층에서 손님을 접대하고 있는 사이에 엄마가 살짝 제인의 방에 들어왔다.

　"엄마, 엄마!"

　"제인, 용감해져야 해. 고작해야 석 달이고 게다가 그 섬은 아름다운 곳이야. 넌…… 내가 알기만 했더라면…… 엄마도 원래는……. 아, 그런 게 지금 무슨 소용일까. 난 아무것도 상관없어. 제인, 한 가지만 약속해 주었으면 하는 일이 있어. 네 아버지한테는 절대 엄마에 대한 이야기를 해서는 안 돼."

"하지 않을게요."

제인은 목이 메었다. 그런 약속은 할 필요가 없었다. 제인은 자기가 그 사람한테 엄마에 대해 얘기한다는 건 상상도 할 수 없었다.

"아버지는 네가…… 네가…… 나를 너무 좋아한다는 생각만 하지 않으면 널 귀여워해 주실 거야."

그렇게 속삭이는 엄마의 푸른 눈을 하얀 눈꺼풀이 덮고 있었다. 그 표정을 본 제인은 가슴이 찢어질 것만 같았다.

해뜰 무렵 하늘은 핏빛처럼 붉었는데, 곧 흐려져서 불길한 잿빛으로 변하더니 낮부터 부슬비가 내리기 시작했다.

조디가 말했다.

"날씨까지 네가 가버리는 걸 슬퍼하고 있는 거야. 아, 제인, 네가 없으면 쓸쓸해서 어쩌지! 그리고…… 네가 돌아왔을 때 어쩜 난 이곳에 없을지도 몰라. 미스 웨스트가 날 고아원에 넣겠다고 말하고 있는걸. 난 고아원에는 가고 싶지 않아, 제인. 이 예쁜 조개는 미스 에임스가 서인도 제도에서 나에게 선물로 갖다 준 거야. 나한테 예쁜 거라고는 이것밖에 없어. 네가 이걸 가져. 만약 고아원에 가게 되면 이것도 빼앗기고 말 거니까."

몬트리올행 기차는 그날 밤 11시에 출발하는데 프랭크가 제인 모녀를 역까지 태워다 주었다. 제인은 외할머니와 거트루드 이모에게 얌전하게 '다녀오겠습니다' 하고 인사하면서 키스했다.

"섬에서 너의 아일린 프레이저 고모를 만나면 나를 잊지 말라고 전해라."

외할머니의 목소리에는 승리감에 찬 묘한 울림이 있었다. 제인은 외할머니가 언젠가 아일린 고모를 어떤 일에서 패배시킨 일이 있었고, 그것을 은근히 빗대어 말한 거라고 느꼈다. 마치 "그 사람은 물론 나를 기억하고말고"라고 말하는 것 같았다. 그런데 아일린 고모가 도대체 누구일까?

자동차를 타고 출발하려는 제인을 명랑한 거리 60번지가 노려보고 있는 것 같았다. 제인은 이 집을 한번도 좋아한 적이 없었고, 집 쪽에서도 제인을 좋아하지 않았다. 하지만 문이 닫혔을 때 제인은 인생의 문 하나가 등 뒤에서 닫힌 것처럼 슬픈 기분이 들었다. 비오는 밤, 제인과 엄마는 아무 말 없이 기괴한 지하도시 같은 어두운 밤거리를 달려갔다. 제인은 울지 않겠다고 결심했다. 눈은 슬픔으로 크게 열려 있었지만 침착하고 조용한 목소리로 "다녀올게요" 하고 말했다. 로빈 스튜어트가 마지막으로 본 제인은 스탠리 부인에게 안기듯이 이끌려 일등칸으로 들어가면서 씩씩하게 이쪽을 향해 손을 흔들고 있는 기특한 모습이었다.

일행은 이튿날 아침 몬트리올에 도착해 정오에 해안선 급행열차로 갈아탔다. 해안선 급행이라는 말만 들어도 가슴이 뛸 정도로 기뻐할 때가 제인에게 찾아올 테지만, 지금은 귀양을 가는 것이나 다름없었다. 비는 하루종일 내렸다. 스탠리 부인이 창밖의 산줄기를 가리켰지만 지금 제인한테는 산이 눈에 들어오지 않았다. 스탠리 부인은 제인을 몹시 내성적이고 말이 없는 아이라 여기고 혼자 내버려두기로 했다. 제인으로서는 하느님께 단식기도라도 드리고 싶은 심정이었다. 산이라고? 기차바퀴가 한 바퀴 돌 때마다 나를 엄마한테서 멀리 떼어놓고 있는데!

이튿날에는 우중충한 잿빛 비 속에 가로놓인 뉴브런즈윅을 지나갔다. 색빌에 도착하여 토멘타인곶 방면으로 가는 기차로 갈아탔을 때도 비는 그치지 않았다.

"이제 연락선을 타고 섬으로 건너갈 거야."

스탠리 부인이 설명했다. 스탠리 부인은 아예 처음부터 제인과 이야기를 나누려는 마음이 없었다. 이렇게 아둔한 아이는 처음 보았다고 생각했고, 제인의 침묵이 터질 것 같은 억제할 수 없는 눈물에 대한 유일한 방패라는 것은 생각도 하지 못했다. 제인은 어떤 일이 있어도 울지 않기로 결심했다.

토멘타인곶에 도착했을 때는 비가 그쳐 있었다. 연락선을 타자 서쪽의 구름 사이로 팽팽한 공 같은 붉은 태양이 나타나기 시작했다. 하지만 곧 다시 어두워졌다. 더러운 넝마 같은 구름이 에워싸고 있는 잿빛 하늘 아래 잿빛 해협이 물결치고 있었다. 일행이 다시 기차를 탈 무렵에는 또다시 비가 거세게 내리기 시작했다. 해협을 건너는 도중 배멀미가 난 제인은 기진맥진해졌다. 이곳이 그 프린스에드워드 섬? 바람 앞에 나무들이 자지러지고, 무겁게 짓누르는 듯한 구름이 거의 들판까지 드리워진, 이 비에 흠뻑 젖은 땅이 그 프린스에드워드 섬이란 말인가? 꽃이 피어 있는 과수원과 초록빛 목장, 거무스름한 가문비나무 스카프를 어깨에 두르고 완만하게 오르내리는 언덕. 하지만 제인의 눈에는 아무 것도 들어오지 않았다.

"앞으로 2시간이면 샬럿타운에 도착해. 네 아버지가 마중 나와 있을 거야." 스탠리 부인이 말했다.

아버지는 나를 사랑하지 않는다고 엄마가 말했다. 그리고 외할머니는 그가 판잣집에 살고 있을 거라고 했다. 그밖에는 아무 것도 몰랐다. 제인은 뭐든지, 어떤 것이라도 좋으니 알고 싶었다. 어떻게 생긴 사람일까? 데이비드 이모부처럼 늘어진 눈을 하고 있을까? 윌리엄 외삼촌처럼 얇게 꿰매붙인 것 같은 입을 하고 있을까? 외할머니를 찾아오는 돌런 할아버지처럼 한마디 할 때마다 찡긋 눈짓을 하는 사람일까?

제인은 엄마가 있는 곳에서 1600킬로미터쯤 떨어진 곳에 와 있건만 160만 킬로미터나 떨어진 것처럼, 견딜 수 없는 외로움이 파도처럼 밀려오는 걸 느꼈다. 기차가 역에 들어섰다.

"자, 도착했다, 빅토리아."

스탠리 부인이 안도하는 표정으로 말했다.

아일린 고모

제인이 플랫폼에 내려선 순간 어떤 부인이 제인을 향해 달려왔다.

"네가 제인 빅토리아니? 네가 나의 사랑하는 제인 빅토리아?"

제인은 누가 그런 식으로 달려드는 걸 좋아하지 않았고, 더구나 그때의 제인한테는 누군가의 제인 빅토리아라는 말은 더더욱 달갑지 않았다.

제인은 몸을 빼고 신중한 눈으로 똑바로 그 부인을 쳐다보았다. 45세에서 50세 사이로 보이는 무척 아름다운 부인으로, 커다란 물빛 눈과 온화하고 둥글고 매끈한 얼굴 주위에 금갈색 머리가 반짝이며 굽이치고 있었다. 이 사람이 아일린 고모일까?

"제인이라고 해요."

제인은 공손하고도 똑똑하게 말했다.

"정말이지 네 외할머니 케네디 노부인하고 어쩜 저리 똑같니, 앤드루?"

아일린 고모는 이튿날 아침 동생이 왔을 때 그렇게 말했다.

아일린 고모는 웃었다. 재미있다는 듯 흥흥 목을 울리는 듯한 웃음이었다.

"재미있는 아이야! 물론 제인으로 충분하고말고. 뭐든지 상관없으니까 괜찮아. 난 네 고모 아일린이란다. 하지만 나에 대해서는 들은 적이 없겠지?"

제인은 고분고분하게 아일린 고모의 뺨에 키스했다.

"아니에요, 들은 적 있어요. 외할머니께서 할머닐 잊지 말라고 고모님께 전하라고 하셨어요."

"저런!" 아일린 고모의 상냥한 목소리가 조금 딱딱해졌다. "친절하시기도 해라! 정말 친절하기도 하시지. 그런데 왜 아버지가 나오지 않았는지 궁금하지? 아버지는 널 데리러 오려고 블룩뷰에서 출발했단다. 그런데 그 끔찍한 고물 자동차가 오다가 고장이 나고 말았지 뭐니? 아버지는 나한테 전화해서 내일 아침 일찍 갈 테니까 널 데리고 와서 오늘 밤 재워달라고 부탁했단다. 어머, 스탠리 씨, 벌써 가시게요? 아직 인사도 제대로 못 드렸는데. 우리 소중한 아이를 무사히 데려다 주셔서 정말 감사해요."

"천만의 말씀이에요. 저희도 즐거웠어요."

스탠리 부인은 교양 있게 거짓말을 했다. 그들은 오는 동안 줄곧 마치 사자 우리에 들어가는 초기 그리스도교 순교자라도 되는 듯한 태도를 고수해 온, 이 이상하고 말없는 소녀한테서 손을 뗄 수 있게 되어 한숨 돌리는 기분으로 서둘러 돌아갔다.

제인은 이 세상에 오로지 혼자인 듯한 기분이 들었다. 아일린 고모가 있어도 아무 소용없었다. 제인은 아일린 고모를 좋아할 수가 없었다. 아니, 아일린 고모보다 자신이 더 싫었다. 내가 왜 이렇게 되었지? 난 왜 아무도 좋아할 수 없는 것일까? 다른 아이들은 삼촌과 고모들 가운데 적어도 몇 명쯤은 좋아하는 사람이 있다던데.

제인은 아일린 고모를 따라 택시가 기다리고 있는 곳으로 갔다.

"오늘밤은 날씨가 정말 지독하구나, 제인. 하지만 이곳에는 비가

필요해. 모두들 가뭄 때문에 몇 주일이나 곤란을 겪었거든. 네가
비를 몰고 온 게 틀림없어. 이제 금방 집에 도착할 거야. 네가 와
줘서 얼마나 기쁜지 몰라. 무슨 일이 있어도 널 우리 집에 있게
해야 한다고 네 아버지한테 말했단다. 널 블룩뷰로 데리고 가다니
정말 어처구니없는 얘기지. 네 아버지는 거기서 하숙생활을 하고
있단다. 짐 미드네 가게 2층에 방 두 칸을 사용하고 있단다. 물론
겨울에는 시내로 나오지만. 네 아버지라는 사람, 한번 결심하면
얼마나 고집이 센지 아마 넌 모를 거야, 제인."

"전 아버지에 대해선 아무 것도 몰라요."

제인은 어찌할 바를 몰랐다.

"그렇겠지. 엄마가 아버지에 대한 얘기는 한번도 해주지 않았겠
지?"

"네."

제인은 마지못해 대답했다. 어쩐지 아일린 고모의 질문에는 숨겨
진 뜻이 담겨 있는 것처럼 느껴졌다. 그것이 고모가 하는 질문의 특
징이라는 것을 제인은 차츰 알게 되었다. 고모는 동정을 담아 제인
의 손을 잡은 손에 힘을 주었다. 그 손을 고모는 제인을 택시에 태
울 때부터 내내 쥐고 있었다.

"가엾게도! 네 마음은 잘 알고 있단다. 그래서 네 아버지가 널
불러들이는 걸 잘하는 일이라고 할 수 없었던 거야. 왜 그런 생각
을 했는지 도무지 알 수가 없어. 네 아버지의 뜻이 짐작이 가지
않거든. 네 아버지와 난 원래부터 무척 사이가 좋았지만, 그래,
정말 사이가 좋았단다, 제인. 난 네 아버지보다 10살이나 많아서
전부터 누나라기보다는 엄마 같았단다. 이제 집에 도착했다, 제
인."

집으로! 안내되어 들어간 집은 아일린 고모와 마찬가지로 매끈
매끈하고 반들반들한 느낌이었지만, 제인은 낯선 집 지붕 위에 홀로

내려앉은 한 마리 참새 같은 심정이었다. 거실에서 고모는 모자와 코트를 벗고 머리를 쓰다듬은 뒤 제인의 어깨에 팔을 둘렀다.

"자, 네 모습을 자세히 보고싶구나, 제인. 역에서는 그럴 틈이 없었잖니? 난 네가 3살 때 이후로는 널 한번도 보지 못했어."

제인은 관찰 당하는 것이 싫었기 때문에 약간 굳어져서 뒤로 물러섰다. 제인은 자기가 평가되고 있다는 것을 느꼈고, 아일린 고모의 친절한 목소리와 태도에도 불구하고 그 평가 속에 호의라고 할 수 없는 것이 들어 있다는 것도 느꼈다.

"넌 네 엄마를 조금도 닮지 않았구나. 네 엄마처럼 아름다운 사람은 본 적이 없었지. 넌 아버지를 닮았어, 제인. 이제 저녁을 먹도록 하자."

"아, 전 필요 없어요. 부탁이에요, 전 괜찮아요."

자기도 모르게 제인은 소리쳤다. 한 입도 삼킬 수 없으리라는 것을 잘 알고 있었다. 먹는다는 건 생각만 해도 견딜 수가 없었다.

"조금만, 아주 조금만이라도, 응?" 고모는 갓난아기라도 어르듯이 권했다. "박하가 든 무척 맛있는 초콜릿케이크가 있단다. 실은 네 아버지한테 만들어 주곤 했던 거야. 네 아버지한테는 어린아이 같은 데가 있거든. 정말 맛있는 과자지. 네 아버진 어려서부터 내가 만든 초콜릿케이크만큼 맛있는 건 없다고 했어. 네 엄만 어떻게 해서든 나처럼 만들어보려고 애썼지만, 이건 타고난 솜씨가 없으면 절대로 만들 수 없는 거란다. 네 엄마처럼 사랑스러운 인형 같은 여자에게 요리라든가 집안살림을 잘 해내기를 요구하는 건 무리가 아니겠니? 그건 네 아버지한테도 자주 얘기해 줬다만, 남자란 그런 걸 모르고 여자한테 모든 걸 바라는 법이지. 여기 앉아라, 제니."

이 '제니'라는 말에 제인의 인내심이 한계에 달했다. 제인은 '제니' 같은 건 되고 싶지 않았다.

"고모님, 고맙습니다." 제인은 무척 정중하고 단호하게 말했다.

"하지만 전 아무 것도 먹을 수 없으니까 아무리 권해도 소용없어요. 저를 쉬게 해주시면 안 될까요?"

아일린 고모는 제인의 어깨를 두드렸다.

"물론 괜찮고말고. 가엾은 것! 피곤한 데다 모든 것이 낯설어서 얼마나 힘들지 잘 알아. 금방 2층의 네 방으로 데려다주마."

무척 아름다운 방이었다. 장미꽃 무늬의 사라사 벽걸이가 걸려 있고, 비단 이불이 덮여 있는 침대는 너무 매끄럽고 부드러워서 지금까지 아무도 잔 적이 없는 것처럼 보였다. 아일린 고모는 능숙한 손놀림으로 비단 이불을 벗기고 시트 윗 부분을 걷어서 접었다.

"푹 자고 나면 괜찮아질 거다, 제니. 널 내 집에 묵게 하는 것이 나에게 어떤 일인지 넌 모를 거야. 앤드루의 딸, 단 하나뿐인 내 조카인걸. 난 네 엄마도 처음부터 좋아했어. 하지만, 그래, 네 엄마 쪽에서는 날 그리 좋아하지 않았던 것 같아. 네 엄마가 나를 좋게 생각하지 않는다는 걸 언제나 느끼고 있었지. 그래서 우리 사이가 이러니저러니 하는 말을 절대로 하지 않도록 조심해 왔단다. 네 엄만 내가 네 아버지하고 단둘이 얘기하는 것을 보면 좋아하지 않았어. 난 전부터 그걸 예상하고 있었지. 네 엄마는 아버지보다 나이가 훨씬 어렸거든. 어린아이 같았어. 당연히 네 아버지는 그때까지 해온 대로 무슨 일이든 나한테 의견을 물었고, 나한테 먼저 의논을 한 거야. 그래서 질투를 한 것 같아. 무리도 아니지, 로버트 케네디 노부인의 딸이니까. 제니, 질투는 해서는 안 되는 거란다. 그것처럼 인생을 엉망으로 만드는 건 없거든. 밤에 추울지 모르니까 난로를 두고 가마. 프린스에드워드 섬에서는 비오는 날 밤에는 기온이 뚝 떨어지는 일이 많아. 그럼 잘 자거라, 제니."

제인은 방에 혼자 우뚝 선 채 주위를 둘러보았다. 침대 램프는 갓 가장자리가 구슬로 장식되어 있고 장미꽃이 그려져 있었다. 그 갓을 보자 제인은 왠지 참을 수 없는 기분이 되었다. 그것은 아일린 고모와 마찬가지로 너무 매끄럽고 너무 아름다웠다. 제인은 램프불을 끈 다음 창가로 갔다. 빗줄기가 유리창을 때리고 베란다 지붕을 때렸다. 지붕 저쪽으로는 아무 것도 보이지 않았다. 제인은 목이 메었다. 이 검고 낯선, 별 하나 없는 땅에서는 도저히 살 수 있을 것 같지가 않았다.

"아, 엄마만 옆에 있다면!"

제인은 낮은 목소리로 중얼거렸다. 무언가가 자신의 생활을 빼앗아 갈기갈기 찢어버린 것 같았지만 제인은 울지 않았다.

아버지가 오셨다!

　기차를 타고 오는 며칠 동안 잠을 제대로 못 잤기 때문에 제인은 지칠 대로 지쳐서 금세 잠이 들었다. 하지만 채 날이 밝기 전에 눈을 떴다. 비는 그쳐 있었다. 빛줄기가 침대 위에 비스듬히 내리꽂혔다.

　제인은 향수 냄새가 나는 아일린 고모의 시트 속에서 빠져 나와 창가로 갔다. 주위는 밤새 완전히 달라져 있었다. 하늘에는 구름 한 점 없고, 멀리서 몇 개의 별이 깊은 잠에 빠진 마을을 내려다보고 있었다. 그리 멀지 않은 곳에 은빛 꽃으로 뒤덮인 나무가 보였다.

　보름달에서 달빛이 쏟아져 내리고 있었다. 달은 만 같기도 하고 항구 같기도 한 곳 위에 거대한 진주처럼 걸려, 물 위에 아름답게 반짝이는 길을 만들고 있었다. 그럼 프린스에드워드 섬에도 달이 있다는 말인가? 그때까지 제인은 달이 있을 거라고는 생각하지 않았다. 맑고 아름다운 달이었다. 제인은 친구를 만난 기분이었다. 그 달은 프린스에드워드 섬과 마찬가지로 토론토도 내려다보고 있을 것이다. 다락방에 잠들어 있는 조디를 비추고 있을지도 모르고, 무슨 재미있는 모임에서 늦게 돌아오는 엄마를 비추고 있을지도 모른다. 어쩌면 지금 이 순간에 엄마도 달을 바라보고 있는 것이 아닐까! 이젠 토론토에서 1600킬로미터나 떨어져 있다는 느낌은 들지 않았다.

문이 열리더니 잠옷을 입은 아일린 고모가 들어왔다.

"제니, 무슨 일이니? 네가 움직이는 소리가 나서 아픈 게 아닌가 했다."

"일어나서 달을 보고 있었어요."

"별난 아이로구나! 지금까지 달을 본 적이 한번도 없었니? 깜짝 놀랐지 뭐냐? 자, 착하지, 어서 침대로 돌아가거라. 아버지가 도착하셨을 때 환하고 건강한 얼굴을 보여주고 싶지 않니?"

제인에게는 누군가에게 환하고 건강한 얼굴을 보여주고 싶은 마음이 전혀 없었다. 난 어디서나 감시당하고 있는 것일까? 제인이 잠자코 침대에 들어가자 고모가 다시 이불을 덮어주었다. 하지만 그때부터는 잠이 오지 않았다.

영원히 끝나지 않을 것 같았던 밤도 지나고 드디어 아침이 왔다. 제인에게 멋진 하루가 되는 그날도 여느 때와 다름없이 시작되었다. 동쪽하늘의 비늘구름이——그것이 비늘구름이라는 것을 제인은 몰랐지만——불타기 시작했다. 태양은 아무런 기척도 없이 조용히 떠올랐다. 제인은 너무 일찍 일어나서 고모에게 걱정을 끼쳐서는 안된다고 생각했지만, 참지 못하고 일어나서 창문을 열었다. 제인은 지금 자기가 지상에서 가장 아름다운 것을, 프린스에드워드 섬의 6월 아침을 바라보고 있다는 것을 알지 못했다. 하지만 모든 것이 어젯밤과는 다른 세상으로 보인다는 생각은 했다.

아일린 고모의 집과 이웃집 사이에 있는 라일락 산울타리에서 좋은 향기가 파도처럼 제인의 얼굴로 밀려왔다. 잔디밭 한쪽에 서 있는 포플러가 파릇파릇 웃으며 흔들렸고 사과나무는 다정하게 팔을 뻗고 있었다. 하얀 갈매기가 날고 있는 항구 저편에 데이지꽃이 군데군데 피어 있는 들판이 보였다. 비가 그친 후의 공기는 촉촉하고 상쾌했다. 아일린 고모의 집은 마을 끝에 있었고, 시골로 가는 길이 뒤쪽으로 이어지고 있었다. 비에 젖어 반짝반짝 빛나는 그 길은 피처럼 붉은색이었다. 제인은 그런 색깔의 길을 상상해 본 적도 없었다.

"어머! 어머! 프린스에드워드 섬은 아름다운 곳이야."

제인은 그것이 약간 못마땅하게 생각되었다.

아침 식사는 첫 시련이었다. 제인은 어젯밤과 마찬가지로 조금도 배가 고프지 않았다.

"아무 것도 못 먹겠어요, 고모님."

"하지만 먹어둬야 해, 제니. 난 네가 사랑스럽기는 하지만 응석은 받아주지 않을 생각이야. 지금까지 지나치게 제멋대로가 아니었나 하는 생각이 드는구나. 이제 아버지가 금방이라도 오실지 모르니까 여기 앉아서 오트밀을 먹도록 해라."

제인은 먹어보기로 했다. 아일린 고모는 분명히 제인을 위해 멋진 아침 식사를 준비해 주었다. 오렌지 주스, 짙은 금색의 크림을 뿌린 오트밀, 잘 구워진 세모난 토스트, 더할 나위 없이 완벽한 계란프라이, 호박색과 진홍색의 중간색을 한 사과젤리 등이었다. 아일린 고모가 요리 솜씨가 좋은 건 틀림없는 것 같았다. 하지만 제인은 음식을 먹는 일이 이토록 힘들었던 적은 한번도 없었다.

"그렇게 너무 흥분하면 안 돼, 제니."

아일린 고모는 마치 아기를 달래듯 생긋 웃으며 말했다.

제인은 자기가 그리 흥분하고 있다고는 생각하지 않았다. 다만 이상하게 멍한 기분이어서 계란프라이조차 다 먹을 수 없을 것 같았다. 아침 식사 뒤의 1시간은 세상에서 가장 괴로운 일이 '기다리는 일'이라는 것을 제인에게 가르쳐 주었다. 하지만 모든 일에는 끝이 있기 마련, 아일린 고모가, "제니, 아버지가 오셨다" 하고 말했을 때 제인은 모든 것이 끝났다고 생각했다.

손은 축축하게 젖어 있는데 입 안은 타는 듯이 말랐고, 시계가 똑딱거리는 소리가 이상하게 크게 들렸다. 오솔길에서 발소리가 들려왔다……. 문이 열렸다……. 누군가가 방문 앞에 섰다. 제인은 일어섰다. 하지만 눈을 들 수가 없었다. 도저히 되지 않았다.

"자, 이 아이가 네 딸이란다. 자랑하고 싶을 만큼 귀여운 아이지, 앤드루? 나이에 비해선 키가 좀 큰 편이긴 하지만."

"홍옥 같군. 머리카락이 겨울사과색이네요."

불과 몇 마디에 지나지 않았지만, 그 말이 제인의 인생을 송두리째 바꿔놓았다. 아니, 말보다 목소리 쪽이었는지도 모른다. 모든 것을 자신들 두 사람밖에 모르는 멋진 비밀처럼 생각하게 하는 목소리였다. 제인은 자기도 모르게 고개를 들었다.

각진 눈썹, 이마 위로 빗어올린 숱 많은 적갈색 머리. 굳게 다문 입, 각지고 가운데가 갈라진 턱, 유쾌한 웃음, 주름이 잡혀 있는 날카로운 연갈색 눈. 그 얼굴은 제인에게는 자기 얼굴처럼 낯익은 것이었다.

"케네스 하워드!"

제인은 숨결이 높아지면서 넋을 잃은 듯 한 발 다가갔다.

다음 순간, 제인은 아버지의 품속에서 키스를 받고 있었다. 제인도 키스했다. 모르는 사람이라는 느낌이 전혀 들지 않았다. 혈육이라는 것과는 관계가 없는, 신비로운 동일한 영혼이 부르는 소리를 제인은 느꼈다. 그것과 동시에 제인은 지금까지 아버지를 미워하고 있었던 일을 까맣게 잊어버리고 말았다.

제인은 아버지가 마음에 들었다. 복잡한 색깔의 트위드 옷에 배인 담배 냄새로부터 제인을 안고 있는 굳센 팔에 이르기까지 모든 것이 마음에 들었다. 제인은 울음이 터지려 했지만 그러고 싶지 않았기 때문에 대신 웃기 시작했다. 얼마나 거친 웃음이었는지 아일린 고모가 어이없다는 듯이 말했다.

"가엾어라. 히스테리를 일으키는 것도 무리가 아니야."

아버지는 제인을 내려놓고 지그시 바라보았다. 날카로운 눈매는 웃고 있는 주름 사이로 숨어버리고 보이지 않았다.

"히스테리를 일으킨 거니, 나의 제인?"

아버지가 진지하게 물었다.

그렇게 '나의 제인'이라고 불러주는 것이 제인은 얼마나 기뻤는지 몰랐다!

"아니에요, 아버지."

제인도 아버지 못지않게 진지한 얼굴로 대답했다. 두 번 다시 아버지를 '그 사람'이라고 부르거나 생각하지는 말기로 하자.

"한 달만 내가 데리고 있으면 안 되겠니? 이 아이를 통통하게 살이 오르게 만들어 줄 테니까."

아일린 고모가 미소지었다.

제인은 실망했다. 아버지가 나를 고모한테 맡기면 어떻게 하지? 하지만 아버지한테는 분명히 그럴 생각은 전혀 없는 것 같았다. 제인을 소파에 나란히 앉혀놓고 내내 어깨를 감싸안고 있었다. 금세 모든 일이 제인이 생각하는 대로 풀렸다.

"나는 이 아이를 살찌우고 싶지 않아요. 이 아이의 골격이 마음에 들거든요."

아버지는 제인을 품평하는 것처럼 바라보았다. 제인은 아버지가 자신을 살펴보고 있다는 것을 알았지만 싫지 않았다. 그저 아버지의 마음에 들었으면 좋겠다는 생각뿐이었다. 내가 예쁘지 않아서 아버지가 실망하실까? 내 입이 너무 크다고 생각하실까?

"네가 얼마나 멋지고 사랑스러운 골격을 갖고 있는지 알고 있니, 제인?"

"코가 친할아버지의 코를 쏙 빼닮았어."

아일린 고모가 말했다. 고모가 제인의 코를 칭찬하고 있는 건 분명했지만, 제인은 자기가 할아버지한테서 코를 훔치기라도 한 듯한 거부감이 들었다. 아버지가 한 말은 듣기에 좋았다.

"난 네 속눈썹이 마음에 드는구나, 제인. 그러고 보니 '제인'이라고 부르는 걸 좋아하는지 모르겠다. 난 항상 제인이라고 불러왔는데, 그건 어쩌면 내 고집인지도 모르지. 너한테는 어떤 이름이든 네가 좋아하는 이름으로 불릴 권리가 있어. 하지만 난 어느 이름이 진짜 너이고 어느 쪽이 그림자 같은 작은 유령인지 알고 싶구나."

"어머나, 전 제인이에요!"

제인이 소리쳤다. 자기가 제인인 것이 기뻤다!

"그럼 그렇게 결정됐다. 그리고 나를 '아빠'라고 부르는 게 어떻겠니? '아버지'라고 하면 몹시 딱딱한 아버지가 될 것 같지만, '아빠'라면 상당히 좋은 아버지가 될 수 있을 것 같은데. 어젯밤에 오지 못해서 미안하다. 차가 길 한가운데서 죽어버렸지 뭐냐. 오늘 아침에야 가까스로 부활시킬 수 있었어. 물론 두꺼비처럼 팔짝팔짝 뛰면서 마을에 들어왔지만 말이다. 프린스에드워드 섬의 축제소동 속에 끼어도 손색이 없을 꼴을 하고 왔지 뭐냐. 하지만 그 차는 한동안 수리공장에 들어가 있어야 할 것 같구나. 식사가 끝나면 섬을 드라이브하면서 친해보자꾸나, 제인."

"벌써 친해졌어요."

제인이 말했다. 그건 정말이었다. 제인은 아버지를 오래전부터 알고 있었던 것 같은 느낌이 들었다. 그래, '아빠'가 '아버지'보다 좋아. '아버지'에는 불쾌한 연상이 있었다. 제인은 '아버지'를 미워하고 있었던 것이다. 하지만 '아빠'를 좋아하게 되는 건 문제 없었다.

제인은 가슴속의 가장 비밀스러운 방을 열어 아빠를 맞아들였다.

아니, 그곳에 아빠가 있는 것을 발견했다. 아빠는 케네스 하워드였
고 제인은 오래전부터 케네스 하워드를 무척 좋아했기 때문이다.

"이 제인이라는 아이는 나하고 마음이 잘 통해!"

아빠는 천장을 향해 말했다.

최고의 동반자

　제인은 즐거운 일을 기다리는 것은 싫은 일을 기다리는 것과는 전혀 다르다는 것을 알았다. 이렇게 웃으며 눈을 빛내고 있는 제인의 모습을 만약 스탠리 부인이 보았다면 틀림없이 누군지 못 알아보았으리라. 그날 아침이 너무 길게 느껴졌다고 한다면, 그것은 바로 어서 빨리 아빠와 함께 아일린 고모한테서 떠나고 싶어 마음을 졸였다는 뜻이다.

　아일린 고모는 외할머니와 엄마, 그리고 명랑한 거리 60번지에서의 제인의 생활에 대해 넌지시 캐묻느라 필사적이었다. 하지만 제인은 아일린 고모의 유도신문에 넘어가지 않았다. 더없이 교묘한 질문에도 제인은 '네' 아니면 '아니요', 또는 상대방을 맥풀리게 하는 대답만 했고, 질문의 형태를 바꾸어 빙 둘러서 하는 말에는 더욱 사람의 기를 꺾는 듯한 침묵으로 일관했다.

　"케네디 외할머니는 너에게 잘해 주시니, 제니?"

　"무척 잘해 주세요."

　제인은 짤막하게 대답했다. 그래, 분명히 외할머니는 나한테 잘해

주고 계셔. 세인트애거서 학교, 피아노 레슨, 예쁜 옷, 자동차, 그리고 빈틈없는 영양식 등이 그 증거야.

아일린 고모는 제인의 옷을 샅샅이 살펴보았다.

"외할머니는 네 아빠를 좋아하지 않지, 제니? 틀림없이 너에게 보복을 하고 있을 거라고 생각했어. 아빠와의 사이에 말썽을 일으킨 건 실제로는 네 외할머니였으니까."

제인은 아무 말도 하지 않았다. 가슴 깊은 곳에 감추어진 아픔을 아일린 고모에게 털어놓을 생각은 조금도 없었다. 고모는 고개를 절레절레 흔들며 단념했다.

아빠는 낮에 자동차가 아니라 마차를 구해 돌아왔다.

"차를 고치는 데 하루가 걸린다고 해서 제드 커슨의 마차를 빌려왔다. 내일 제드가 자동차와 네 트렁크를 가지고 오면 돌려주기로 했어. 마차를 타본 적이 있니, 제인?"

"아니요."

"점심을 안 먹고 나가면 못써요."

아일린 고모가 주의를 주었다.

점심 식사는 정말 맛있었다. 토론토를 떠난 이래 거의 아무것도 먹지 않았기 때문이다. 제인은 아빠가 자기를 식욕이 엄청난 아이라고 생각하면 어떡하나 걱정이 되었다. 제인이 아는 한 아빠는 가난했기 때문이다. 자동차도 고급인 것 같지 않았고 부양해야 할 입이 하나 늘어나는 것은 아빠의 경제력에 큰 타격일지도 모른다. 하지만 아빠는 식사를, 특히 박하를 넣은 초콜릿케이크를 무척 맛있게 먹어치웠다. 제인은 자기도 박하를 넣은 초콜릿케이크를 만드는 방법을 배우고 싶었다. 하지만 아일린 고모한테는 절대로 묻지 않기로 결심했다.

아일린 고모는 아빠를 마치 어린아이처럼 대했다. 아기를 어르듯이 콧소리를 내며 말했다. 실제로 콧소리를 냈다! 아빠는 고모의 과자를 좋아하는 것과 마찬가지로 콧소리와 꿀처럼 달콤한 말을 듣는 것을 좋아했다. 제인은 그것을 눈치챘다.

"그 블룸뷰의 네 하숙집으로 데리고 가는 건 이 아이에게 좋지 않아."

아일린 고모가 반대하자 아빠가 말했다.

"이번 여름을 보낼 집을 장만한다고 해서 나쁠 건 없겠죠. 나를 위해 살림을 할 수 있겠니, 제인?"

"네."

제인은 망설이지도 않고 대답했다. 나는 할 수 있어, 지금까지 한 번도 해본 적은 없지만 제인은 살림하는 방법을 알고 있었다. 태어나면서부터 그런 걸 아는 사람도 있는 법이다.

"너 요리를 할 줄 아니?"

아일린 고모는 무슨 기발한 농담이라도 되는 듯이 아빠에게 눈짓을 해보였다. 기쁘게도 아빠는 그 눈짓에는 응답하지 않고 제인을 대신해 대답해 주었다.

"내 어머니의 피를 이어받은 사람은 누구나 요리를 할 줄 알아요. 자, 제인, 너의 예쁜 옷들을 챙겨라. 이제 출발할 때가 된 것 같으니."

모자를 쓰고 코트를 입고 아래층으로 내려오던 제인의 귀에 아일린 고모가 식당에서 얘기하는 소리가 들렸다.

"저 아이는 뭐든지 숨기는 버릇이 있어, 앤드루. 솔직히 말해서 난 마음에 들지 않는구나."

"지켜야 할 비밀은 지켜야 한다는 걸 아는 거지요, 안 그래요?"

"그런 게 아니야, 앤드루. 저 아인 앙큼해. 잘 기억해 둬, 저 아인 앙큼하다구. 저 아이가 살아 있는 한 케네디 노부인은 절대로 죽지 않을 거야. 그래도 무척 귀여운 아이임엔 틀림없어, 앤드루. 아무런 결점이 없기를 바라는 건 욕심이겠지. 저 아이한테 내가 해 줄 일이 있으면 알려주렴. 참을성을 갖고 저 아이를 대해야해. 앤드루, 너를 좋아하도록 교육받지는 않았을 테니까."

제인은 이를 갈고 싶은 심정이었다. 내가 아빠를 좋아하도록 교육받지 않았다고? 정말이지 얼마나 우스꽝스러운 말인가! 아일린 고모에 대한 분노는 올빼미처럼 장난스럽게 소리 없이 웃는 웃음으로 나타났다.

마차를 타고 출발하려는 두 사람 뒤에서 아일린 고모가 소리쳤다. "독이 든 풀을 조심해야 한다. 블룩뷰에는 독초가 많다고 하니까. 이 아이를 잘 보살펴줘라, 앤드루."

"여자는 다 그렇지만 누님도 처음부터 착각하셨어요. 제인이 나를 보살펴주게 될 거라는 것쯤은 누구라도 한눈에 알 수 있잖아요?"

제인은 유쾌하게 마차에 올라탔고, 행복으로 빛나는 얼굴로 섬을 가로질러 달려갔다. 세상에서 자기만큼 비참한 사람은 없다고 생각했던 때로부터 채 2, 3시간밖에 지나지 않았다는 것이 믿어지지가 않았다. 몸집이 작은 붉은색 암말이 끄는 마차를 타고 가는 것은 정말 즐거웠다. 제인은 앞자리에 앉아 말의 매끈매끈한 엉덩이를 철썩 때려주고 싶었다. 말은 몇 킬로미터나 이어지는 붉은 길을 자동차처럼 단숨에 질주하지 않았다. 제인도 역시 그런 걸 원하지 않았다.

길은 온통 눈이 휘둥그레지는 아름다운 것들로 가득했다. 오팔 가루를 뿌린 것같이 아득히 먼 곳의 언덕들. 클로버 들판을 건너 불어오는 바람. 어디선지 모르게 나타나서 깊고 푸른 숲으로 꼬리를 감추는 작은 강. 숲에서는 향기로운 전나무의 긴 가지가 레이스 무늬를 이룬 물 위로 뻗어나와 있었다. 푸른 하늘에 우뚝 솟아 있는 것처럼 보이는 크고 하얀 소나기구름. 술 취한 사람이 누워 있는 것같은 미나리아재비가 흐드러지게 피어 있는 골짜기. 믿을 수 없을 정도로 푸른 물결. 눈길 닿는 곳마다 제인을 기쁘게 하는 것들이 넘치고 있었다. 모든 것이 그야말로 행복의 비밀을 속삭이고 있는 듯했다. 그리고 또 있었다. 바다 냄새! 제인은 그 냄새를 생전 처음으로 맡았다. 그리고 다시 한 번 맡아보았다. 마음껏 들이마셔 보았다.

"내 오른쪽 주머니를 뒤져보렴."

아빠가 말했다.

캐러멜 한 봉지가 나왔다. 명랑한 거리 60번지에서는 식사와 식사 사이에 단 것을 먹는 것은 금지되어 있었다. 하지만 명랑한 거리 60번지는 이곳에서 1600킬로미터나 떨어져 있다.

"우리는 둘 다 얘기하는 것을 별로 좋아하지 않는 것 같구나."

"네, 하지만 서로를 잘 알고 있다고 생각해요."

제인은 캐러멜로 들러붙은 턱이 허락하는 한 똑똑하게 대답했다.

아빠는 웃었다. 마음이 통하는 것 같은 너무나도 느낌이 좋은 웃음이었다.

"나는 마음이 내키면 무서운 기세로 얘기하지만 그렇지 않을 때는 가만 내버려두기를 바라는 사람이란다. 넌 내가 꼭 원하는 그대로의 아이인 것 같구나, 제인. 널 부른 건 정말 잘한 일이라고 생각한다. 아일린 고모는 반대했지. 하지만 난 한번 생각한 것은 꼭 해야 하거든. 내 딸과 친해지고 싶다는 생각이 갑자기 들었지."

아빠는 엄마에 대해서는 묻지 않았다. 그편이 고맙기는 했지만 제인은 그건 잘못된 것임을 알고 있었다. 엄마가 자신에 대한 것을 아빠한테 말해서는 안 된다고 한 것도 역시 잘못된 것이었다. 아, 잘못된 것이 너무 많다. 하지만 한 가지, 두말할 나위 없이 정말인 것이 있었다. 제인은 이번 여름을 아빠와 함께 보내려 하고 있고, 이곳에 이렇게 둘이서 마차를 타고 달리고 있다는 사실이다. 길은 스스로 생명을 가지고 있어서, 그것이 체온계 속의 수은처럼 제인의 혈관을 돌고 있는 것 같았다. 제인은 이렇게 자신에게 꼭 맞는 장소와 동반자를 만난 것은 처음이라고 생각했다.

더없이 즐거운 드라이브도 끝이 있기 마련이다.

"이제 곧 블룩뷰에 도착한다. 1년 전부터 난 블룩뷰에서 살고 있는데, 이곳은 아직 지상에 남아 있는 조용한 장소들 가운데 하나란다. 짐 미드의 가게 위에 방 두 개를 빌리고 있지. 짐의 아내가 내 식사를 준비해 주는데 나를 해롭지 않은 괴짜로 생각하고 있어. 내가 글을 쓰기 때문이야."

"뭘 쓰시는데요, 아빠?"

제인은 '국제간 난국의 평화적 재조정'을 떠올리고 있었다.

"뭐든지 조금씩. 이야기, 시, 수필, 모든 문제에 대한 평론 같은 것. 언젠가는 소설을 쓴 적도 있었는데 출판사를 구하지 못해서 말이야. 그래서 다시 잡문으로 돌아간 셈이야. 네 아빠도 세상에 알려지지 않은 '말없는 밀튼'(영국 시인 그레이의 〈시골 묘지〉에서 읊은 만가에 나오는 말)이라고 할 수 있지. 제인, 너한테만은 내가 가장 소중하게 생각하고 있는 꿈을 털어놓아야겠구나. 바로 '므두셀라'(므두셀라는 구약성서 노아 이전의 유대인 족장. 969년이나 살았다고 함)의 생애를 서사시로 쓰는 것이란다. 멋진 주제 아니냐! 자, 여기다."

'여기'라는 것은 두 개의 길이 교차하고 있는 길모퉁이였다. 그 모퉁이에 한쪽은 가게, 다른 한쪽은 주택으로 되어 있는 건물이 서 있었다. 가게는 도로를 향하고 있었고, 집하고는 목책과 가문비나무 산울타리로 경계를 짓고 있었다. 제인은 마차에서 내리는 요령을 금방 배웠다. 둘은 문기둥 한쪽에 검은 나무로 만든 오리가 앉아 있는 작고 하얀 문을 지나, 리본그래스(식물 이름)와 조개껍질로 가장자리를 두른 붉은 오솔길을 따라갔다.

"멍! 멍!"

층계에 앉아 있던 갈색과 흰색의 얼룩강아지가 반갑다는 듯이 짖었다. 방금 구운 듯한 생강쿠키의 맛있는 냄새가 부엌문에서 흘러나온 순간 나이 지긋한 부인이 나왔다. 길이가 15센티미터가량이나 되는 코바늘뜨기 레이스로 가장자리를 장식한 하얀 앞치마를 깨끗한 옷 위에 걸치고, 제인이 지금까지 한번도 본 적이 없는 짙은 홍조를 띤 뺨을 하고 있었다.

"미드 부인, 이 아이가 제인입니다. 이제 내가 앞으로 매일 수염을 깎아야 하는 이유를 아시겠죠."

"아이, 귀여워라!"

미드 부인이 제인에게 키스했다. 제인은 아일린 고모의 키스보다 미드 부인의 키스가 더 좋았다.

미드 부인은 당장 제인에게 저녁을 먹기 전의 간식이라며 버터 바른 빵 한 조각과 딸기잼을 주었다. 산딸기 잼이었다. 제인은 지금까지 산딸기 잼을 한번도 먹어본 적이 없었다. 저녁 식탁은 먼지 하나 없는 부엌에 마련되어 있었다. 부엌에는 창문마다 꽃이 핀 제라늄과 이파리에 은색 점이 있는 베고니아가 만발해 있었다.

'난 부엌이 좋아' 하고 제인은 생각했다.

뜰로 나가는 다른 문을 통해 멀리 남쪽에 파릇파릇한 목장이 펼쳐져 있는 것이 보였다. 테이블에는 붉은색과 흰색의 화려한 바둑판무늬 테이블보가 덮여 있었다. 미드 씨는 자기 앞에 놓인 튼튼한 사발에 가득 담겨 있는 금갈색 누에콩을 대충 덜어서 제인에게 건네주고, 갓 구은 옥수수케이크도 큼지막하게 잘라주었다. 미드 씨는 양배추에 안경을 씌운 것 같은 얼굴이었지만 제인은 금방 그가 좋아졌다.

제인에게 이러니저러니 간섭하는 사람은 아무도 없었다. 제인이 스스로 멍청하고 서투르고 늘 실수만 연발하고 있다는 기분이 들게 하는 사람은 아무도 없었다. 제인이 옥수수케이크를 다 먹자 미드 씨가 물어보지도 않고 또 한 조각을 제인의 접시에 담아주었다.

"맘껏 먹어라. 하지만 주머니에 숨기거나 하면 안 돼."

미드 씨가 엄격하게 말했다.

그 갈색과 흰색의 얼룩강아지는 배가 고픈지 제인 옆에 앉아 뭔가 구걸하는 표정으로 올려다보고 있었다. 제인이 옥수수케이크를 떼어 줘도 아무도 상관하지 않았다.

미드 부부는 거의 둘이서 얘기를 이끌고 있었다. 제인은 들은 적도 없는 사람들에 대한 얘기뿐이었지만, 거기에 귀를 기울이고 있으니 어쩐지 즐거운 기분이었다. 미드 부인이 자못 무거운 어조로 가엾게도 조지 볼드윈이 위궤양에 걸려서 몹시 고생하고 있다고 말했을 때, 제인과 아빠는 눈을 마주치며 소리 없이 웃었다. 표정은 둘 다 미드 부인 못지않게 심각했지만.

제인은 온몸이 따뜻해지는 것 같은 기쁨을 느꼈다. 함께 웃음을 나눌 수 있는 사람이 있다는 건 유쾌한 일이었다. 명랑한 거리 60번지에서 누군가에게 눈웃음을 보내기라도 해보라! 엄마와는 마주 보며 눈을 마주 빛내기는 했지만 두 사람 다 절대로 웃지는 않았다.

동쪽이 희미하게 밝아오며 달이 뜰 무렵 제인은 미드 부인의 손님용 침실로 안내되었다. 화장대도 세면대도 무척 싸구려였고 침대는 하얀 칠을 한 쇠침대였다. 바닥은 갈색으로 칠해져 있었는데, 코바늘로 장미와 풀고사리, 낙엽 무늬를 넣어 짠 화려한 깔개가 깔려 있었다. 풀을 먹여 빳빳한 레이스 커튼은 눈처럼 하얬다. 벽지는 무척 아름다웠는데, 크림색 바탕에 파란색 리본을 감은 은색 데이지가 무리 지어 피어 있었다. 창문 앞 선반에 있는 비로드 같은 이파리의 커다란 주홍색 제라늄에서는 좋은 향내가 났다.

어딘지 모르게 친근한 느낌이 드는 방이었다. 제인은 편안하게 푹 잔 뒤 아침에 눈을 뜨자마자 아래층으로 내려갔다. 미드 부인이 부엌에서 불을 피우고 있는 중이었다. 미드 부인은 아침 식사 전의 요깃거리로 제인에게 커다랗고 두툼한 도넛을 주면서 아빠가 내려올 때까지 뜰에서 기다리라고 했다. 뜰에는 이슬에 젖은 아침의 조용함이 깃들어 있었고, 바람에서는 건강한 시골 냄새가 가득 느껴졌다.

작은 꽃밭 가장자리에는 푸른 물망초가 에워싸고 있고, 한구석에서는 일찍 피는 연지색 모란이 큰 무리를 이루고 있었다. 응접실 창문 밑에는 제비꽃과 붉고 하얀 데이지가 피어 있고, 부근 들판에서는 소가 풀을 뜯어먹고 있었으며 솜털이 보송보송한 어린 병아리가 열 마리쯤 뛰어다니는 것이 보였다. 노란색의 작은 새 한 마리가 나지막한 나무의 작은 가지에서 몸을 갸우뚱거리고 있고 얼룩강아지는 제인의 뒤를 졸졸 따라다녔다. 처음으로 보는 우스꽝스럽게 생긴 이륜 짐마차를 타고 지나가던 작업복 차림의 호리호리하고 젊은 마부가, 오래전부터 친구인 듯 제인에게 손을 흔들었다. 제인도 즉시 먹고 있던 도넛을 손에 든 채 든 손을 흔들어 응답했다.

하늘은 또 얼마나 푸르고 높은지 ! 제인은 시골 하늘이 당장 좋아졌다.

'프린스에드워드 섬은 정말 멋진 곳이야.'

제인은 이번에는 진심으로 그렇게 생각했다. 분홍색 장미를 한 송이 꺾어 제인은 얼굴 가득 그 이슬을 뿌렸다. 장미로 얼굴을 씻는다는 걸 생각해 보라 ! 그때 제발 이곳에 오지 않게 해달라고 기도한 일이 생각났다.

"하느님께 사과해야겠어."

제인은 힘차게 말했다.

집을 사자!

"집을 사러 가도록 하자, 제인. 그것도 빨리."

아빠는 느닷없이 중대한 결심을 감행하기로 했는데, 그것이 아빠가 살아가는 방식이라는 것을 나중에야 알았다.

"빨리라고 하면 오늘 말이에요?"

아빠는 웃었다.

"그게 좋을지도 모르겠다. 오늘은 드물게 마음에 드는 좋은 날이거든. 제드가 우리 차를 가지고 오면 즉시 나가자꾸나."

제드는 점심 때쯤 차를 가지고 왔고 두 사람은 외출하기 전에 식사를 했다. 미드 부인은 저녁때까지 간식으로 먹으라며 버터쿠키 한 봉지를 제인에게 안겨주었다.

"전 미드 아줌마가 좋아요."

제인이 아빠에게 말했다. 좋아하는 사람이 있다고 생각하니 기분 좋은 따뜻함이 마음을 가득 채웠다.

"그 사람은 사회의 모범이라고 할 수 있지. 아무리 자외선을 전화선인 줄 알고 있다 해도."

자외선이 전화선인지 아닌지 제인은 따지고 싶지 않았다. 아빠와 둘이서 자동차를 타고 달린다는 것만으로 충분했던 것이다. 프랭크가 봤다면 깜짝 놀라 자빠졌을 것 같은 그 자동차를 타고, 친근하면서도 뭔가 숨기고 있는 것 같기도 한 붉은 길을 덜컹거리면서 나아갔다. 지나가는 길에 보이는 야생 벚나무가 드문드문 섞여 있는 숲은 무척이나 들떠 있는 새 신부 같았다. 언덕을 올라가니 비로드 같은 구름의 그림자가 흘러가다가 푸른빛이 감도는 작은 골짜기로 사라지는 것처럼 보였다. 그 기분 좋은 땅 곳곳에 집들이 있었다. 그 가운데 하나를 사기 위해 두 사람은 가고 있는 것이다.

"집을 사자, 제인."

마치 '바구니를 사자'고 하는 듯 가벼운 말투다. 유쾌하다!

"네가 온다는 걸 알고 곧 적당한 집이 있는지 알아보기 시작했단다. 여러 채 있다는 얘기를 들었지. 결정하기 전에 그 집들을 한 바퀴 돌아보기로 하자. 어떤 집이 좋을까, 제인?"

"아빠는 어떤 집을 살 수 있어요?"

제인이 심각한 얼굴로 물었다.

아빠가 쿡쿡 웃음을 터뜨렸다.

"이 아이는 이 세상에 조금밖에 남아 있지 않은 상식을 가지고 있다네!"

아빠는 하늘을 향해 말했다.

"우리는 터무니없이 비싼 돈을 줄 순 없어, 제인. 나는 부자가 아니거든. 그렇다고 생활보호 대상자로 살고 있는 것도 아니란다. 올 겨울 난 자질구레한 글을 상당히 많이 썼거든."

"국제간 난국의 평화적 재조정?"

제인이 중얼거렸다.

"그게 무슨 소리냐?"

제인이 설명했다. 케네스 하워드의 사진이 마음에 들어 오려둔 것을. 하지만 외할머니가 그 사진을 찢어버렸다는 것과 엄마 눈에 떠오른 표정에 대한 것은 말하지 않았다.

"〈새터데이 애프터눈〉은 나의 중요한 거래처지. 이제 본론으로 돌아가자. 물론 집값에 따라 다르지만 어떤 종류의 집을 좋아하니, 제인?"

"큰집은 싫어요."

제인은 명랑한 거리 60번지의 어마어마하게 넓은 집을 생각했다.

"작은 집이고 주위에 나무가, 어린 나무가 몇 그루 자라고 있는 집."

"자작나무 말이냐? 나도 자작나무가 한두 그루쯤 있었으면 좋겠다. 그리고 그것과 대조적으로 짙은 녹색의 가문비나무 네댓 그루도. 나무와 조화를 이루기 위해 집은 녹색과 흰색이 아니면 안돼. 나는 처음부터 녹색과 흰색의 집을 원했단다."

"페인트를 칠할 순 없나요?"

"칠할 수 있지. 그런 생각을 하다니 머리가 좋구나, 제인. 나 같으면 아무리 좋은 집이라도 흙색이면 안 된다고 했을지도 모르는데. 또 적어도 바다를 바라볼 수 있는 창문이 하나는 있어야 해."

"바다 가까이에서 살 거예요?"

"물론이지. 우리는 지금 퀸 해변으로 가고 있어. 내가 들은 집들은 모두 그곳에 있단다."

"전 언덕 위가 좋아요."

제인이 꿈꾸듯 말했다.

"그럼 정리해 보자. 작은 집, 흰색과 녹색, 또는 그렇게 칠할 수 있는 집, 가능하다면 자작나무와 가문비나무가 있을 것, 바다를 바라볼 수 있는 창문이 있을 것, 그리고 언덕 위에 있을 것. 이정도면 괜찮을 것 같지 않니? 하지만 또 한 가지 조건이 있어. 마법이 없어서는 안 돼, 제인. 넘치도록 많은 마법이. 마법의 집은 이 섬에서도 얼마 안 돼. 내 말 뜻을 알겠니, 제인?"

제인은 생각해 보았다.

"사기도 전에 여기가 내 집이라는 기분이 드는 집을 말해요."

"제인, 넌 너무 똑똑해서 믿어지지 않을 정도야."

아빠는 제인을 지그시 응시했다. 둘은 강을 건넌 뒤 언덕으로 올라갔다. 그 강이 어찌나 새파란지 제인은 흥분해서 자기도 모르게 소리를 질렀을 정도였다. 강은 더욱 푸른 항구로 흘러 들어갔다. 언덕 꼭대기에 올라갔을 때, 두 사람 앞에 펼쳐진 더욱 크고 더욱 푸른 것을 본 제인은 그것이 바다가 틀림없다고 생각했다.

"아아!" 제인은 신음했다. 그리고 다시 한번 "아아!" 하고 신음했다.

"여기서부터 바다가 시작된단다. 마음에 드니, 제인?"

제인은 고개를 끄덕였다. 아무 말도 나오지 않았다. 물빛으로 희미하게 빛나는 온타리오 호수는 본 적이 있지만, 이건! 이건! 제인은 아무리 봐도 성이 차지 않는 듯 계속 바라보았다.

"이렇게 푸른 것은 처음 봤어요."

제인이 속삭였다.

"넌 전에 본 적이 있어. 넌 기억하지 못하겠지만 이 물은 네 피속에 흐르고 있단다. 4월의 어느 기분 좋은 마법의 밤에 넌 이곳에서 태어나 3년 동안 이 곁에서 지냈어. 어느 날 내가 너를 이 물 속에 담궈서 많은 사람들을 놀라게 했지. 아마 그 전에 샬럿타운의 영국국교회에서 세례를 받았겠지만, 그것이 제인의 진짜 세례였단다. 제인은 바다의 아이야. 그러니 고향으로 돌아온 셈이지." 아빠가 조용히 말했다.

"하지만 아빠는 절 싫어하셨잖아요?"

제인은 자기도 모르게 말하고 말았다.

"너를 싫어했다고? 누가 그런 말을 했지?"

"외할머니가요."

제인은 외할머니에 대해서 말하지 말라는 말은 듣지 못했다.

"그 늙은……." 아빠는 스스로를 억제했다. 그 얼굴은 가면을 쓴 것처럼 보였다.

"우리는 지금 집을 찾고 있는 중이라는 걸 잊지 말도록 하자."

아빠는 냉정하게 말했다.

한참 동안 제인은 집찾기에 대한 흥미를 잃어버렸다. 무엇을 믿고 누구를 믿어야 좋을지 알 수 없었다. 제인은 아빠가 지금은 자신을 사랑하고 있다고 생각했다. 하지만 정말 그럴까? 사랑하고 있는 척 하고 있을 뿐인지도 모른다. 그때 제인은 아빠가 자기에게 어떻게 키스했는지를 떠올렸다.

"지금은 분명히 나를 좋아하서. 내가 태어났을 때는 좋아하지 않 았는지 모르지만, 지금은 그렇지 않다는 걸 난 알아."

그렇게 생각하자 다시 기분이 좋아졌다.

마법의 집을 찾아서

집을 보러 다니는 것은 무척 유쾌한 일이라고 제인은 생각했다. 그 유쾌함은 아마도 자동차로 달리는 것과 이야기를 하는 것, 아빠와 함께 말없이 있는 것에 대한 즐거움에서 온 것 같다. 왜냐하면 아빠의 목록에 올라 있는 집은 대부분 실망스러운 집이었기 때문이다. 두 사람이 처음으로 찾아간 집은 터무니없이 컸고, 두 번째 집은 너무 작았다.

"그러니까 말이다, 고양이가 뛰놀 만한 장소가 없어서는 곤란하거든."

"아빠는 고양이를 키우고 있어요?"

제인은 신이 났다.

"아니, 하지만 괜찮다면 한 마리 키우자꾸나. 올해는 새끼고양이가 엄청나게 많이 태어났다니까. 고양이를 좋아하니?"

"네."

"그럼 여러 마리 키울까?"

"아니에요, 두 마리면 돼요."

"그리고 개도 키우자. 넌 개를 어떻게 생각하는지 모르지만, 네가 고양이를 키운다면 난 개를 키워야지. 내가 개를 키웠던 건 오래 전, 그……."

아빠는 또다시 말을 멈췄다. 제인은 또 아빠가 뭔가 자기가 몹시 듣고 싶은 말을 하려 했다는 느낌을 받았다.

세 번째 집은 겉보기에는 괜찮았다. 숲 사이로 비쳐드는 햇빛이 아른아른 흔들리고 있는 길모퉁이에 있는 집이었다. 하지만 잘 살펴보니 손댈 수 없을 정도로 망가져 있었다. 바닥은 벗겨지거나 뒤틀리거나 곳곳이 기울어져 있었다. 문짝은 떨어져 있고 창문은 열리지 않았으며 식품저장실도 없었다.

네 번째 집은 너무 겉만 번지르르하다고 아빠가 말했고, 다섯 번째는 두 사람 다 두 번 다시 볼 마음이 들지 않았다. 페인트도 칠하지 않은 칙칙한 상자형 건물로, 녹슨 깡통과 헌 양동이, 과일 바구니, 넝마조각, 온갖 잡동사니가 뜰에 가득 널려 있었다.

"내 목록에 있는 다음 집은 존의 옛날 집이다."

그 집을 찾는 건 그리 쉬운 일이 아니었다. 존의 새 집은 당당하게 길가에 있었지만, 옛날 집을 찾아내기 위해서는 새 집을 지나 바퀴자국이 깊이 패어 있고 사람이 다니지 않는 것 같은 오솔길 안으로 깊숙이 들어가야만 했다. 부엌의 창문에서는 바다가 보였다. 하지만 집이 너무 넓었고 헛간 뒤쪽과 돼지우리는 아빠와 제인, 두 사람 다 마음에 들지 않았다. 그래서 그들은 약간 맥이 빠져서 다시 오솔길을 터덜거리며 돌아나왔다.

일곱 번째 집은 집으로서는 더할 나위 없이 좋았다. 작은 오두막으로 새집인 데다 하얀색으로 칠해져 있고, 빨간 지붕 아래 지붕밑 창이 있었다. 뜰에 나무는 없었지만 손질이 잘 되어 있고, 식품저장실과 번듯한 지하실도 있었으며, 바닥도 제대로 되어 있었다. 게다가 만의 멋진 경치까지 볼 수 있었다.

아빠는 제인을 지그시 쳐다보았다.

"마법이 느껴지니, 제인?"

"아빠는요?"

제인이 되물었다. 아빠는 고개를 저었다.

"조금도 느껴지지 않는구나. 어쨌든 우리에겐 마법이 없어서는 안 돼."

아빠와 제인은 그 집을 뒤로 했다. 주인은 저 괴상한 두 사람은 대체 누구지? 도대체 마법이라니, 그게 뭘까? 이 집을 지은 목수를 만나서 왜 그 마법이라는 것을 넣지 않았는지 한번 물어봐야겠다고 생각했다.

그 다음의 두 집도 마찬가지였다.

"우린 둘 다 바보 같구나, 제인. 팔려고 내놓은 집은 다 봤는데 이제 어떡하지? 아까 한 말은 없었던 것으로 하고 그 오두막을 사기로 할까?"

"이쪽으로 오고 있는 저 아저씨한테 우리가 아직 보지 않은 집이 있는지 물어봐요."

제인이 침착하게 말했다.

"지미 존이 랜턴힐이라는 언덕에 집을 한 채 가지고 있습니다. 지미 존의 친척인 마틸다 졸리가 살던 집이지요. 가구도 약간 있다고 하더군요. 흥정을 잘하면 그리 비싸지 않게 살 수 있을 겁니다. 랜턴힐까지 3킬로미터쯤 되는데 퀸 해변을 지나서 가세요."

그 사람이 가르쳐주었다.

지미 존과 랜턴힐과 마틸다 졸리! 제인은 엄지손가락이 근질근질해 오는 걸 느꼈다. 바다 쪽에서 마법이 두 사람에게 손짓하고 있었다.

그 집을 먼저 발견한 것은 제인이었다. 언덕 꼭대기에서 제인에게 눈짓하고 있는 2층의 박공창문을 본 것이다. 두 사람은 언덕을 빙 돌아 두 개의 돌담 사이에 있는 구불구불한 오솔길을 따라가야 했다. 둑의 돌 틈에서 작은 풀고사리가 자라고 있고, 둑을 따라 군데 군데 가문비나무 묘목이 고개를 내밀고 있었다.

그리고 두 사람의 눈앞에 집이 나타났다, 그들의 집이!

"제인, 눈이 튀어나와서 땅에 떨어지지 않도록 조심해야겠다."

아빠가 주의를 주었다.

집은 가파르고 작은 언덕에 납작하게 붙어 있었고 아래쪽은 풀고 사리에 가려서 보이지 않았다. 작았다. 이런 집이라면 명랑한 거리 60번지의 집 안에 반 다스라도 집어넣을 수 있을 정도였다. 뜰이 있었고 아래쪽 끝자락에는 언덕에서 미끄러지지 않도록 돌담이 에워 싸고 있었다. 울타리가 있고 문 위로 키 큰 자작나무가 두 그루 뻗어나와 있었으며, 징검돌을 깐 오솔길이 단 하나뿐인 출입문까지 나 있었다. 문의 윗부분에는 작은 유리가 여덟 장 끼워져 있었다. 문에는 자물쇠가 채워져 있었지만 창문을 통해 안을 볼 수 있었다. 출입 문 한쪽은 상당히 넓은 공간으로, 그 정면에 층계가 있는 것이 보였다. 다른 한쪽에는 작은 방이 두 개 있고 창문이 언덕 중턱을 향해 나 있었다. 안뜰에는 풀고사리가 허리가 묻힐 정도로 무성하고 비로 드 같은 푸른 이끼로 덮인 돌이 여기저기 굴러다녔다.

부엌에는 낡은 난로가 놓여 있고 테이블과 의자 몇 개, 작고 귀여운 유리를 박은 식기장이 구석에 매달려 있었다. 집 한쪽은 클로버 들판, 다른 한쪽은 전나무와 가문비나무가 뒤섞인 단풍나무 숲으로, 이끼가 뒤덮인 낡은 판자울타리가 집의 대지와 경계를 이루고 있었다. 뒤뜰 한구석에 있는 사과나무에서 연분홍빛 꽃잎이 조용히 떨어지고 있었고 뜰로 드나드는 문 밖에는 오래된 가문비나무들이 즐비했다.

"전 이 집이 마음에 들어요."

제인이 말했다.

"이 경치도 집과 잘 어울린다고 생각하니?"

아빠가 물었다.

집에 마음을 빼앗긴 나머지 경치 쪽은 전혀 보지 않았던 제인은 그제야 그쪽으로 눈을 돌리고 자기도 모르게 숨을 삼켰다. 이렇게 멋진 광경은 한번도 본 적이 없었고 꿈꾼 적도 없었다.

랜턴힐은 만을 밑변으로 하고 퀸 해변을 한 변으로 하는 삼각지대의 꼭대기에 있었다. 은빛과 연보랏빛 모래언덕이 두 사람과 바다 사이에서 항구를 가로지르는 모래톱을 향해 뻗어 있었다. 항구에서는 흰색과 푸른색의 거대한 파도가, 하루도 빠짐없이 씻어내고 있는 기슭으로 밀려오는 것이 보였다. 해협 건너편에는 하얀 등대가 하늘을 향해 우뚝 솟아 있고, 항구 저편은 서로 맵시를 다투면서 꿈꾸고 있는 보랏빛 언덕들이 아련하게 늘어서 있었다. 프린스에드워드 섬의 말로 표현할 수 없는 매력이 그 모든 것을 감싸고 있었다.

랜턴힐 바로 밑으로는, 항구 쪽은 가문비나무의 척박한 땅이, 또 한쪽은 목장으로 에워싸인 작은 연못이 보였다. 제인은 지금까지 그토록 푸른 것을 본 적이 없었다.

"오, 저건 내가 상상한 것과 똑같은 연못이구나."

아빠가 말했다.

처음에 제인은 아무 말도 하지 않았다. 보고 있는 것만으로도 벅찼다. 지금까지 이곳에 와본 적은 한 번도 없었지만, 태어난 순간부터 알고 있었던 것 같은 느낌이 들었다. 바닷바람이 부르는 노래는 제인의 귀에 익숙한 음악이었다. 제인은 늘 어딘가에 '머물 곳'을 갖고 싶었는데 바로 이곳이 그곳이었다. 마침내 제인은 내 집이라는 기분을 맛볼 수 있었다.

"자, 어떠냐?"

아빠가 재촉했다. 틀림없이 집도 귀를 쫑긋 세우고 있을 것 같아 제인은 아빠에게 손가락을 흔들었다.

"쉿!"

"바닷가로 내려가서 의논하자."

아빠가 말했다.

바깥쪽 해안은 걸어서 15분쯤 되는 곳에 있었다. 두 사람은 어디서 떠내려 온 건지 알 수 없는, 뼈처럼 하얀 고목줄기 위에 걸터앉았다. 매서운 바닷바람이 두 사람의 얼굴을 때렸고 파도가 밀려와 기슭에서 그림 같은 물보라를 일으켰다. 작은 깜작도요가 겁도 없이 두 사람 옆을 스치며 날아갔다.

"바닷바람이 어쩜 이렇게 상쾌할까요!"

"제인, 지붕이 새지 않을까 걱정이야."

"지붕널을 갈면 되죠."

"뒤뜰에 우엉이 잔뜩 있더라."

"뽑으면 돼요."

"저 집은 전에는 하얀색이었는지 모르지만, 지금은……."

"다시 하얗게 칠하면 되잖아요."

"현관문 페인트는 들떠 있고."

"페인트는 별로 비싸지 않죠?"

"창문이 부서져 있던데."

"고쳐요."

"벽에는 금이 가 있고."

"벽지를 바르면 되죠."

"식품저장실이 있는지 모르겠다, 제인."

"오른쪽 작은 방에 선반이 있었어요. 전 거기다 식품을 보관할 거예요. 또 하나 있는 작은 방은 아빠 서재로 써요. 아빠한테는 글을 쓸 장소가 필요하겠죠?"

"이 아이는 이미 모든 계획을 세워두었어!" 아빠는 대서양에 대고 소리쳤다. 그리고 이렇게 덧붙였다. "저 큰 단풍나무 숲에는 틀림없이 올빼미가 있을걸?"

"올빼미 같은 것 누가 무서워할 줄 알구?"

"그리고 마법은 어땠니, 제인?"

마법이라고? 이곳에는 마법이 몸을 움직일 수 없을 정도로 가득
차 있다. 마법의 거미줄에 걸려든 것이다. 아빠도 그것을 알고 있었
다. 아빠는 다만 말하기 위해 말하고 있을 뿐이었다. 두 사람은 다
시 돌아가서, 제인은 계단을 대신하고 있는 붉은색의 납작한 사암
위에 걸터앉았고, 아빠는 단풍나무 숲에 소들이 만들어 놓은 좁고
구불구불한 오솔길을 따라 지미 존, 다른 이름으로는 J.J. 갈란드 씨
를 만나러 갔다. 갈란드 씨의 집은 단풍나무 숲의 모퉁이를 돌아간
곳에 힐끗 보였다. 수목의 의상을 적당히 걸친 버터 색의 아늑한 농
가였다.

아빠는 지미 존과 함께 돌아왔다. 지미 존은 잿빛 눈이 익살스럽
게 빛나는 체격이 작고 뚱뚱한 남자였다. 지미 존은 열쇠를 찾지 못
했지만 두 사람은 이미 아래층을 본 상태였다. 그는 2층에 방이 세
개 있는데 그 가운데 하나에는 스풀베드가 놓여 있고, 방마다 찬장
이 갖춰져 있으며 층계 밑은 신발장으로 되어 있다고 설명했다.

그들은 돌이 깔린 오솔길에 서서 집을 바라보았다.

'나를 어떻게 하실 건가요?' 하고 집이 말하고 있는 것 같았다.

"가격은 어느 정돈가요?"

"가구 포함해서 4백 달러입니다."

그렇게 말하면서 지미 존이 제인에게 눈짓을 했다. 제인도 대담하
게 눈짓으로 응답했다. 어차피 외할머니는 1600킬로미터 밖에 있는
것이다.

"이것으로 결정했다" 아빠가 선언했다. 값은 깎지 않았다. 이 아
름다운 것 모두를 4백 달러로 살 수 있는 것만으로도 행운이었다.

아빠는 50달러를 건네고 나머지는 내일 지불하겠다고 했다.

"이 집은 이제 당신들의 것이오."

지미 존은 마치 두 사람에게 이 집을 선물이라도 하는 듯한 태도였다. 하지만 제인은 처음부터 이 집이 자기들 것이라는 걸 알고 있었다.

"집에다 연못, 항구, 만! 잘 샀어. 땅도 반 에이커나 되고. 지금까지 나는 무척 내 땅을 갖고 싶었거든. 서 있을 만한 넓이에 '이건 내 것이다'라고 말할 수 있는 정도의 것을. 제인, 멋지지 않니?"

"아빠, 벌써 오후 4시예요."

제인 일행이 출발하려고 하는데 지미 존을 쏙 빼닮은 당돌한 얼굴을 한 아이가 열쇠를 들고 단풍나무 숲을 한달음에 달려왔다. 그의 아버지가 집에 없는 사이에 열쇠를 찾은 것이었다. 지미 존은 고맙다는 말을 하고 제인에게 열쇠를 넘겨주었다. 제인은 블룩뷰로 돌아가는 내내 그것을 손에 꼭 쥐고 있었다. 그 열쇠는 제인에게 소중한 것이었다. 이것이 나에게 어떤 세계를 열어줄지 생각해 봐!

점심 식사를 까맣게 잊고 있었던 두 사람은 그제서야 시장기를 깨닫고 미드 부인이 준 버터쿠키를 꺼내먹었다.

"제가 요리를 하게 해 주세요, 네, 아빠?"

"내가 부탁하고 싶은 말이다, 난 할 줄 모르거든."

제인의 얼굴이 빛났다.

"내일 당장 이사할 수 있었으면 좋겠어요, 아빠."

"못할 게 뭐 있겠니? 나는 침구하고 식량을 사마."

"전 오늘이라는 날이 끝나버린다는 게 생각만 해도 견딜 수가 없어요. 이렇게 행복한 날은 두 번 다시 올 것 같지 않은걸요."

"내일이라는 날이 있지 않니, 제인? 기다려라, 내일은 95번이나 있을 테니까."

"95번이나요?"

제인은 기뻐서 어쩔 줄 모르는 표정이었다.

"그리고 우리는 지나치지 않은 범위 안에서 하고 싶은 것을 마음 껏 하자꾸나. 깨끗하기는 하지만 지나치게 깨끗하지 않고, 게으르 기는 하지만 지나치게 게으르지도 않게. 늑대보다 항상 세 발자국 쯤 앞서 가는 정도로만 하는 거야. 그리고 우리 집에는 자명종 시계 같은 건 두지 말자."

"하지만 시계가 없으면 곤란해요."

"항구에 있는 티모시 솔트가 배에서 쓰던 낡은 시계를 가지고 있 으니까 그것을 빌리자. 그 시계는 기분이 내킬 때밖에 가지 않지 만 그래도 상관없겠지? 내 양말을 기울 수 있겠니, 제인?"

"네."

하지만 제인은 태어나서 지금까지 한번도 양말을 기워본 적이 없 었다.

"제인, 우리는 세상 꼭대기에 앉아 있는 거다. 네가 그 사람한테 물어본 것은 놀라운 행운이었어, 제인."

"행운이 아니에요. 그 사람이 알고 있다는 걸 전 알았어요. 그리 고 아빠, 그 집에 대해선 우리가 이사를 끝낼 때까지 비밀로 해 두면 안 될까요?"

"암, 그래야지. 아일린 고모 말고는 아무한테도 말하지 말자. 고 모한테는 물론 얘기해야지."

제인은 아무 말도 하지 않았다. 아빠의 말을 듣고서야 비로소 제 인은 자기가 비밀로 해 두고 싶은 사람이 사실은 아일린이라는 것을 깨달았다.

제인은 그날 밤 도저히 잠이 올 것 같지 않았다. 생각할 것이 이 렇게도 많은데 어떻게 잠을 잘 수 있단 말인가? 또 알 수 없는 일 도 조금 있었다. 어째서 엄마와 아빠 같은 사람들이 서로를 미워하는지 이해가 되지 않았다. 두 사람 다 각각 다른 점에서 극히 좋은 사람들이고 옛날에는 서로 사랑했을 것이 틀림없는데 무엇이 두 사람을 변하게 했을까? 만약 진실을 알 수 있다면 내가 뭔가 할 수 있는 일이 있을지도 모른다.

하지만 귀엽고 작은 집들로 이어지는 가문비나무 그늘의 붉은 길로 꿈길을 더듬기 시작한 제인의 머리에 마지막으로 떠오른 것은, 지미 존 아저씨네 집에서 우유를 얻을 수 있을까? 하는 것이었다.

어린 안주인

두 사람은 이튿날 오후에 이사했다. 아침에 아빠와 제인은 시내로 나가서 산더미 같은 수십 개의 통조림과 약간의 침구를 샀다. 제인은 무명옷 두세 벌과 앞치마를 샀다. 외할머니가 사준 옷은 모두 랜턴힐에서는 쓸모가 없다는 것을 알았기 때문이다. 또 아빠 모르게 살짝 책방에 가서 《요리입문》도 한 권 샀다. 출발할 때 엄마가 1달러를 준 것이 있었기 때문이다. 가능하면 제인은 요리에 대한 모험을 피하고 싶었다.

아일린 고모를 만나러 갔다가 마침 고모가 집에 없는 것을 알고 제인은 속으로 기뻤지만 드러내어 표현하지는 않았다. 점심 식사 뒤 두 사람은 제인의 트렁크를 자동차에 매달고 털털거리며 랜턴힐로 출발했다. 미드 부인은 도넛 한 봉지, 빵 세 덩이, 클로버 이파리 무늬가 찍혀 있는 둥그런 버터덩어리, 크림 한 병, 건포도를 넣은 파이, 대구 말린 것 세 마리 등을 주면서, "말린 대구는 오늘밤에 한 마리를 물에 담가 뒀다가 내일 아침에 구워먹어라" 하고 제인에게 일러주었다.

랜턴힐의 집은 아직 그 자리에 있었다. 밤사이에 없어지지 않았을까 하고 제인은 반쯤 두려워하고 있었다. 제인이 원하는 꼭 그대로의 집이었기 때문에 모든 사람들이 이 집을 탐내고 있을 것만 같았다. 이 집을 남기고 세상을 떠날 수밖에 없었던 마틸다 졸리 아주머니가 그렇게 가여울 수가 없었다. 아무리 황금관 속에 누워 있다 해도 그녀는 랜턴힐의 이 집을 그리워할 것이 틀림없었다.

"아빠, 저에게 자물쇠를 열게 해주세요."

제인은 기쁨에 몸을 떨면서 문턱을 넘어섰다.

"이것이, 이것이 우리 집이에요."

우리 집! 그것은 지금까지 제인이 몰랐던 것이었다. 지금처럼 울고 싶은 기분은 태어나서 처음이었다.

아빠와 딸은 아이처럼 집 안을 돌아다녔다. 2층에는 방이 세 개 있었다. 제인은 북쪽에 있는 넓은 방을 아빠가 써야 한다고 그 자리에서 결정했다.

"이 방을 네 방으로 하고 싶지 않니, 요정 아가씨? 창문에서 항구가 내려다보이는데."

"아니에요. 전 뒤쪽의 이 귀엽고 작은 방이 마음에 들어요. 전 작은 방이 좋아요, 아빠. 그리고 또 하나는 응접실로 쓰면 딱 좋겠어요."

"응접실이 필요할까, 제인? 애야, 사람의 자유는 소유하고 있는 것이 적을수록 더 커지는 법이란다."

"네, 하지만 응접실은 필요해요, 아빠."

제인은 생각만 해도 기뻐서 가슴이 뛰었다.

"이따금 손님도 오실 거죠?"

"여기에 넣을 침대가 없어."

"어디선가에서 가져오면 돼요. 아빠, 이 집은 우리를 만나서 기뻐하고 있어요. 또 다시 사람이 살게 된 것을 기뻐하고 있어요. 의자는 누군가가 앉아주기를 간절히 바라고 있구요."

"감상적인 아가씨!" 아빠가 놀렸다. 하지만 눈 속에는 깊이 이해하는 미소가 숨어 있었다.

집은 밤사이 몰라보게 깨끗해져 있었다. 나중에 안 사실이지만 마틸다 졸리 아주머니의 집이 팔린 것을 알고 지미 존 부인과 그녀의 딸 미란다 존이 찾아와서 부엌 창문으로 들어와, 위층에서 아래층까지 대청소를 한 것이었다. 제인은 집이 깨끗해져 있어서 실망했다. 자기가 청소하고 싶었던 것이다. 이 집에 대한 것은 모두 스스로 하고 싶었다.

'나도 거트루드 이모하고 똑같아.'

제인은 거트루드 이모의 마음을 조금쯤 이해할 것 같은 기분이었다.

당장 이불과 침구를 침대에 펼쳐놓은 뒤, 부엌의 찬장에 통조림을 넣고 버터와 크림은 지하실에 넣고 나자 할 일이 없었다. 아빠는 부엌의 화덕 뒤에 있는 못에 미드 부인이 준 말린 대구를 매달았다.

"저녁 식사는 소시지로 해요."

제인이 말하자 아빠가 머리를 긁적였다.

"제인, 프라이팬 사오는 걸 깜박 잊어버렸어."

제인은 당황하지 않았다.

"그래요? 찬장 아래쪽에 쇠 프라이팬이 있는 걸 봤어요. 그리고 세 발 달린 냄비도요."

제인은 의기양양하게 말했다.

이때쯤 제인은 집 안에 대해 이미 모든 것을 파악하고 있었다. 아빠가 화덕에 불을 붙여 마틸다 졸리 아주머니가 남긴 장작을 때는 모습을 제인은 가만히 지켜보고 있었다. 지금까지 화덕에 불을 피우는 것은 한 번도 본 적이 없었지만, 다음부터는 자기 혼자서 할 생각이었다. 화덕 다리 가운데 하나가 조금 흔들리는 것을 본 제인은 뜰에서 납작한 돌을 찾아와서 다리 밑에 괴었는데, 그것이 신통하게도 들어맞아 균형이 잘 잡혔다. 아빠는 양동이를 들고 지미 존의 집에 물을 얻으러 갔고——우물은 다시 청소하지 않으면 사용할 수 없었기 때문에——제인은 미드 부인네 테이블보처럼 식탁에 붉은색과 흰색의 테이블보를 깔고 아빠가 가게에서 사온 접시를 늘어놓았다. 식탁을 장식하기 위해 퇴락한 뜰에 나가 금낭화를 꺾어왔다. 꽃을 꽂을 병이 없어서 어디선가 녹슨 깡통을 찾아와 트렁크에서 꺼낸 초록색 비단 스카프로 싸고——미니 외숙모가 준 값비싼 비단 스카프였다——꽃을 꽂았다. 그리고 빵을 잘라 버터를 바르고 소시지를 기름에 튀긴 뒤 차도 끓였다. 모두 처음 해보는 일이었는데 메리가 하는 것을 유심히 본 것이 도움이 되었다.

"내 집 식탁 밑에 편하게 다리를 뻗는 것도 괜찮은 기분인데?"

아빠는 식탁에 앉으면서 이렇게 말했다.

'내가 부엌에서 식사를 준비하고 있는 걸 외할머니가 보시면, 그리고 내가 그렇게 하는 것을 좋아한다는 것을 아시면 틀림없이 내 취미가 저속하다고 하실 거야.'

제인은 생각했다.

"차 맛이 어때요, 아빠?"

겉으로는 이 말밖에 하지 않았지만, 이렇게 말할 때 제인은 자랑스러움으로 가슴이 터질 것만 같았다.

칠을 하지 않은 마룻바닥에서 햇빛이 춤추고 있었다. 동쪽 창으로는 단풍나무 숲이 보이고 북쪽 창에서는 만과 못과 모래언덕이, 서쪽 창에서는 항구가 보였다. 바닷바람이 집 안까지 들어왔다. 제비가 저녁의 대기 속을 날아다니고 있었다. 눈에 보이는 것은 모두 아빠와 제인의 것이었다.

나는 이 집의 안주인이고, 이 집에서의 내 권리를 넘볼 사람은 아무도 없어. 그 어떤 일도 눈치보거나 변명하지 않고 마음대로 할 수

있어. 마틸다 졸리 아주머니가 살던 집에서 아빠와 함께 한 첫 식사
는 제인에게 있어 잊을 수 없는 아름다운 사건이자 영원한 기쁨이었
다. 아빠는 몹시 즐거워하며 마치 어른을 대하듯 제인을 상대로 얘
기했다. 제인은 자기 아빠 같은 사람을 아빠로 두지 않은 아이들이
불쌍하게 생각되었다.

아빠는 설거지를 거들고 싶다고 했지만 제인은 거절했다. 내가 이
곳의 주부가 아닌가. 제인은 메리가 설거지하는 것을 봤기 때문에
방법을 잘 알고 있었다. 더러워진 접시를 깨끗하게 씻는 것은 정말
재미있는 일이야. 아빠는 그날 개수통은 샀지만 아빠도 제인도 행주
에 대해선 미처 생각하지 못했다. 제인은 트렁크에서 새 속옷을 두
장 꺼내왔다.

해질녘에 제인과 아빠는 바닷가로 내려갔는데, 그 꿈 같은 여름
내내 두 사람은 거의 매일처럼 그곳에 나갔다. 부드럽게 구릉이 진
은빛 모래땅에 은빛 파도가 부드럽게 굽이치며 가만히 밀려왔다. 하
얀 돛단배가 그림자처럼 모래톱을 스쳐 지나가는 것이 아련하게 보
였다. 해협 건너편에서 선회하는 등댓불이 두 사람을 향해 깜박거리
고 있었다. 그 뒤쪽에 금빛과 보랏빛의 커다란 곶이 튀어나와 있었
다. 해질녘이면 그 곳은 제인에게 신비를 품은 장소가 되었다. 그
저편에는 뭐가 있을까?

"오도카니 떠 있는 요정나라에는 위험한 바다 거품도 있을까?"

어디서 그 글귀를 들었는지, 아니면 읽었는지 제인은 생각나지 않
았지만, 그 글이 갑자기 생생하게 느껴지기 시작했다.

아빠는 파이프를 입에 물고──그 파이프를 아빠는 '늙다리'라고
불렀다──말없이 앉아 있었다. 제인은 낡은 배의 잔해가 드리우고
있는 그림자에 아빠와 나란히 앉아, 역시 아무 말도 하지 않았다.
말을 할 필요가 없었다.

집에 돌아온 뒤 두 사람은, 아빠가 램프는 세 개 샀지만 거기에

사용할 석유도, 서재의 램프용 휘발유도 잊고 사지 않았다는 것을 뒤늦게 깨달았다.

"한번쯤 어둠 속에서 자보는 것도 괜찮겠지?"

하지만 그럴 필요가 없었다. 불가능을 모르는 제인은 찬장 서랍에 오래된 기름양초가 하나 들어 있던 것을 생각해냈다. 제인은 그것을 둘로 잘라 역시 찬장에서 찾아낸 헌 유리병 두 개에 꽂았다. 그 이상 뭘 바라겠는가?

자신의 작은 방을 둘러보면서 제인은 몹시 만족해서 가슴이 벅차 올랐다. 방에는 스풀베드와 작은 테이블이 있을 뿐이었다. 천장에는 빗물이 샌 얼룩이 있었고 바닥은 약간 울퉁불퉁했지만, 이것은 처음 가져보는 제인 자신의 방이었고, 누군가가 열쇠구멍으로 들여다보고 있는 것 같은 기분을 느끼지 않아도 되는 방이었다.

제인은 옷을 벗고 불을 끈 뒤 창밖을 바라보았다. 창문에서 보니 그 가파르고 작은 언덕의 꼭대기가 손에 닿을 듯 가까이 있었다. 벌써 달이 떠서 주위의 모든 것에 마법을 뿌리고 있었다. 2킬로미터쯤 앞 랜턴코너의 작은 마을에서 불빛이 반짝이는 것이 보였다. 창문 오른쪽에는 어린 자작나무가 발돋움을 하며 언덕 위로 고개를 내밀려하고 있었고, 부드러운 비로드 같은 그림자가 풀고사리 사이에서 움직이고 있었다.

"이것을 '마법의 창문'이라고 부르기로 하자. 언젠가 내가 이 창문에서 밖을 보고 있으면 꿈 같은 광경이 눈에 들어올 거야. 엄마가 랜턴힐의 불빛을 찾아 저 길을 걸어오는 모습이."

제인은 하루 종일 열심히 일했기 때문에 아버지가 새로 사온 포근한 이불 속에서 뼛속까지 피곤함을 느꼈다. 하지만 이 기분 좋은 작은 스풀베드에 누워——마틸다 졸리 아주머니가 어느 수집가로부터 이 침대를 50달러에 사들였다는 사실은 제인도 지미 존의 가족도 몰랐다——달이 벽에 자작나무 이파리 무늬를 그리는 것을 바라보며, 작은 충계참 저쪽에는 아빠가 있고 바깥에는 담장이나 자물쇠가 채워진 문 대신 자유로운 언덕과 널찍한 들판이 있으며, 가문비나무의 메마른 땅이든 그림자에 싸인 모래언덕이든 아무도 두려워하지 않고 가고 싶은 곳에 마음대로 갈 수 있다고 생각하니 말할 수 없는 자유가 느껴졌다. 게다가 주위는 어찌나 고요한지!

자동차 소음도 들리지 않고 불빛이 번쩍이는 일도 없다. 창문을 열자 풀고사리 향기가 흘러 들어왔다. 그리고 멀리서 들어본 적이 없는 생소한 소리가 조용히 들려왔다. 신음하는 듯 바다가 부르는 소리였다. 그 소리는 밤의 어둠 속에 가득 차 있는 것 같았다. 그 소리를 듣고 제인의 가슴속 깊은 곳에서 무언가가, 번민인지 환희인지 알 수 없는 전율과 함께 거기에 대답했다. 왜 바다는 부르고 있는 것일까? 어떤 비밀스러운 슬픔을 품고 있는 것일까?

막 잠이 들려는 순간 중요한 일이 한 가지 생각났다. 말린 대구를 물에 담그는 것을 잊고 있었던 것이다!

2분 뒤, 말린 대구는 물 속에 들어가 있었다.

멋진 이웃

 이튿날 아침 늦잠을 잔 제인은 소스라치게 놀라 잠에서 깼다. 급히 층계를 내려간 제인의 눈에 이상한 광경이 들어왔다. 아빠가 머리에 흔들의자를 얹고 지미 존의 집 쪽에서 오고 있었는데 손에는 석쇠를 들고 있었다.

 "말린 대구를 구우려고 빌려왔다, 제인. 이 의자는 지미 존 부인이 가지고 가라고 주더구나. 이건 마틸다 졸리 아주머니의 것인데다 자기들은 흔들의자가 남아돈다더라. 수프는 내가 끓여놓았으니까 대구를 굽는 건 네 몫이다."

 제인은 대구뿐만 아니라 자신의 얼굴까지 구울 뻔했지만 대구는 무척 맛있었다. 수프는 덩어리가 좀 있었다.

 '아빠는 정말 요리솜씨가 별로 없는 것 같아.'

 제인은 한없는 애정을 담아 생각했다. 하지만 아무 말 하지 않고 용감하게 덩어리를 모두 삼켰다. 아빠는 그렇지 않았다. 덩어리를 접시 가장자리에 죽 밀어놓고 놀리는 듯한 눈길로 제인을 보았다.

 "난 글을 쓰는 건 잘 하지만 제인, 수프다운 수프는 만들 수 없어."

"앞으로는 제가 할게요. 전 다신 늦잠을 자지 않을 거예요."

인생에서 발전하는 기쁨만큼 즐거운 것은 없다. 말로 다 설명할 수는 없지만 제인은 그로부터 몇 주일 동안 그것을 깊이 실감했다. 툼스톤(묘석이라는 뜻) 아저씨의 진짜 이름은 탄스톤이라고 하는데, 퀸 해변에서는 못하는 것이 없는 만물박사로, 자식은 물론 조카도 한 명 없는 사람이었다.

이 툼스톤 아저씨가 제인의 집 벽지와 지붕을 새로 깔고, 창문을 수선했으며, 나무로 된 부분은 하얀색으로 나머지는 녹색으로 페인트칠도 해주었다. 그리고 제인에게는 언제 어디서 어떤 방법으로 대합을 주울 수 있는지 가르쳐주었다. 툼스톤 아저씨는 부드러운 장밋빛 얼굴에 하얀 수염을 테를 두른 듯 기르고 있었다.

기운이 넘치는 제인은 툼스톤 아저씨를 바쁘게 따라다니며 뒷정리를 하고, 아빠가 집에 가구를 운반해오면 그것을 배치하거나 온 집 안에 커튼을 치는 등 비버처럼 부지런히 일했다.

"저 아이는 동시에 세 장소에 나타날 수 있어. 어떻게 저럴 수가 있을까? 마법이 정말로 있는 모양이야."

아빠가 말했다.

제인은 정말 눈부시게 활약했다. 필요하다고 생각되는 것은 거의 뭐든지 해냈다. 자기가 얼마나 도움이 되는지 보여줄 수 있는 곳에서 사는 것은 즐거운 일이었다. 이것이 바로 제인 자신의 세계이며, 그곳에서는 제인은 중요한 인물이었다. 제인의 마음은 언제나 기쁨으로 넘치고 있었고, 이곳에서의 생활은 끝없이 이어지는 모험이었다.

청소를 하지 않을 때는 제인은 식사준비를 했다. 틈만 있으면 《요리입문》을 공부하여 거기에 나오는 '모든 분량은 정확하게 깎아 재어서' 같은 식의 말을 중얼거리면서 바쁘게 일했다. 다행히도 메리가 평소 하는 것을 잘 관찰한 데다 요리에 타고난 소질이 있어서, 제인의 솜씨는 놀랄 만큼 좋아졌다. 처음부터 제인이 만든 비스킷은 눅눅하지 않았고 고기도 설익지 않았다.

하지만 또 어느 날은 제인이 너무 의욕적인 탓에 아무리 관대한 사람도 건포도 푸딩이라고 불러주기 힘들 만한 것을 디저트로 내놓았다. 그것을 조금 먹은 툼스톤 아저씨는 그날 밤 의사를 부르지 않으면 안 되었다고 한다. 이튿날 아저씨는 자신이 먹을 점심을 싸가지고 왔다. 차가운 베이컨과 차가운 팬케이크를 붉은 손수건에 싸서. 그리고 "식이요법을 하고 있거든" 하고 제인에게 말했다.

"어제 네가 만든 푸딩은 너무 진해서 말이야, 제인 아가씨. 내 위 주머니는 토론토풍의 비타민이니 뭐니 하는 요리에는 익숙지 않거든. 넌 그런 걸 늘 먹고 자라서 그게 맞을 거라고 생각하겠지만."

툼스톤 아저씨는 동료에게 그런 푸딩은 쥐라도 소화불량에 걸릴 거라고 장담했다. 하지만 아저씨는 제인이 마음에 들었다.

"당신 딸은 정말 훌륭한 아이요. 요즘 아가씨들은 거의 제멋대로인데 당신 딸은 훌륭해. 그럼, 정말 훌륭하고말고."

아저씨가 아빠한테 말했다.

이 말을 듣고 아빠와 제인은 얼마나 웃었는지 모른다. 아빠는 일부러 정색하며 '훌륭한 제인 아가씨'라고 부르기도 했지만 오래 가진 않았다.

제인도 툼스톤 아저씨를 좋아했다. 사실 이 새로운 생활에서 제인이 무엇보다 놀란 것은, 조금도 힘들이지 않고 사람을 좋아할 수 있다는 것이었다. 만나는 사람마다 모두 마치 제인과 같은 종족이라는 도장이 찍혀 있는 것 같았다. 그것은 프린스에드워드 섬 사람들이 토론토 사람들보다 좋은 사람이거나, 아니면 적어도 좀더 친절하기 때문이 틀림없다고 제인은 생각했다. 이 변화가 자기 자신에게 있다는 것을 몰랐던 것이다. 무뚝뚝하거나 겁을 먹고, 그래서 거북한 행동을 하는 일은 이제 없었다. 발은 태어난 고향의 풀을 밟고 있었고 이름은 제인이었다. 제인은 온 세상에 대해 친밀함을 느꼈고 세상도 거기에 응답했다. 제인은 모든 것을, 모든 사람을 마음껏 좋아할 수 있었다. 외할머니는 사회적으로는 툼스톤 아저씨를 인정하지 않을 것이 틀림없었다. 하지만 명랑한 거리 60번지의 규칙은 랜턴힐의 규칙이 아니었다.

지미 존의 가족에 대해 제인은 태어났을 때부터 이 가족을 내내 알고 지냈던 것처럼 느꼈다. 그들이 이렇게 불리는 것은 제임스 존 갈란드 씨 집 북동쪽에 제임스 갈란드라고 하는 사람이 살고 있고, 남서쪽에는 존 갈란드라고 하는 사람이 살고 있어, 그들과 구별하기 위해서라는 것을 제인은 알았다.

랜턴힐에서 맞이한 첫날 아침 지미 존의 가족들이 모두 달려왔다. 어린아이들과 세 마리의 개——얼룩이 있는 불테리어, 금빛 콜리, 가늘고 긴 갈색 잡종개——가 달려왔고 지미 존 부인은 빠른 걸음으로 걸어왔다. 남편인 지미 존은 키가 작고 살이 찐 데 비해, 그녀는 키가 크고 말랐으며 무척 총명해 보이는 부드러운 잿빛 눈을 하고 있었다. 팔에는 소시지처럼 통통한 아기를 안고 있었다. 17살이 되는 미란다 지미 존은 엄마 못지않게 키가 크고 아빠 못지않게 뚱뚱했다. 10살 때부터 이중턱이 된 미란다가 남몰래 로맨스를 간직하고 있을 줄은 아무도 생각하지 못했을 것이다. 폴리 지미 존은 제인과 동갑이지만 키가 작고 말라서 더 어려 보였다. 열쇠를 갖다 주었던 펀치 지미 존은 13살이었다. 8살짜리 쌍둥이도 있었다. 쌍둥이 존과 엘라의 몽실몽실 통통한 다리는 모기에 물린 상처로 가득했다. 모두들 기분 좋은 미소를 띠고 있었다.

"제인 빅토리아 스튜어트 양인가요?"

지미 존 부인이 웃는 얼굴로 말했다.

"제인이에요!"

제인이 너무 의기양양하게 말했기 때문에 지미 존의 가족들은 어리둥절한 표정으로 바라보았다.

"물론 제인이고말고."

지미 존 부인이 생긋 웃자 제인은 이 아주머니가 좋아질 것 같았다.

아기 말고는 한 사람도 빠짐없이 제인에게 선물을 가지고 왔다. 아주머니는 침대 옆에 깔라고 하며 붉게 물들인 새끼양가죽을 주었고, 미란다는 분홍색 장미가 그려져 있는 작고 땅딸막한 물병을 가지고 왔다. 펀치는 첫 수확한 무를, 폴리는 뿌리내린 제라늄 가지를, 쌍둥이는 뜰에 놓아줄 두꺼비 한 마리를 가지고 왔다.

"두꺼비가 뜰에 있으면 좋은 일이 있대." 펀치가 설명했다.

제인은 처음으로 찾아와준 사람들을, 더구나 선물을 가지고 와주었기 때문에 아무 것도 대접하지 않고 보내서는 안 된다고 생각했다.

'내가 먹지 않으면 미드 아주머니의 파이로 모두를 대접할 수 있을 거야. 아기는 먹고 싶어하지 않을 테니까.' 제인은 생각했다.

그런데 생각과는 달리 아기도 먹고 싶어하는 것이었다. 어쩌나 했는데 지미 존 아주머니가 자기 것을 나눠주었다. 모두들 부엌의 의자와 입구의 사암댓돌에 앉아서 파이를 먹었고, 제인은 정성껏 대접했다.

"우리 집에도 언제든지 놀러오렴. 우리가 도와줄 일이 있으면 뭐든지 기꺼이 해줄 테니까."

지미 존 아주머니가 제인에게 말했다. 살림을 꾸려가기에는 제인이 너무 어리다고 아주머니는 생각했다.

"그럼 빵굽는 방법을 가르쳐 주세요. 코너 마을에서 살 수도 있지만 아빠가 집에서 만든 빵을 좋아하시거든요. 그리고 과자를 만드는 데는 어떤 가루가 좋을까요 ? " 제인이 침착하게 말했다.

그 주에 제인은 스노빔 가족과도 가까워졌다. 솔로몬 스노빔 집안은 말하자면 소외되고 버림받은 가족으로, '배고픈 기슭'이라는 이름으로 통하는 항구변의 완만한 곡선을 이룬 지점과 가문비나무의 메마른 땅이 인접한 곳에 있는 오두막에서 살았다. 솔로몬 스노빔이 어떻게 가족을 부양하고 있는지는 아무도 몰랐다. 솔로몬은 고기도 조금씩만 잡고, '일'도 조금씩만 하러 다녔으며 사냥도 조금씩만 했다. 스노빔 부인은 장밋빛 젊음이 이미 지난 체격이 큰 여자였다. 그들의 아이들인 '네덜란드 미나리' 캐러웨이(네덜란드
미나리라는 뜻) 스노빔, '널빤지' 스노빔, '페니' 스노빔, '영 존' 스노빔은 염치없고 사람을 잘 따르는 아이들로, 아무리 보아도 굶주리고 있는 것같이 보이지 않았다.

6살인 밀리센트 메리 스노빔은 염치없지도 않았고 사람을 잘 따르지도 않았다. 폴리 갈란드가 제인에게 한 얘기로는 밀리센트는 '없는 것이나 마찬가지'였다. 밀리센트의 무표정한 눈은 비로드 같은 밤색이었다. 스노빔 집안 사람은 모두 눈이 아름다웠다. 머리카락은 붉은 기가 도는 금발이었고, 피부는 눈이 부실 정도였다. 밀리센트는 동글동글 살찐 무릎을 동글동글 살찐 손으로 끌어안은 채 몇 시간이고 말없이 앉아 있을 수 있었다. 그 애는 없는 것이나 마찬가지라고 수다쟁이 지미 존네 아이들이 말한 것은 그 때문인지도 몰랐다. 밀리센트는 제인에게 말없는 호감을 보이며 그 여름 내내 랜턴 힐이 닳도록 찾아와서 꼼짝 않고 제인을 바라보았고, 제인은 거기에 전혀 상관하지 않았다.

밀리센트 메리가 하지 않는 말은 스노빔 집안의 나머지 아이들이 충분히 보충하고 있었다. 처음에 그들은 제인에게 약간 반감을 품고 있었다. 토론토에서 왔으니 뭐든지 알고 있을 테고 그래서 거만할 것이라고 생각한 것이다. 하지만 제인이 툼스톤 아저씨한테서 대합에 대한 것을 배우는 등 거의 아무것도 모른다는 사실을 알자, 그들은 무척 허물없이 대하게 되었다. 즉, 헤아릴 수 없이 많은 질문의 화살을 쏘기 시작한 것이다. 스노빔 집안 사람들은 마음에도 없는 사양 같은 것은 하지 않았다.

"네 아빠는 살아 있는 사람에 대해서도 이야기를 쓰니?"

페니가 물었다.

"아니."

"이 근방 사람들은 모두 그렇다고 하던데. 자기 이야기를 쓰면 큰일이라고 모두 겁먹고 있어. 코를 한방 맞을 생각이 없다면 우리에 대한 건 쓰지 않는 게 좋을 거야. 우리는 랜턴힐에서 주먹이 제일 세니까."

"넌 네 이야기를 글로 쓸 만큼 네가 흥미로운 인물이라고 생각하니?"

이 말을 들은 뒤부터 페니는 제인을 조금 두려워하게 되었다.

"우리는 네가 어떻게 살고 있는지 보고 싶었어. 너의 부모님은 이혼했다면서?"

'널빤지' 스노빔이 말했다. 내리닫이 작업복을 입고 남자 같은 모습을 하고 있지만 남자아이는 아니었다.

"아니야."

"그럼 너의 아빠는 홀아비야?"

"아니."

"네 엄마는 토론토에 살고 있니?"

"응."

"왜 이곳에 와서 네 아빠하고 함께 살지 않는 거야?"

"자꾸 그런 걸 물어보면 아빠한테 말해서 너희들에 대한 것을 아빠의 소설 속에 쓰라고 할 거야, 너희들 모두 다."

'널빤지' 스노빔도 겁을 먹었다. 하지만 '네덜란드 미나리' 스노빔이 그 뒤를 이어받았다.

"넌 엄마를 닮았니?"

"아니, 우리 엄만 토론토에서 제일 미인이야."

제인이 자랑스럽게 말했다.

"넌 거기서 하얀 대리석 집에 살고 있니?"

"아니."

"'종치기'가 그렇다던데? '종치기'는 거짓말쟁이야! 그럼 넌 공단이불 같은 것도 덮지 않겠네?" '네덜란드 미나리' 스노빔이 분하다는 듯 말했다.

"우리 집에서는 비단이불을 덮어."

"종치기는 공단이라고 했어."

"푸줏간 아저씨가 너희 집 점심 식사를 가지고 오솔길을 오고 있어."

영 존이 말했다.

"뭘 먹을 건데?"

"구운 고기야."

"우와! 우린 구운 고기는 한번도 먹어본 적이 없어. 빵하고 꿀하고 소금에 절인 돼지고기가 전부야. 아빠가 돼지고기는 이제 지겹다고 하니까 엄마는 뭐든 다른 것을 가지고 와주면 정말이지 기쁜 마음으로 그것을 요리하겠다고 했어. 과자를 만들고 있니? 얘, 우리에게 그 냄비를 핥아보게 해 줘."

"좋아. 하지만 테이블에서 멀리 떨어져 있어야 해. 네 옷에 왕겨가 많이 붙어 있으니까."

제인이 명령하자 영 존이 발끈했다.

"잘난 척하지 마!"

"너무해!"

페니가 말했다.

모두들 제인이 영 존을 모욕했다며 몹시 화를 내고 돌아갔다. 하지만 이튿날이 되자 다시 찾아와서 언제 그랬냐는 듯 뜰의 잡초를 뽑고 청소를 거들었다. 힘든 일인 데다 날씨가 무척 더워서 모두들 이마에 땀이 송글송글 맺혔다. 그렇게 일한 덕분에 이윽고 제인의 마음에 들도록 일을 끝낼 수 있었다. 만약 누가 이렇게 많은 일을 하라고 시켰더라면 아마 큰 소리를 지르고 난리가 났을 것이다. 하지만 반쯤 재미삼아 하는 것이라 할 만했다.

제인은 모두에게 남아 있던 미드 아주머니의 쿠키를 다 주었다. 어차피 내일 직접 만들어볼 참이었다.

이미 제인은 자기의 뜰과 같은 것은 세상에 둘도 없다고 생각하며 뜰에 푹 빠져 있었다. 일찍 피는 고풍스러운 노란색 장미덤불은 벌써 꽃이 한창이었고, 양귀비꽃 그림자가 여기저기서 춤추고 있었다. 돌담은 진홍색 꽃봉오리의 별처럼 흩뿌린 들장미 덤불로 에워싸여 숨이 막힐 지경이었고, 연한 레몬빛 백합과 크림빛 수선화가 구석에 피어 있었다. 리본그래스, 박하, 금낭화, 색비름, 쑥, 모란, 스위트밤, 스위트메이, 그리고 미국패랭이 속에서 비로드 같은 꿀벌들이 지극히 만족스러운 듯 부웅부웅 날아다녔다.

마틸다 졸리 아주머니는 고풍스러운 여러해살이 식물로 만족했던 것 같고 제인도 그 여러해살이 식물들을 무척 좋아했지만, 내년 여름에는 한해살이 식물을 꼭 심어보리라 생각했다. 그해 초여름 제인은 벌써 내년 여름을 계획하고 있었던 것이다.

눈 깜짝할 사이에 제인은 넘칠 정도로 많은 원예지식을 배웠고, 비료에 대해 잘 아는 사람이라면 누구한테서라도 배우려고 했다. 지미 존이 잘 발효된 소똥이 좋다고 진지한 얼굴로 가르쳐주자, 제인은 지미 존네 뒤뜰에서 바구니 가득 소똥을 담아 끌고 왔다. 제인은 꽃에 물을 주는 것을 좋아했다. 흙이 말라서 꽃이 애원하듯 고개를 늘어뜨리고 있을 때는 특히 더 그랬다. 뜰도 제인에게 응답했다. 어떤 사람들의 손길이 닿으면 유난히 식물이 잘 자라나는 일이 있는데 제인도 그런 사람들 가운데 하나였다.

　제인이 매일 아침 일찍 일어나서 풀을 뽑았기 때문에 잡초는 한 포기도 고개를 내밀 수 없었다. 해가 바다 위로 떠오를 때 눈을 뜨는 것은 멋진 일이었다. 랜턴힐의 아침은 다른 어느 곳의 아침과도 다른 것처럼 느껴졌다. 어떤 곳보다도 아침다운 아침이었다. 풀을 뽑고 갈퀴와 괭이를 사용해 땅을 갈거나 거두고 솎아낼 때 제인의 가슴은 한없이 설렜다.

　"이런 것을 누구한테서 배웠니?"

　아빠가 물으면 제인은 꿈꾸듯 대답했다.

　"그냥 알고 있었던 것 같아요."

　스노빔네 아이들은 자기네 고양이가 새끼를 낳아서 한 마리 주겠다고 했다. 제인이 가보니, 여위고 늙은 어미고양이가 정말이지 자랑스럽고 행복한 얼굴을 하고 있었다. 제인은 팬지꽃 같은 얼굴의 검은 고양이를 골랐다. 까만 비로드처럼 매끄러운 털에 동그란 금빛 눈을 한 정말 팬지꽃 같은 얼굴이었다. 제인은 그 자리에서 '피터'라는 이름을 붙여주었다. 그러자 이에 질세라 지미 존네 집에서도 새끼고양이를 한 마리 가지고 왔다. 하지만 이 고양이에게도 이미 '피터'라는 이름이 지어져 있어서 이름을 바꾸겠다고 하자, 쌍둥이인 엘라가 미친 듯이 울기 시작했다. 할 수 없이 아빠는 '피터 1세'와 '피터 2세'로 하면 어떻겠느냐고 제안했다. 그 말을 듣고 스노빔 부인은 신성모독이라고 생각했다. 피터 2세는 검은색과 은색의 우아한 고양이로, 가슴은 부드러운 하얀색이었다. 두 마리의 피터들은 제인의 침대 발치에서 잤고, 아빠가 의자에 앉기가 무섭게 아빠를 향해 돌진했다.

　"우리 집에 개가 없으면 말이 안 되지."

　이렇게 말한 아빠는 항구의 티모시 솔트 노인한테서 개를 한 마리

얻어왔다. 두 사람은 그것을 '해피'라고 부르기로 했다. 날씬하고 하얀 개로 꼬리 끝에 둥근 갈색 점이 있고, 목과 귀도 갈색이었다. 해피는 피터들이 버릇없이 기어오르지 못하도록 제압했고, 제인은 가슴이 아플 정도로 이 해피를 귀여워했다.

"전 살아 있는 생명이 주변에 있는 것이 좋아요, 아빠."

아빠는 개와 함께 배시계도 가지고 왔다. 제인은 규칙적인 식사시간을 지키는 데는 시계가 편리하다고 생각했지만, 다른 일에서는 랜턴힐에는 실제로 시간이라는 것이 필요 없었다.

1주일이 지나자 제인은 랜턴힐과 코너마을의 지리와 사람들을 완전히 익히게 되었다. 모든 언덕들은 다 주인이 있는 것 같았다. 큰 도널드 언덕, 작은 도널드 언덕, 쿠퍼 할아버지네 언덕. 제인은 큰 도널드 마틴의 농장과 작은 도널드 마틴의 농장을 구분할 수 있게 되었다. 언덕 꼭대기에서 보이는 모든 집들의 등불은 각각 의미를 가지게 되었다.

제인은 어느 쪽을 보면 민의 엄마의 등불이 안개 낀 산주름의 작고 하얀 집에서 매일 밤 빛나는 것을 볼 수 있는지도 알고 있었다. 올빼미 같은 눈의 괄괄한 집시 아가씨 민은 벌써 제인의 친구였다. 제인은 특별한 개성이 없는 민의 엄마가 민의 배경으로서 말고는 그림자 같은 존재라는 것을 알고 있었다. 민은 여름에는 신발도 양말도 절대로 신으려 하지 않았고, 그 맨발은 매일 랜턴힐로 가는 붉은 길에서 빙글빙글 춤추었다. 때로는 '종치기'라는 별명으로 통하는 엘마 벨도 함께였다. 종치기는 얼굴에 주근깨가 가득하고 귀는 튀어나와 있었지만 인기가 많았다. 하지만 아기였을 때 수프 속에 빠졌다는 창피한 얘기가 줄곧 따라다니고 있었다. 영 존은 특히 종치기를 골려주고 싶을 때는, "수프 속에 빠진 주제에! 수프 속에 빠진 주제에!" 하며 종치기를 향해 큰 소리로 놀려댔다.

엘마와 민, 폴리 갈란드, '널빠지' 스노빔, 그리고 제인은 모두 동갑이었다. 그래서 서로 사이좋게 지내기도 하고 놀리거나 화를 내기도 했고, 그들보다 나이가 많거나 어린 친구들에게 대항하여 서로 힘을 모으기도 했다. 제인은 자기가 이 아이들과 원래부터 친구가 아니었다는 사실이 도저히 믿어지지가 않았다. 제인은 명랑한 거리를 죽어 있다고 말한 여자가 떠올랐다. 그래, 하지만 마틸다 졸리 아주머니의 집은 죽지 않았어, 살아 있어. 구석구석이 모두 살아 있어.

제인의 친구들이 모여들었다.

"너처럼 좋은 아이는 프린스에드워드 섬에서 태어났어야 했어."

종치기가 말했다.

"난 프린스에드워드 섬에서 태어났어."

제인이 의기양양하게 말했다.

할머니의 보물상자

어느 날 파란 이륜마차가 덜컹거리며 오솔길을 올라오더니 커다란 상자를 뜰에 내려놓고 갔다.

"저 안에 내 어머니, 그러니까 네 할머니의 도자기그릇과 은그릇이 가득 들어 있다, 제인. 이런 것이 있으면 네가 좋아할 거라고 생각했지. 네 이름은 할머니한테서 받은 거야. 이 그릇들을 넣어둔 것은……."

갑자기 아빠는 말을 멈추고 괴로운 듯 눈썹을 찌푸렸다. 그 눈썹을 보면 제인은 언제나 얘기를 더 듣고 싶어졌다.

"몇 년이나 넣어둔 채로 있었지."

아빠가 "네 어머니가 가버린 뒤 내내"라든가 그런 의미의 말을 하려던 것임을 제인은 알고 있었다. 문득 제인은 아빠가 집 안을 정리하고 즐겁게 벽지와 커튼과 깔개를 고른 것이 이번이 처음이 아닐 거라는 생각이 들었다. 이런 일을 오래전에 엄마와 함께 한 적이 있는 것이 틀림없었다. 지금의 아빠와 자신 못지않게, 아니 그 이상으로 아빠와 엄마도 즐거워했으리라.

엄마는 자신이 살 집을 꾸미는 데 분명한 방식이 있었을 게 틀림없었다. 명랑한 거리 60번지에서 엄마는 가구의 배치 따위에 대해서는 한마디도 한 적이 없었다. 제인은 아빠와 엄마가 살았던 집, 자기가 태어난 집은 어디에 있을까 궁금했다. 큰 맘 먹고 아빠한테 물어보고 싶은 것이 많이 있었다. 저토록 좋은 아빠를 엄마는 어떻게 떠날 수 있었을까?

할머니의 상자를 여는 것은 무척 재미있었다. 안에는 아름다운 유리제품과 도자기가 가득 들어 있었다. 할머니가 사용했던 흰색과 금색의 정찬용 식기 한 벌, 가느다란 다리가 달린 컵, 온갖 종류의 우아하고 아름다운 접시들이 있었다. 그리고 은으로 만들어진 식기도 있었다! 차도구 한 벌, 포크, 손잡이 끝이 사도상(使徒像)으로 세공되어 있는 스푼, 소금그릇 등.

"은식기들을 빛이 나도록 닦아야겠어요."

제인은 뛸 듯이 기뻤다. 이 우아하고 화사한 접시들을 모두 닦고 씻으면 얼마나 재미있을까! 달을 닦는 것과는 비교도 할 수 없을 정도다. 사실 달나라의 생활은 이곳에 온 뒤로 전과 같은 매력을 잃고 있었다. 자기 집을 먼지 하나 없이 깨끗하게 유지하기 위해 해야 할 일이 너무 많아 달나라로 여행할 새가 없었다. 그리고 프린스에드워드 섬의 달은 닦을 필요도 없을 것 같았다.

상자에는 다른 물건들도 들어 있었다. 그림과 푸른색과 진홍색 털실로 수놓은 오래된 좌우명 액자가 있었다. '이 집에 신의 평화가 깃들기를'. 제인은 그 액자가 무척 아름답게 보였다. 액자들을 어디에 걸지 제인과 아빠가 한참 의논한 끝에 마침내 모든 액자를 걸고 나니 집이 몰라보게 달라졌다.

"벽에 액자를 거는 순간부터 벽은 친구가 된단다. 벌거벗은 벽은 적의를 품고 있지."

아빠가 말했다.

좌우명은 제인의 방에 장식되었다. 매일 밤 잘 때와 매일 아침 일어날 때 제인은 기도처럼 그것을 읽었다.

상자가 도착한 뒤 침대는 멋진 조각누비이불 덕분에 마치 꽃이 핀 것 같았다. 할머니가 만든 것으로 모두 세 장이 들어 있었다. 아이리시 체인, 엉겅퀴, 그리고 기러기 무늬가 들어 있는 것이었다. 제인은 기러기 무늬의 것은 아빠의 침대에, 푸른색 아이리시 체인은 자기 방에 두고, 주홍색 엉겅퀴는 손님방에 침대가 들어왔을 때를 대비하여 장에 넣어두었다.

상자에는 청동 기마병상과 번쩍번쩍 빛나는 놋쇠로 만든 개도 들어 있었다. 기마병상은 시계 선반에 올려두고, 개는 책상에 놓아 도자기 고양이를 제압하게 해야 한다고 아빠가 말했다. 아빠의 책상은 미드 씨네 집에서 가져와서 서재에 들여놓았다. 광택이 있는 오래된 마호가니 책상이었는데, 움직이는 선반과 비밀서랍, 서류선반이 달려 있었다. 그 한쪽에 도자기 고양이가 앉아 있었는데 녹색 반점이 있는 하얀 고양이로, 목이 뱀처럼 가늘고 길었으며 눈은 다이아몬드처럼 희미하게 빛나고 있었다.

아빠가 그 도자기 고양이를 그토록 소중히 여기는 까닭은 제인은 알 수 없었다. 아빠는 블룩뷰에서 랜턴힐까지 깨질세라 그것을 손에 들고 가져왔다.

제인의 특별한 전리품은 한가운데 하얀 새가 날고 있는 푸른 접시였다. 이제부터는 이 접시로 세 끼 식사를 해야겠다고 제인은 생각했다. 호두나무 받침대에 올려져 있는, 황금색 모래가 들어 있는 낡은 모래시계도 재미있었다.

아빠가 얘기해 주었다.

"18세기 초, 왕당파였던 내 증조할아버지가 캐나다에 왔을 때는 이 모래시계밖에 가진 것이 아무 것도 없었어. 아! 그리고 낡은 구리주전자하고. 가만 있자, 옳지 여기 있네. 또 닦아야 할 것이

늘었구나, 제인. 푸른색과 흰색의 줄무늬 도자기 주발도 있어. 어머니는 이 그릇으로 샐러드를 만드셨지."

"저도 그렇게 할 생각이에요."

커다란 상자 맨 밑에 작은 상자가 또 하나 들어 있었다. 제인이 호기심을 느끼며 그것을 집어들었다.

"이건 뭐예요, 아빠?"

아빠는 상자를 받아들었다. 얼굴에 애매한 표정이 떠올라 있었다.

"그것? 뭐 별 것 아니다."

"아빠, 이건 훈장이잖아요? 세인트애거서의 콜윈 선생님 방에도 이런 것이 있었어요. 선생님의 형님이 전쟁에서 받은 거랬어요. 어머, 아빠, 아빠는, 아빠는……."

제인은 이 발견이 너무 자랑스러워 거의 숨도 쉴 수 없을 지경이었다. 아빠는 어깨를 으쓱해 보였다.

"정말이지 이 영리한 제인을 속일 수는 없다니까. 이건 파스첸다르에서 받은 건데, 한때는 이것을 자랑으로 여겼던 때도 있었지. 쓸 데가 있을지도 모른다고 생각해서 두었는데. 이제 이런 건 버리자!"

아빠의 목소리는 묘하게 거칠었지만, 제인은 아빠가 순간적인 분노로 울컥할 때와 마찬가지로 그것을 두려워하지 않았다. 소나기구름의 천둥처럼 그저 한번 번쩍하면서 소리를 지를 뿐이었다. 그리고 다시 햇빛이 빛나는 것이다. 아빠는 제인한테는 한 번도 화낸 적이 없지만 툼스톤 아저씨와는 몇 번 말다툼을 했다.

"전 버리지 않을 거예요. 제가 갖겠어요, 아빠."

아빠는 다시 어깨를 으쓱했다.

"그렇다면 내 눈에 띄지 않게 해다오."

제인은 그것을 화장대 위에 두고 매일 바라보면서 기뻐했다. 상자에 너무 열중하는 바람에, 제인은 점심 식사로 만든 아일랜드풍 스튜에 소금 대신 설탕을 넣고 실망한 나머지 잠시 동안 인생 최고의 기쁨마저 잃어버렸을 정도였다.

다행히도 해피가 그 스튜를 몹시 마음에 들어했다.

귀여운 잡동사니방

"손님을 초대하자, 제인. 오래된 친구 중에 '아네트 박사'라고 하는 친구가 샬럿타운에 살고 있거든. 저녁 식사에 초대하여 하룻밤 머물게 하고 싶은데 괜찮겠니?"

"물론이에요. 하지만 그 전에 손님방에 침대를 들여놓아야 해요. 옷장하고 거울하고 세면대는 있지만 침대가 없는걸요. 작은 도널 드 씨 집에서 침대를 판다고 하던데요?"

"그건 내가 알아서 하마. 저녁은 어떻게 할 거니, 제인? 지미 존네 집에서 닭을 한두 마리 살까? 산다고 해도 네가 요리할 수 있을까?"

"할 수 있고말고요. 제가 식단을 짜게 해주세요, 네? 아빠! 차가운 닭고기하고 감자샐러드를 만들겠어요. 메리가 어떻게 만들었는지 잘 알고 있어요, 감자껍질 벗기는 걸 늘 도와주었거든요. 그리고 비스킷도 구울래요. 그러려면 코너 마을에서 플레웰의 베이킹파우더를 한 통 사주셔야 해요, 아빠. 플레웰이어야 해요, 아셨죠? 안심하고 사용할 수 있는 건 그것뿐이거든요."

제인은 이미 베이킹파우더에 대해서는 권위자였다.

"그리고 딸기크림도요. 어제 민하고 둘이서 언덕 아래에서 산딸기가 많이 자라고 있는 곳을 발견했어요. 둘이서 실컷 따먹었는데도 아직 많이 남아 있어요."

공교롭게도 아네트 박사가 오기로 되어 있는 날 오후, 아일린 고모가 찾아왔다. 제인이 아빠와 함께 오솔길에서 철제침대의 골조를 운반하고 있는데 고모가 자동차를 타고 지나갔다. 그 침대는 아빠가 작은 도널드 씨한테서 산 것으로, 작은 도널드 씨는 몹시 바쁜 일이 있어서 집까지 운반해주지 못하고 오솔길 끝에 두고 간 것이다.

바람이 센 날인 데다 제인은 전날 밤 이가 약간 아팠기 때문에, 마틸다 졸리 아주머니의 낡은 숄로 머리를 질끈 동여매고 있었다. 아일린 고모는 깜짝 놀란 모양이었지만, 그래도 뜰에 들어서자 두 사람에게 키스했다.

"그럼, 넌 마틸다 졸리 아주머니의 집을 샀단 말이니, 드루(앤드루의 애칭)? 정말 이상하구나! 나한테 먼저 그 얘기를 해 주었으면 좋았을 텐데."

"제인이 비밀로 하고 싶다고 해서요. 제인은 비밀을 좋아해요."

아빠가 가벼운 마음으로 실명했다.

"저런! 제인은 정말 숨기는 것을 좋아하는구나. 숨기는 것뿐이라면 괜찮지만 너한테는 약간 앙큼한 데가 있는 것 같아."

아일린 고모는 상냥한 표정으로 제인에게 손가락을 흔들어 보였다.

아일린 고모는 미소를 짓고 있었지만 목소리는 날카로웠다. 제인은 외할머니의 심술궂은 말투가 그래도 낫다고 생각했다. 그런 말을 듣고 좋아하는 시늉을 할 필요는 없는 것이다.

"내가 알았더라면 적극적으로 반대했을 거다, 앤드루. 넌 이 집에 4백 달러나 지불했더구나. 넌 지미 존한테 속은 거야. 이런 코딱지 만한 헌 오두막이 4백 달러라니. 3백 달러면 충분했을 텐데.”

“하지만 전망이 무척 좋아요, 누님. 정말 전망이 좋다구요! 나머지 백 달러는 전망 값이에요.”

“넌 정말 현실적이지 못하다니까, 앤드루.” 고모는 이번에는 아빠에게 웃으면서 손가락을 흔들어 보였다. 적어도 손가락은 웃고 있는 것처럼 느껴졌다. “제인, 넌 지갑이 안 열리게 잘 살펴야겠다. 안 그러면 가을까지 네 아빠는 빈털터리가 되어버릴 거야.”

“뭘요, 수입에 맞춰서 살 수 있어요, 누님. 만약 그렇지 못하면 우린 가능한 한 절약할 거예요. 제인은 벌써 이름 높은 살림꾼이에요. ‘그 여자는 집안일을 잘하며 놀고먹지 않았다!’”

“어머나, 제인이!” 아일린 고모는 제인을 흥미롭게 쳐다보았다. “그렇게 집이 필요했다면, 드루, 왜 시내 근처로 하지 않았지? 케포리에 여름에만 빌릴 수 있는 멋진 오두막이 있는데. 그랬으면 나도 가까이에서 도와주고 가르쳐주고 할 수 있었을걸.”

“우리는 북해안이 가장 마음에 들었어요. 제인과 나는 둘 다 사막의 올빼미, 황야의 펠리컨이거든요. 또 둘 다 양파를 좋아하니까 우리는 꼭 닮은 셈이에요. 액자를 거는 데도 말다툼 한 번 하지 않았다니까요. 보기 드문 일이죠.”

“농담할 일이 아니야, 앤드루.” 아일린 고모가 비통하게 목소리를 쥐어짰다. “먹는 건 어떻게 하고 있니?”

“제인이 대합을 따와요.”

아빠가 자못 진지하게 말했다.

“대합? 대합만 먹고 살 셈이니?”

“어머, 고모님, 매주 어부가 들리고, 1주일에 두 번 푸줏간 아저씨도 와요.”

제인이 분개했다.

“귀엽기도 하지!”

금세 고모는 비웃는 듯한 태도가 되었다. 고모는 모든 것을 비웃었다. 손님방도, 제인이 무척 자랑으로 여기는 노란색 그물 주름장식을 한 커튼도 비웃었다.

"귀여운 잡동사니방이로구나."

고모는 웃으면서 손님방을 그렇게 불렀다. 고모는 뜰도 비웃었다.

"정말 귀여운 구식 꽃밭 아니니, 제인?"

고모는 신발장도 비웃었다.

"마틸다 졸리는 정말 편리한 시설을 해놓았구나."

아일린 고모가 단 한 가지 무시하지 않았던 건 사도상이 새겨진 스푼이었다. 그 스푼에 대해 말할 때의 고모의 상냥한 태도에서는 약간 신경질적인 데가 느껴졌다.

"이건 어머니가 나한테 주고 싶어했다고 전부터 생각했는데, 드루."

"그건 엄마가 로빈한테 준 거예요."

아빠가 조용히 말했다.

제인은 다시 몸이 근질거리는 걸 느꼈다. 아빠가 엄마의 이름을 입에 올린 것은 이번이 처음이었다.

"하지만 그 사람은 가버렸잖니."

"그 얘기는 그만 둡시다, 누님."

"그래. 네 마음 이해해. 미안하다. 그럼 제인, 네 앞치마를 빌려서 아네트 박사를 맞이할 준비를 도와주마. 귀엽기도 해라, 스스로 손님 맞을 준비를 할 생각을 하다니!"

아일린 고모는 나를 비웃고 있어, 나를 조롱하고 있어! 제인은 무섭도록 화가 났지만 어쩔 도리가 없었다. 아일린 고모는 생글거리는 얼굴로 팔을 걷어붙였다. 닭은 벌써 요리되어 있었고 샐러드도 완성되어 있었지만, 고모는 비스킷을 만들고 닭을 얇게 썰어야 한다고 주장하며 제인이 딸기를 따러가야 한다는 말을 들어주지 않았다.

"내가 파이를 가져오길 정말 잘했지. 앤드루가 좋아하거든. 남자들은 맛이 진한 것을 좋아해요, 제인."

이 말을 듣고 제인은 또 화가 났다. 1주일 안에 파이 만드는 법을 배우고 말겠다고 속으로 맹세했지만 지금은 고모의 말에 따르는 수밖에 없었다.

아네트 박사가 도착하자 아일린 고모가 친절하고 붙임성 있는 안주인으로서 맞이했다. 고모는 더욱 더 생글거리는 얼굴로 테이블 상좌에 앉아서 차를 따르고, 아네트 박사가 감자샐러드를 잘 먹었다며 좋아했다. 두 남자는 고모의 파이를 칭찬했다. 아빠는 아일린 고모에게 캐나다에서 제일 가는 파이의 명인이라고 말했다.

"먹는다는 것도 그리 나쁜 일은 아니군요."

아빠는 마치 파이 덕택에 이제야 그 사실을 알았다는 듯 가벼운 놀라움을 비치며 말했다. 제인은 분했다. 그 순간에는 그 자리에 있는 모든 사람들이 미웠다.

아일린 고모는 제인을 도와 설거지까지 마친 뒤에 돌아갔다. 제인은 사흘 전 민과 함께 코너 마을에 가서 행주를 사오길 잘했다고 생각했다. 접시를 속옷으로 닦는 걸 보았다면 아일린 고모가 뭐라고 했을까?

"이제 돌아가야겠다, 제인. 어두워지기 전에 집에 도착하려면. 좀 더 가까운 곳이었으면 좋았을 텐데. 하지만 최대한 자주 올게. 네 엄마도 내가 없었으면 곤란했던 적이 수없이 많았지, 가여운 사람이었어. 네 아빠하고 아네트 박사는 바닷가에 갔으니 틀림없이 밤새도록 논쟁하고 소리 지르고 그럴 거야. 앤드루가 널 이렇게 혼자 두는 건 말도 안 돼. 하지만 남자란 다 그런 거란다. 정말 철이 없다니까."

하지만 제인은 혼자 있는 것을 무척 좋아했다. 자신과 얘기할 수 있는 기회를 얻는 것은 멋진 일이었다.

"전 괜찮아요, 고모님. 게다가 전 랜턴힐이 너무 좋은걸요."

"넌 무슨 일이나 쉽게 기뻐하는구나."

고모는 마치 제인이 뭐든지 기뻐하는 귀여운 바보라도 되는 것처럼 말했다. 아무튼 아일린 고모는 상대방으로 하여금 자신이 좋아하는 것과 생각하는 것, 그리고 아끼는 것을 하찮게 느껴지게 하는 묘한 재주를 가지고 있었다.

제인은 아빠의 집에서 자기 세상인 양 행동하는 고모가 얼마나 밉살스러웠는지 몰랐다! 엄마와 아빠가 함께 살았을 때도 아일린 고모는 이렇게 행동했을까? 만약 그렇다면…….

"거실에 둘 쿠션을 가지고 왔다, 제인."

"그건 부엌이에요."

"그리고 다음에 올 때는 손님방에서 쓰도록 내 낡은 사라사 목면 의자를 가지고 오마."

'귀여운 잡동사니방'이라고 한 말이 떠올라 제인은 한마디 속이 시원한 말을 해주었다.

"그 방에는 그런 걸 둘 장소가 없을 것 같은데요."

아일린 고모가 돌아가고 나자 제인은 쿠션을 밉살스럽다는 듯 쳐다보았다. 쿠션은 너무 새것이고 화려해서 다른 것들은 모두 색이 우중충하고 촌스럽게 보였다.

"이런 건 신발장에 넣어둬야지."

제인은 기분이 통쾌했다.

엄마에게

몹시 무더운 밤이어서 제인은 바깥에 나가 언덕꼭대기에 앉아서 '본래의 자신'으로 돌아가고자 했다. 사실 아침부터 지금까지 제인은 생기를 잃고 있었다. 아침에 토스트를 태워서 하루종일 우울한 기분이었기 때문이다. 또 닭요리를 하는 데 무척 애를 먹었고——장작을 사용하는 화덕은 메리의 전기오븐하고는 다를 수밖에 없었다——아일린 고모가 재미있다는 듯 보고 있는 앞에서 손님방의 침대를 준비하는 것은, '이렇게 어린 것이 손님방을 가지고 있다니' 하고 고모의 눈이 말하고 있는 것 같아서 더욱 괴로웠다.

하지만 지금은 다시 혼자만의 행복을 맛보고 있었다. 시원한, 비로드 같은 밤의 언덕에 오래도록 앉아 있어도 방해하는 것은 아무것도 없었다. 남서풍이 큰 도널드의 클로버 밭에서 향기를 실어다 주었다. 지미 존네 개가 일제히 짖고 있었다. '전망대'라는 이름이 붙어 있는 커다란 모래언덕이 아무 것도 없는 북쪽 하늘에 부채꼴로 솟아 있고, 그 앞쪽에서는 나지막한 밀물이 천둥처럼 길게 소리를 끌며 밀려왔다. 은빛 밤나방이 제인의 얼굴을 스치고 날아다녔다.

해피는 아빠와 아네트 박사를 따라갔고, 피터들은 언덕을 올라와 제인의 주위에서 뛰놀고 있었다. 제인은 가릉가릉 목을 울리는 고양이들의 비단 같은 옆구리를 얼굴에 대고, 두 마리가 아프지 않게 뺨을 무는 대로 내버려두었다. 모든 것이 동화 속의 이야기가 실제로 일어난 것 같았다.

집으로 돌아갈 무렵, 제인은 다시 본래의 자신으로 돌아가 있었다. 미소 띤 얼굴로 가시 돋친 말만 하는 아일린 고모를 누가 신경이나 쓸 줄 알구! 나, 제인 스튜어트가 이 랜턴힐의 안주인인걸. 그리고 아빠가 입버릇처럼 말하는 '세 마리의 영리한 원숭이들'한테서 파이껍질을 만드는 법을 배워야지.

제인은 아빠가 안 계신 책상에 앉아 엄마에게 보내는 편지를 썼다. 처음에는 엄마한테 한 달에 한 번밖에 편지를 쓰지 못하면 살 수 없을 것 같았지만, 매일 조금씩 써서 그것을 모아 부치면 된다는 생각이 떠올랐다.

우리는 저녁 식사에 손님을 초대했어요.

아빠 이름을 입에 올리는 건 금지되어 있었기 때문에 제인은 이렇게 뭉뚱그려서 표현했다.

아네트 박사님과 아일린 고모예요. 엄마는 아일린 고모를 좋아했어요? 엄마도 고모 때문에 자신이 멍청하다는 기분이 들 때가 있었어요? 전 닭을 요리했어요. 고모는 딸기보다 파이가 낫다고 했지만, 딸기가 파이보다 품위 있다고 생각하지 않으세요, 엄마? 산딸기를 처음 먹어봤는데 무척 맛있었어요. 민과 전 딸기가 많이 나는 장소를 알고 있어요. 내일 아침 일찍 일어나서 아침에 먹을 딸기를 조금 따올 생각이에요. 딸기를 많이 따면 잼 만드는 법을 가르쳐 주겠다고 민의 엄마가 말했어요. 전 민의 엄마가 좋아요. 민도 엄마를 좋아하구요.

민은 태어났을 때 1.5킬로그램밖에 되지 않았기 때문에 아무도 살 수 있을 거라고 생각하지 않았대요. 민의 엄마는 겨울에 먹기 위해 돼지를 한 마리 키우고 있는데 어제 저에게 먹이를 주게 해 주었어요. 엄마, 전 동물에게 먹이를 주는 것이 좋아요. 먹이를 주면 제가 훌륭한 사람이라는 기분이 들거든요. 돼지는 정말 식욕이 대단해요. 저도 그렇구요. 섬의 공기에 뭔가가 들어 있는 게 아닌가 하는 생각이 들어요.

미란다 지미 존은 뚱뚱하다고 놀림을 받으면 무척 싫어해요. 미란다는 매일 밤 소 네 마리의 젖을 짜요. 지미 존 아저씨 집에는 소가 열다섯 마리나 있는데 전 아직 소하고는 친해지지 않았어요. 소가 좋아질지 어떨지 모르겠어요. 친근감 가는 생김새가 아니거든요.

지미 존 아저씨 집에는 부엌 서까래에 햄을 매다는 커다란 갈고리가 달려 있어요.

아저씨네 아기는 정말 근엄한 얼굴이에요. 9개월이나 되었는데도 아직 웃은 적이 없어서 가족들이 걱정하고 있대요. 검은 속눈썹이 길게 말려 올라가 있는데 전 아기가 그렇게 귀여운 줄은 몰랐어요, 엄마.

집 뒤의 작은 가문비나무에 울새가 둥지를 튼 것을 '널빤지' 스노빔과 둘이서 발견했어요. 둥지 안에 파란 알이 네 개 들어 있었어요. '널빤지' 스노빔이 이 일은 페니와 영 존에게는 비밀로 해야 한다고 했어요. 안 그러면 그 둘은 알을 그냥 놔두지 않을 거래요. 비밀도 좋을 때가 있나봐요.

요즈음 전 '널빤지' 스노빔이 좋아졌어요. '널빤지' 스노빔의 진짜 이름은 마릴린 플로렌스 이사벨이에요. 스노빔 아주머니는 아이들에게 줄 수 있는 거라곤 공들인 이름뿐이라고 했어요.

'널빤지' 스노빔의 머리는 거의 흰색에 가깝지만 눈은 진짜 푸른색이에요. 엄마의 눈하고 약간 비슷해요. 하지만 엄마의 눈처럼 아름다운 눈을 가진 사람은 없어요.

'널빤지' 스노빔은 큰 꿈을 가지고 있어요. 스노빔 씨 집에서 큰 꿈을 가지고 있는 건 '널빤지' 스노빔뿐이에요. 그 애는 귀부인이 될 생각이래요. 그렇지 않으면 귀부인이 되려다가 죽을 거라나요. '널빤지' 스노빔에게 귀부인이 되고 싶으면 남에게 사적인 것을 캐물어서는 안 된다고 제가 가르쳐 주었더니, '널빤지' 스노빔은 이제 그런 질문은 하지 않겠다고 했어요. 하지만 '네덜란드 미나리' 스노빔은 귀부인이 되지 않아도 상관없으니까 계속 사적인 것을 캐묻고, 그 대답은 '널빤지' 스노빔도 듣는걸요. 전 영 존은 그리 좋아하지 않아요. 찌푸린 얼굴을 하고 있어서요. 하지만 발끝으로 작대기를 주워올릴 줄 알아요.

엄마, 이곳의 밤바람 소리는 정말 듣기 좋아요. 눈을 뜬 채 침대에 누워 바람 소리를 가만히 듣고 있는 게 좋아요.

지난주에는 건포도 푸딩을 만들었어요. 잘하면 성공할 수도 있었는데. 삶지 않고 찌면 좋았을 거라고 지미 존 아주머니가 말해 주었어요. 전 지미 존 아주머니라면 제가 실패한 것을 들켜도 조금도 부끄럽지 않아요. 아줌마는 무척 친절한 눈을 하고 있어요.

엄마, 다리가 세 개 달린 쇠냄비로 감자를 삶는 건 무척 재미있어요.

지미 존 아저씨 집에는 개가 네 마리나 있어요. 세 마리는 늘 밖에서 함께 놀고 한 마리는 집을 지키고 있답니다. 우리 집에는 개가 한 마리밖에 없어요. 엄마, 개는 좋은 동물인 것 같아요.

'황새걸음'은 지미 존 아저씨네 일꾼이에요. 물론 진짜 이름은 아니에요. 황새걸음은 평생동안 미스 저스티나 타이터스를 사랑해

왔지만 희망이 없다는 걸 알고 있어요. 왜냐하면 미스 저스티나가 전쟁터에서 죽은 앨릭 잭스 씨를 잊지 못하고 있거든요. 미스 저스티나는 앨릭 씨에게 "잘 다녀오세요" 하고 말했을 때 머리를 땋고 있었기 때문에, 지금도 머리를 땋고 산다고 미란다가 말했어요. 가슴이 뭉클한 이야기죠, 엄마?

엄마, 엄마가 이 편지를 읽고 엄마의 손이 이 편지를 들고 있을 걸 생각하니 너무 기뻐요.

그러나 외할머니도 이 편지를 읽을 것을 생각하면 제인은 그리 기쁘지 않았다. 이따금 얇은 입술에 조소를 지으면서 읽을 외할머니의 모습이 눈에 선했다.

'정말 유유상종이라고 하더니. 로빈, 네 딸은 원래부터 천한 사람들과 친해지는 비결을 알고 있었어. 찌푸린 얼굴이라고?'

제인은 재미 삼아 펄쩍 침대에 뛰어들었다.

"아네트 박사 대신 엄마가 아빠와 함께 그곳에 있고 곧 둘이서 내가 있는 집으로 돌아오는 거라면 얼마나 좋을까! 전에는 그런 적도 틀림없이 있었을 텐데."

잠시 뒤 앤드루 스튜어트는 손님을 조촐한 손님방으로 안내했다. 침실의 작은 탁자에는 제인이 새빨간 모란꽃을 가득 꽂은 스튜어트 할머니의 파란색과 흰색의 꽃병이 놓여 있었다. 그는 발뒤꿈치를 들고 제인의 방으로 갔다. 제인은 깊이 잠들어 있었다. 몸을 굽힌 아빠한테서 넘쳐나는 사랑을 느낀 제인은 꿈속에서 생긋 웃었다. 아빠는 제인의 헝클어진 적갈색 머리카락에 입을 맞췄다.

랜턴힐의 제인

《요리입문》 책과 지미 존 아주머니의 가르침, 그리고 제인의 '재능' 덕택에, 제인은 파이껍질 만드는 법을 놀랄 만큼 빨리 배웠고, 아주 잘 만들게 되었다. 제인은 지미 존 아주머니한테 가르쳐달라고 부탁하는 것은 아무렇지도 않았지만, 아일린 고모한테 뭘 묻는 건 죽기보다 싫었다. 지미 존 아주머니는 친절한 마음씨와 총명함이 가득한 얼굴의 지혜롭고 온화한 부인으로, 무슨 일에서나, 교회의 만찬회에서도 절대 당황하지 않는 걸로 랜턴힐에서도 유명했다.

제인이 과자를 떨어뜨리거나 파이 속 잼이 접시 가득 흘러나온 것을 보고 아빠가 짓궂게 눈썹을 치켜 올렸다든가 하여 낙담한 얼굴로 찾아와도 지미 존 아주머니는 웃지 않았다. 사실 요리에 있어서 감각을 타고났다고는 해도 지미 존 아주머니가 없었더라면, 제인은 얼마나 많은 실수를 되풀이했을지 생각만 해도 끔찍한 일이었다.

"난 콘스타치를 티스푼에 깎아 재보지 않고 그냥 수북하게 넣는단다, 제인."

"책에는 모든 재료의 분량을 전부 티스푼에 깎아서 재라고 적혀 있는걸요."

제인은 헷갈렸다.

"반드시 책에 나와 있는 대로 하는 것은 아니야."

제인의 실력향상에 누구보다 흥미를 가지고 있던 황새걸음이 말했다.

"상식을 동원해야 해. 요리를 잘하는 사람은 말이야, 내가 늘 말하듯이 타고나는 것이지 되고 싶다고 해서 되는 게 아니야. 넌 타고난 소질을 가지고 있어. 그렇지 않다면 내가 잘못 본 거겠지. 지난번에 만든 말린 대구 경단은 정말 최고더구나."

점심 식사에 새끼양고기를 구워 드레싱을 친 뒤 완두콩 크림소스를 곁들인 것과, 툼스톤 아저씨의 입맛에도 틀림없이 맞았을 건포도 푸딩을 누구의 도움도 받지 않고 혼자 차려낸 날은, 제인의 생애에서 가장 자랑스러운 날이었다. 아빠가 접시를 내밀며 말했다.

"좀더 주겠니, 제인? '미행성설'도 '양자설'도 이렇게 맛있는 음식에 비하면 아무것도 아니지. 제인, 설마 넌 '양자설'을 모른다고 말하지는 않겠지? 여자는 '미행성설'은 몰라도 되지만 '양자설'은 제인, 규율이 엄격한 가정에서는 꼭 필요한 거야."

제인은 아빠가 놀려도 아무렇지도 않았다. 양자설은 몰라도 건포도 푸딩이 잘 되었다는 것은 알고 있었기 때문이다. 이 요리법은 큰 도널드 부인이 적어준 것이었다. 제인은 탐욕스러울 정도로 요리 메모를 모으고 있었다. 저녁에 《요리입문》의 빈자리에 새로운 요리법을 옮겨적지 않는 날은 뭔가 손해를 본 것 같은 기분이 들 정도였다. 스노빔 부인까지 라이스 푸딩의 요리법 메모를 기부했다.

"우리 집엔 그것밖에 없어. 그게 제일 재료비가 싸게 들거든."

영 존이 설명했다. 영 존은 늘 제인의 냄비를 감시하러 왔다. 그에게는 육감이라는 것이 있어서 제인이 과자를 만들려고 하면 어김없이 미리 냄새를 맡는 것이었다. 제인이 요리 도구 하나하나에 이름을 붙인 것을 스노빔 가족은 무척 재미있어했다. 끓기 시작하면 언제나 화덕 위에서 춤을 추는 주전자는 '팁시(술에 취하다라는 뜻)', 프라이팬은 '마페트 씨', 공기는 '폴리', 스튜 냄비는 '티모시', 이중냄비는 '부틀즈', 밀방망이는 '틸리 체트'였다.

하지만 제인은 도넛에서는 대실패를 했다. 만드는 것은 너무나 간단해 보였는데 결과는 스노빔 가족조차 먹을 수 없을 정도였다. 오기를 가지고 제인은 몇 번이고 되풀이해 보았다. 제인이 도넛을 만드는 데 애를 먹고 있는 것에 대해 사람들은 모두 흥미로워 했다. 지미 존 아주머니가 이렇게 하면 어떨까 하고 권유하면 민의 엄마는 저렇게 해보라고 힌트를 주었다.

코너 마을의 가게 주인은 제인에게 새로운 종류의 라드를 보내왔다. 처음에 제인은 스튜 냄비인 티모시로 튀겨보고, 다음에는 프라이팬인 마페트로도 해 보았지만 번번이 실패했다. 그때마다 완고한 도넛은 기름을 빨아들여 통통하게 불었다. 제인은 한밤중에 눈을 뜨면 도넛 생각으로 잠을 이루지 못했다.

"이런! 안 되겠다, 나의 숭배하는 제인! 걱정 많은 과부의 고양이도 걱정으로 죽는다고 하지 않든? 그리고 넌 실제보다 나이 들어 보인다고 모두들 이야기하더라. 제인, 바람의 노래에 귀를 기울여 봐. 그리고 이제 도넛 따위는 생각하지 않는 거야."

아빠가 충고했다.

사실 제인은 정말 잘된 도넛을 도저히 만들 수 없었다. 그래서 겸손해져서 아일린 고모가 왔을 때도 우쭐한 태도를 보이지 않게 되었다. 아일린 고모는 자주 찾아왔고 자고 갈 때도 있었다. 제인은 자기가 무척 좋아하는 손님방에 고모가 드는 것이 싫었다. 고모는 제인이 손님방을 준비하는 것을 언제나 빙 돌려서 놀려댔다. 또 제인이 장작을 다루는 것을 보고 우스꽝스럽다고 했다.

"대부분 아빠가 하지만 하루종일 글을 쓰시느라고 바쁘기 때문에 방해하고 싶지 않아서요. 게다가 전 장작을 다루는 게 좋아요."

"어쩜 그렇게 잘하니!"

아일린 고모는 제인에게 키스하려 했다.

제인은 귀까지 빨개져서 말했다.

"아, 고모님, 전 키스를 좋아하지 않아요."

"자기 고모한테 별 소리를 다하는구나."

아름다운 눈썹을 치켜올린 고모의 눈 속에는 비웃음이 가득 담겨 있었다. 남의 비위를 잘 맞추며 언제나 미소를 잃지 않는 아일린 고모는 절대로 분노를 겉으로 드러내지 않았다. 제인은 고모하고 실컷 싸우기라도 하면 그 뒤부터는 훨씬 사이가 좋아질지도 모른다고 생각했다. 아빠는 제인과 아일린 고모 사이가 좋지 않아서 난처해하고 있고, 또 제인에게 잘못이 있는 것으로 생각하고 있다는 것을 제인은 알고 있었다. 그럴지도 모른다. 아일린 고모를 좋아하지 않는 것은 큰 잘못일지도 몰랐다.

"우리를 무시하는걸요!"

제인은 생각하면 화가 났다. 고모가 하는 말 자체보다 말투가 늘 문제였다. 마치 내가 아빠를 위해 소꿉장난이라도 하고 있는 것 같잖아?

이따금 두 사람은 시내에 나가 아일린 고모 집에서 식사를 했다. 분명히 호화로운 식탁이었다. 처음에 제인은 그것이 고통스러웠다. 하지만 여러 주일이 지나는 동안 제인은 식사준비를 하는 데는 아일린 고모한테도 지지 않는다는 기분이 들기 시작했다.

"잘하는구나, 제인. 하지만 어린 너한테는 책임이 너무 무거워. 아빠한테 늘 얘기하고 있다만."

"전 책임을 지는 것이 좋아요."

제인은 화가 나서 말했다.

"그렇게 예민하게 받아들여선 안 돼요, 제인."

마치 예민한 것이 잘못이라도 되는 듯한 말투였다.

제인은 도넛을 만드는 데는 성공하지 못했지만 잼은 쉽게 만들었다.

"전 잼을 만드는 게 정말 재미있어요."

아빠가 왜 그런 귀찮은 일을 하느냐고 묻자 제인은 그렇게 대답했다. 찬장을 열어 여러 개의 선반에 루비와 호박색의 잼과 젤리가 죽 늘어서 있는 것을 보면 제인은 할 일을 다했다는 깊은 만족감을 느꼈다. 매일 아침 제인은 일찍 일어나서 민이나 스노빔네 아이들과 산딸기를 따러 나갔다. 그 뒤에는 야채피클의 좋은 냄새가 랜턴힐을 가득 채웠다. 코너 마을에서 제니 리스터를 위해 결혼식 전에 잼과 야채피클을 선물하는 모임이 열렸을 때, 제인도 당당하게 다른 사람들과 함께 가서, 젤리와 야채피클을 바구니 가득 선물하고 왔다.

그 모임은 정말 즐거웠다. 그때는 제인도 모든 사람을 알고 있었고, 그들도 제인을 알고 있었기 때문이다. 마을로 내려가는 건 즐거운 일이었다. 누군가를 만날 때마다 걸음을 멈추고 얘기를 나누었고, 개들도 모두 제인을 따랐다. 제인은 사람에게는 거의 누구나 친절한 데가 있다고 생각했다. 친절에도 여러 종류가 있었다.

제인은 조금도 힘들이지 않고 누구하고나 어떤 이야기라도 할 수 있었다. 아이들과 노는 것도 재미있지만 나이 든 사람들과 얘기하는 것도 좋아했다. 황새걸음과 둘이서 '야채피클과 돼지고기의 가격, 소가 왜 나무를 갉는가 하는 문제'에 대해 흥미로운 논쟁을 끝없이 벌이기도 했다. 일요일 아침에는 정해놓고 지미 존 아저씨와 함께 아저씨네 밭을 한바퀴 둘러보며 작물을 살펴보았다. 톰스톤 아저씨는 짐마차를 모는 법을 가르쳐주었다.

"그 아이는 딱 한번 배우고는 마차를 세울 줄 알더라니까."

톰스톤 아저씨가 지미 존 가족에게 얘기했다.

황새걸음도 이에 질세라 어느 날 건초를 가득 실은 짐마차를 제인에게 몰게 하여 지미 존네의 커다란 헛간으로 운반하게 했다.

"내가 해도 더 이상 잘하지는 못했을 거야. 넌 말을 생각해주는 마음이 있어, 제인."

또 제인이 무척 좋아하는 친구 중에 티모시 솔트 노인이 있었는데, 그는 항구 부근 가문비나무 그늘 속에 있는 처마가 낮은 집에서 살았다. 지금까지 제인이 한 번도 본 적 없을 만큼 유쾌하고 날카로운 티모시 노인의 얼굴은 주름이 잡힌 가죽을 연상시켰고, 깊이 패인 눈은 웃음의 샘 같았다. 제인은 대합을 까고 있는 티모시 노인 옆에 앉아서 몇 시간이고 노인이 해주는 옛날에 일어났던 바다의 재난과, 모래톱과 곶에 얽힌 빛바랜 전설, 북해안에 떠도는 희미한 망령 같은 이야기에 귀를 기울였다. 때로는 다른 늙은 어부와 선원들도 함께 앉아 신기한 이야기를 주고받았다.

제인은 이야기를 조용히 들으면서 티모시 노인이 키우고 있는, 사람을 잘 따르는 돼지가 너무 가까이 다가오면 휘이! 하고 쫓아냈다. 바닷바람이 불고 있었다. 항구의 잔물결은 저녁해가 가라앉기 시작하면 서둘러 달아났다. 한참 있으면 어선들이 달빛 아래로 일렁이며 나타났다. 이따금 유령 같은 하얀 안개가 모래톱에서 몰래 다가오면, 항구 저편의 언덕은 도깨비 언덕이 되어 추한 것까지 아름답고 신비롭게 보였다.

"모든 게 잘 되어가고 있니?" 티모시 노인이 진지한 얼굴로 물으면, 제인은 너무 재미있어서 모든 일이 잘 되고 있다고 대답했다.

노인은 서인도 제도와 동인도 제도에서 가지고 온 산호와 조개껍질이 가득 들어 있는 유리 상자를 제인에게 주었고, 제인과 함께 모래밭에서 납작한 돌을 주워와 뜰에 오솔길을 만들어주기도 했다. 또 톱을 사용하는 법과 못을 망치로 때리는 법, 그리고 수영도 가르쳐주었다. 수영을 배울 때 제인은 대서양의 물을 모조리 마셔버린 것 같았다. 하지만 수영을 완전히 터득한 제인은 젖은 몸으로 달려와서 아빠한테 자랑했다. 또 제인이 헌 판자로 만든 해먹은 랜턴힐의 화젯거리가 되었다.

"저 아인 어떤 일도 겁내지 않는다니까."

스노빔 부인이 말했다.

티모시 노인이 이 해먹을 두 개의 가문비나무 사이에 매달아주었다. 아빠는 '은(silver)'과 운이 잘 맞는 단어를 찾아주면 어떤 목공일이라도 해주겠다고 말했지만, 노인은 아예 그런 방면에는 소질이 없었다.

날씨를 점치는 법도 티모시 노인한테서 배웠다. 지금까지 제인은 하늘과 친했던 적이 없었다. 랜턴힐에 서서 눈에 가득 들어오는 하늘 전체를 바라보는 것은 멋진 일이었다. 제인은 가문비나무 밑에 몇 시간이고 앉아서 하늘과 바다와 모래톱 사이의 즐거운 듯한 금빛 웅덩이를 바라보며 지냈다.

조개구름은 명랑한 날씨의 신호이며, 말꼬리 구름은 바람이 불 거라는 표시였다. 아침놀은 비가 올 징조이고, 작은 도널드 언덕의 울창한 전나무가 가깝고 선명하게 보일 때는 비가 올 징조였다. 제인은 랜턴힐의 비를 환영했다. 도시에 내리는 비는 좋아하지 않았지만 이 해변의 비는 좋아했다. 밤에 방 밖에 있는 풀고사리에 내리는 빗소리에 귀를 기울이고 냄새를 맡고 있으면 기분이 상쾌했다. 또 제인은 빗속에 나가 흠뻑 젖는 것도 좋아했다. 랜턴힐 쪽은 쨍쨍할 정도로 맑은데 항구 저쪽에선 흐린 보랏빛으로 가끔 기습하는 소나기도 좋았다. 천둥을 동반한 비도 바다 저편으로, 너무 가까이 오지 않고 모래톱 저편으로 지나가 버릴 때는 좋았다.

그런데 어느 날 밤 무시무시한 천둥이 울렸다. 푸른 칼 같은 번개가 번쩍이면서 천둥소리가 랜턴힐을 부숴 버릴 것처럼 울려퍼졌다. 제인이 머리를 베개에 묻고 침대 속에서 몸을 웅크리고 있으니, 아빠가 팔로 자기를 안는 것이 느껴졌다. 아빠는 흥분하고 있는 피터

두 마리를 밀어 제치고 제인을 안아 올려 꼭 껴안아주었다.

"무섭니, 제인?"

"아뇨. 그냥, 체면이 말이 아니에요."

제인은 용감한 척 거짓말을 했다.

아빠는 큰 소리로 웃기 시작했다.

"재미있는 말이구나. 저런 번개는 이쪽의 체면을 구기는 모욕이라고 할 수 있지. 그렇지만 곧 지나가 버릴 거야. 이미 지나가고 있어. '하늘의 기둥이 흔들리고 신의 비난에 놀라도다.' 이것이 어디에 적혀 있는지 알고 있니, 제인?"

"성경에 나오는 말인 것 같아요." 언덕을 두 동강이 낼 것만 같은 무시무시한 천둥소리가 가라앉은 뒤 가까스로 숨을 쉴 수 있게 되자 제인이 대답했다. "전 성경은 좋아하지 않아요."

"성경을 좋아하지 않는다고? 제인, 오, 제인! 그건 안 돼. 성경을 좋아하지 않는다는 건 그 사람한테 문제가 있거나, 아니면 성경을 소개하는 방법에 문제가 있었던 거야. 이건 그냥 넘어갈 수 없는 일인 것 같구나. 성경은 훌륭한 책이란다, 제인. 멋지고 훌륭한 이야기와 세상에서 가장 위대한 시도 듬뿍 들어 있지. 가장 놀랍고 참으로 인간적인 내용이 담겨 있고, 믿을 수 없을 만큼 불멸의 지혜와 진리와 아름다움과 상식으로 넘치고 있어. 그래, 이 문제를 해결하도록 하자. 폭풍도 한 고비를 넘긴 것 같구나. 내일 아침이면 바다의 잔물결이 다시 햇빛을 받으며 속삭이고, 갈매기가 날아와 모래톱 위에서 마법 같은 은빛 날개를 번쩍일 거다. 나는 므두셀라의 생애에 대한 서사시 제2편을 시작할 것이고, 제인은 아침 식사를 집 안에서 먹을지 밖에서 먹을지 즐거운 고민에 빠지겠지. 그리고 언덕들은 모두 함께 기쁨을 나눌 거야. 이것도 성경의 말이지만. 제인, 넌 틀림없이 성경을 좋아하게 될 거다."

그럴지도 모르지만 그렇게 되려면 기적이 필요할 거라고 제인은 생각했다. 어쨌든 제인은 아빠가 무척 좋았다. 엄마는 지금도 샛별처럼 제인의 생활 속에서 빛나고 있었다. 하지만 아빠는, 아빠다!

제인은 다시 잠에 빠져들어 양파와, 기워야 할 파란색 아빠 양말을 아무리 찾아도 보이지 않는 무서운 꿈을 꾸었다.

공상 여행

　제인은 결국 성경을 좋아하게 되는 데 기적은 필요하지 않다는 것을 알았다. 일요일 오후가 되면 제인과 아빠는 언제나 바닷가로 내려갔고, 아빠가 성경책을 읽어주었다. 제인은 그렇게 지내는 일요일 오후가 무척 기다려졌다. 두 사람은 저녁 식사를 가지고 가서 모래 위에 앉아서 먹었다. 제인은 바다와 바다에 딸린 모든 것에 대해 타고난 애정을 지니고 있었다. 모래언덕, 모래밭의 은빛 침묵 속을 지나가는 바람의 음악, 하늘이 푸르고 맑은 날의 황혼 무렵 멀리 해변에서 아련하게 보이는 집들의 불빛은 보석을 깔아놓은 것처럼 반짝였고 제인은 이러한 것들을 사랑했다.

　성경을 읽는 아빠의 목소리도 듣기 좋았다. 아빠는 모든 것을 아름답게 들려주는 목소리의 소유자였다. 제인은 설사 아빠한테 아무런 장점이 없다고 해도 그 목소리만으로 좋아했을 거라고 생각했다. 성경을 읽으면서 아빠가 들려주는 약간의 설명도 좋았다. 그 설명 덕택에 성경 구절이 제인에게 생생하게 되살아나기 시작했다. 성경에 그런 것이 씌어 있을 줄은 제인은 생각해 본 적이 없었다. 아빠는 '놉스'니 '타셰스' 같은 것은 읽지 않았다.

"'새벽별이 소리 맞춰 노래할 때'――여기에는 피조물의 기쁨의 정수가 담겨 있단다, 제인. 영원히 멈추지 않는 우주의 음악소리가 들리지 않니? '태양아, 너는 기브온 위에 머무르라. 달아 너도 아얄론 골짜기에 그리할지어다'^{(구약성서 여호수아}_{10장 12절)}――정말 굉장히 우쭐해 하는 것 같지 않니, 제인? 무솔리니도 여기에는 두 손 들었을 거다. '네 교만한 물결이 여기 그칠지니라'^{(구약성서 욥기}_{38장 11절)} 하고 말이다. 저기 밀려오는 파도를 보렴. 거기까지는 좋다, 하지만 그 이상은 안 된다는 거지. 이들이 따르고 있는 엄숙한 법칙은 결코 혼란을 일으키지도 않고 틀리는 일도 없어. '가난하게도 마옵시고 부하게도 마옵시고'^{(구약성서 잠언}_{30장 8절)}――이건 야게의 아들인 아굴의 기도야. 아굴은 분별 있는 사람이었어, 제인. 내가 성경은 상식으로 넘치고 있는 책이라고 한 말이 사실이라는 걸 알겠지? '어리석은 자는 그 분노를 다 드러내어도'^{(구약성서 잠언}_{29장 11절)}――구약성서의 잠언들은 누구보다도 어리석은 자를 혹독하게 깨우쳐주고 있단다, 제인. 그건 당연한 거야. 세상에서 말썽을 일으키는 건 모두 어리석은 자들이지 악인이 아니거든.

'어머니께서 가시는 곳에 나도 가고 어머니께서 유숙하시는 곳에서 나도 유숙하겠나이다. 어머니의 백성이 나의 백성이 되고 어머니의 하느님이 나의 하느님이 되시리니 어머니께서 돌아가시는 곳에서 나도 죽어 거기 장사될 것이라. 만일 내가 죽는 일 외에 어머니와 떠나면 여호와께선 내게 벌을 내리시고 더 내리시기를 원하나이다'^{(구약성서 룻기}_{1장 16, 17절)}――내가 알고 있는 한 어느 나라 말로도 이토록 감정을 섬세하게 표현할 수는 없을 거다. 며느리인 룻이 시어머니인 나오미한테 하는 말인데 조금도 과장스럽지 않고 모두 소박해. 장황한 말이 거의 없지 않니? 이 글을 쓴 사람은 참으로 언어의 조합에 대해 조예가 깊었던 사람일 거야. 또 말을 너무 많이 해서는 안 된다는 것도 잘 알고 있었어, 제인. 이 세상에서 가장 무서운 것, 그리고 가장 아름다운 것도 세 마디 정도로 표현할 수 있으니까. '나는 당신을 사랑합니다', '그 남자는 없다', '그 남자가 오고 있다', '그 여자는 죽었다', '늦었다'. 이것으로 인생이 빛나기도 하고 파멸하기도 하는 거란다. '음악의 처녀들은 모두 낮아졌을 것이다'라고 말이야. 그 어리석고 발이 가벼운 음악의 처녀들이 어쩐지 가엾다는 생각 안 드니, 제인? 이렇게 모욕을 받아도 된다고 생각해? '사람이 주를 무덤에서 가져다가 어디 두었는지 우리가 알지 못하겠다 하니'^(신약성서 요한복음)_(20장 2절) ——이 얼마나 쓸쓸한 외침이냐!

또 이런 말도 있어, '옛적 길 곧 선한 길이 어디인지 알아보고 그리로 행하라, 너희 심령이 평강을 얻으리라'^(구약성서 예레미야)_(6장 16절) ——아, 제인, 우리들 중에는 옛적 길에서 멀리 나와 헤매는 사람이 있단다. 아무리 원해도 돌아갈 방법을 알지 못하지. '먼 땅에서 오는 좋은 기별은 목마른 사람에게 냉수 같으니라'^(구약성서 잠언)_(25장 25절) ——참을 수 없이 목말라 본 적이 있니, 제인? 천국은 시원한 물이 있는 곳이라고밖에 생각할 수 없을 만큼 목이 말랐던 적이 있니? 나는 여러 번 있었단다. '주의 목전에는 천년이 지나간 어제 같으며 밤의 한 경점 같을 뿐임이니이다'^(구약성서 시편)_(90편 4절) ——작은 일이 괴로워서 견딜 수 없을 때는 말이다, 제인, 이 위대한 신을 생각하는 거야. '진리를 알지니 진리가 너희를 자유케 하리라'^(신약성서 요한복음)_(8장 32절) ——이건 이 세상에서 가장 무섭고 또 가장 훌륭한 말이다, 제인. 우리는 모두 진리를 두려워하고 자유를 두려워하기 때문이지. 그렇기 때문에 사람들은 그리스도를 죽인 거란다."

아빠의 얘기 중에는 제인이 이해할 수 없는 것도 있었지만, 마음 속에 꼭꼭 집어넣고 키워 나갔다. 제인은 평생 동안 아빠가 한 말을 떠올릴 때마다 머릿속에 영감을 느꼈다. 성경뿐만 아니라 그 여름에 읽어 준 모든 시도 마음에 간직했다. 아빠는 제인에게 말의 아름다움을 가르쳤다. 아빠는 마치 그 아름다움을 혀로 맛보고 있는 것처럼 글을 읽었다.

"'달빛의 흔들림'. 이건 영원히 사라지지 않을 문학적인 글귀의 하나다, 제인. 말 속에 마법이 들어 있는 것 같은 글귀가 있는 법이란다."

"알아요. '만달레이로 가는 길에서'(영국 시인 키플링의 시), 이건 콜원 선생님의 책 속에서 읽었어요. 그리고 '요정나라의 뿔피리는 희미하게 울리고'(영국 시인 테니슨의 시), 이런 글에 전 가슴이 에일 것 같은 아름다움을 느꼈어요."

"넌 사물의 깊은 곳까지 이해할 줄 아는 아이로구나, 제인. 하지만 아, 제인, '왜', 왜 셰익스피어는 자기 아내에게 두 번째로 좋은 침대를 남겼을까?"

"아마 부인이 그 침대를 더 좋아했기 때문일 거예요."

제인은 현실적인 대답을 했다.

"정말 '어린이와 젖먹이의 입으로'(구약성서 시편 8편 2절)로구나. 이 문제로 끝없이 논쟁을 벌여온 비평가들의 머리에 너처럼 기발한 생각이 떠오른 적이 있었을까? '어둠의 귀부인'(셰익스피어의 14행시 속의 수수께끼의 부인)이 누군지 아니, 제인? 시인이 어떤 여인을 찬양하면 그 여인은 불멸의 사람이 되는 거란다. 베아트리체(단테의 영원한 이상의 여성), 라우라(페트라르카 의 연인), 루카스타(리처드 라브레이스의 시에 등장하는 여성), 하일랜드의 메리(시인 번스 의 연인) 등을 보렴. 대시인의 사랑을 받았다는 것으로 이 여성들은 죽은 지 몇백 년이나 지난 지금까지도 수많은 사람들의 마음속에 남아 있지 않니? 트로이에 잡초가 우거져도 우리는 헬레네를 잊을 수 없는 거란다."

"헬레네는 입이 크지는 않았겠죠?"

제인이 서글픈 듯이 말하자 아빠는 웃음을 참았다.

"그리 작지도 않았을걸? 제인. 장미 꽃봉오리 같은 입을 한 여신 헬레네를 상상할 수 있겠니?"

"제 입은 너무 큰가요, 아빠? 세인트애거서 사람들은 모두 그렇게 말해요." 제인이 진지하게 물었다.

"너무 크지는 않아, 제인. 네 입은 멋진 입이야. 주는 자의 입이지 빼앗는 자의 입이 아니거든. 가장자리가 야무진 정직하고 친근한 입이야, 제인. 연약해 보이는 입이 아니야. 너라면 제인, 파리스(그리스 서사시에 나오는 트로이 왕자. 아프로디테가 파리스에게 스파르타의 왕비였던 헬레나의 사랑을 얻게 해주었다)하고 달아나서 그 끔찍한 소동을 일으키지는 않았을 거다. 지금 같은 어지러운 세상에서도 너라면 자기가 세운 맹세를 말과 마음 양쪽에서 충실하게 지켰을 거야."

제인은 아빠가 트로이의 헬레네가 아니라 엄마를 생각하고 있는 것 같은 묘한 느낌을 받았다. 하지만 제인의 입매에 대해 한 말은 기분이 좋았다.

아빠가 읽어주는 것은 위대한 시뿐만이 아니었다. 어느 날 아빠는 버나드 프리먼 트로터가 쓴 얇고 작은 책을 바닷가에 가지고 왔다.

"난 이 사람을 외국에서 알게 되었지. 전사했어⋯⋯. 이 사람의 〈포플러의 노래〉를 들어보렴, 제인.

　나는 포플러의 노래를 부른다
　죽음이 찾아올 때
　나는 푸른빛벽을 구하지 않고
　영국 하늘에 우뚝 서서
　바람에 흔들리는 포플러 가로수를
　찾으리.

천국에 가면 무엇을 보고 싶니, 제인?"

"랜턴힐요."

아빠는 웃었다. 아빠를 웃게 하는 것은 즐겁고 쉬운 일이었다. 왜 웃는 건지 모를 일이 종종 있기는 했지만. 제인은 그런 건 조금도 마음에 두지 않았는데, 엄마는 마음에 두었을까 하는 생각이 들 때도 있었다.

어느 날 밤 아빠가 낭랑하게 시를 읊다가 마침내 피곤해졌을 때, 제인이 조심스럽게 말을 꺼냈다.

"아빠, 제가 시를 낭송하는 것을 듣고 싶으세요?"

제인은 〈매슈의 작은 아기〉를 낭송했다. 그건 쉬운 일이었고 아빠는 참으로 좋은 청중이었다.

"잘하는구나, 제인. 잘했어. 그 방면으로 훈련을 좀더 받는 게 좋겠다. 나도 전에는 방언시를 상당히 잘했단다."

'외할머니가 좋아하지 않는 사람이 방언시를 읽는 것을 굉장히 잘했기 때문이야.'

제인은 그 말을 생각해내고 또 한 가지 새로운 발견을 한 것 같은 기분이 들었다. 저물어 가는 모래언덕과 모래언덕 사이의 움푹한 곳에 있는 두 사람의 집이 거기서 보이나 하고 아빠는 몸을 돌렸다.

"지미 존의 집 불빛도 보이고 '배고픈 기슭' 쪽의 스노빔네 불빛도 보이는데 우리 집만 깜깜하구나. 집으로 돌아가서 불을 켜자, 제인. 저녁 식사로 만든 사과소스 아직도 좀 남았니?"

두 사람은 집으로 돌아갔다. 아빠는 휘발유 램프를 켠 뒤 책상 앞에 앉아 므두셀라의 서사시——어쩌면 다른 것인지도 모르지만——를 쓰기 시작했다. 제인은 촛불을 들고 침실로 들어갔다. 제인은 램프보다 촛불을 좋아했다. 꺼지는 모습이 너무나도 우아해서다. 연기가 희미하게 뻗어오르고 양초의 심지가 검게 그을리면서 약간 거칠게 눈짓을 한 뒤, 제인을 암흑 속에 남겼다.

아빠는 제인의 관심을 성경으로 향하게 한 다음에는, 제인이 역사와 지리에 흥미를 느끼도록 유도했다. 늘 그런 과목이 어려워서 힘들다고 제인이 말한 뒤부터였다. 오래된 신비로운 이야기와 왕의 궁지에 대한 이야기를 듣고 나자, 얼마 안 가 역사는 더 이상 막연하고 냉랭한 먼 옛날의 연대와 복잡하기만 한 이름이 아니라 역사화로 장식된 길이 되었다. 아무리 사소한 사건이라도 아빠가 바다의 울림이 담긴 목소리로 얘기하면, 로맨스와 신비로운 색채를 띠기 시작해 제인에게 결코 잊을 수 없는 것이 되었다. 테베와 바빌론, 트로이, 아테네, 갈릴리는 실제 사람들이, 제인이 알고 있는 사람들이 살고 있는 장소였다. 그 사람들을 알고 있으면 그 사람들과 관련된 모든 것에 쉽게 흥미를 가질 수 있었다.

전에는 세계지도 이외의 아무것도 아니었던 지리도 역사 못지않게 매력이 있었다.

"인도에 가자" 하고 아빠가 말하면 두 사람은 여행을 떠난다. 물론 여행 도중 제인은 내내 아빠 와이셔츠에 단추를 달고 있긴 했지만. 민의 엄마는 단추 다는 것에 무척 까다로웠다. 얼마 안 가 제인은 멀고 먼 아름다운 나라들을 랜턴힐과 마찬가지로 잘 알게 되었다. 아빠와 함께 그 나라들에 공상여행을 다녀오면 제인은 그 나라들이 무척 가깝게 느껴졌다.

"제인, 언젠가 둘이서 진짜로 보러 가자. 한밤중인 태양의 나라 ——이 말에 끌리는 게 느껴지지 않니, 제인? ——아득히 먼 중국, 다마스커스, 사마르칸트, 벚꽃이 피는 일본, 죽은 제국 사이를 흐르는 유프라테스 강, 카나리아에 떠오르는 달, 카슈미르의 연꽃 골짜기, 라인 강가의 성, 아펜니노 산맥……. 아펜니노 산맥에는 별장이 있단다. '구름에 싸인 아펜니노 산맥'을 너한테 보여주고 싶구나, 제인. 자, 바다 속으로 가라앉았다는 아틀란티스 대륙을 그려보자."

"내년부터 프랑스 어를 시작하는데 좋아하게 될 것 같아요." 제인이 말했다.

"좋아하고말고. 넌 말의 매력에 눈을 뜰 거다. 언어는 너를 멋진 궁전으로 들어가게 하는 문이라고 생각해라. 죽은 언어라고 하지만 너도 라틴 어를 좋아하게 될걸. '죽은 언어'란 슬픈 말이라고 생각하지 않니, 제인? 옛날에는 살아서 불타고 빛났지. 사람들은 그 언어로 아름다운 말과 쓸쓸한 말, 현명한 말, 어리석은 말을 했어. 살아 있는 라틴 어로 말을 한 마지막 사람은 누구였을까? 제인, 만약 지네한테 긴 장화가 필요하다면 몇 켤레나 있어야 할까?"

아빠는 언제나 그런 식이었다. 쉽고, 진지하게, 꿈을 꾸듯이, 그런가 하면 유쾌한 농담을 던지기도 했다. 외할머니라면 이것을 어떻게 생각할지 제인은 잘 알고 있었다.

랜턴힐의 일요일은 재미있었다. 아빠와 성경을 읽을 뿐만 아니라, 아침에 지미 존네 가족과 퀸 해변의 교회에 가기 때문이다. 제인은 그것이 몹시 마음에 들었다. 외할머니가 사준 작은 녹색 점퍼스커트를 입고 가슴에는 찬송가책을 의기양양하게 안고 갔다. 모두 함께 큰 도널드네 숲 속을 구불구불 돌아가는 오솔길을 지나 들판을 가로지르고, 양이 풀을 뜯고 있는 시원한 목장을 빠져나가 길을 쭉 따라가서 민의 집 앞을 지나간다. 여기서 민이 합류하여 풀이 무성한 오솔길을 걸어가면 마침내 남(南)교회에 이르는 것이다. 유쾌한 바람이 끊임없이 살랑대는 너도밤나무와 가문비나무 숲으로 에워싸인 작고 하얀 건물이었다. 세인트 바나바스 교회와 이렇게 다를 줄은 상상도 못했지만, 제인은 그 교회가 마음에 들었다. 창문은 보통 유리로 되어 있어서 숲 속과 교회 바로 옆에 자라고 있는 커다란 야생 벚나무가 다 보였다. 제인은 꽃이 한창 피었을 때의 그 나무를 보고 싶었다.

사람들은 모두 황새걸음이 말하는 '일요일의 얼굴'을 하고 있었다. 토미 퍼킨스 장로님은 몹시 거룩한 표정으로 다른 세상 사람처럼 앉아 있어서, 제인은 그 사람이 여느 때의 그 명랑한 토미 퍼킨스라는 사실이 도저히 믿어지지 않았다. 작은 도널드 부인은 언제나 좌석 너머로 제인에게 박하사탕을 건네주었다. 제인은 박하사탕을 좋아하지 않았지만 작은 도널드 부인의 사탕은 맛있었다. 뭔가 호감이 가는 경건한 풍미가 있다고 제인은 생각했다.

태어나서 처음으로 제인은 찬송가 합창대에 끼어서 있는 힘을 다해 노래를 불렀다. 명랑한 거리 60번지에서는 제인이 노래를 부를 줄 안다고 생각하는 사람은 아무도 없었다. 제인은 적어도 가락을 따라갈 수 있는 것만으로도 다행이라고 생각했다. 그렇지 않았다면 일요일 저녁, 지미 존네 과수원에서 열리는 아마추어 음악회에서 따돌림받는 것 같은 기분을 맛볼 뻔했다. 어떤 의미에서는 이 아마추어 음악회야말로 일요일의 가장 즐거운 부분인 것처럼 느껴졌다.

지미 존네 가족은 참새처럼 노래했고, 누구든지 자기가 좋아하는 찬송가를 차례로 노래하면 되었다. 굉장한 베이스톤의 목소리를 지닌 황새걸음의 말을 빌리면, 모두들 교회에서 노래하는 것보다 '훨씬 요란한 찬송가'를 모서리가 접힌 너덜너덜한 표지의 작은 찬송가책을 들여다보며 불렀다. 어떤 때는 집을 지키는 개도 노래하는 것 같았다. 그들 뒤에는 달빛을 받은 바다가 아름답게 출렁이고 있었다.

그들은 마지막에 반드시 〈갓 세이브 더 퀸〉과 국가를 부른 뒤, 제인은 랜턴힐의 집 입구까지 지미 존네 가족과 집을 보지 않는 개 세 마리의 전송을 받으며 집으로 돌아오는 것이었다. 어느 날 아빠는 뜰에서 티모시 솔트 노인이 제인에게 만들어 준 돌벤치에 앉아 '늙다리'를 입에 물고 땅거미의 아름다움을 즐기고 있었다. 제인이 옆에 앉자 아빠는 제인의 어깨에 팔을 둘렀다.

피터1세는 발소리를 죽이며 두 사람 주위를 어슬렁거렸다. 너무 조용해서 지미 존네 목장에서 소가 풀을 되새김질하는 소리까지 들릴 정도였고, 너무 시원해서 제인은 자기 어깨에 걸쳐져 있는 아빠

팔의 온기가 반가울 정도였다. 조용하고 상쾌하고 기분이 좋았다. 그런데 지금 이 순간 토론토에서는 사람들이 폭염에 시달리고 있다고 어제의 샬럿타운 신문에 나와 있었다. 하지만 엄마는 아는 사람들과 마스코카에 가 있을 것이다. 가엾은 조디는 그 작고 무더운 다락방에서 숨이 막혀 허덕이고 있겠지. 조디가 이곳에 함께 있으면 얼마나 좋을까!

"제인, 올 봄에 널 보내라고 한 건 잘한 일일까?"

아빠가 물었다.

"물론이에요."

"하지만, 정말 그래도 괜찮았을까? 누군가, 누군가를 괴롭힌 건 아니었을까?"

제인의 심장의 고동이 빨라졌다. 아빠가 엄마에 대해 이렇게까지 말한 건 처음이었다.

"그리 괴롭힌 건 아니었을 거예요. 전 9월이면 집으로 돌아가는걸요."

"아, 그렇구나. 그래, 넌 9월에는 돌아가야지."

제인은 뭔가 좀더 들을 수 있을까 하고 기다렸지만 아빠는 끝내 아무 말도 하지 않았다.

엄마, 사랑해요!

제인은 엄마에게 보내는 편지를 썼다.

조디를 만났어요? 충분하게 먹고 있는지 궁금해요. 벌써 세 통이나 답장을 받았지만 편지에 그런 말은 없었거든요. 하지만 그 편지를 보면 조디가 이따금 배가 고픈 게 아닐까? 하는 걱정이 돼요. 지금도 전 친구들 중에서 조디가 제일 좋아요. 하지만 '널빤지' 스노빔도 폴리 갈란드도 무척 좋은 친구들이에요. '널빤지' 스노빔은 굉장히 발전했어요. 지금은 반드시 귀 뒤도 씻고 손톱도 깨끗하게 하고 다녀요. 그리고 재미있어하기는 하지만 절대로 종이를 씹어뭉쳐서 던지는 짓은 하지 않아요. 영 존은 아직도 하고 있지만요. 영 존은 병뚜껑을 모아 셔츠에 붙이고 다녀요. 그래서 우리는 모두 영 존을 위해 언제나 병뚜껑을 모으고 있답니다.

매주 토요일 밤에는 미란다와 둘이 교회에 가서 꽃을 장식해요. 우리 집 뜰에도 꽃이 많이 있고, 타이터스 자매의 집에서도 조금 가져와요. 우리는 종치기 오빠의 트럭을 얻어타고 꽃을 가지러 가요. 타이터스 자매의 집은 '시냇물 골짜기'라는 곳에 있는데 무척 예쁜 이름이죠? 미스 저스티나가 언니이고 미스 바이얼릿이 동생이에요. 두 사람 다 키가 크고 마른 몸집에 정숙해요. 예쁜 뜰을 가지고 있는데, 그 두 사람에게 호감을 주고 싶으면 뜰을 칭찬해 주면 된다고 미란다가 가르쳐 주었어요. 그렇게 하면 두 사람 다 어떤 말이라도 들어준다나요? 그 집에는 벚나무가 있어서 봄이 되면 볼만하다고 미란다가 말했어요. 두 사람 다 교회를 지탱하는 기둥 같은 신자들로 모든 사람의 존경을 받고 있어요. 하지만 미스 저스티나는 스노빔 씨가 '부인'이라고 불렀다고 스노빔 씨를 절대로 용서하지 않겠대요. 스노빔 씨는 그렇게 부르면 좋아할 줄 알았대요.

전 미스 바이얼릿한테서 장식 공그르기를 배우기로 했어요. 숙녀라면 누구나 바느질을 할 줄 알아야 한다고 말하는 미스 바이얼릿은 얼굴은 나이들어 보이지만 눈매에 생기가 있어요. 저는 두 사람 다 아주 좋아한답니다.

두 사람은 가끔 싸우기도 해요. 작년에 돌아가신 어머니의 고무나무 때문에 올 여름에도 많이 다퉜어요. 두 사람 다 그 고무나무를 보기좋다고는 생각하지 않지만 신성한 것으로 여겨 버린다는 생각은 꿈에도 하지 않아요. 그렇지만 미스 바이얼릿은 어머니가 이제 안 계시니까 고무나무를 뒷복도에 두면 좋겠다 하고, 미스 저스티나는 그건 안 되며 전처럼 응접실에 두어야 한다고 해요. 그 일로 두 사람은 이따금 서로 말을 하지 않을 때도 있어요. 제가 고무나무를 1주일은 응접실에 두고 다음 1주일은 뒷복도에 두는 식으로 번갈아 하면 어떻겠느냐고 말했더니, 두 사람은 몹시 감탄하며 그렇게 하기로 해서, 지금은 시냇물 골짜기에서는 모든 일이 잘 돌아가고 있어요.

지난 주 일요일 밤, 미란다는 교회에서 〈주여 함께 머무소서〉

를 불렀어요. 한 달에 한 번 밤에 교회에서 설교가 있거든요. 미란다는 노래를 부르면 살이 빠지는 기분이라서 노래부르는 게 무척 좋대요. 미란다가 너무 뚱뚱해서 애인이 생기지 않는 게 아닐까 하고 걱정하고 있으니, 황새걸음이 "걱정할 것 없어. 남자들은 넉넉하게 한아름은 되는 여자를 좋아하니까" 하고 말했어요. 이게 상스러운 말인가요, 엄마? 스노빔 아주머니는 상스럽다고 했어요.

일요일 밤에는 지미 존 아저씨네 과수원에서 노래를 불러요. 물론 신성한 노래뿐이에요. 전 그 과수원이 좋아요. 풀이 기분 좋게 뻗어 있고 나무들은 제멋대로 자라고 있어요. 지미 존 아저씨네 가족은 모두 무척 유쾌하게 살아요. 저는 대가족이 좋다는 생각이 들었어요.

펀치는 작물을 베어내어 거칠거칠한 밭을 맨발로도 발이 아프지 않게 달리는 방법을 저에게 가르쳐주고 있는 중이에요. 여기서는 저도 이따금 맨발로 다녀요. 지미 존네 아이들도 스노빔네 아이들도 다 그렇게 하고 있거든요. 차갑게 젖어 있는 풀 속을 달려서 흙 속에 손가락을 집어넣고 꼼지락거리면 손가락 사이로 축축한 진흙이 보글보글 올라오는데 무척 기분이 좋아요. 그런 놀이를 해도 괜찮은 거죠, 엄마?

민의 엄마가 우리 집의 세탁을 해주고 있어요. 저도 할 수 있을 것 같은데 못하게 해요. 민의 엄마는 항구에 피서하러 온 사람들의 세탁도 전부 하고 있어요. 민의 엄마가 키우는 돼지가 병이 나서 툼스톤 아저씨가 치료해 주었어요. 돼지가 건강해져서 얼마나 기뻤는지 몰라요. 만약 죽어버렸으면 민과 엄마는 올 겨울 동안 뭘 먹고 살아야 했을까요? 민의 엄마는 대합 모둠냄비요리를 잘하기로 유명해요. 저도 지금 그 비결을 배우고 있는데 '널빤지' 스노빔과 제가 대합을 캐와요.

어제는 과자를 만들었는데 시럽에 개미가 들어갔어요. 저녁 식사 때 손님이 오기로 되어 있었기 때문에 전 무척 화가 났어요. 개미를 개미집에 얌전히 있게 하는 방법이 없을까 생각했어요.

툼스톤 아저씨는 제가 만든 수프는 진짜 수프래요. 내일 저녁에는 닭요리를 할 예정이에요. 목 부분은 영 존에게, 다리 아랫부분은 '널빤지' 스노빔에게 주겠다고 약속했어요. 그리고 엄마, 우리집 연못에는 송어가 가득해요. 우리는 송어를 잡아서 먹고 있는데, 자기 집 연못에서 송어를 잡아 저녁 식사 때 튀겨먹는 걸 생각 좀 해보세요!

황새걸음은 틀니를 하고 있다가 음식을 먹을 때는 언제나 틀니를 빼서 주머니에 넣어요. 저녁에는 자주 외출하는데 남의 집에서 가벼운 밤참을 얻어먹으면 황새걸음은 "고맙습니다. 또 오겠습니다" 하고 말하지만 밤참을 내오지 않으면 다시는 가지 않아요. 자존심을 지켜야만 하기 때문이래요.

티모시 솔트 씨가 작은 망원경을 보여주었어요. 반대쪽 끝으로 들여다보면 무척 재미있어요. 마치 딴 세상인 것처럼 모든 것이 아주 작고 멀리 보여요.

어제 폴리와 둘이서 모래언덕에서 감초가 있는 곳을 발견했어요. 엄마한테 드리려고 한 다발 따 놓았어요. 손수건 사이에 끼워두면 좋다고 미스 바이얼릿이 가르쳐 주었거든요.

우리는 오늘 지미 아저씨네 집의 송아지한테 이름을 지어주었어요. 귀여운 송아지한테는 우리가 좋아하는 사람의 이름을 붙이고, 미운 송아지한테는 싫어하는 사람의 이름을 붙였어요.

다음 주에 '널빤지' 스노빔과 폴리와 전 코너 마을 회관에서 열리는 아이스크림 파티에서 사탕을 팔기로 했어요.

며칠 전 밤에는 모두 바닷가에 가서 모닥불을 피우고 빙빙 돌며 춤을 추었어요.

페니 스노빔과 펀치 지미 존은 지금 감자 해충을 퇴치하느라 눈 코 뜰 새 없이 바빠요. 저는 감자벌레가 싫어요. 펀치가 저보고 쥐를 무서워하지 않아서 용감하다고 하자, 페니가 "그래? 벌레를 갖다대 봐, 그러면 얼마나 용감한지 알 수 있을 테니까" 하고 말했어요. 펀치가 그걸 시험해보지 않아서 다행이에요. 전 참지 못했을 테니까요.

현관문이 잘 열리지 않아서 황새걸음한테서 대패를 빌려와 고치고, 영 존의 바지에 바대도 대줬어요. 스노빔 부인은 바대를 댈 천도 다 써버려서 엉덩이가 거의 해어져 있었거든요.

작은 도널드 아주머니한테서 마멀레이드 만드는 법을 배우게 되었어요. 아주머니는 마멀레이드를 아주머니의 친척 아주머니한테서 유품으로 받은 예쁘고 작은 돌항아리에 채워두는데, 전 아무 멋도 없는 병에 넣어야 해요.

툼스톤 아저씨의 부탁을 받고 핼리팩스에 가 있는 아저씨의 부인한테 편지를 썼어요. 제가 '사랑하는 아내에게'라고 쓰니까 아저씨는 지금까지 그렇게 말해본 적이 한번도 없어서 아내가 깜짝 놀랄 테니까, 그냥 '아무개에게'라고 하는 게 나을 거라고 했어요. 아저씨는 스스로 편지를 쓸 수는 있지만 철자법 때문에 막혀 버린대요.

엄마, 사랑해요. 너무 사랑해요. 너무 너무 사랑해요.

제인은 편지 위에 얼굴을 묻고 솟구치는 눈물을 참았다. 엄마가 이곳에, 나와 아빠와 함께 이곳에 있어서, 함께 헤엄치러 가고 함께 모래 위에 누워 있고, 연못에서 금방 잡아온 송어를 함께 먹고, 끊임없이 집 안에서 농담을 주고받고, 함께 달빛 아래를 달릴 수 있다면 얼마나 행복할까!

작은 엠 아주머니

작은 엠 아주머니가 제인 스튜어트를 만나고 싶다는 연락이 왔다.

"안 가면 안 돼. 엠 아주머니의 초대는 이 근방에서는 황실에서의 초대와도 같은 것이니까." 아빠가 말했다.

"엠 아주머니가 누구예요?"

"나도 잘 모른다. 보브 베이커 부인이라던가? 짐 그레고리 부인이라던가? 둘 중에 하나야. 누가 두 번째 남편이었는지 기억이 안 나는구나. 어쨌든 그런 건 아무래도 상관없지. 모든 사람들이 엠 아주머니라고 부르고 있는 사람이다. 키는 내 무릎 정도밖에 안 되고 무척 말라서, 언젠가 바람에 날려 부두 너머까지 날아갔다가 다시 되돌아왔을 정도란다. 하지만 마녀처럼 지혜로운 사람이지. 네가 얼마 전에 들은 그 샛길에 살고 있는데, 실을 자아 베를 짜고 깔개로 쓸 헌 넝마를 염색하기도 한대. 옛날 방식 그대로 약초와 나무껍질, 이끼 같은 것으로 염색을 하는데 그렇게 해서 내는 빛깔 가운데 엠 아주머니가 모르는 것이 있다면 그건 알 가치가 없는 것이라고 할 수 있지. 그 빛깔은 절대로 바래지 않아.

오늘밤에 가는 게 좋겠다, 제인. 나는 오늘 밤 〈므두셀라〉 제3편을 끝내야 해. 그 청년에 관한 내용을 아직도 처음의 3백 년밖에 쓰지 않았거든."

처음에 제인은 이 므두셀라의 서사시를 기특할 정도로 믿고 있었으나, 지금 그것은 랜턴힐에서 늘 입에 오르내리는 농담이 되어 있었다. 아빠가 한 편을 더 완성해야 한다고 말할 때는 〈새터데이 애프터눈〉지에 실을 어려운 논설을 써야 하기 때문에 방해를 해서는 안 된다는 뜻임을 제인은 알았다. 아빠는 연애시나 목가, 화려한 14행시 같은 것을 쓸 때는 제인이 옆에 있어도 상관하지 않았다. 하지만 시는 그리 많은 원고료를 받을 수 없지만 〈새터데이 애프터눈〉의 평론은 원고료를 많이 받았다.

저녁을 먹은 뒤 제인은 작은 엠 아주머니의 집으로 출발했다. 그날 오후를 그리 재미있게 보내지 못한 스노빔네 아이들은 떼를 지어 제인을 따라가고 싶어했지만, 제인은 그것을 거절했다. 그러자 모두 몹시 화를 내며——'널빤지' 스노빔만은 달라서, 와달라고 하지도 않는데 강요하는 건 숙녀가 할 일이 아니라고 하며 '배고픈 기슭'으로 돌아갔다——한참동안 제인을 따라왔다. 그들은 호들갑스러울 정도로 무서워 떠는 시늉을 하며 울타리에 바짝 붙어서 걸으며 길 한복판으로 거만하게 걸어가는 제인에게 욕을 해댔다.

"그렇게 귀가 튀어나와 있다니 참 안됐다!"

페니가 말했다. 제인은 자기 귀가 튀어나온 게 아니라는 걸 알고 있어서 아무렇지도 않았다. 하지만 다음에 그들이 한 말은 효과가 있었다.

"샛길에서 악어를 만나면 어떻게 할래? 소보다 더 무서워."

'네덜란드 미나리' 스노빔이 소리친 것이다. 제인은 겁이 덜컥 났다. 내가 소를 무서워하고 있다는 걸 스노빔네 아이들이 어떻게 알았을까? 그건 교묘하게 숨기고 있다고 생각했는데.

그때부터 스노빔네 아이들은 봇물이 터진 듯 떠들면서 제인에게 온갖 욕과 험담을 퍼부어댔다.

"저렇게 콧대 높고 거만한 아이는 처음 봤어."

"짐마차를 몰았다고 멧돼지처럼 우쭐대고 있잖아?"

"그러니 우리 같은 사람하고 어떻게 어울리겠어?"

"거만하게 군다고 아까 내가 먼저 말했잖아?"

"엠 아주머니가 너한테 먹을 걸 줄 거라고 생각하니?"

"만약 준다면 어떤 건지 난 알아. 산딸기 식초하고 비스킷 두 개, 그리고 손톱 만한 치즈일걸. 우! 그런 걸 누가 먹니? 우!" 페니가 소리쳤다.

"넌 어두워지면 무서울 거야."

어둠 따위는 조금도 무서워하지 않는 제인은 더욱 상대의 기를 꺾기 위해 침묵을 지켰다.

"이곳 사람도 아니면서!" 페니가 말했다.

다른 거라면 뭐라고 해도 상관없었다. 제인은 스노빔 아이들이 하는 말은 다 알고 있었다. 하지만 그 말은 도저히 참을 수가 없었다. 내가 이곳 사람이 아니라고? 이 멋진 섬에서 태어난 나를 보고! 제인은 갑자기 걸음을 멈추고 페니 쪽으로 돌아서더니 증오가 서린 목소리로 말했다.

"이제 곧 너희들 모두 그릇 바닥이라도 박박 긁어먹고 싶어질 걸?"

스노빔 아이들은 흠칫 하며 걸음을 멈췄다. 그건 생각도 못한 일이었다. 제인 스튜어트를 더 이상 화나게 하지 않는 편이 좋겠다는 생각이 들었다.

"제인, 우린 널 기분 상하게 할 생각은 아니었어. 정말 그럴 생각은 없었어."

이렇게 '네덜란드 미나리' 스노빔이 변명을 한 뒤 모두들 즉시 집

쪽으로 돌아섰지만, 약이 오른 영 존은 제인이 다시 걸음을 옮기려 하자, "말라깽이, 잘 가!" 하고 소리쳤다.

스노빔 아이들을 쫓아버린 뒤 제인은 혼자 맘놓고 산책을 즐겼다. 누구의 방해도 받지 않고 누구의 잔소리도 듣지 않고 가고 싶은 대로 갈 수 있다는 건 랜턴힐에서의 제인의 생활에서 가장 기쁜 일 중의 하나였다. 제인은 작은 엠 아주머니네 집으로 가는 그 샛길을 탐험할 구실이 생긴 것이 기뻤다. 저 길은 어디로 가는 길일까 하고 종종 궁금하게 생각했던 것이다.

전나무와 가문비나무가 짜내는 레이스로 장식된 이 수줍고 붉은 길은 뒤틀리고 구불거리다가 마침내 숨어버리기도 했다. 주위는 햇살을 듬뿍 받아 열매를 맺은 풀향기로 가득했다. 나무들은 제인에게 지금은 아는 사람이 아무도 없는 아름다운 말로 옛날 이야기를 들려주었다. 토끼는 풀고사리 속에서 폴짝거리며 숨바꼭질을 했다. 작은 골짜기에 접어들었을 때 길가에 서 있는 빛바랜 표지판이 보였다. 이미 죽고 없는 노인이 몇 년 전에 세운 것으로, 하얀 판자에 검은 글씨로 다음과 같은 문구가 씌어 있었다.

누구든 목마른 사람은 이 샘물가로 오시오

길을 가리키고 있는 손가락을 따라 요정이 나올 것 같은 숲 속의 오솔길을 걸어가니, 이끼 낀 돌로 에워싸인 맑고 깊은 샘이 나왔다. 제인은 몸을 구부려 햇빛에 그을린 손으로 물을 떠 마셨다. 너도밤나무에 있던 다람쥐 한 마리가 제인에게 건방진 몸짓을 했기 때문에 제인도 똑같이 해주었다.

제인은 그곳에 좀더 있고 싶었지만, 우듬지 위의 서쪽 하늘이 벌써 금색으로 불타기 시작한 걸 보고 서둘러야겠다고 생각했다. 그 시냇물 골짜기에서 올라가자 엠 아주머니의 집이 고양이 같은 언덕

중턱에 웅크리고 있는 것이 보였다. 집으로 이어지는 기다란 오솔길 가장자리에 흰색과 금색의 들국화가 테를 두른 듯 자라고 있었다. 집에 도착해 보니 엠 아주머니는 부엌문 앞에 물레를 놓고 실을 잣고 있었는데, 옆의 벤치에 쌓여 있는 은빛 털실뭉치가 시선을 끌었다. 제인이 문을 열자 엠 아주머니가 일어섰다. 윤기 없이 곱슬거리는 백발에 어느 남편의 것이었는지 모르지만 낡은 펠트 모자를 쓰고 있었는데, 무뚝뚝한 말투에도 불구하고 작고 검은 눈은 다정하게 웃고 있었다.

"넌 누구냐?"

"제인 스튜어트예요."

"그럴 줄 알았다. 네가 오솔길을 걸어오는 것을 본 순간 알았지. 걷는 모습을 보면 스튜어트라는 걸 알 수 있거든." 엠 아주머니가 의기양양하게 말했다.

제인에게는 독특하게 걷는 버릇이 있었다. 민첩하기는 하지만 난폭하지는 않고, 가볍기는 하지만 확고한 걸음걸이였다. 스노빔 아이들은 제인이 거만하게 걷는다고 했지만, 제인이 거만하게 걷는 것은 아니었다. 제인은 엠 아주머니한테서 스튜어트다운 걸음걸이라는 말을 듣자 무척 기분이 좋았다. 그리고 단박에 작은 엠 아주머니가 좋아졌다.

"괜찮다면 안에 들어가서 잠시 앉지 않겠니?"

엠 아주머니가 햇볕에 그을린 주름투성이 손을 내밀었다. "이 일은 큰 도널드 부인의 부탁으로 하고 있는데 이제야 끝났구나. 아, 나도 지금은 대단한 건 할 수 없지만 젊었을 때는 일을 꽤 잘했단다, 제인 스튜어트."

엠 아주머니의 집은 바닥이 평평한 데가 하나도 없이 제각각 다른 방향으로 기울어져 있었다. 깨끗하게 정돈되어 있지는 않았지만 가정집다운 일종의 따뜻한 분위기가 있어서 제인의 마음에 들었다. 제인이 앉은 낡은 의자는 친구 같은 느낌이었다.

"자, 얘기를 하자꾸나. 오늘은 얘기를 하고 싶은 날이거든. 그렇지 않을 때는 그 누구도 나한테서 단 한마디도 끌어낼 수 없지. 난 뜨개질을 하마. 뜨개질이고 바느질이고 공그르기이고, 나는 이 근방 최고의 명인이란다. 난 오래전부터 널 만났으면 했다. 온 동네가 네 얘기로 자자하니까. 넌 영리한 아이이고 요리솜씨도 대단하다고 큰 도널드 부인이 말하더구나. 어디서 배웠지?"

"전 원래부터 알고 있었던 것 같아요."

제인은 쾌활하게 대답했다. 프린스에드워드 섬에 오기 전까지 한 번도 요리를 한 적이 없다는 것은 어떤 고문을 당하더라도 말하지 않을 생각이었다. 그런 말을 하면 엄마에게 피해가 갈지도 모르니까.

"지난주, 메리 하우의 장례식 때 큰 도널드 부인한테서 듣기 전에는 난 너하고 네 아빠가 랜턴힐에 와서 살고 있는 줄 몰랐다. 지금은 장례식 말고는 거의 아무 데도 가지 않거든. 장례식에는 반드시 짬을 내서 가고 있지. 많은 사람들을 만날 수 있고 새로운 소식도 다 들을 수 있으니까. 큰 도널드 부인의 얘기를 듣고 바로 널 만나야겠다고 생각했다. 정말이지 탐스러운 머리카락이로구나! 그리고 그 작고 예쁜 귀! 응? 목에 사마귀가 있네. 돈을 많이 벌 거라는 징조지. 넌 엄마를 닮지 않았어, 제인 스튜어트. 난 네 엄마를 잘 알고 있단다."

제인은 등이 근질근질해지는 걸 느꼈다.

"어머나, 알고 계세요?"

"알고말고. 그 사람들은 곳에서 살았고 나도 거기서 살았으니까. 황무지 건너편의 작은 농장에서. 팔자가 사나워서 재혼하고 난 직후였지. 사내들이란 정말 혀를 잘 놀린다니까! 난 늘 네 엄마한테 달걀과 버터를 갖다 주었고, 네가 태어난 날 밤에는 그 집에 있었단다. 멋진 밤이었지. 네 엄마는 잘 있니? 여전히 예쁘고 어리숙하니?"

제인은 엄마가 어리숙하다는 말을 듣고 화를 내려고 했지만 화가 나지 않았다. 어쩌된 일인지 작은 엠 아주머니가 하는 말은 어떤 말도 화가 나지 않았다. 아주머니는 눈에 웃음을 띠고 이쪽을 보고 있었다. 갑자기 제인은 엠 아주머니라면 엄마에 대한 얘기를 할 수 있을 것 같은 기분이 들었다. 누구한테도 물을 수 없는 얘기도 물을 수 있을 것 같았다.

"엄마는 잘 계세요. 엠 아주머니, 저, 아빠하고 엄마가 왜 헤어졌는지 얘기해 주시면 안 돼요? 전 꼭 알고 싶어요."

"네가 정 그렇게 말한다면야, 제인 스튜어트! 진실은 아무도 모른단다. 모두 제각각 다른 판단을 하고 있지." 엠 아주머니는 뜨개바늘로 머리를 긁었다.

"그, 그러니까, 처음에는 두 분 다 정말로 서로를 좋아했나요, 엠 아주머니?"

"그렇고말고. 그건 틀림없어, 제인 스튜어트. 두 사람 다 분별심이라고는 눈곱만큼도 없었지만 서로에게 반해 있었어. 사과 먹을래?"

"그런데 왜 오래가지 못했어요? 저 때문인가요? 두 분 다 저를 원하지 않았어요?"

"누가 그런 말을 하든? 네가 태어났을 때 네 엄마는 정신이 이상해졌나 싶을 정도로 기뻐했던 것을 내가 분명히 알고 있는데! 그 자리에 있었으니까. 네 아빠도 좀처럼 볼 수 없을 정도로 너를 귀여워하는 것 같았어. 방법은 보통 사람하고는 좀 달랐지만."

"그런데 왜, 어째서?"

"대부분의 사람들은 네 외할머니인 케네디 노부인 때문이라고 생각했지. 그 양반이 두 사람의 결혼을 무척 반대했거든. 그 사람들은 대전이 끝난 그해 여름 남해안의 커다란 호텔에 묵고 있었지. 네 아빠는 막 고향으로 돌아왔을 때였고. 한눈에 서로 반해버린 거야. 무리도 아니었어. 네 엄마처럼 예쁜 사람은 나도 본 적이 없었으니까. 마치 금빛 나비 같았지. 머리는 빛을 발산하고 있는 것 같았고."

제인은 알고 있었다! 제인은 엄마의 하얀 목덜미에서 희미하게 금빛으로 빛나는 그 금발이 눈에 보이는 것 같았다.

"게다가 그 웃음소리는…… 까르르까르르 방울을 울리는 듯, 반짝반짝 빛나는 듯한 상쾌한 그 웃음소리! 네 엄마는 지금도 그렇게 웃니, 제인 스튜어트?"

제인은 뭐라고 말해야 좋을지 알 수 없었다. 엄마는 무척 잘 웃고, 무척 까르르거리고, 무척 반짝반짝 웃기는 하지만…… 하지만 상쾌한 웃음일까?

"엄마는 잘 웃어요."

"물론 네 엄마는 제멋대로였어. 원하는 건 뭐든지 손에 넣을 수 있었으니까. 그래서 네 아빠를 갖고 싶다고 생각한 이상…… 그래, 무슨 일이 있어도 아빠를 손에 넣지 않고는 직성이 풀리지 않았던 거야. 태어나서 처음으로 어머니가 주려고 하지 않는 것을 원했던 거지. 외할머니는 맹렬하게 반대했으니까. 네 엄마는 외할머니를 거역할 용기는 없었어. 그래서 아빠와 함께 달아나 버린 거야. 케네디 노부인은 노발대발하여 토론토로 돌아가 버렸지만, 그래도 네 엄마한테 자주 편지를 보내고 물건들을 보내면서 잘 구슬러 돌아오도록 달랬어. 네 아빠 쪽의 친척들도 네 엄마 쪽 못지않게 이 결혼을 좋게 생각하지 않았고. 아빠는 마음만 먹으면 이 섬의 어떤 아가씨하고라도 결혼할 수 있었거든. 특히 릴리언 모로라고 하는 아가씨가 있었는데, 그 무렵에는 키만 껑충했지만 이제는 예쁜 여자가 되었단다. 아직도 결혼하지 않고 있어. 네 고모인 아일린은 그 아가씨를 마음에 두고 있었어. 나는 전부터 얘기했다만, 일을 이렇게 만든 건 네 외할머니보다 그 두 마음을 가진 아일린이야. 그 여자는 달콤한 독약 같은 존재란다. 어릴 때부터 둘도 없이 독살스러운 말을 둘도 없이 상냥하게 말할 줄 알았으니까. 네 아빠도 그런 식으로 꼼짝달싹 못하게 얽어맨 거지. 언제나 네 아빠를 애지중지하고 어르면서 말이다.

남자란 다 그런 거란다, 제인 스튜어트. 똑똑하든 바보든 말이다. 네 아빠는 아일린을 완전무결한 사람으로 여기고 있었기 때문에, 그녀가 이간질을 하리라고는 꿈에도 생각하지 못했지. 물론 네 아빠와 엄마 사이에 풍파가 없었던 건 아니었어. 하지만 혓바닥을 교묘하게 놀려 젊은 부부 사이를 갈라놓은 건 아일린이야. "올케는 그저 어린애에 지나지 않아, 앤드루"라고 했지. 네 아빠가 자기가 결혼한 상대는 어린아이가 아니고 어엿한 한 사람의 여자라고 믿고 싶을 때 말이다. "올케는 언제나 철이 들 거야?" 네 엄마가 네 아빠에게 어울릴 만한 현명한 여자는 영원히 못 되는 게 아닌가 하고 스스로 걱정하고 있을 때 그렇게 말한 거야. 그리고 네 엄마를 경멸하고——신조차도 경멸할 거다, 그 여자는!——엄마 대신 집안 살림을 했지. 네 엄마는 집안 살림에 대해서는 아무것도 몰랐어. 그것도 네 엄마로서는 괴로운 일 가운데 하나였을 거야. 그렇게 자라지 않았으니까 배운 것이 없었지. 하지만 어떤 여자라도 자기 가정에 다른 여자가 뛰어들어 내가 할 일을 깨끗하게 해치워버리면 좋은 기분이 아니란다. 나라면 귀가 따갑도록 얘기해서 쫓아내 버렸을 거야. 하지만 네 엄마는 용기라고는 눈곱만큼도 없었어. 그래서 아일린에게 대항할 수 없었지."

물론 엄마는 아일린 고모에게 대항할 수 없었을 거야! 엄마는 어떤 사람한테도 대항할 수 없으니까. 제인은 물기가 많은 사과를 약간 거칠게 베어물었다.

"만약 아빠와 엄마가 다른 상대와 결혼했더라면 좀더 행복했을까요?"

제인은 엠 아주머니한테 묻는다기보다 혼잣말처럼 말했다.

"아니야, 행복할 리가 없지." 엠 아주머니의 목소리는 날카로웠다. "누가 방해를 한다해도 두 사람은 서로를 위해 태어난 사람들 같았는걸. 그런 생각을 해선 안 돼, 제인 스튜어트. 물론 싸움은 했지! 싸우지 않는 사람도 있니? 나도 첫 남편하고도 두 번째 남편하고도 얼마나 싸웠는지 몰라! 그런 건 가만히 내버려두면 언젠가는 둘이서 해결할 수 있는 거란다. 네가 3살이 되었을 때 마지막 싸움을 하고 네 엄마는 토론토의 외할머니한테 가버린 뒤 돌아오지 않았어. 사람들이 알고 있는 건 그것뿐이야, 제인 스튜어트. 네 아빠는 집을 팔고 나서 세계 일주 여행을 떠났어. 어쨌든 그런 소문인데, 하지만 나는 지구가 둥글다는 말은 믿지 않아. 지구가 둥글고 돌고 있다면 왜 연못의 물이 전부 쏟아지지 않니? 이제 뭔가 좀 먹자꾸나. 차가운 햄하고 무절임이 있고 뜰에 빨간 구스베리가 있단다."

두 사람은 햄과 무를 먹은 다음 뜰에 나가 구즈베리를 땄다. 뜰은 좁고 난잡했지만 남쪽으로 비탈져 있어서 제법 기분이 상쾌했다. 울타리에는 인동덩굴이 얽혀 있고──벌새를 부르기 위해서라고 엠 아주머니가 설명했다──짙은 녹색의 전나무 숲을 배경으로 흰색과 빨간색의 접시꽃이 피어 있고 오솔길에는 참나리가 무성했다. 그리고 한쪽에는 패랭이꽃이 많이 피어 있었다.

"여긴 정말 기분이 좋은 곳이지? 멋지고 놀라운 세상이야. 아, 정말 멋지고 놀라운 세상이야! 너는 이 세상을 좋아하니, 제인 스튜어트?"

"네, 좋아해요."

제인은 진심으로 동의했다.

"나도 좋아한단다. 이 세상이 즐거워서 입맛을 다실 정도라니까. 오래오래 살면서 새로운 사건들을 듣고 싶다. 새로운 사건들을 듣는 건 언제나 재미있지. 곧 용기를 내서 자동차를 한번 타봤으면 한다. 아직 한번도 타본 적이 없어서 꼭 한번 타볼 생각이란다. 큰 도널드 부인은 비행기를 타보는 것이 평생의 꿈이라고 하지만 난 공중을 날아다니는 건 싫어. 높은 곳에서 엔진이 꺼져버리면 어떻게 하니? 어떻게 아래로 내려올 수 있지? 정말 잘 와 주었다, 제인 스튜어트. 우리는 얘기가 잘 통했지?"

엠 아주머니는 제인이 돌아갈 때 팬지꽃 한 다발하고 제라늄 가지를 하나 꺾어주었다.

"지금쯤 심으면 딱 좋을 거다. 잘 가거라, 제인 스튜어트. 너는 빈 컵을 마시는 짓은 하지 않도록 해라."

제인은 여러 가지 생각을 하면서 천천히 걸었다. 제인은 밤에 혼자 바깥에 있는 것을 무척 좋아했다. 이따금 별을 가로지르는 하얗고 큰 구름도 좋아했다. 밤과 둘만 있게 되면 언제나 느끼는 것이지만, 뭔가 멋진 비밀을 어둠과 함께 나누고 있는 듯한 느낌이 들었다.

이윽고 달이 떴다. 커다란 벌꿀색 달이었다. 주변의 목장지대가 그 빛 속에 있었다. 동쪽 언덕에 있는 끝이 뾰족한 전나무 숲은 날씬한 첨탑이 솟아 있는 마법의 도시 같았다. 발걸음도 경쾌하게 콧노래를 부르며 가는 제인의 앞으로 그림자가 먼저 달빛 속을 달려가고 있었다. 그러다가 모퉁이를 돌았을 때 앞쪽에 소 몇 마리가 있는 것이 보였다. 그중에서도 이상하게 머리만 하얀 검은 소 한 마리가 길 한가운데 완강하게 버티고 서 있었다.

제인은 등줄기가 서늘해지는 걸 느꼈다. 이 소들 옆을 지나가는 건 불가능했다. 도저히 할 수 없었다. 울타리를 타넘고 큰 도널드 씨네 목장으로 들어가, 목장을 빙 둘러서 소가 있는 곳을 지나갈 수밖에 없었다. 부끄러움이고 체면이고 돌볼 겨를도 없이 제인은 울타리를 타넘었다. 하지만 목장의 중간까지 왔을 때 갑자기 제인은 걸음을 멈췄다.

"두세 마리의 소도 대적할 수 없는 내가, 어떻게 외할머니에게 맞설 수 없는 엄마를 비난할 수 있을까?"

제인은 홱 방향을 바꾸어 오던 길을 돌아가서 울타리를 기어넘어 다시 길로 나섰다. 소들은 아직도 그곳에 있었다. 하얀 머리의 소도 그 자리에 그대로 있었다. 제인은 이를 악물고 용감하게 눈을 뜨고 걸어갔다. 소는 꿈쩍도 하지 않았다. 제인은 머리를 꼿꼿이 쳐들고 옆으로 지나갔고 맨 마지막 소를 지났을 때 뒤를 돌아보았다. 소들은 한 마리도 제인에게는 눈길도 주지 않았다.

"내가 너희들을 무서워할 것 같니?"

제인이 가소롭다는 듯 말했다.

랜턴힐에 다다르자 달빛 아래 항구가 은빛 웃음소리를 내고 있었다. 지미 존네 작고 붉은 암소가 뜰에 들어와 있었지만 제인은 무서워하지 않고 쫓아냈다.

제인이 서재를 들여다보니 아빠는 맹렬한 기세로 글을 쓰고 있었다. 여느 때 같으면 제인은 아빠를 방해하지 않았겠지만, 오늘은 꼭 얘기할 것이 있다는 게 생각났다.

"아빠, 깜박 잊고 얘기하지 않은 것이 있는데, 사실은 오늘 오후 집에 불이 났었어요."

아빠는 펜을 놓고 제인을 물끄러미 쳐다보았다.

"불이 났다고?"

"네, 지붕에 불똥이 튀었거든요. 하지만 제가 양동이에 물을 가득 가지고 올라가서 껐어요. 불탄 자리에 구멍이 좀 뚫렸을 뿐이에요. 툼스톤 아저씨가 곧 고쳐 주신댔어요. 스노빔 씨는 자기가 먼저 발견하지 못했다고 몹시 화를 냈어요."

아빠는 어이가 없다는 표정으로 머리를 설레설레 흔들었다.

"오, 제인!"

마음의 짐을 내려놓은 제인은 먼 거리를 걸어왔기 때문에 다시 배가 고파져서, 차갑게 식은 송어 프라이를 배불리 먹은 뒤 잠자리에 들었다.

바람에 진 장미는

"1주일에 한번은 자극이 필요해."

아빠가 이런 말을 꺼내면 두 사람은 피터들에게 우유를 준비해 놓고, 해피와 함께 고물자동차를 타고 동쪽으로, 서쪽으로, 대각선으로 방향을 정하지 않고 길이 있는 곳이면 어디든 돌아다녔다. 월요일이 대개 그런 날이었다.

랜턴힐에서는 모든 날이 뭔가 특별한 의미를 가지고 있었다. 화요일은 바느질을 하는 날이고, 수요일에는 은그릇을 닦고, 목요일에는 아래층을 청소하고, 금요일에는 2층 청소, 토요일은 바닥을 닦고 일요일에는 특별한 구이요리를 하는 날이었다. 월요일에는 아빠의 말대로 두 사람은 어리석은 짓만 했다.

그렇게 두 사람은 섬을 샅샅이 탐험하면서, 배가 고프면 언제라도 길가에서 식사를 했다.

"마치 2인조 집시 같구나."

아일린 고모는 미소를 지으면서 비웃었다. 고모는 요즘 아빠의 방랑벽이 제인 때문이라고 생각하는 것 같았다. 하지만 제인이 제인

나름의 확고한 신념으로 고모가 하는 말을 흘려버리고 있다는 것을 고모 자신도 느낄 수 있었다. 그러나 느끼고만 있을 뿐이지 고모는 그것을 말로 표현할 수 없었다. 말로 표현한다면 제인이 조용하면서 예의 바르게 자기로부터 마음의 문을 닫아버릴 거라고 고모는 생각했다.

"저 아이한테는 가까이 다가갈 수가 없어, 앤드루."

아일린 고모가 털어놓자 아빠는 웃었다.

"제인은 자기 주위를 비워 두는 것을 좋아해요, 나처럼."

두 사람은 월요일의 일정에 샬럿타운을 끼워넣는 일은 별로 없었지만, 8월이 끝나가던 어느 날 아일린 고모의 마음을 풀어주기 위해 고모집에서 저녁을 먹었다. 고모집에는 어떤 여자가 먼저 와 있었다. '미스 모로'라고 하는 사람으로, 제인은 그리 마음에 들지 않았다. 그것은 제인에게 미소를 지어보였을 때 치약광고가 연상되었기 때문인지도 모르고, 아빠가 그 여자를 좋아하는 것 같아서인지도 몰랐다.

키가 크고 피부가 가무잡잡하며 이목구비가 아름다운 부인으로, 갈색 눈이 약간 튀어나와 있었다. 제인에게 잘해주려고 노력하는 것이 보기에도 딱할 정도였다.

"네 아빠하고 난 원래부터 아주 친했단다. 그러니까 우리도 사이 좋게 지내자꾸나."

"옛날에 네 아빠의 연인이었던 사람이다, 제인."

미스 모로가 문까지 아빠의 전송을 받으며 돌아가자 아일린 고모는 제인에게 그렇게 속삭였다.

"네 엄마가 나타나지 않았더라면 어떻게 되었을까? 이제부터라도……. 하지만 미국의 이혼이 프린스에드워드 섬에서도 유효할지 어떨지."

아빠와 딸은 샬럿타운에서 영화를 보고 밤이 늦어서야 집으로 돌아갔다. 늦어도 상관없었다. 피터들은 잘 있을 것이고.

"마사 가도로 돌아가자. 그건 간선도로인데 주변에 인가도 별로 없어. 하지만 요귀인 레프리챈스(아일랜드의 전설에서 주부를 돕는 요귀)가 우글거린다고 하니까, 아마 하나쯤 차의 불빛이 비치지 않는 곳으로 정신없이 달아나는 모습이 보일지도 몰라. 눈을 잘 뜨고 있어라, 제인."

요귀가 있든 없든 마사 가도는 그냥 지나치기에는 아까운 장소였다. 키 큰 전나무와 가문비나무가 울창하게 자라고 있는 어둡고 좁은 언덕을 유쾌하게 흔들리면서 나아가던 자동차가 갑자기 멈춰섰다. 적어도 확실한 내부 정비를 하기 전에는 꿈쩍도 하지 않을 기세였다. 아빠가 계속 두드려보고 살펴보고 했지만 아무 소용없었다.

"수리공장은 16킬로미터나 떨어져 있고 가장 가까운 집은 1킬로미터쯤 가면 있지만 지금쯤 모두 잠들어 있을 거야, 제인. 12시가 지났는데. 어떡한다?"

"차 안에서 자면 돼요."

제인은 침착하기 그지없었다.

"더 좋은 생각이 있다. 저기 낡은 헛간이 보이지? 제인 마롤리네 헛간인데 건초가 가득 들어 있어. 난 건초 창고에서 한번 자보고 싶은 마음이 굴뚝 같은데, 제인."

"재미있겠어요."

제인은 찬성했다.

헛간은 가문비나무 숲이 되어버린 목장에 있었다. 작은 나무들이 가득 살랑대고 있었다. 적어도 부드러운 암흑 속에서는 모두 나무로 보였다. 사실은 요귀들이 그곳에 웅크리고 있는 건지도 몰랐지만. 클로버 건초로 가득한 다락으로 올라가, 두 사람은 그곳의 열려 있는 창문 앞에 나란히 누웠다. 창문에서 별이 밝게 빛나고 있는 것이 보였다. 해피는 제인에게 바싹 붙어 누워 있더니 얼마 뒤 기분 좋게 토끼꿈을 꾸고 있었다.

제인은 아빠도 잠들었다고 생각했다. 제인은 왠지 잠이 오지 않았다. 그다지 자고 싶은 생각도 없었다. 무척 행복하기도 하고 또 약간 불행한 기분이기도 했다. 행복한 것은 달 없는 밤의 주문에 걸려 아빠와 함께 이렇게 누워 있기 때문이었다.

제인은 달이 없는 밤을 좋아했다. 그런 밤에는 목장에 숨겨진 비밀에 더욱 가까이 갈 수 있었고, 어두운 밤에는 아름답고 신비로운 소리가 들렸다. 두 사람이 있는 곳은 섬의 깊숙한 곳이어서 끊이지 않는 바다의 물결치는 소리는 들리지 않았지만, 헛간 뒤에서 포플러가 속삭이거나 떠드는 소리와 정령의 발소리 같은 톡톡 하는 소리가 들렸다. 어쩌면 풀고사리 속에 정말 작은 요정들이 있는 게 아닐까? 저마다 별을 친구로 둔 나무들로 덮인 언덕들이 모두 귀를 기울이고 듣고 있는 것 같았다.

귀를 기울이면 어쩌면 나도 들을 수 있지 않을까? 섬으로 오기 전에는 제인은 밤이 얼마나 아름다운 것인지 알지 못했다.

하지만 그런 생각과 함께 제인은 미스 모로에 대해, 그리고 아일린 고모가 말한 미국의 이혼에 대한 생각도 하고 있었다. 그 정체를 알 수 없는 미국의 이혼이라는 것에 제인은 끊임없이 시달리고 있는 느낌이었다. 필리스도 그런 말을 하지 않았던가? 미국은 자기네 땅의 이혼은 자기네 땅에 꽁꽁 묶어두면 좋을 텐데. 제인은 화가 났다.

아빠가 결혼할 수 있었던 여자가 얼마든지 있었다고 엠 아주머니가 얘기해 주었다. 아빠가 지금은 그런 여자들하고 결혼할 수 없다고 안심한 상태에서 그 사람들에 대해 이래저래 상상해 보는 것은 재미있는 일이었다.

하지만 이젠 미스 모로 때문에 그 여자들까지 불쾌하게 생각되기 시작했다. 작별인사를 할 때 아빠는 미스 모로의 손을 너무 오래 잡고 있는 것 같았다. 어찌된 일인지 세상이 한꺼번에 뒤죽박죽이 된 것 같았다.

제인은 몇 번인가 나오려던 한숨을 억눌렀지만, 자기도 모르게 입에서 새나오고 말았다. 그 순간 아빠가 몸을 뒤척였고 마르고 강한 아빠의 손이 제인의 손에 닿았다.

"무엇인가가 나의 유능한 제인을 괴롭히고 있구나. 해피한테 털어놓으렴. 내가 엿듣고 있을 테니까."

제인은 말없이 미동도 하지 않은 채 옆으로 누워 있었다. 아! 아빠한테 모두 얘기할 수 있다면 얼마나 좋을까! 알고 싶어서 미칠 것 같은 일들을 모조리 알 수 있다면 얼마나 좋을까! 하지만 그럴수는 없었다. 아빠와 제인 사이에는 벽이 있었다.

"엄마가 나를 싫어하도록 널 가르쳤니, 제인?"

제인의 심장이 덜컥하고 멎으며 숨이 막힐 것만 같았다. 제인은 아빠한테 엄마에 대한 얘기는 하지 않겠다고 엄마와 약속했기 때문에 그 약속을 지키고 있었다. 엄마에 대한 얘기를 꺼낸 건 아빠 쪽이다. 아빠가 엄마에 대해 말하게 하는 건 나쁜 일일까? 제인은 그 자리에서 이 기회를 놓쳐서는 안 된다고 결심했다.

"아니에요, 그렇지 않아요, 아빠. 아빠가 살아 계시는 것도 1년 반 전까지는 몰랐는걸요."

"살아 있다는 것조차 몰랐다? 아, 그건 틀림없이 네 외할머니의 짓이겠지. 그럼 내가 살아 있다는 얘기는 누가 해 주던?"

"학교 친구가요. 그래서 전 아빠가 엄마한테 틀림없이 잘못한 거라고 생각했어요. 그렇지 않으면 엄마가 아빠를 버렸을 리가 없다고 생각했고, 그래서 전 아빠가 미웠어요. 아빠를 미워하라고 말한 사람은 아무도 없었어요. 다만 외할머니가 아빠가 절 보내라고 한 것은 엄마를 괴롭히기 위한 것이라고 말했을 뿐이에요. 엄마를 괴롭히려는 게 아니죠, 아빠?"

"물론이지. 난 이기적인 사람일지도 몰라, 제인. 그래, 난 분명히 이기적이야. 그런 말을 여러 번 들은 적이 있으니까. 하지만 그 정도로까지 이기적이지는 않아. 그들이 네가 나를 미워하도록 만들고 있는 게 틀림없다고 짐작했기 때문에, 그건 공평하지 않다고 생각했지. 될 수 있으면 너에게 나를 좋아할 수 있는 기회를 주어야 한다고 생각한 거야. 그래서 널 부른 거란다. 네 엄마와 난 젊고 어리석은 사람들이 흔히 그렇듯이 제인, 결혼에 실패했다. 그것이 있는 그대로의 사실이야."

"하지만, 그래도, 엄마는 그토록 다정하고…….."

"네 엄마가 얼마나 다정한지 나한테 얘기할 필요 없어, 제인. 처음 엄마를 만났을 때, 이제 막 진흙과 악취와 끔찍한 참호에서 빠져나왔던 난, 엄마가 마치 다른 별에서 온 사람처럼 보였어. 그전까지 난 트로이 전쟁이 도저히 이해가 되지 않았지. 그때 만약 트로이의 헬레나가 금발의 나의 로빈 같았으면 싸울 만한 가치가 있었을지도 모른다는 생각이 들었단다. 게다가 그 눈! 푸른 눈이라고 다 아름답다고는 할 수 없지만, 로빈의 눈이 너무 아름다워서 푸른 눈이 아닌 눈은 쳐다볼 가치도 없다고 생각했을 정도였어. 그 속눈썹이 나를 어떻게 만들었는지 아마 넌 믿지 못할 거다. 처음 만났을 때 로빈은 초록색 옷을 입고 있었는데, 그래, 다른 여자가 그런 옷을 입고 있었더라면, 그 옷은 그냥 초록색 옷에 지나지 않았을 거야. 로빈이 입으니 마치 마법과 신비로 가득 찬 티타니아의 의상이 된 것 같았지. 나는 그 초록색에 키스를 하고 싶었을 정도였지."

"엄마도 아빠를 좋아했어요?"

"뭐 그런 셈이었지. 그래, 한동안은 나를 사랑했던 게 틀림없어. 둘이서 달아났으니까. 로빈의 어머니는 나를 좋아하지 않았어. 그 어머니는 자기한테서 로빈을 빼앗는 남자는 누구라도 좋아하지 않았을 거야. 게다가 나는 가난한 데다 이름도 없는 사람이었거든. 도저히 가망이 없었던 거지.

　어느 달 밝은 밤, 나는 로빈에게 함께 달아나자고 말했단다. 옛날부터 내려오는 보름달의 마력에 홀렸던 건 아니었어. 달밤에는 절대로 마음을 허락해서는 안 되는 거란다, 현명한 제인. 내 마음대로 할 수 있다면 난 달밤에는 한 사람도 남김없이 집 안에 감금해버리겠어. 우리는 항구로 가서 살았고 행복했어. '연인'이라는 말의 의미를 매일 새롭게 발견하는 기분이었지. 나는 내가 시인이라는 것을 알았어. 연못이니 동굴이니 하는 말들을 끊임없이 이야기했지. 그래, 그 처음 1년 동안 우리는 행복했어. 그것만은 영원히 내 것이다. 신이라 해도 그것을 나한테서 빼앗아 갈 순 없어."
아빠의 목소리는 거칠었다.

"그러다가 제가 태어났군요. 그리고 아빠도 엄마도 나 같은 건 원하지 않았구요. 그래서 두 번 다시 행복해질 수 없었던 거죠?"
제인은 씁쓸하게 말을 쏟아냈다.

"아무도 너에게 그런 말을 하게 할 수는 없어, 제인. 내가 널 간절히 원하지 않았던 건 사실이야. 하지만 방에 있던 많은 남자들 중에서 처음으로 나를 알아보았을 때, 네가 그 크고 동그란 눈을 반짝반짝 빛내고 있었던 것을 난 지금도 기억하고 있다. 그때 내가 얼마나 너를 사랑하고 있는지 깨달았단다. 엄마는 지나칠 정도로 널 사랑하고 있었지. 아무튼 다른 사람들이 너를 귀여워하는 것도 좋아하지 않는 것 같았으니까. 너도 내가 너에 대해 아무런 권리도 가지고 있지 않다고 생각하지는 않겠지? 엄마는 너에게 열중한 나머지 나에 대한 시간도 애정도 남겨주지 않았어. 네가 재채기를 하면 폐렴에 걸렸다고 걱정했고, 내가 괜찮을 거라고 말하면 무정하다고 비난했지. 내가 널 안는 것조차 행여나 떨어뜨리지 않을까 걱정하는 것 같았어. 하기는 너에 대해서만이 아니었지.

그 무렵 로빈은 자기가 결혼한 남자가 자기 공상 속에서 만들어 낸 신비로운 존 두(소송에서 원고를 가상 적으로 불렀던 이름)이며, 그 공상 속의 사람은 실제로는 씩씩한 영웅이 아니라 평범한 리처드 로(소송에서 피고를 가상 적으로 불렀던 이름)에 불과하다는 것을 깨닫게 된 것 같았어. 많은 일들이 있었지. 내가 가난했기 때문에 우리는 내 수입 안에서 생활하지 않으면 안 되었어. 나는 내 아내가 어머니가 보내주는 돈으로 살게 하고 싶지는 않았다. 나는 그 돈을 돌려보내라고 했고 로빈도 두말 없이 그렇게 했지. 하지만 우리는 사소한 일로 싸우기 시작했단다. 너도 알다시피 나는 화를 잘 냈거든. 언젠가 로빈한테 '닥쳐'라고 말한 적이 있는데, 보통 남편이라면 누구나 자기 아내한테 적어도 평생에 한 번 정도는 하는 말 아니냐, 제인? 그게 로빈의 마음을 몹시 상하게 한 것 같았어. 로빈은 내가 마음에도 없이 한 말로 늘 기분이 상해 있었어. 아마 내가 여자를 잘 몰랐기 때문인지도 몰라, 제인."

"그래요, 아빠는 정말 너무 몰라요."

제인은 동의했다.

"응? 뭐라고?" 제인이 너무 쉽게 동의했기 때문에 아빠는 약간 놀라 그리 달가워하는 표정이 아니었다. "정말, 이럴 수가! 좋아, 그 이야기는 그만 두자. 하지만 로빈도 나를 이해해주지 않았단다. 내 일을 질투했어. 자기보다 일을 더 소중히 한다고 생각한 거야. 내 책이 거절당했을 때는 속으로 기뻐한 것을 난 알고 있어."

제인은 아빠도 질투를 했다고 엄마가 말한 것이 생각났다.

"아빠, 아일린 고모가 그 일에 뭔가 관계가 있다고 생각하지 않으세요?"

"고모가? 말도 안 돼! 고모는 엄마의 가장 좋은 친구였다. 엄마 쪽에서는 고모에 대한 내 애정을 질투했지만. 로빈이 질투심이 많은 건 어쩔 수 없는 일이었지. 로빈의 어머니가 불 같은 질투심의 소유자였으니까. 그건 유전과 같은 것이란다. 결국 로빈은 토론토에 다니러 간 뒤 돌아오지 않겠다는 편지를 보냈어."

"아, 아빠!"

"그래, 네 외할머니한테 설득당했을 거야. 하지만 나에 대한 애정은 이미 사라진 뒤였지. 그건 알고 있었어. 나 역시 애정으로 빛나던 눈에 증오가 깃들이는 것은 보고 싶지 않았고. 그것은 무서운 일이란다, 제인. 그래서 나는 편지에 답장하지 않았다."

"아, 아빠, 만약, 만약 돌아와 달라고……."

"부탁하는 것이야말로 사람으로서 할 수 있는 최고의 행위라는 에머슨의 의견에 나도 동의한다. 하지만 때로는 너무나 비싼 대가를 치르는 경우가 있단다. 1년이 지난 뒤 나는 마음이 약해져서 로빈에게 돌아와 달라고 편지를 썼단다. 로빈도 나빴는지 모르지만 나도 나빴다는 것을 알고 있었으니까. 로빈을 괴롭힌 건 사실이었거든. 한번은 네 얼굴이 원숭이 같다고 말한 적이 있었지. 그때는 제인, 넌 정말 그랬어, 맹세해도 좋아. 답장은 끝내 오지 않았지. 그래서 이제 다 소용없다는 걸 알았단다."

제인의 머리에 한 가지 의문이 떠올랐다. 엄마는 그 편지를 받아봤을까?

"지금 이대로가 좋아, 제인. 우리는 서로 어울리지 않는 사람들이었던 거야. 내가 10살이나 많은 데다 전쟁은 나를 20살도 더 늙어 보이게 만들어버렸지. 로빈에게 호강도 시켜주지 못했고 로빈이 원하는 기쁨도 주지 못했어. 나를, 나를 버린 건, 로빈으로서는 현명했던 거야. 이제 이런 이야기는 그만 하자, 제인. 너에게 그저 진실을 알게 해주고 싶었을 뿐이다. 내가 한 말을 나의…… 네 엄마한테는 말하면 안 된다. 약속해 다오, 제인."

제인은 마지못해 약속했다. 아빠한테 하고 싶은 말이 산더미 같은데도 말할 수 없었다. 말하면 엄마한테 미안해진다. 하지만 제인은 더듬거리면서 이 말만은 하지 않을 수가 없었다.

"어쩌면 아직 늦지 않았을 거예요, 아빠."

"바보 같은 생각은 해선 안 돼, 제인. 이미 늦었어. 나는 두 번 다시 로버트 케네디 노부인의 딸에게 돌아와 달라고 부탁하지는 않을 거니까. 지금 이대로 할 수 있는 데까지 최선을 다할 거다. 너와 나는 서로 사랑하고 있으니까. 나는 정말 고마운 일이라고 생각하고 있단다."

그 순간 제인은 말할 수 없이 행복했다. 아빠는 나를 사랑하고 있다! 드디어 그것을 확인했다!

"아, 아빠, 내년 여름에도 오면 안 될까요? 해마다 여름에 돌아와도 돼요?"

제인이 간절하게 말했다.

"그럼 그렇게 하기로 하자. 로빈이 너를 겨울 동안 자기 집에 둔다면, 나도 여름 동안은 널 내 옆에 둘 수 있는 권리가 있는 거니까. 로빈도 그것까지 거절하지는 않겠지. 게다가 넌 착한 아이니까, 제인. 사실 우리는 둘 다 좋은 사람이라고 생각하지 않니?"

"아빠."

제인은 이것만은 묻고 싶었다. 진실을 알아내지 않고는 견딜 수가 없었다.

"아빠는, 지금도, 엄마를 사랑하세요?"

잠시 침묵이 이어졌고 그 동안 제인은 떨고 있었다. 이윽고 아빠가 건초 속에서 어깨를 으쓱하는 소리가 들리더니, "바람에 떨어진 장미는 영원히 죽었으니" 하는 말이 들려왔다. 제인은 그것만 가지고는 전혀 대답이 되지 않는다고 생각했지만, 그 말밖에 들을 수 없다는 걸 알았다.

잠들기 전에 제인은 많은 것을 생각했다. 그럼 아빠가 나를 부른 것은 엄마를 괴롭히기 위한 것이 아니었어. 하지만 아빠는 엄마의 마음을 모르고 있어. 아빠의 그 버릇, 사람을 놀리는 버릇을 난 좋아하지만 엄마는 이해할 수 없었던 거야. 아빠가 마음이 상한 것은 아기 때문에 엄마가 아빠에게 관심을 두지 않는다고 생각했기 때문이야. 게다가 아빠는 아일린 고모의 본성을 모르고 있어. 그렇다면 그것 때문에 엄마는 그날 밤 어둠 속에서 울고 있었던 것일까?

제인은 어둠 속에서 울고 있던 엄마가 생각날 때마다 견딜 수 없는 기분이었다. 엠 아주머니와 아빠의 얘기에서 제인은 지금까지 몰랐던 것을 많이 알았다. '하지만 엄마의 얘기도 들어보고 싶어' 하고 생각한 것을 마지막으로 제인은 잠이 들었다.

제인이 눈을 뜨자 동쪽 언덕 위에 진줏빛으로 빛나는 새벽이 찾아와 있었다. 제인은 잠에서 깨어났을 때는 잠자기 전에는 몰랐던 사실을 알고 있었다. 아빠는 지금도 엄마를 사랑하고 있다. 거기에 대해서는 제인의 마음에 의심의 여지가 없었다.

아빠는 아직 잠들어 있었고, 제인과 해피는 가만히 사다리를 내려와 밖으로 나갔다. 이렇게 아름다운 새벽은 지금까지 한번도 없었을 거야! 헛간 주위의 황폐한 목장은 한없이 조용했고 작은 가문비나무——밤에는 어떻게 보였든 낮의 가문비나무는 좋았다——사이의 풀에는 요정이 짠 것이 틀림없는 거미줄이 쳐져 있었다. 제인이 아침이슬로 세수를 하고 있으니 아빠가 나왔다.

"새날의 새벽을 보는 것은 그야말로 모험의 진수란다, 제인. 이 새벽이 무슨 전조가 될지 모르지 않니? 오늘 어떤 제국이 무너질지도 모르고 장차 암 치료법을 발견할 아기가 태어날지도 몰라. 멋진 시를 써라."

"또 우리의 자동차는 수리하지 않으면 안 되고."

제인이 주의를 환기시켰다.

두 사람은 1.5킬로미터를 걸어가서 어느 집에 들어가 수리공장에 전화를 걸었다. 차는 정오 조금 전에 복구되었다.

"이제 걱정 없다."

집과 피터들이 두 사람을 반갑게 맞이했다. 만은 노래하고 있었고 밀리센트 메리가 한없이 숭배하는 얼굴로 문을 향해 조금씩 다가왔다.

몹시 명랑한 8월의 어느 날이었다. 하지만 지미 존네 보리밭은 금갈색을 띠기 시작했고 9월이 언덕 뒤에서 기다리고 있었다. 그리고 9월은 토론토와, 외할머니와, 세인트애거서 학교를 의미하고 있었다. 거기서는 이렇게 한가하게 있는 것이 아니라 끊임없이 긴장하지 않으면 안 된다. 95번이나 있었던 '내일'이 아주 조금밖에 남지 않았다. 제인은 한숨을 쉬며 자기도 모르게 몸을 떨었다.

내가 어떻게 된 걸까? 난 엄마가 너무 좋아, 엄마가 못 견디게 보고싶어. 하지만 난 아빠하고 함께 있고 싶어.

그 여름의 폭풍

8월은 소리도 없이 9월로 미끄러져 들어갔다. 지미 존 아저씨는 연못 아래 있는 넓은 목장을 손질하기 시작했다. 제인은 방금 파낸 붉은 도랑을 바라보는 것을 좋아했다. 또 지미 존 아주머니의 하얀 거위떼가 연못에서 헤엄치는 것을 보는 것도 좋아했다. 제인은 달빛이 보랏빛으로 비치는 호수에서 백조를 몇 마리 키운 적도 있었지만, 지금은 거위가 더 좋았다. 밀밭도 귀리밭도 날이 갈수록 황금색으로 짙어졌다. 이윽고 황새걸음이 지미 존네 밭의 밀을 베기 시작했다. 피터 두 마리가 쫓겨난 들쥐들을 잡아먹고 터질 듯 살이 쪘기 때문에, 아빠가 다이어트라도 하게 해서 살을 빼야겠다고 말했을 정도였다.

여름은 끝났다. 이상할 정도로 온화한 날씨가 1주일이나 계속된 뒤 태풍이 여름에 마지막 철퇴를 가했다. 황새걸음은 심각한 표정으로 고개를 설레설레 흔들며 뭔가 심상치 않은 일이 일어날 거라고 했다.

여름 내내 날씨는 지극히 평범했다. 햇빛이 쨍쨍한 날도 있었고 애타게 기다리던 비가 오는 날도 있었다. 제인은 북해안의 폭풍에 대해 들은 적이 있었기 때문에 꼭 한번 보고 싶었다. 그 소원은 완벽하게 이루어졌다.

어느 날 바다가 푸른색에서 불길한 잿빛으로 변하고, 언덕은 비구름의 영향으로 더욱 위압적으로 보였다. 북동쪽 하늘은 어두웠고 검은 구름이 거센 바람에 춤추고 있었다.

"변덕스런 날씨가 금세 무서운 기세로 몰려올 거야. 그래도 내 탓은 아니니까."

제인이 지미 존 아저씨네 집에서 돌아오자 황새걸음이 이렇게 말했다. 제인은 글자 그대로 바람에 날려서 오솔길을 나아가다가 중간에 랜턴힐이 우뚝 솟아 있지 않았더라면, 제인도 항구 저편까지 날아갔다 돌아왔다는 엠 아주머니 사건과 함께 전설이 되었을지도 모른다. 주위는 광포하고 이상한 적의를 품은 모습을 드러내고 있었다. 다가오는 폭풍 앞에는 수목조차도 낯선 모습으로 보였다.

"문과 창문을 꼭꼭 닫아야 한다. 우리 집은 동풍을 비웃어 줄 거다, 아마."

아빠가 말했다.

폭풍이 닥쳐와 이틀 동안 계속되었다. 그날 밤의 바람은 그냥 바람이 아니었고 야수가 포효하는 것과 흡사했다. 이틀 동안 잿빛 비가 소용돌이치면서 더욱 잿빛인 바다에 퍼붓듯이 쏟아지는 광경 말고는 아무 것도 보이지 않았고, 아래쪽 퀸 해변의 바위에 굉음을 내면서 부딪치는 거대한 파도의 무시무시한 음악 외에는 아무 소리도 들리지 않았다. 약간 익숙해지자 제인은 이 폭풍이 좋아졌다. 몸 안에 숨어 있던 뭔가가 들끓어 오르는 것 같았고 두 사람은 마음이 더욱 더 편안한 걸 느꼈다. 이 거칠게 날뛰는 밤, 자작나무 장작을 때는 난로 옆에 앉아 있으니, 비는 폭포처럼 창문을 때리고 바람은 포효했고 바다는 천둥처럼 소리를 질렀다.

"아, 기분이 정말 좋구나, 제인."

양 어깨에 피터를 한 마리씩 얹은 아빠는 '늙다리'를 입에 물고 있었다.

"결국 인간에게는 자기만의 난로가 필요한 거다. 남의 난로 옆에서 몸을 데우는 건 따분한 인생이야."

그 뒤에 아빠는 이대로 랜턴힐에서 살기로 결심했다고 제인에게 말했다.

제인은 기쁘고 안심한 나머지 가슴이 벅찼다. 처음에 제인이 가버리면 아빠는 랜턴힐의 집을 잠그고 겨울에는 도시에서 살기로 암묵적으로 결정되어 있었기 때문에, 제인은 마음이 착잡하던 차였다.

창문에 가득 피어 있는 내 제라늄은 어떻게 될까? 지미 존 아저씨네 집에서는 자신들의 것만으로도 벅찬데. 아빠가 해피는 함께 데리고 가겠지만 피터들은 어떻게 하실까? 집에 불이 켜져 있지 않은 창문을 생각하니 견딜 수가 없어. 인기척이 없어서 틀림없이 집이 쓸쓸해 할 거야.

"아, 아빠, 잘 생각하셨어요. 우리가 없어서 집이 쓸쓸해할 걸 생각하니 무척 괴로웠어요. 하지만 식사는 어떻게 하실 거예요?"

"걱정 마라. 그 정도는 나 혼자 할 수 있다."

"가기 전에 고기 굽는 것하고 감자 삶는 방법을 가르쳐 드릴게요. 그렇게 하면 굶어죽지는 않을 거예요."

제인이 단호하게 말했다.

"제인, 너에게는 네 남편도 두 손 들고 말 거다. 나는 그걸 알고 있어. 나에게 요리를 가르쳐줘도 소용없을 거야. 여기 온 첫날의 그 수프를 기억하고 있겠지? 지미 존의 집에서 내가 굶어죽는 것을 보고만 있지는 않을 거다. 하루에 한 번 거기서 제대로 된 음식을 먹을 수 있도록 부탁해보마. 그래, 나는 이곳에 있을 거다, 제인. 너를 위해 랜턴힐의 심장이 계속 뛸 수 있게 할 테니까. 제라늄에 물을 주고 피터들의 다리가 류머티스에 걸리지 않도록 주의하마. 하지만 네가 가버리면 이 집이 어떻게 될지 상상도 되지 않는구나."

"제가 없으면 조금은 쓸쓸하겠죠, 아빠?"

"조금이라고? 나의 제인, 설마 농담을 하고 있는 건 아니겠지. 하지만 적어도 한 가지 위안은 있을 것 같구나. 므두셀라의 서사시에 본격적으로 몰두할 수 있다는 거다. 훼방꾼이 거의 없을 테니까. 게다가 눈치보지 않고 실컷 떠들 수도 있고."

제인은 이를 드러내며 웃었다.

"하루에 한 번은 실컷 떠들어도 돼요. 아! 잼을 많이 만들어두길 잘했어요. 저장실이 잼으로 가득해요."

아빠가 그 편지를 보여준 건 이튿날 저녁이었다. 제인이 저녁 설거지를 끝낸 뒤 방에 들어가 보니, 아빠는 책상에 앉아 있고 피터 2세는 그 발 밑에서 졸고 있었다. 머리를 손으로 짚고 있는 아빠가 늙고 지쳐보이는 것을 깨닫고, 제인은 갑자기 가슴이 죄어오는 듯한 아픔을 느꼈다. 녹색 얼룩이 있는 그 도자기 고양이가 다이아몬드 같은 눈으로 아빠에게 눈짓을 하고 있었다.

"그 고양이는 어디서 산 거예요, 아빠?"

"네 엄마가 준 거란다. 장난으로. 결혼하기 전이었지. 한 가게의 창문에서 이것을 보았는데, 어찌나 기분이 나쁘던지 깜짝 놀랐다. 그리고 여기, 여기 내가 엄마한테 보낸 편지가 있어, 제인. 엄마가 1주일 동안 외할머니하고 핼리팩스에 갔을 때였지. 오늘밤 서랍을 정리하다 보니 나오는구나. 나는 나 자신을 웃어주던 중이었어, 세상에 둘도 없는 쓴웃음을. 너도 웃을 거다, 제인. 들어봐라!

'로빈, 오늘 난 당신한테 시를 쓰려 했지만 끝내 완성하지 못했소. 연인이 자기 신부에게 어울리는 우아한 의상을 발견할 수 없는 것처럼 나도 당신한테 어울리는 말을 찾아내지 못했기 때문이라오. 다른 사람들이 사랑하는 사람을 찬양하는 데 사용한 낡은 말은 당신에게는 너무 상투적이고 너무 진부한 것처럼 생각되었소. 나는 수정처럼 투명하거나 빛의 무지개로만 채색된 새로운 말을 찾으려 했소. 다른 사람들의 생각으로 모든 색이 덧칠된 그런 말말고 말이오'――나는 감상적인 바보였지, 제인――'로빈, 오늘 밤 나는 초승달을 바라보았소. 당신은 언제나 초승달이 지는 것을 바라본다고 했지. 그때부터 초승달은 우리 두 사람을 이어주는 끈이 되었소. 아! 당신은 얼마나 사랑스럽고, 인간적이며, 여성스럽고, 여왕 같은지. 성녀인 것 같으면서도 또 지극히 여자다운 여자이기도 하오.

사랑하는 사람을 위해 봉사하는 건 참으로 기쁜 일이라오. 지나갈 수 있도록 문을 열어준다든가 책을 집어주는 정도에 지나지 않더라도 말이오. 나의 로빈, 당신은 장미와도 같소, 달밤의 하얀 장미와도 같소.'"

나를 장미에 비유해줄 사람이 있을까 하고 제인은 생각했다. 그런 일은 있을 것 같지 않았다. 자기와 닮은 꽃은 하나도 생각나지 않았다.

"로빈은 이런 편지에는 마음을 두지 않았기 때문에 가지고 가지 않았단다, 제인. 로빈이 가버린 뒤 내가 로빈에게 준 작은 책상 서랍에 이 편지가 들어있는 것을 찾아냈지."

"하지만 그때 엄마는 돌아오지 않을 거라는 생각을 하지 않았기 때문이에요, 아빠."

피터 2세가 발에 채였는지 비명을 질렀다.

"그럴까? 난 그렇게 생각하지 않는다만."

"틀림없이 그랬을 거예요."

제인은 확신하고 있었다. 그 확신의 뒷받침이 될 만한 이유를 들

수는 없었지만.

"그 편지를 엄마한테 가지고 가게 해 주세요."

"안 돼!"

아빠는 너무 힘을 주어 책상에 팔을 내렸기 때문에 손이 아픈 모양이었다.

"이건 불태워버릴 거다."

"어머나, 안 돼요, 안 돼요!"

제인은 그 편지를 불에 태우는 건 도저히 견딜 수 없었다.

"그걸 저에게 주세요, 아빠. 토론토에는 가지고 가지 않을게요, 제 책상서랍에 넣어두겠어요. 그러니까 제발 불태우지 말아주세요."

"좋아!"

아빠는 편지를 제인에게 내주고는 마치 그 편지에도 제인한테도 이제 볼일이 없다는 듯 다시 펜을 들었다. 제인은 느릿느릿 방을 나가면서 아빠를 뒤돌아보았다. 아빠를 얼마나 사랑하고 있는지! 벽에 비치는 윤곽이 아름답고 단아한 아빠의 그림자까지 사랑한다! 엄마는 어떻게 이런 아빠를 버릴 수 있었을까?

그날 밤 폭풍은 가라앉았고 저녁놀이 화난 것처럼 붉게 타오르더니, 더욱 화난 것처럼 북서풍이 불어댔다. 날씨가 맑을 징조의 바람이었다. 이튿날도 바닷가는 여전히 거품을 일으키며 소용돌이치고 있었고, 거센 검은 구름의 그림자가 모래밭 위를 계속 달려가고는 있었지만, 비는 그치고 태양이 구름 사이에서 빛났다. 가을걷이 중이던 밭은 물 속에 잠겨 있었고, 지미 존 아저씨네 과수원은 떨어진 사과로 뒤덮였다. 여름은 끝났다. 모든 것에 나타난 작고 섬세한 변화들이 가을을 얘기하고 있었다.

다시 빅토리아로

마지막 며칠은 제인에게는 행복과 슬픔이 교차하는 시간이었다. 하고 싶어도 내년 여름까지는 다시 할 수 없는 일들을 여러 가지 끝냈다. 내년 여름이 마치 100년이나 먼 미래처럼 생각되었다. 이상한 일이었다. 그토록 오고 싶지 않았던 곳인데 지금은 이토록 돌아가는 것이 싫으니. 제인은 모든 것을 깨끗이 정리하고, 모든 접시를 씻고, 은그릇을 전부 닦고, 프라이팬인 마페트 일당의 얼굴을 반짝반짝 윤이 날 때까지 닦았다.

지미 존네 아이들과 스노빔네 아이들이 11월에 월귤을 따러간다고 하거나, 아빠가 "앞으로 2주일만 지나면 그 가문비나무 언덕을 등지고 선 저 단풍나무를 너에게 보여줄 수 있는데" 하고 말하는 것을 들으면, 제인은 따돌림을 당하는 것처럼 외로움을 느꼈다. 2주일 뒤에는 이곳과 자기 사이에 1600킬로미터의 간격이 생긴다고 생각하니 견딜 수 없는 기분이었다.

어느 날 제인이 맹렬한 기세로 대청소를 하고 있을 때 아일린 고모가 찾아왔다.

"아직도 소꿉장난에 싫증나지 않았니, 제인?"

하지만 이 고모 특유의 교묘한 말솜씨도 더이상 제인의 마음을 어지럽히지는 못했다.

"전 내년 여름에 다시 올 거예요."

제인이 의기양양하게 말했다.

아일린 고모는 한숨을 쉬었다.

"그렇게 될 수 있다면 어떤 의미에서는 다행이지만. 하지만 그때까지 여러 가지 일들이 일어날지도 몰라. 이곳에 정착하다니 네 아빠도 무슨 변덕인지 원. 하지만 또 다른 변덕을 부리지 않을 거라고 장담할 순 없으니까. 그러니 무슨 일이 있더라도 실망하지 않도록 하자, 제인."

마지막 날이 왔다. 제인은 트렁크에 짐을 꾸렸다. 엄마한테 선물로 가져갈 특제 딸기잼 한 병과, 폴리 갈란드가 제인과 조디에게 폐병을 고치라며 준 겨울사과도 잊지 않고 챙겼다. 조디에 대해서도 다 알고 있는 폴리가 안부를 전해달라고 말했다.

아빠와 딸은 점심 때 닭요리를 먹었다. 쌍둥이 엘라와 조지가 미란다로부터 잘 가라는 인사와 함께 가져온 것이었다. 제인은 언제 다시 가슴살 한 조각을 전부 먹을 수 있게 될까 하고 생각했다.

오후에 제인은 바다에 작별인사를 하러 혼자 내려갔다. 물가에 밀려오는 쓸쓸한 파도소리에 견딜 수 없는 심정이었다. 바닷소리도, 갯내음도 물결도 제인을 보내주려 하지 않았다. 목장도, 바람이 몰아치는 노란색의 해안도 자신의 일부라는 것을 제인은 깨달았다. 제인과 제인의 것인 이 섬은 서로를 잘 이해하고 있었다.

"난 이곳 사람이야." 제인은 말했다.

"빨리 돌아오너라. 프린스에드워드 섬은 네가 필요하니까. 넌 반드시 돌아올 거다. 이 섬이 네 피 속에 녹아 있거든. 섬은 특별한 사람에게만 그런 의미를 준단다."

티모시 솔트 노인이 사과를 네 쪽으로 자른 것을 칼끝에 찍어서 권하며 말했다.

제인과 아빠는 둘만의 조용한 저녁을 보낼 생각이었지만 갑자기 놀랄 만한 깜짝파티가 벌어졌다. 노인이고 젊은이고 제인과 특별히 친했던 친구들이 전부 모였다. 밀리센트 메리까지 와서 밤새도록 구석에 앉아 한마디도 하지 않고 뚫어지게 제인을 응시하고 있었다. 황새걸음과 티모시 솔트 노인, 민과 민의 엄마, 종치기, 큰 도널드 가족과 작은 도널드 가족, 그리고 제인이 자기를 알고 있을 거라고 생각하지 않았던 코너 마을 사람들까지 왔다.

한 사람도 빠짐없이 제인에게 작별선물을 가지고 왔다. 스노빔 아이들은 침실 벽에 걸라며 돈을 모아 산 하얀 석고액자를 가지고 왔다. 25센트나 하는 것이었는데 푸른 터번을 쓰고 붉은 옷을 입은 모세와 아론이 그려져 있었다. 제인은 그것을 보았을 때의 외할머니의 얼굴이 눈에 보이는 것 같았다!

작은 엠 아주머니는 오지 않았지만 접시꽃 씨앗을 받아두겠노라고 전해왔다. 모두들 무척 떠들썩한 밤을 보낸 뒤, '명랑하고 상냥한 여자아이'라는 노래를 부르고 나서 노인도 어린 소녀들도 모두 눈물을 흘렸다. 폴리를 도와 접시를 닦던 '널빤지' 스노빔은 얼굴에 행주를 대고 펑펑 울었기 때문에, 제인은 새 행주를 꺼내와야만 했다. 제인은 울지 않았지만 마음속으로 생각했다.

'이렇게 즐거운 일은 이제 당분간 없을 거야. 모두들 나에게 무척 친절하게 해주었어.'

"내 마음이 어떤 기분인지 넌 모를 거야, 제인."

황새걸음은 가슴에 손을 대고 말했다.

사람들이 돌아간 뒤 아빠와 제인은 한동안 그대로 앉아 있었다.

"이곳 사람들은 모두 너를 무척 좋아하고 있구나, 제인."

"폴리하고 '널빤지' 스노빔은 매주 편지를 보낼 거예요."

아빠가 다정하게 말했다.

"그럼 랜턴힐과 코너 마을 소식은 훤히 알 수 있겠군. 나는 편지 쓰지 않을 거다, 제인. 네가 그 집에 있는 한은."

"외할머니도 제가 아빠한테 편지 보내는 걸 허락하지 않으실 거예요."

제인은 슬펐다.

"하지만 네 쪽에서는 아빠가 있다고 생각하고 내 쪽에서도 제인이 있다고 생각하면, 그런 건 아무래도 상관없지 않겠니? 아빠는 일기를 쓸 거다, 제인. 내년 여름에 돌아와서 그걸 읽으면 돼. 편지 한 다발을 한꺼번에 받는 것과 마찬가지니까. 그리고 항상 서로를 생각하겠지만, 그러기 위한 특별한 시간을 정해두는 게 어떻겠니? 이곳의 저녁 7시는 토론토에서는 6시가 될 거다. 토요일마다 저녁 7시에 너를 생각하고 있을 테니까 너는 6시에 나를 생각하는 거야."

그런 것을 생각해 내다니 정말 아빠다웠다.

"그리고 아빠, 내년 봄에 저 대신 꽃씨를 뿌려주지 않으시겠어요? 그때는 이곳에 올 수 없는걸요. 금련화하고 코스모스하고 협죽도하고 금잔화하고. 지미 존 아주머니가 어떤 걸 뿌리면 되는지 가르쳐 줄 거예요. 또 텃밭도 좀 있었으면 해요."

"알았어요, 제인 여왕마마."

"그리고 내년 여름에는 닭도 두세 마리 키워도 될까요, 아빠?"

"그러자꾸나, 제인."

아빠는 제인의 손을 잡았다.

"즐거웠지, 제인?"

"우린 함께 정말 많이 웃었죠?" 제인은 웃음이 없는 명랑한 거리 60번지의 집을 떠올리고 있었다. "봄이 되면 저를 부르는 편지 잊으시면 안 돼요, 아빠."

"물론이지."

이튿날 아침에는 일찍 일어나지 않으면 안 되었다. 아빠가 제인을 기선 환승열차에 늦지 않도록 자동차로 시내까지 데리고 가서, 토론 토로 가는 웨슬리 부인이라는 사람과 만나기로 되어 있었기 때문이 다. 제인은 혼자 여행할 수 있다고 말했지만 이때만은 아빠도 완강 했다.

붉은 새벽 하늘을 등진 나무들이 검게 보였다. 큰 도널드 언덕의 자작나무 위에 초승달을 거꾸로 한 것 같은 하현달이 떠 있었고 골 짜기에는 아직 안개가 서려 있었다. 제인이 방 하나하나에 작별인사 를 하고 두 사람이 집을 나설 때 아빠는 시계를 멈춰세웠다.

"네가 돌아왔을 때 다시 이 시계를 움직이도록 하자, 제인. 겨울 동안은 내 손목시계로 충분하니까."

제인은 가릉가릉 목을 울리고 있는 피터1세와 2세에게 작별을 고 하지 않으면 안 되었지만, 해피는 함께 시내까지 가기로 했다. 역에 는 아일린 고모가 나와 있었고 릴리언 모로도 있었다. 릴리언 모로 는 향수 냄새를 진하게 풍기며 머리를 예쁘게 꾸미고 있었다. 아빠 는 미스 모로를 보고 반가운 듯 둘이서 플랫폼을 거닐었다. 미스 모 로는 아빠를 '드루'라고 불렀다. 그 애칭은 마치 속삭임이나 키스처 럼 들렸다. 제인은 미스 모로의 전송은 받고 싶지 않았다.

아일린 고모는 제인에게 두 번이나 키스하고 말했다.

"어디서나 나라는 친구가 있다는 걸 잊으면 안 돼, 제인."

마치 제인에게는 친구가 하나도 없다는 듯한 말투였다.

"그런 슬픈 얼굴을 해선 안 돼요. 집으로 돌아가는 거니까." 릴리 언 모로가 미소지었다.

집이라고? '집이란 마음이 있는 곳이다.' 이 문장을 제인은 어디 서 듣거나 읽은 적이 있었다. 자신의 마음은 아빠가 있는 섬에 남겨 두고 가는 것을 제인은 알고 있었다. 이윽고 제인은 견딜 수 없는 애절함이 담긴 목소리로 아빠에게 작별을 고했다.

제인은 섬의 붉은 해안이 하늘을 등진 채 희미하게 푸른 녹색을 띨 때까지 배에서 지켜보았다. 자, 이제 다시 '빅토리아'로 돌아가는 거야!

기차를 타고 토론토 역에서 내렸을 때 이 세상 어디서라도 분간할 수 있는 웃음소리가 들려왔다. 그런 웃음소리를 낼 수 있는 사람은 세상에 단 한 사람밖에 없었다. 엄마였다. 하얀 모피깃이 달린 새빨간 비로드 외투를 입고 그 안에는 군데군데 다이아몬드를 장식한 하얀 시폰 드레스를 입고 있었다. 그 옷차림으로 보아 엄마는 곧 만찬회에 갈 예정이며, 외할머니가 제인이 집에 돌아온 첫날밤을 엄마와 함께 보내지 못하도록 조치했다는 것을 제인은 금세 알아차릴 수 있었다. 제비꽃 향기가 감도는 엄마는 제인을 꼬옥 껴안고 기쁨의 눈물을 흘렸다.

"제인, 나의 소중하고 소중한 제인! 돌아와 주었구나. 네가 없어서 얼마나 쓸쓸했는지 넌 모를 거야. 얼마나 쓸쓸했는지!"

제인도 엄마에게 달려들어 꼭 껴안았다. 엄마는 변함없이 아름다웠고 그 눈도 변함없이 파랬지만 6월보다 조금 여위어 보였다.

"돌아와서 기쁘니, 제인?"

"다시 엄마하고 함께 있을 수 있어서 정말 좋아요."

"많이 자랐구나. 어머나! 내 어깨까지 오잖아? 게다가 햇볕에 예쁘게 그을렸어. 하지만 난 이제 두 번 다시 널 보내지 않을 거야, 절대로!"

그 말에 대해서는 제인은 아무 말도 하지 않았다. 불빛이 번쩍이는 커다란 역을 엄마와 함께 걸으면서, 제인은 자기가 어른스러워졌다는 묘한 기분을 느꼈다. 프랭크가 자동차 문 옆에서 기다리고 있었고, 두 사람은 번화하고 떠들썩한 시내를 지나 명랑한 거리 60번지로 돌아갔다.

명랑한 거리 60번지는 번화하지도 떠들썩하지도 않았다. 철커덩 소리를 내며 닫히는 철대문은 죽음을 고하는 종소리를 연상시켰다. 다시 감옥으로 들어가는 것이다. 넓고 차갑고 적막한 집은 제인의 의지를 단숨에 꺾어버리는 것 같았다. 엄마는 곧장 만찬회에 가고 외할머니와 거트루드 이모가 제인을 맞이했다. 제인은 거트루드 이모의 핏기 없는 좁은 얼굴과 외할머니의 부드러운 주름이 잡힌 얼굴에 키스했다.

"많이 컸구나, 빅토리아." 외할머니는 냉랭하게 말했다. 사실은 같은 높이로 자기 눈을 똑바로 보고 있는 제인이 외할머니는 마음에 들지 않았다. 게다가 제인이 어딘지 모르게 당당한 자세를 하고 있고 완전히 자유로운 자아를 가지고 있는 듯한 모습을 한눈에 알아보았다.

"그렇게 입술을 다문 채 웃지 말도록 해라. 난 지오콘다의 매력은 도저히 모르겠으니까."

저녁 식사 시간이 되었다. 6시였다. 집에서는 7시일 것이다. 아빠는⋯⋯. 제인은 음식을 한 숟갈도 넘기지 못할 것 같았다.

"내가 너한테 무슨 말을 할 때는 거기에 주의를 기울여줄 수 없겠니, 빅토리아?"

"죄송해요, 외할머니."

"나는 말이다, 이번 여름 네가 무엇을 입었는지 묻고 있었다. 네 트렁크를 살펴보니 가지고 간 옷은 전혀 입은 흔적이 없더구나."

"녹색 점퍼스커트만 교회와 아이스크림 파티에 갈 때 입고 갔어요. 집에서는 무명옷을 입고 있었어요. 아빠를 위해 집안 살림을 했거든요."

외할머니는 냅킨으로 우아하게 입언저리를 훔쳤다. 마치 뭔가 불쾌한 맛을 닦아내는 것처럼.

"나는 너의 시골에서의 활동에 대해 묻지는 않았다." 제인은 외할머니가 자신의 손을 쳐다보고 있는 걸 알았다. "너도 그런 일은 잊어버리는 게 현명해."

"하지만 전 내년 여름에 다시 갈 거예요, 외할머니."

"내 말을 가로채지 마라, 빅토리아. 그리고 여행으로 피곤할 테니어서 자도록 해라. 메리가 널 위해 목욕물을 준비해 두었을 게다. 다시 진짜 욕조에 몸을 담글 수 있게 되어 기쁘지 않니?"

여름 내내 만 전체가 내 욕조였는데!

"그 전에 잠깐 조디를 만나야 해요."

제인은 그렇게 말한 뒤 나가버렸다. 방금 익힌 자유의 맛을 그렇게 빨리 잊을 수는 없는 일이었다. 나가는 제인의 뒷모습을 외할머니는 입술을 굳게 다물고 바라보고 있었다. 제인이 전처럼 고분고분하고 두려움에 떠는 빅토리아로 다시는 돌아가지 않을 거라는 걸 깨달았는지도 모른다. 제인은 몸과 동시에 정신도 성장해 있었다.

제인과 조디는 펄쩍펄쩍 뛸 듯이 반가워하며 재회의 기쁨을 나누었다. 조디도 성장해 있었다. 전보다 더 여위고 키가 컸으며 눈은 전보다 더 슬퍼 보였다.

"아, 제인, 돌아와 줘서 너무 기뻐! 얼마나 기다렸는지 몰라."

"네가 아직 이곳에 있어서 다행이야. 미스 웨스트가 널 고아원에 보내버리지 않았나 하고 걱정했어."

"늘 말은 그렇게 해. 아직도 그렇게 할지도 모른다고 생각하지만. 정말 섬이 그렇게 즐거웠니, 제인?"

"난 섬이 너무 좋아!"

섬과 아빠에 대해 마음껏 얘기할 수 있는 상대가 이곳에 한 사람이라도 있는 것이 제인은 다행으로 생각되었다.

부드러운 깔개를 깐 층계를 올라가 침실로 향하면서 제인은 거세게 밀려오는 향수에 사로잡혔다. 랜턴힐처럼 아무 것도 깔지 않고 페인트만 칠한 층계를 밟고 올라가면 얼마나 좋을까! 침실은 여전히 친밀감이라곤 조금도 보이지 않았다.

제인은 곧바로 창가로 가서 창문을 열고 바깥을 내다보았다. 별이 반짝이는 언덕과 달이 빛나는 삼림지대의 목장은 어디에 없었다. 블루어 거리의 소음도 제인의 귀에 거슬렸다.

명랑한 거리 60번지 주위의 거대한 고목들은 자기도취에 빠져 있었다. 그 나무들은 제인과 친한 자작나무와 가문비나무가 아니었다. 바람이 불기 시작했다. 제인은 바람이 불쌍해 보였다. 곳곳에서 가로막히거나 방해받고 있었다. 하지만 서쪽에서 불어오는 바람이었다. 이 바람은 멀리 섬으로, 랜턴힐 저편까지, 항구의 등불이 깜박이고 있는 그 비로드 같은 검은 밤으로 불어가고 있을까? 제인은 창문에서 몸을 내밀어 아빠한테 키스를 바람에 실어 보냈다.

"그래, 앞으로 아홉 달만 지나면 돼."

제인은 빅토리아를 향해 말했다.

오직 하나의 내 집

"저 아인 랜턴힐에 관한 일들은 금세 잊어버릴 거야."

외할머니가 말했다.

그러나 엄마는 확신할 수 없었다. 다른 사람과 마찬가지로 엄마도 제인의 변화를 눈치채고 있었다. 데이비드 이모부 가족은 제인이 '무척 성장했다'고 생각했고, 실비아 이모는 이제서야 제인이 가구에 부딪히지 않고 방을 지나갈 수 있게 되었다고 칭찬했다. 그래서 필리스도 조금은 무시하는 태도가 줄었지만 속으로는 아직도 제인이 개선해야 할 여지가 많은 아이라고 생각했다.

"거기서 넌 맨발로 다녔다며?"

필리스는 호기심을 나타내며 물었다.

"물론이야. 그곳에서는 여름에 다 그렇게 해."

"빅토리아는 완전히 프린스에드워드 섬 사람처럼 되어버렸구나."

외할머니는 쓰디쓴 냉소를 띠고 말했는데, 마치 "빅토리아는 완전히 야만인이 되어버렸구나"라고 말하는 것 같았다. 외할머니는 제인을 울컥 화나게 만드는 새로운 방법을 알고 있었다. 섬에 대해 약간만 기분 나쁜 말을 하면 되었던 것이다. 외할머니는 그 방법을 가차없이 사용했다. 하지만 외할머니는 제인이 여러 가지 면에서 이제 자기 영향권에서 벗어나버렸기 때문에 상처를 주고 싶어도 그럴 수 없다는 걸 느꼈다.

제인은 지금도 외할머니 앞에서는 종종 얼굴의 핏기가 사라지는 일이 있었지만, 그것 때문에 전처럼 주눅드는 일은 없었다. 여름 동안 랜턴힐 성의 안주인 역할과 영민한 두뇌를 가진 원숙한 인텔리의 유일한 말벗이 되었던 것이 헛되지 않았던 것이다. 그 연한 갈색 눈에 새로운 강인한 정신이 엿보였다. 어떤 자유로운 초연함이 있어서, 복종시키고 싶고 상처 주고 싶어도 힘이 미치지 않는 것이다. 외할머니의 온갖 독침으로도 새롭게 변한 제인을 건드릴 수는 없을 것 같았다. 물론 섬을 조롱할 때만은 달랐지만.

사실 제인은 마음속으로는 아직도 섬에서 살고 있었다. 그래서 첫 2주일 동안의 견디기 힘든 향수병의 고통도 조금은 수월하게 견딜 수 있었다. 피아노 연습을 하고 있을 때는 퀸 해변에 밀려오는 하얀 파도의 천둥 같은 울림을 듣는 기분이었고, 식사를 하고 있을 때는 종종걸음으로 뒤따라가는 해피와 함께, 멀리까지 산책하러 나간 아빠가 돌아오기를 기다리는 기분이었다.

이 넓고 음울한 집에 혼자 있을 때는 두 마리의 피터가 함께 있었다. 1600킬로미터나 떨어진 곳에 있는 두 마리의 고양이가 이런 위안이 될 줄 누가 상상이나 했을까? 한밤중에 눈을 떴을 때는 고향 섬의 온갖 소리에 귀를 기울였다. 늘 변하는 일이 없는 음침한 응접실에서 외할머니와 거트루드 이모한테 성경책을 읽어줄 때는 그 바닷가 '전망대'에서 아빠에게 들려주고 있는 거라고 상상했다.

"성경을 읽을 때는 난 좀더 경건한 분위기를 좋아한다, 빅토리아."

외할머니는 주의를 주었다. 제인은 헤브라이 전쟁 이야기를 아빠

라면 이렇게 읽었을 것이 틀림없다고 생각하고, 승리의 나팔소리를
내면서 읽었던 것이다. 외할머니는 분하다는 듯 제인을 지그시 쳐다
보았다. 성경책을 읽는 것이 제인에게 더 이상 고역이 아닐 뿐만 아
니라 적극적으로 즐기고 있는 것이 분명했다. 그것을 외할머니가 어
떻게 할 수 있단 말인가?

　산수 공책 뒤에 섬으로 돌아갈 때까지 보내야 할 달력을 만든 제
인은 9월을 지웠을 때는 생긋 웃었다.

　제인은 세인트애거서로 돌아가는 것이 너무 싫었다. 하지만 어느
날 제인은 깜짝 놀라면서 "학교에 가는 것이 좋아졌어" 하고 혼잣
말을 했다.

　세인트애거서에서는 언제나 뒤쳐진 듯한 소외감이 들었지만 지금
은 스스로도 이상하게 생각될 정도로 그런 기분은 사라지고 없었다.
갑자기 마음을 나누는 친구가 되고 리더가 된 것 같았다. 학급의 소
녀들은 제인을 존경했고 선생님들은 빅토리아 스튜어트가 이렇게
비범한 소녀임을 왜 여태까지 몰랐는지 의아하게 생각했다. 참으로
실천력이 넘치는 모범소녀였다.

　공부도 제인에게는 이제 고통이 아니라 기쁨으로 변했다. 아빠를
따라가기 위해 제인은 열심히 공부했다. 역사에서 나타나는 막연한
유령, 아름답지만 불운한 여왕과 옛날의 잔인한 폭군들은 살아 있는
실체가 되었다.

　아빠와 둘이서 읽은 책 속의 시는 제인에게 풍요로운 의미를 가진
것이 되었다. 두 사람이 공상 속에서 떠돌았던 태고의 나라들은 이
제 제인에게 그립고 친숙한 곳이 되었다. 이러한 것에 대해 배우는
건 간단한 일이었다. 제인은 이제 나쁜 성적표를 받지 않게 되었다.
엄마는 기뻐했지만 외할머니는 그리 좋아하는 것 같지 않았다. 어느
날 외할머니는 제인이 폴리에게 쓰고 있는 편지를 빼앗아 훑어보더
니 모멸에 찬 태도로 말했다.

"협죽도(인도 원산의 관상용 상록 관목 식물)의 철자는 협쭉도가 아니야, 빅토리아. 네 무식한 친구에게는 철자야 어떻든 상관없겠지만."

제인은 얼굴을 붉혔다. '협죽도'가 옳은 철자라는 것은 잘 알고 있었지만, 폴리에게 얘기하고 싶은 것과 묻고 싶은 것, 그 먼 그리운 바닷가 섬에 있는 사람들에게 보내는 인사 등, 쓸 것이 너무 많아서 정신없이 써내려 갔던 것이다.

"폴리 갈란드는 코너 초등학교에서 철자법을 제일 잘 알아요."

"오, 그렇겠지. 미개인의 장점은 전부 가지고 있다는 말이구나."

하지만 외할머니의 조소도 섬에서 오는 편지를 받았을 때 느끼는 제인의 기쁨을 줄어들게 할 수는 없었다. 편지는 '가을 낙엽처럼 바쁘게' 오고 갔다. 랜턴힐과 '배고픈 기슭', 코너 마을의 누군가가 반드시 제인에게 편지를 보냈다.

스노빔네 아이들은 다같이 쓴 잉크얼룩이 번진 편지를 보냈다. 스노빔네 아이들은 특별히 재미있게 쓰는 요령을 알고 있었고, 종이 가장자리에는 '널빤지' 스노빔의 솜씨로 놀라울 만큼 잘 그린 작은 스케치가 들어 있었다. 스노빔네 아이들의 편지를 생각하면 제인은 언제나 맘놓고 소리지르며 웃고 싶었다.

토미 장로님이 유행성 이하선염에 걸렸다니! 그 장로님이 유행성 이하선염에 걸린 것을 상상해 보라! '널빤지' 스노빔이 그 모습을 간단히 스케치해서 보냈다. 큰 도널드 씨가 작은 도널드 언덕을 올라가다가, 짐마차의 뒷판이 벗겨져 나가서 순무가 모두 언덕 밑으로 떼굴떼굴 굴러 떨어지고 말았단다. 큰 도널드 씨가 얼마나 화가 났을까! 돼지가 코너 마을의 묘지 안에 들어갔고, 민의 엄마는 비단 누비이불을 만든다고 했다. 제인은 그때부터 민의 엄마의 이불에 사용할 헝겊조각을 모으기 시작했다.

종치기의 개가 앤디 페어슨 씨의 두 번째로 좋은 외출복 바지의 엉덩이 부분을 전부 찢어놓았다. 서리 때문에 달리아가 모두 못쓰게 되었고 황새걸음은 종기가 생겼다. 올 가을에는 장례식이 무척 많았다. 다갈드 매케이 노부인이 돌아가셨는데, 그 장례식에 간 사람들은 매케이 부인의 주검이 정말 화려한 모습이었다고 말했다. 지미 존네 아기가 드디어 웃었다. 큰 도널드 언덕의 그 큰 나무가 바람에 쓰러졌다. 이 소식은 그 나무를 무척 좋아했던 제인을 슬프게 했다.

"우리는 네가 없어서 얼마나 쓸쓸한지 몰라, 제인. 아! 제인, '핼러윈 데이'에 너도 이곳에 있으면 얼마나 좋을까!"

제인도 그렇게 생각했다. 어둠 속에서 강과 산과 숲을 넘어 그날 하룻밤만이라도 그들과 함께 지내기 위해 섬으로 날아갈 수 있다면 얼마나 좋을까! 모두들 몰려다니며 순무와 호박으로 만든 초롱을 문기둥에 걸어놓거나, 다른 집들을 휩쓸고 다니는 것을 거들면 얼마나 재미있을까?

"뭐가 그렇게 재미있니?"

엄마가 물었다.

"집에서 편지가 왔어요."

자기도 모르게 제인은 그렇게 말했다.

"어머나, 제인 빅토리아, 이곳이 네 집 아니니?"

엄마는 보기에도 가련한 모습으로 외쳤다.

제인은 그런 말을 하지 말걸 그랬다고 생각했다. 하지만 솔직하지 않으면 안 된다. 나의 집! 바다를 내려다보는 작은 집. 하얀 갈매기, 나가는 배, 들어오는 배, 가문비나무 숲, 조용함, 침묵. 그것이 내 집이었다. 제인이 알고 있는 단 하나의 내 집이었다. 하지만 엄마 마음을 상하게 하고 싶지는 않았다. 이상하게 제인은 마치 엄마가 보호를 필요로 하는 것처럼 엄마를 감싸주고 싶은 기분을 느끼고 있었다. 아, 엄마에게 모든 걸 의논할 수 있다면, 아빠에 대한 것을 전부 얘기할 수 있다면, 모든 걸 알아낼 수 있다면 얼마나 좋을까!

이런 편지를 엄마에게 읽어줄 수 있으면 무척 즐거울 텐데! 조디에게는 읽어주었다. 조디는 제인 못지않게 랜턴힐 사람들에게 관심을 가졌고, 폴리와 '널빤지' 스노빔과 민에게 인사도 전하게 되었다.

명랑한 거리 60번지 주위의 느릅나무가 칙칙한 검은색으로 변했다. 아득히 먼 저편의 단풍나무에서는 붉은 낙엽이 떨어지고 바다에서는 가을 안개가 피어 올라올 것이다. 제인은 공책을 펼치고 10월을 지웠다.

11월은 음울하고 비가 오지 않는 바람의 달이었다. 어느 날 제인은 외할머니에 대해 은밀하게 승리의 개가를 올렸다.

"점심 식사 때 내가 크로켓을 만들게 해 줘요, 메리."

제인은 메리에게 부탁했다.

메리는 크로켓이 실패하더라도 냉장고에 닭고기 샐러드가 많이 들어 있다는 것을 생각하고 미심쩍어하면서도 허락했다. 크로켓은 대성공이었다. 누가 만들었는지 아무도 몰랐다. 제인은 모두들 크로켓을 먹는 것을 재미있다는 듯이 바라보았다. 외할머니는 더 달라고 하며, "메리도 이제 제대로 된 크로켓을 만들 수 있게 된 것 같구나" 하고 말했다.

휴전기념일에 제인은 양귀비꽃을 꽂았다. 아빠가 훈장을 받았었기 때문이다. 아빠 소식이 듣고 싶어 견딜 수 없었지만, 편지를 주고받고 있는 섬사람들에게 물을 수는 없었다. 제인과 아빠가 서로 편지를 하지 않는다는 것이 알려져서는 안 되기 때문이었다. 하지만 이따금 편지 속에 아빠에 대한 얘기가 들어 있을 때가 있었다. 고작해야 한두 줄에 지나지 않았지만, 제인에게는 그것이 사는 보람이었다. 밤중에 일어나서 그 편지를 읽고 또 읽었다. 그리고 토요일 오후에는 언제나 자기 방에 틀어박혀 아빠에게 편지를 쓰고 봉인을 한 뒤, 메리에게 부탁하여 메리의 트렁크에 숨겨두었다. 내년 여름에 그것을 전부 아빠한테 가지고 가면, 제인은 아빠의 일기를 읽고 아빠는 그 편지들을 읽을 것이었다.

아빠한테 편지를 쓸 때는 정장을 한다는 규칙을 정했다. 바깥에서 바람이 거칠게 휘몰아칠 때 아빠한테 편지를 쓰는 것이 즐거웠다. 멀리 떨어져 있지만 가까이 느껴지는 아빠한테 이번 주에 한 일과 즐거웠던 일을 모두 얘기하는 것은 행복이었다.

어느 날 오후 제인이 편지를 쓰고 있을 때 첫눈이 내렸다. 나비만큼 커다란 눈송이였다. 섬에도 눈이 내리고 있을까? 제인은 아침신문을 찾아와서 해안지방의 일기예보를 살펴보았다. 그래, 춥고 한때 눈, 밤에는 맑아지고 기온은 내려간다! 제인은 눈을 감고 그곳을 마음에 떠올려 보았다. 크고 부드러운 눈송이가 울창한 가문비나무를 배경으로 잿빛 경치 위에 내리고 있다. 제인의 작은 뜰은 동화나라처럼 아름답다. '널빤지' 스노빔과 둘만이 알고 있는 울새의 둥지에는 눈이 알처럼 쌓여 있다. 하얀 육지 주위를 어두운 바다가 에워싸고 있다. '밤에는 맑아지고 기온이 내려간다.' 하얀 눈을 엷게 뒤집어쓴 조용한 들판 위에서 얼어붙은 듯한 별이 더욱 얼어붙은 푸른 저녁놀 안에서 반짝이고 있다. 아빠는 피터들을 집 안으로 불러들이는 것을 잊지 않으셨겠지?

제인은 달력의 11월을 지웠다.

명랑한 거리 60번지 크리스마스

크리스마스는 제인에게 그리 중요하지 않았다. 언제나 같은 일의 되풀이였다. 명랑한 거리 60번지에서는 크리스마스트리도 양말도 없고 아침의 축하인사도 없었다. 외할머니가 그렇게 정했기 때문이다. 외할머니는 조용히 아침을 보내고 싶다며 언제나 세인트 바나바스 교회에 예배를 드리러 갔다. 그것도 별난 이유를 붙여서 이날만큼은 꼭 혼자 가고 싶어했다. 그런 다음 가족 모두 윌리엄 외삼촌이나 데이비드 이모부 집의 점심 식사 모임에 가고, 밤에는 명랑한 거리 60번지 집에서 온 가족이 파티를 열고 선물을 교환했다. 제인은 언제나 원하지도 않는 선물을 잔뜩 받았는데, 그중에 원하는 것도 한두 가지 있었다.

엄마는 여느 때보다 더욱 들뜬 것처럼 보였다. 너무 흥분되어 있어서 이제 한층 성숙해진 제인의 눈에는 마치 엄마가 잠시라도 가만히 있으면 뭔가가 생각날 것 같아서 그것을 두려워하고 있는 것처럼 보였다.

하지만 이번 크리스마스는 제인이 전에 경험한 적 없는 미묘한 의미를 가지고 있었다. 그 하나는 세인트애거서에서 열린 학예회에서 제인이 주역의 한 사람이 되었다는 사실이다. 또 방언시를 낭송했고 그것을 멋지게 소화해낼 수 있었다. 제인은 1600킬로미터나 떨어진 곳에 있는 그 특별한 청중을 위해 낭송한다는 생각으로 했고, 외할머니의 경멸에 찬 얼굴과 굳게 다문 입은 조금도 신경 쓰지 않았기 때문이다. 마지막 순서는 4계절의 정령이 된 네 명의 소녀가 크리스마스 정령 주위에 무릎을 꿇고 있는 활인화(活人畵, 배경그림 앞에서 분장한 사람)였다. 제인은 적갈색 머리에 단풍잎을 장식한 가을의 정령이 되었다.

"손녀따님이 무척 예뻐졌군요. 물론 아름다운 엄마하고는 닮지 않았지만요. 그분은 정말이지 눈이 번쩍 뜨이는 미인이에요."

한 부인이 외할머니에게 말했다.

"마음이 아름다우면 외모도 아름답게 보인다고 하니까요."

외할머니의 대답은, 그 기준에서 판단하면 제인에게는 도저히 외모가 아름다워질 가망이 없다는 듯한 말투였다. 하지만 제인의 귀에는 그 말이 들리지 않았고 들렸다 하더라도 아마 마음에 두지 않았으리라. 아빠가 제인을 어떻게 생각하는지 알고 있기 때문이다.

제인은 섬친구들에게 크리스마스 선물을 보낼 수가 없었다. 선물을 살 돈이 없었기 때문이다. 제인은 용돈이라는 것을 받아본 적이 없었다. 그래서 선물 대신 친구들 모두에게 특별한 편지를 보냈다. 친구들한테서는 조촐한 선물이 왔는데, 그것들은 토론토에서 받은 어떤 선물보다 훨씬 큰 기쁨을 제인에게 안겨주었다.

민의 엄마는 박하를 소포로 보내왔다.

"여기서는 박하는 아무도 좋아하지 않아." 이 말은 외할머니가 좋아하지 않는다는 뜻이었다. "우리는 샐비어를 더 좋아하지."

"지미 존 아주머니는 뭔가를 담글 때는 언제나 박하를 사용하고, 민의 엄마도 큰 도널드 부인도 그렇게 해요."

"그래, 우리는 굉장히 시대에 뒤떨어진 게 분명해."

외할머니가 말했다.

제인이 영 존한테서 받은 가문비나무의 달콤한 껌 포장지를 벗기자, 외할머니는 "저런, 저런! 요새는 숙녀가 껌을 씹게 되었으니! 시대가 바뀌면 행실도 바뀌는 법이지" 하고 말했다.

외할머니는 종치기가 보낸 카드를 손에 들고 보고 있었는데, 거기에는 푸른색과 금색으로 천사가 그려져 있었고 그 밑에 '이건 너하고 닮았어'라고 적혀 있었다.

"사랑하면 눈이 먼다는 얘기는 일찍부터 들었다만."

분명히 외할머니는 상대방을 비참하게 하는 요령을 알고 있었다.

하지만 그 외할머니도 티모시 솔트 노인이 속달로 부쳐온 장작 다발만은 경멸하지 않았다. 그리고 크리스마스 전날 밤 제인에게 그것을 난로에 넣게 해주었다. 엄마는 파랑, 초록, 보랏빛을 발하는 그 불꽃을 무척 기뻐하며 바라보았다. 제인은 그 앞에 앉아 공상에 잠겼다. 서리가 내리고 별이 빛나는 몹시 추운 밤이었다. 섬도 이렇게 추울까? 나의 제라늄이 얼지는 않았을까? 랜턴힐의 창문에는 두껍고 하얀 모피가 쳐져 있을까? 아빠는 크리스마스를 어떻게 보내고 있을까? 아빠가 아일린 고모집에 식사하러 간다는 것은 알고 있었다. 아일린 고모가 무척 예쁜 손뜨개 스웨터와 함께 보낸 편지에 그렇게 적혀 있었다.

"아빠의 옛친구들 두세 명과 함께."

릴리언 모로도 그 옛친구에 들어갈까? 들어가지 않았으면 좋겠다고 제인은 생각했다. 릴리언 모로가 달콤한 목소리로 '네? 드루' 하고 아빠를 부르는 것을 생각할 때마다 제인의 가슴에 설명할 수 없는 불안이 번지는 것이었다.

크리스마스에는 랜턴힐의 집은 비어 있겠지. 제인은 그게 싫었다. 아빠가 해피를 데리고 가면 가엾게도 피터들 두 마리만 집에 남을 거야.

크리스마스 날 제인은 남몰래 가슴이 두근거리는 기쁨을 한 가지 맛보았다. 온 가족이 데이비드 이모부 집에 점심을 먹으러 갔는데, 서재에 〈새터데이 애프터눈〉이 놓여 있었던 것이다. 제인은 정신없이 거기에 달려들었다. 혹시 아빠가 쓴 글이 실려 있지 않을까? 있었다! 이번에도 1면에 프린스에드워드 섬에 대한 논설이 실려 있었다. 제인의 힘으로는 이해할 수 없는 것이었지만, 제인은 자랑과 기쁨에 터질 듯한 가슴으로 한 글자도 빠뜨리지 않고 모두 읽었다.

그리고 고양이가 왔다.

페르시아 고양이

명랑한 거리 60번지에서는 온 가족이 커다란 응접실에 모여 저녁 식사를 하고 있었다. 응접실은 난롯불이 빨갛게 타오르고 있음에도 불구하고 차갑고 음산했다. 프랭크가 바구니를 하나 들고 들어왔다.

"도착했습니다, 마님."

외할머니는 프랭크한테서 바구니를 받아들고 뚜껑을 열었다. 당당한 자태의 하얀 페르시아 고양이가 아무도 믿지 못하겠다는 듯이 연두색 눈을 오만하게 깜박이면서 나타났다. 부엌에서는 이 고양이에 대해 메리와 프랭크가 얘기하고 있었다.

"도대체 큰마님이 무슨 생각으로 저러시는 걸까? 그분은 고양이를 싫어하셔서 빅토리아 아가씨가 키우는 것을 절대로 허락하지 않으셨는데. 그런데 저렇게 빅토리아 아가씨한테 한 마리를 사주시니. 게다가 75달러나 한대. 고양이 한 마리에 75달러라니!"

"마님한테는 돈이 문제가 아니에요. 마님이 어떤 생각을 하고 있는지 내가 얘기해 주지요. 나도 20년이나 노마님의 요리를 만들다 보니 그분의 마음을 어느 정도는 읽을 수 있답니다. 빅토리아

아가씨는 그 섬에서 고양이를 키웠는데, 큰마님으로서는 그 고양이를 이기고 싶은 거예요. 자기는 고양이를 키우지 못하게 하는데, 앤드루 스튜어트가 키우게 하고 있다는 사실을 그냥 넘길 수 없는 거죠. 큰마님은 빅토리아 아가씨를 섬에서 떼어낼 궁리를 하다가 결국 고양이를 생각해낸 셈이에요. 바로 이렇게요. '75달러나 하는 고양이의 여왕 같은 진짜 페르시아 고양이를 보면 볼품없고 흔해빠진 랜턴힐의 고양이는 금세 잊어버릴 것'이라구요. 큰마님이 이번 크리스마스에 빅토리아 아가씨한테 주신 선물을 좀 봐요! 마치 '네 아빠는 너에게 이런 물건은 아무것도 사줄 수 없어!'라고 하는 것 같지 않아요? 네! 난 그분을 잘 알고 있어요. 하지만 드디어 임자를 만난 거라구요. 그렇지 않으면 내가 잘못 짚은 거지만. 큰마님도 이제 빅토리아 아가씨한테 무조건 이래라 저래라 할 수 없다는 걸 알게 된 거죠."

메리가 말했다.

"이건 너한테 주는 크리스마스 선물이다, 빅토리아. 어젯밤에 도착할 예정이었는데 늦어버렸구나. 누군가가 병에 걸렸던 게지."

외할머니가 말했다.

모두들 제인이 뛸 듯이 기뻐할 거라고 생각하며 제인을 쳐다보았다.

"외할머니, 고맙습니다."

제인은 왠지 힘없이 말했다.

사실 제인은 페르시아 고양이를 그다지 좋아하지 않았다. 미니 외숙모의 집에 한 마리가 있는데, 칙칙한 푸른색 고양이로 혈통이 좋은 것이었지만 제인은 도저히 좋아지지 않았다. 페르시아 고양이는 겉만 번지르르할 뿐이다. 겉으로는 무척이나 통통하고 부드러워 보이지만, 껴안아주려고 번쩍 안아들고 보면 온통 뼈뿐이다. 제인이 아닌 다른 사람 같으면 누구나 페르시아 고양이를 크게 기뻐했을 텐데.

"이름은 스노볼이다."

그렇다면 내 고양이에게 내가 이름을 지어줄 수도 없단 말인가!

하지만 외할머니가 제인이 고양이를 좋아할 거라고 기대하고 있기 때문에, 제인은 기특하게도 그때부터 매일 이 고양이를 좋아하려고 노력했다. 하지만 난처하게도 고양이 쪽에서는 자기를 좋아해 주는 것이 귀찮은 듯했다. 아무리 다정하게 대해주어도 그 연두색으로 빛나는 눈빛을 누그러뜨리지 않았고 귀여워해 주거나 쓰다듬어 주는 것도 좋아하지 않았다. 피터들은 호박색 눈을 한 응석꾸러기들로, 제인은 처음부터 그 두 마리한테 그들의 언어로 얘기할 수 있었다. 그렇지만 스노볼은 제인이 하는 말을 한마디도 이해하려 하지 않았다.

"난 말이다, 하기는 착각이었는지도 모르지만, 네가 고양이를 좋아한다고 생각했다."

외할머니가 말했다.

"스노볼이 절 좋아하지 않아요."

"그래? 정말 그럴까? 너는 고양이에 대한 취향까지 친구들과 닮은 것 아니니? 그렇다면 도저히 어떻게 할 수 없는 일이다만."

"착한 제인, 좀 더 스노볼을 좋아할 수 없겠니? 외할머니를 기쁘게 하기 위해서라도? 외할머니는 네가 기뻐할 거라고 생각하셨어. 겉으로만이라도 좋아할 수 없겠니?" 엄마는 제인과 둘만 있게 되자 사정하듯 말했다.

겉치레나 가장하는 것이 서툰 제인은 스노볼을 성실하게 보살폈다. 매일같이 털을 빗겨주고 적당한 음식을 듬뿍 먹도록 배려했고, 추운 날 바깥에 나가서 폐렴에 걸리지 않도록 주의했다. 하기는 폐렴에 걸린다 해도 전혀 걱정할 것이 없었다. 제인은 제멋대로 씩씩하게 나돌아다니는 것 같다가도, 곧 문 앞의 층계에 나타나서 따뜻한 쿠션 위에서 크림을 좀 얻어먹을 수 있게 집 안으로 들여보내 달라고 호소하는 고양이가 좋았다. 스노볼은 제인이 아무리 정성껏 보살펴주어도 당연하다는 얼굴로, 깃털장식 같은 꼬리를 흔들면서 명랑한 거리 60번지를 뻐기며 돌아다녀 보는 손님마다 무척 감탄하게 만들었다.

"가엾은 스노볼!"

외할머니가 잔뜩 빈정대며 말했다. 운 나쁘게 제인은 이때 킥킥 웃었다. 웃지 않을 수가 없었다. 스노볼한테는 가여운 구석이라고는 눈곱만큼도 없었기 때문이다. 긴 의자의 팔걸이에 올라앉은 스노볼은 모두를 내려다보는 제왕 같은 자세로 흡족해하는 모습이었다.

"안아줄 수 있는 고양이가 전 좋아요. 안아주는 걸 좋아하는 고양이가요."

"난 조디가 아니야. 나한테 말하고 있다는 걸 잊고 있구나."

외할머니가 핀잔을 주었다.

3주일 뒤 스노볼이 자취를 감췄다. 다행히 제인이 학교에 가 있었기 망정이지, 그렇지 않았더라면 제인이 스노볼의 실종과 관련이 있을 거라고 외할머니의 의심을 샀을지도 몰랐다. 아무도 집에 없는 사이 메리가 잠깐 현관문을 열어둔 모양이었다. 스노볼은 밖으로 나가 4차원의 세계로 사라져버린 것 같았다. 고양이를 찾는 광고를 내봤지만 소용없었다.

"도둑맞은 거야. 그런 비싼 고양이를 키우니까 이런 일이 생기는 거지."

프랭크가 말했다.

"난 아깝다는 생각이 안 들어요, 프랭크. 그 고양이는 아기보다 더 애지중지해 주지 않으면 마음에 들어하지 않았으니까. 빅토리아 아가씨도 서운해하지 않을 거예요. 그 피터들을 아직도 그리워하고 있거든요. 그리고 아가씬 마음이 변하는 사람이 아니니까 큰

마님도 그 점에 대해 잘 생각해야 할 거예요."

제인은 그리 슬퍼하는 척을 할 수 없었고 그래서 외할머니는 몹시 화를 냈다. 그 일로 외할머니가 며칠이나 안색이 좋지 않자 제인은 불안해졌다. '난 은혜를 모르는 아이인지도 몰라. 스노볼을 좋아하려는 노력이 부족했던 건지도 몰라.'

그러던 어느 날 밤, 눈보라가 치는 길모퉁이에서 제인이 엄마와 블루어행 전차를 기다리고 있으니, 어디선가 몸집이 크고 하얀 페르시아 고양이가 갑자기 나타나서 틀림없이 제인을 알아보는 듯 쉰 목소리로 반갑게 야옹야옹 하면서 다리에 감겨들자 제인은 진심으로 환성을 질렀다.

"엄마! 엄마! 스노볼이에요!"

바람이 불어대는 1월의 밤, 제인이 엄마와 둘이서 길모퉁이에서 전차를 기다린 것은 그때까지 한 번도 없었던 일이었다. 그날 밤 세인트애거서에서 모임이 있었다. 상급생들이 연극을 하는데 엄마가 초대되었던 것이다. 프랭크가 독감으로 자리에 누워 있었기 때문에, 엄마와 딸은 오스틴 부인과 함께 가게 되었다. 연극이 반도 진행되지 않아서 오스틴 부인의 가족에게 급한 환자가 생겼다는 연락이 와서 먼저 집으로 돌아가게 되었고, 엄마는 "우리는 걱정하지 마세요. 제인과 둘이서 전차를 타고 돌아가면 되니까요" 하고 부인에게 말했다.

제인은 전부터 전차를 타는 것을 좋아했지만 엄마와 함께여서 두 배나 즐거웠다. 엄마와 둘이서 어디로 가는 것은 좀처럼 없는 일이었다. 하지만 그런 때 엄마는 무척 좋은 동행이어서, 어디서든 사물의 우스꽝스러운 면을 포착하거나 뭔가 재미있는 것이 있으면 제인과 눈으로 웃음을 나누었다. 블루어에서 내렸을 때 제인은 낙담했다. 생각보다 집이 가까웠기 때문이다.

"제인, 이것이 스노볼일 리가 없지 않니? 확실히 닮기는 했지만 집에서 2킬로미터나 떨어져 있는데."

"스노볼은 도둑맞은 거라고 프랭크가 전부터 말했어요, 엄마. 스노볼이 틀림없어요. 모르는 고양이라면 이렇게 나를 보고 달려들 리가 없잖아요."

"스노볼은 그럴 것 같지도 않았잖아?"

엄마는 웃었다.

"아는 사람을 만나면 기뻐해요. 그 동안 어떻게 지냈을까요? 만져본 느낌으로는 무척 여윈 것 같아요. 집에 데리고 가야지."

"전차를 타고?"

"여기 두고 갈 수는 없어요. 제가 안고 가겠어요. 얌전하게 있을 거예요."

전차를 탄 뒤 한동안 스노볼은 얌전하게 있었다. 사람이 많지는 않았다. 제인이 팔에 가득 들어오는 고양이를 안고 앉는 것을 보고, 떨어진 자리에 있던 세 남자아이들이 킥킥거리고 웃었다. 땅딸막하게 살찐 아이는 무서워서 옆으로 비켜났다. 얼굴에 마마자국이 있는 아이는 페르시아 고양이를 보는 것이 자기에게 모욕이라도 된다는 듯이 얼굴을 찌푸렸다.

갑자기 스노볼이 미친 듯이 날뛰기 시작했다. 조심하지 않아 느슨해진 제인의 팔에서 맹렬한 기세로 튀어나가더니 좌석에 부딪히고 창문에 달려들기도 했다. 부인들은 비명을 지르고 그 뚱뚱한 아이는 펄쩍 뛰어오르며 비명을 질렀다. 마마자국의 아이는 스노볼이 달려드는 바람에 모자가 떨어져서 심한 욕을 퍼부었다. 차장이 문을 열었다.

"그 고양이를 밖으로 내보내세요!"

숨을 헐떡이며 고양이를 쫓아다니던 제인은 날카롭게 소리를 질렀다.

"문을 닫아주세요! 어서요! 이건 잃어버린 고양이인데 찾아서 집으로 데리고 가는 중이에요."

"그럼 또 달아나지 않게 잘 안고 있어야지."

차장이 무뚝뚝하게 주의를 주었다.

그만하면 충분하다고 생각한 듯 스노볼은 제인이 붙잡는 대로 가만히 있었다. 남자아이들이 비웃듯이 웃었지만, 제인은 좌우에는 눈길도 주지 않고 자기 자리로 돌아가려 했다. 그때 제인의 신발에서 단추가 하나 툭 떨어지는 바람에, 제인은 비틀거리다가 좌석 손잡이에 코를 찧어 살갗이 까졌다. 하지만 제인은 빅토리아(승리)라는 이름 못지않게 승리에 취해 있었다.

"어머나, 제인…… 오, 제인!"

엄마는 웃고 있었다. 진짜 웃음이었다. 엄마가 지금처럼 웃었던 게 언제였을까? 이런 엄마를 외할머니가 보면 어떻게 생각할까?

"그건 위험한 동물이야."

마마자국 아이가 조심하라는 듯이 말했다.

제인은 남자아이들을 쳐다보았다. 남자아이들이 자못 놀리는 듯한 표정을 해보였기 때문에 제인도 얼굴을 찡그려 보였다. 전에 없이 스노볼이 좋아진 제인은 명랑한 거리 60번지의 대문이 뒤에서 철커덩 하며 닫힐 때까지 스노볼을 안고 있는 손을 풀지 않았다.

"외할머니, 스노볼을 찾았어요! 집으로 데리고 왔어요."

제인은 의기양양하게 소리쳤다.

제인이 손을 풀자 고양이는 마치 술에 취한 것처럼 어리둥절하게 주위를 둘러보았다.

"그건 스노볼이 아니야. 그 고양이는 암놈이 아니냐."

외할머니의 말투에서 판단하건대 암고양이에게는 지극히 수치스러워해야 할 무언가가 있는 것 같았다!

다시 한 번 광고를 낸 결과, 그 고양이의 주인을 찾아냈고 명랑한 거리 60번지에는 다시는 페르시아 고양이가 나타나지 않았다. 제인은 12월을 지웠고 1월도 후딱 지나갔다.

랜턴힐의 소식은 여전히 제인의 마음을 사로잡았다. 코너 마을 저편에 있는 나무그늘 밑의 작고 둥근 연못에서 모두들 스케이트를 지친다고 했다. '널빤지' 스노빔은 크리스마스 학예회에서 여왕이 되어 부채꼴로 가장자리를 장식한 양철 왕관을 썼다. 이번 목사님의 부인은 오르간을 칠 줄 안다. 지미 존네 아기는 지미 존 아주머니의 선인장꽃을 하나도 남김없이 먹어치웠다. 작은 도널드 부인은 크리스마스 때 키우고 있던 칠면조를 잡아먹었다. 제인은 목덜미에 산호처럼 붉은 살이 늘어져 있던 그 당당하고 하얀 칠면조를 떠올리고 애도의 뜻을 표했다. 툼스톤 아저씨가 민네 엄마의 돼지를 잡았고 민의 엄마는 제인의 아빠한테 돼지고기 한 덩이를 보냈다. 민의 엄마가 이번에 사서 키우는 돼지는 귀여운 분홍돼지로 토미 장로하고 꼭 닮았다. 코너 마을의 스프러그 씨네 개가 로니 씨네 개를 물어뜯었기 때문에 로니 씨는 고소할 생각이다.

10월에 남편이 죽은 앤거스 스캐터비 부인은 낙담하고 있다고 한다. "미망인이 되는 건 생각보다 재미가 없다"고 말했다는 소문이 돌고 있다. 셔우드 모튼이 성가대에 들어갔기 때문에 목사님들은 지붕에 못을 몇 개 더 박았다. 제인은 이 농담은 틀림없이 황새걸음한 테서 나왔을 거라고 생각했다. 큰 도널드 언덕에서 썰매축제가 성대하게 열렸다. 제인의 아빠는 새로운 개를 기르고 있다. '사기꾼'이라는 이름의 살찐 하얀 개다. 제인의 제라늄이 아름답게 피었다.

'그런데도 난 이렇게 멀리 있기 때문에 보지 못하고 있어.'

제인은 안타까웠다. 윌리엄 매컬리스터가 토머스 크라우더하고 서로 치고받고 싸웠다. 윌리엄이 만약 수염을 기른다면 이런 수염으로 할 거라고 한 스타일을 토머스가 싫다고 했기 때문이다. 나뭇잎에 얼음이 맺혔다. 제인은 그 광경이 눈에 선하게 떠올랐다. 얼음의 보석. 단풍나무 숲은 천상의 것처럼 아름답다. 뽀드득거릴 정도로 굳은 뜰의 눈에서 뾰족뾰족 튀어나와 있는 것은 모두 수정의 창 같다. 황새걸음은 분쟁에 휘말렸다. '분쟁'이 도대체 무슨 뜻일까? 올 여름에 가서 물어봐야지. 스노빔네 돼지우리의 지붕이 날아가버렸다.

'작년 여름에 내가 주의 준 대로 마룻대에 제대로 못을 쳤더라면 이런 일은 없었을 텐데.'

제인은 의기양양한 표정으로 생각했다. 보브 우즈 씨가 자기 집 개 위에 넘어져서 등뼈를 삐었다. 삔 것은 보브 씨의 등뼈일까 아니면 개의 등뼈일까? '네덜란드 미나리' 스노빔은 편도선을 잘라내지 않으면 안 되었는데 그래서 몹시 뻐기고 있는 모양이다. 제이베즈 지브즈가 족제비 덫을 놓았는데 자기 집 고양이가 걸리고 말았다. 툼스톤 아저씨가 아는 사람 모두에게 굴요리로 저녁을 대접했다. 코너 마을의 커슨 부인에게 아기가 태어났다고 하는 사람도 있고, 태어나지 않았다고 하는 사람도 있다.

이처럼 색채와 향기가 풍부한 소식에 대해 명랑한 거리 60번지는 어떤 답장을 보낼 수 있을까? 제인은 1월을 지웠다.

2월은 한 달 내내 날씨가 나빴다. 미친 듯이 포효하는 바람이 명랑한 거리에 불어제꼈다. 그런 며칠 밤 동안 제인은 씨앗 일람표를 열심히 읽고 아빠가 봄에 심을 수 있는 것을 골라보았다. 채소에 대한 설명을 읽고 랜턴힐의 뜰에 그것이 줄지어 자라고 있는 모습을 상상해 보는 것도 즐거웠다.

제인은 메리가 간직해둔 요리법을 올 여름 아빠한테 만들어주기 위해 전부 베껴 적었다. 지금 이 순간 아빠는 틀림없이 집 난롯가에 앉아 있고, 두 마리의 개는 행복한 듯이 그 발치에 웅크리고 있겠지. 심한 눈보라가 치는 밤, 제인은 또 2월을 지웠다.

제인의 선택

제인은 3월을 지우면서 "앞으로 두 달 반이야" 하고 속삭였다. 명랑한 거리 60번지도 세인트애거서 학교도 겉으로는 변화가 없는 생활이 이어졌다. 부활절이 찾아와 사순절(^{부활절 전의}_{40일 동안}) 기간 동안 홍차에 설탕을 넣지 않았던 거트루드 이모는 다시 설탕을 넣기 시작했다.

외할머니는 엄마에게 눈이 번쩍 뜨일 만큼 아름다운 봄옷을 사주었지만 엄마는 그런 것에 비교적 냉담한 것처럼 보였다. 제인에게는 밤이 되면 섬이 부르는 소리가 들려오기 시작했다.

4월도 끝나 가는 어느 비오는 날 아침, 편지가 왔다. 몇 주일 전부터 기다리며 조금 걱정이 되기 시작했던 제인이 엄마에게 그 편지를 가지고 갔을 때는 '오랜 귀양살이 끝에 머나먼 고향에서 기쁜 기별을 받아든 자'의 얼굴을 하고 있었다. 엄마는 새파래진 얼굴로 편지를 받아들었고, 외할머니의 얼굴은 새빨개졌다.

"또 앤드루 스튜어트한테서 편지가 온 모양이구나."

외할머니는 그 이름을 입에 올렸기 때문에 입술에 화상이라도 생긴 듯한 말투였다.

"네." 엄마는 들릴락 말락한 목소리로 대답했다.

"그 사람은, 그 사람은 제인 빅토리아를 이번 여름에도 그 사람한테, 만약 이 아이가 가고 싶어한다면 보내줘야 할 거라고 했어요. 이 아이가 스스로 결정하도록 하라구요."

"그렇다면 빅토리아는 가지 않을 거야."

외할머니가 말했다.

"안 갈 거지, 착한 아기야?"

"안 간다고요? 전 가야 해요! 돌아가겠다고 약속하고 온걸요."

제인이 소리쳤다.

"네, 네 아빠는 너를 그 약속에 옭아매려는 게 아니야. 너 하고 싶은 대로 결정해도 좋다고 특별히 적혀 있었어."

"전 가고 싶어요. 갈 거예요."

"착한 아이니까 가지 말아 다오. 넌 작년 여름에 나한테서 떠나버렸어. 다시 가면 난 널 영영 잃어버리게 될 거야." 엄마는 애원했다.

제인은 양탄자를 내려다보았다. 굳게 다문 입이 이상하리만치 외할머니를 닮아 있었다.

외할머니는 엄마한테서 편지를 받아 쭉 훑어보더니 제인을 쳐다보았다.

"빅토리아." 외할머니로서는 무척 듣기 좋은 말투였다. "넌 이 일에 대해 아직 충분히 생각하지 않았어. 난, 내 생각에 대해서는 말하지 않겠다. 감사를 받겠다는 생각 따위는 한 번도 한 적이 없어. 하지만 네 엄마 마음을 너는 조금은 존중해야 하지 않겠니, 빅토리아?" 외할머니의 목소리가 다시 날카로워졌다. "내가 너에게 무슨 말을 할 때는 나를 쳐다보기 바란다."

제인은 고개를 들었다. 겁내지 않고 굴하지 않고 똑바로 외할머니를 쳐다보았다. 외할머니는 전에 없이 자신을 억제하는 듯 더욱 밝은 목소리로 말했다.

"이 일은 아직 말하지 않았지만, 빅토리아, 난 얼마 전부터 이번 여름에 너와 엄마를 데리고 영국으로 여행을 하려고 마음먹고 있었어. 거기서 7월과 8월을 보내기로 하자. 너도 기쁘겠지? 영국에서 보내는 여름과 프린스에드워드 섬의 시골마을에 있는 오두막에서 보내는 여름의 차이를 생각하면 너도 망설이지 않을 거야."

제인은 망설이지 않았다.

"외할머니, 그런 멋진 여행을 하게 해주겠다고 하신 것 정말 고맙습니다. 그렇지만 외할머니와 엄마 두 분이 즐겁게 다녀오세요. 전 섬으로 가고 싶어요."

로버트 케네디 노부인도 자신의 패배를 깨달았다. 하지만 깨끗하게 물러가지는 않았다.

"그 고집과 투지는 제 아빠한테서 물려받은 모양이군. 날이 갈수록 제 아빠를 꼭 닮아가. 턱은 아빠를 그대로 찍어놓은 것 같구나."

외할머니의 얼굴은 분노로 일그러졌고 한참동안 까다롭고 화를 잘 내는 늙은 고양이처럼 보였다.

제인은 누구한테선가 분발할 힘을 받은 것을 감사하게 생각했다. 아빠를 꼭 닮은 것도 턱이 아빠와 닮은 것도 기뻤다. 하지만 엄마가 울지 않았으면 좋겠다고 생각했다.

"그렇게 눈물을 흘려봤자 소용없어, 로빈. 스튜어트 집안의 혈통이 이 아이한테 나타난 거니까. 당연한 일이지. 이 아이가 너보다 저쪽의 천박한 친구들이 더 좋다고 한다면 어쩔 수 없는 일 아니겠니? 이 일에 대해서 난 이제 더 이상 할 말이 없다." 외할머니는 경멸에 찬 얼굴을 제인한테서 거두면서 말했다.

엄마는 일어서서 거미줄 같은 손수건을 눈에 대고 눈물을 닦은 뒤 밝으면서도 위엄 있는 목소리로 말했다.

"괜찮아. 넌, 네가 하고 싶은 대로 선택한 거니까. 나도 외할머니 말씀처럼 이제 아무것도 할 얘기가 없어."

엄마는 가슴이 찢어질 것 같은 제인을 남겨두고 방에서 나갔다. 엄마가 이렇게 위엄 있는 말투로 제인에게 말한 적은 지금까지 한 번도 없었다. 제인은 갑자기 엄마한테서 멀리 멀리 내쳐진 것 같은 기분이 들었다. 하지만 제인은 자신의 선택을 후회하지 않았다. 사실 선택의 여지가 없었다. 무슨 일이 있어도 아빠 곁으로 돌아가야 만 했다. 만약 아빠와 엄마 둘 중의 누군가를 선택해야 한다면? 제인은 자기 방으로 달려가 하얀 곰 깔개 위에 몸을 던지고 어린아이 는 맛보아서는 안 될, 눈물조차 흐르지 않는 고민에 몸부림쳤다.

제인이 다시 평정을 되찾은 것은 1주일이나 지난 뒤였지만, 엄마 는 그 감정의 분출 뒤에 금방 다시 원래의 다정한 엄마로 돌아가 있 었다. 자기 전에 제인의 방에 왔을 때 엄마는 제인을 말없이 굳게 껴안았다.

제인도 엄마를 꼭 껴안았다.

"엄마, 전 무슨 일이 있어도 가야해요. 가지 않으면 안 돼요. 하 지만 엄마를 사랑해요."

"오, 제인, 그렇다면 괜찮지만, 하지만 난 이따금 네가 나한테서 너무 멀리 떠난 것 같은 느낌이 들어. 마치 저 먼 별 저쪽으로 가 버린 것처럼 생각될 때가 있단다. 누구도, 어느 누구도 우리 사이 를 갈라놓아서는 안 돼. 내가 바라는 건 그것뿐이야."

"아무도 그럴 수 없어요, 누구도 그렇게 하고 싶어하지 않아요, 엄마."

한편으로 말하면 반드시 그렇지는 않다고 제인은 생각했다. 외할 머니가 할 수만 있다면 제인과 엄마 사이를 갈라놓고 싶어한다는 것을 제인은 오래 전부터 알고 있었다. 하지만 엄마가 '누구도'라고 말한 건 아빠를 가리키는 것이었다. 그것을 알기 때문에 제인의 대답은 진실이었다.

4월의 마지막 날, 폴리 갈란드한테서 편지가 왔다. 폴리는 기쁨에 넘치고 있었다.

"제인, 올 여름에도 네가 돌아올 거라는 소식을 듣고 우리는 모두 기뻐하고 있어. 아, 제인, 우리의 늪지대에 핀 갯버들을 너에게 보여주고 싶어."

제인도 보고 싶었다. 폴리의 편지에는 다른 재미있는 소식도 있었다. 민의 엄마네 소가 일을 할 수 없게 되어 민의 엄마는 새 소를 살 예정이다. 폴리의 암탉은 알을 아홉 개나 품고 앉아 있다. 제인에게는 조그만 병아리 아홉 마리가 종종걸음을 치고 있는 모습이 눈에 선했다. 그래, 아빠는 올 여름에 닭을 키우겠다고 약속했지.

황새걸음이 올 봄은 대단한 봄이어서 수탉까지 알을 낳고 있다고 제인에게 전해 달라고 폴리한테 부탁했다고 한다. 아기는 윌리엄 찰스라고 이름을 지었는데, 여기저기 뒤뚱거리며 뛰어다니는 바람에 통통하던 젖살이 다 빠져버렸다고 한다. 큰 도널드 씨네 개가 독을 먹고 여섯 번이나 경련을 일으켰지만 다시 건강해졌다.

앞으로 6주일 남았다. 앞으로 몇 달이던 것이 이제는 몇 주가 되었다. 랜턴힐의 우리 집에는 울새가 뽐내면서 돌아다니고, 바다에서 안개가 몰래 다가오겠지. 제인은 달력에서 4월을 지웠다.

뜻밖의 발견

제인이 그 집을 본 것은 5월의 마지막 주였다. 어느 날 저녁 엄마는 새 집으로 이사한 친구를 방문했다. 그 집은 험버 강변에 생긴 신개척지에 있었고 호수와 가까웠다. 엄마는 제인을 데리고 갔는데, 그것은 제인에게는 뜻밖의 발견이었다. 외출 범위가 한정되어 있었기 때문에 토론토에도 이런 아름다운 장소가 있는 줄 제인은 꿈에도 생각하지 못했다.

그곳은 마치 예쁜 시골마을 같았다. 언덕이 있고 풀고사리와 매발톱꽃이 자라고 있는 좁은 골짜기가 있고, 강과 숲도 있었다. 타오르는 듯한 초록빛 버드나무, 거대한 구름 같은 떡갈나무, 깃털 같은 소나무, 그리 멀지 않은 곳에 아련하게 보이는 푸른빛은 온타리오 호수였다.

타운리 부인이 살고 있는 거리는 레이크사이드 가든즈라고 하는데 부인은 자랑스럽게 자신의 새 집을 안내했다. 그 집은 너무 넓고 으리으리해서 제인은 별 흥미를 느끼지 못하고, 잠시 뒤 찬장과 침실에 대해 얘기를 나누고 있는 엄마와 타운리 부인을 남겨두고 가만히 해질녘의 거리로 나가 혼자 마을을 구경하기 시작했다.

제인은 레이크사이드 가든즈가 좋은 곳이라고 생각했다. 그 길이 꼬불꼬불하게 꼬부라져 있어서 마음에 들었다. 친근한 길이었고 집들은 상대를 업신여기는 듯한 태도로 서로 마주보고 있지 않았고 커다란 저택도 오만해 보이지 않았다.

집들은 각각의 뜰 안에 앉아 있었고 그 주위를 작고 붉은 꽃들이 거품처럼 무리 지어 있었으며, 건물 발치에는 튤립과 수선화가 가득 피어 있었다. 그리고 '우리에게는 넉넉한 여유가 있습니다. 우리는 팔꿈치로 서로를 밀어내거나 하지 않습니다. 우리는 푸근한 인정을 주고받습니다'라고 그 집들은 말하고 있었다.

제인은 그 집들을 유심히 바라보면서 걸어갔는데, 거리를 벗어나 호수로 구불구불하게 이어지는 길로 접어든 곳에서 제인은 그 집을 발견했다. 방금 지나온 집들 중에도 마음에 드는 것이 많았지만, 이 집을 보았을 때 제인은 랜턴힐의 집을 보았을 때와 마찬가지로 한눈에 이것이 바로 자신의 집이라는 것을 알았다.

그 집은 레이크사이드 가든즈에서는 작은 편이었지만 랜턴힐의 집보다는 훨씬 컸다. 잿빛의 돌집으로, 생각지도 못한 곳에 아름다운 여닫이창문도 있었다. 지붕은 짙은 갈색이었다. 집은 골짜기 가장자리에서 나무들의 우듬지를 내려다보며 자리잡고 있었고, 바로 뒤에는 커다란 소나무 다섯 그루가 우뚝 서 있었다.

"정말 예쁜 집이다!"

제인은 중얼거렸다.

지은 지 얼마 안 되는 새 집 같은데 잔디에 '집을 팝니다'라는 팻말이 서 있었다. 제인은 집을 한 바퀴 돌면서 마름모꼴 창문을 하나하나 들여다보았다. 가구를 들여놓으면 틀림없이 아늑할 것 같은 거실, 문을 열면 일광욕실로 나오는 식당, 비할 데 없이 아름다운 아침 식사용 작은 방에는 연노란색 붙박이 찬장이 있었다. 의자도 테이블도 노란색으로 하면 좋을 것 같고, 움푹 패인 창문의 커튼을 금색과 녹색의 중간색으로 하면 음울한 날씨에도 햇빛처럼 밝아 보일 것이다. 그래, 이건 내 집이야. 제인은 자신이 이 집 안에서 커튼을 치고 유리창을 닦고, 부엌에서 비스킷을 굽고 있는 모습을 눈에 그려보았다. '집을 팝니다'라는 팻말이 사랑스럽게 보였다. 누군가가 이 집을, 내 마음에 든 이 집을 사버릴지도 모른다고 생각하니 견딜 수 없는 심정이었다.

제인은 집 주위를 서성거렸다. 뒤쪽은 땅이 계단식으로 골짜기 밑으로 내려가고 있었다. 돌탑이 있고 개나리가 무리 지어 자라고 있었는데, 이른봄이면 엷은 금빛 샘이 될 것이 틀림없었다. 계단을 이룬 비탈에 돌층계가 세 군데 이어져 있고, 자작나무가 우아한 그늘을 드리우고 있었다. 한쪽은 날씬하고 어린 사시나무들이 만들어내는 천연의 정원이었다. 울새 한 마리가 제인에게 눈짓을 해 보였다. 통통하게 살찐 멋진 고양이 한 마리가 가까운 돌탑에서 이쪽으로 다가왔다. 제인이 붙잡으려고 하자, 고양이는, "실례합니다, 오늘은 바빠서 이만"이라고 말하듯 서둘러 돌층계를 내려갔다.

제인은 현관 층계에 앉아서 마음속으로 남 모르는 기쁨에 잠겼다. 길 저편의 수풀에 틈새가 나 있고, 그 사이로 멀리 보랏빛이 감도는 잿빛 언덕이 보였다. 강 저편에는 안개가 낀 것처럼 보이는 연둣빛 숲이 있었다. 랜턴힐 주위의 숲도 안개가 서린 듯한 녹색으로 물들어 있을 무렵이었다. 멀리 아래쪽의 소나무 뒤쪽에서 밤의 도시의 기치가 저녁놀에 나부끼고 있었다. 갈매기가 강에서 하얗게 날아올랐다.

어두워졌다. 집집마다 불빛이 빛나기 시작했다. 제인은 예전부터 밤에 불이 켜진 집에 마음이 끌렸다. 내 뒤에 있는 집에도 불이 켜지지 않으면 안 돼. 내가 그 불을 켜는 거야. 내가 이곳에 살지 않으면 안 돼. 이곳이라면 난 행복해질 수 있을 것 같아. 이곳이라면 바람과 비와 사이좋게 지낼 수도 있어. 호수도 좋아질 거야. 그 항구처럼 반짝반짝 빛나거나 굉음을 내지 않아도 좋아. 건방진 다람쥐들한테는 호두를 던져주고, 날개가 돋은 참새한테는 둥우리 상자를 만들어주고, 타운리 부인이 골짜기에 살고 있다고 한 꿩에게도 먹이를 주자.

불현듯 떡갈나무 위에 가느다란 금빛 초승달이 뜨더니 주위가 정적에 잠겼다. 온화한 초여름, 밤하늘 아래의 퀸 해변을 떠올리게 하는 고요함이었다. 호숫가의 찻길에서 반짝이는 불빛은 검은 피부를 가진 미녀의 가슴에서 빛나는 보석목걸이를 연상시켰다.

집으로 돌아오는 자동차 안에서, "저녁 내내 어디에 있었니?" 하고 엄마가 묻자 제인은 꿈꾸듯이 대답했다.

"집을 구경하고 있었어요. 엄마, 우리가 명랑한 거리 60번지가 아니라 그곳에 살고 있는 거라면 좋겠어요."

엄마는 한동안 말이 없었다.

"넌 명랑한 거리의 그 집을 별로 좋아하지 않는구나, 착한 아가?"

"네." 제인은 스스로도 놀라면서 말한 뒤 이렇게 덧붙였다. "엄마는요?"

더욱 더 놀란 것은 엄마가 격정에 사로잡힌 얼굴로, "너무 싫어!" 하고 지체없이 대답한 것이었다.

그날 밤 제인은 5월을 지웠다. 이제 불과 열흘. 주를 헤아리던 것이 지금은 다시 날이 되었다. 아, 만약 병에 걸려 가지 못하게 되면 어떡하지! 하지만 그럴 리가 없어! 하느님은 그런 일은 만들지 않으실 거야, 그럴 리가 없어!

다시 바다의 품으로

외할머니는 엄마에게 제인에게 필요한 옷을——필요한 것이 있다면——사주라고 차갑게 말했다. 어느 날 오후 제인은 엄마와 즐겁게 쇼핑을 하러 갔다.

제인은 랜턴힐과 섬에서 여름을 보내는 데 어울리는 물건들을 직접 골랐다. 엄마는 예쁜 스웨터 몇 장하고 아름다운 주름장식이 있는 예쁜 장밋빛 오건디옷을 꼭 사야 한다고 주장했다. 제인은 이런 옷을 입고 어디에 가나 하고 생각했다. 교회에 입고 가기에는 너무 화려했다. 하지만 엄마를 기쁘게 하기 위해 잠자코 있었다. 엄마는 무척 귀여운 녹색 수영복도 사주었다.

'아, 생각 좀 해 봐. 1주일 뒤면 내가 퀸 해변에 있다니! 헤엄치기에는 물이 너무 차갑지 않을까 몰라.'

제인은 들뜬 기분으로 생각했다.

"우리도 8월에 섬에 갈지 몰라. 아빠가 오랫동안 못 갔으니까 다시 한 번 거기서 휴가를 보내고 싶으시대. 가게 되면 항구의 호텔에서 묵을 건데, 거기서 퀸 해변까지 그리 멀지 않으니까 틀림없이 널 만날 수 있을 거야." 필리스가 말했다.

이 말을 듣고 제인은 기쁜지 기쁘지 않은지 알 수가 없었다. 필리스가 그곳에 가서 섬을 경멸하고 랜턴힐과 신발장과 스노빔 아이들을 무시하는 것은 싫었다.

올해 제인은 랜돌프 씨 부부를 따라 해안지방에 가서 야간열차가 아니라 아침열차로 출발했다. 잔뜩 찌푸린 흐린 날씨였지만 제인은 기쁘고 행복한 마음을 주위에 햇빛처럼 내뿜었다. 제인에 대해 랜돌프 부인이 받은 인상은 스탠리 부인과는 정반대였다. 랜돌프 부인은 이렇게 느낌이 좋은 아이는 처음 본다고 생각했다. 제인은 모든 것에 흥미를 나타냈고, 가는 곳마다 아름다움을 찾아냈으며, 끝없이 이어지는 펄프나무 지대와 뉴브런즈윅의 벌채 마을조차 아름답게 보았다.

제인은 시간표를 살펴보고는 역에 도착할 때마다 그 역이 마치 친구인 것처럼 인사했고, 특히 '적송', '버치보그' '메므람쿡' 같은 이색적이고 재미있는 이름의 역에서는 더 큰 기쁨을 보였다. 잭빌에서 내려 토르멘틴곶으로 가는 작은 기차로 갈아탔다. 제인은 섬으로 가지 않는 사람들이 얼마나 불쌍해 보였는지 몰랐다.

토르멘틴곶, 연락선, 그리고 눈에 들어오는 섬의 붉은 절벽, 야, 도착했다! 절벽이 그런 붉은색이라는 것을 제인은 완전히 잊고 있었다. 그 건너편에는 안개가 낀 것 같은 초록색 언덕이 있었다. 이번에도 비가 내리고 있었지만 누가 아랑곳이나 할 줄 알구? 섬에서 일어나는 일은 어떤 일이라도 좋았다. 비? 그것이야말로 제인이 바라는 바였다.

아침에 토론토를 떠났기 때문에 샬럿타운에 도착한 것은 오후의 한창 더울 때였다. 기차에서 내린 순간, 제인의 눈에 아빠가 들어왔다. 아빠가 싱글벙글 웃으면서 말했다.

"어디서 많이 본 얼굴 같은데, 혹시 당신은?"

제인은 아빠 품속에 뛰어들었다. 두 사람은 결코 헤어지지 않았고, 제인은 절대로 가버린 것이 아니었다. 세상은 다시 현실로 돌아왔다. 나는 다시 제인으로 돌아왔어. 아, 아빠, 아빠!

제인은 아일린 고모도 혹시 와 있는 게 아닐까 하고 걱정되었다. 어쩌면 미스 릴리언 모로도 함께. 하지만 아일린 고모는 보스턴의 친척을 방문하러 갔고 미스 모로도 함께 데리고 갔다는 것이었다. 제인은 아일린 고모가 보스턴이 너무 마음에 들어서 당분간 돌아오지 않기를 마음속으로 빌었다.

"자동차가 또 심통을 부려서 코너 마을의 수리공장에 맡기고 황새걸음의 마차를 빌려왔는데, 괜찮겠니?"

괜찮으냐고요? 제인은 뛸 듯이 기뻤다. 랜턴힐로 가는 길을 실컷 즐기기 위해 될 수 있는 한 천천히 달리고 싶었다. 그리고 말 뒤에 앉는 것도 흥미로웠다. 그렇게 하면 말과 얘기를 할 수 있지만 자동차는 그렇게 할 수 없다. 사실은 만약 아빠가 랜턴힐까지 걸어가야 한다고 말했더라도 제인은 눈도 깜짝 하지 않았을 것이다. 아빠는 여위고 힘센 손으로 제인을 안아올려 마차 위에 앉혔다.

"작년에 중단해 둔 데서부터 계속하자꾸나. 작년 여름보다 많이 자란 것 같은데, 제인?"

"3센티미터 자랐어요."

제인이 자랑스럽게 말했다.

비는 그치고 어느새 해가 나와 있었다. 건너편에 보이는 항구의 하얀 파도머리가 제인을 보고 웃으며 손을 흔들고 있었다.

"제인, 시내에 들러 우리 집에 선물을 좀 사가지고 가자."

"새지 않는 이중 냄비요, 아빠. '부틀즈'는 늘 조금씩 새거든요. 그리고 감자를 으깨는 기계도 필요해요. 그것도 사요, 네? 아빠."

아빠는 그 정도 돈은 있다고 말했다.

모든 것이 즐거웠다. 도시를 뒤로 하고 두 사람이 사랑하는 모든 것이 기다리고 있는 우리 집으로 향했을 때 제인의 얼굴은 더욱 빛났다.

"너무 빨리 달리지 마세요, 아빠. 도중에 하나도 빠뜨리지 않고 보고 싶으니까요."

제인은 모든 것을 보며 눈을 즐겁게 했다. 가문비나무로 덮인 언덕, 여기저기 알려지지 않은 아름다움을 가득 품고 있는 뜰, 멀리서 반짝이고 있는 바다, 푸른 강. 저 강은 작년 여름에도 저토록 파랬던가? 늦봄이었기 때문에 꽃의 전람회가 모두 끝나버린 것이 제인은 못내 아쉬웠다. 봄꽃이 필 무렵, 타이터스 자매의 유명한 벚나무를 보러 섬에 오게 될 날이 있을까 하는 생각이 들었다.

미드 부인에게 인사하러 잠시 들렀더니, 미드 부인은 제인에게 키스하며 미드 씨가 귀울림증 때문에 누워 있어서 나올 수 없는 것이 유감이라고 했다. 미드 부인은 도중에 배가 고프면 먹으라며 요깃거리로 햄샌드위치하고 치즈를 싸주었다.

바다가 보이기도 전에 대양의 파도소리가 들려왔다. 제인은 그 소리를 무척 좋아했다. 바다의 정령이 제인을 부르고 있는 것 같았다. 곧 갯내음도 풍겨왔다. 언덕의 어느 지점까지 오면 어김없이 첫 갯내음이 코를 찌르는 것이었다. 그 위에 서면 멀리 랜턴힐을 볼 수 있었다. 말이 한 걸음 한 걸음 걸을 때마다 저 멀리 우리 집에 한 걸음씩 가까이 다가가는 거라고 느끼는 것은 행복한 일이었다.

거기서부터는 제인의 땅이었다. 거기까지 가는 동안 거쳐가는 모든 장소를 알고 있다는 것이 즐거웠다. 푸른 숲의 오솔길, 제인 쪽으로 팔을 내밀고 있는 낡고 그리운 농장, 한 줄로 늘어선 가문비나무는 변함없이 작은 도널드 언덕으로 올라가고 있었다. 언덕 위, 항구로 들어오는 고깃배, 제인에게 웃음을 보내고 있는 작고 푸른 연못, 그리고 랜턴힐, 유배가 끝난 뒤의 귀향!

나중에 스노빔네 아이들이라는 걸 알았지만 누군가가 오솔길에 하얀 돌을 늘어뜨려 '환영'이라고 써 놓았다. 뜰에서 두 사람을 기다리고 있던 해피는 제인을 산 채로 잡아먹을 것 같은 기세였다. 새 식구가 된 통통하고 하얀 개 '사기꾼'은 멀찌감치 앉아서 제인을 쳐다보고 있었는데, 너무나 사랑스러운 개여서 제인은 그 개가 사기꾼인 것을 그 자리에서 용서했다.

맨 먼저 한 일은 방들을 하나하나 둘러보는 것이었는데, 방들도 제인에게 환영인사를 했다. 변한 것은 아무 것도 없었다. 제인이 뭔가 없어진 게 없나 하고 집 안을 구석구석 살펴보았지만, 작은 청동 병사상은 변함없이 청동 말을 타고 있었고, 녹색 도자기 고양이는 아빠의 책상을 잘 감시하고 있었다. 하지만 은그릇은 닦을 필요가 있었고, 제라늄도 손질을 기다리고 있었으며, 아! 도대체 부엌 바닥은 언제 닦고 안 닦은 것일까?

제인은 랜턴힐을 아홉 달 동안 비워두고 있었건만, 지금은 전혀 비워두지 않았던 것처럼 느껴졌다. 사실은 이곳에 내내 살고 있었던 것이다. 이곳은 제인에게는 마음의 집이었으니까.

깜짝 놀랄 일이 많이 있었다. 물론 그건 모두 기쁜 일이었지만. 닭이 여섯 마리나 있었고 뜰 아래쪽에 작은 닭장도 있었다. 현관 유리문 위에는 지붕이 만들어져 있었다.

아빠는 집에 전화도 놓았다.

제인이 아래층으로 내려오니, 입구 계단에 피터 1세가 커다란 쥐를 입에 물고 사냥꾼으로서의 솜씨를 자랑하듯 앉아 있었다. 제인은 쥐와 함께 피터 1세를 안아올린 뒤 피터 2세는 어디 있나 하고 둘러보았다. 피터 2세는 어디로 갔을까?

아빠는 제인의 어깨를 꼭 감싸안았다.

"피터 2세는 지난주에 죽었다, 제인. 무엇 때문인지는 모르지만 병에 걸렸어. 수의사에게 데리고 갔지만 손을 쓸 수 없었단다."

제인은 눈을 찔린 것처럼 아팠다. 울지 않으려고 애썼지만 허사였다.

"전, 저의 소중한 것이 죽을 수도 있다는 생각은 하지 못했어요."

제인은 아빠의 어깨너머로 속삭였다.

"아, 제인, 사랑도 죽음을 막을 힘은 없는 거야. 짧기는 했지만 피터 2세는 행복한 생애를 보냈어. 모두 함께 뜰에 묻어주었다. 바깥에 나가 보렴, 제인. 네가 올 거라는 애길 하자마자 꽃들이 피기 시작했단다."

두 사람이 뜰에 나가니 시원한 바람이 불어왔고 꽃과 관목들이 두 사람에게 고개를 끄덕이고 손을 흔들고 있는 것처럼 보였다. 아빠는 뜰 한쪽을 텃밭으로 꾸며놓았다. 모두 정연하게 작은 줄을 지어 자라고 있었다. 새롭게 한해살이 식물의 꽃밭도 있었다.

"네가 원하는 것을 미란다가 씨앗가게에 가서 사다주었다. 뭐든지 다 있어. 귀뚜라미꽃(체꽃)까지. 넌 어째서 그런 꽃을 좋아하는 거지, 제인? 예쁜 이름이 아니잖니? 벌레 같은 느낌이 드니 말이다."

"어머나, 그래도 꽃은 예뻐요, 아빠. 게다가 더 좋은 이름들이 많이 있어요. '미녀의 쿠션'이니 '아침의 신부'니 하는 거요. 팬지가 정말 예쁘죠? 작년 8월에 씨를 뿌려 두길 잘했어요."

"너야말로 팬지꽃 같구나, 제인. 저 금빛 눈을 한 적갈색의 꽃과 꼭 닮았어."

제인은 누군가 자신을 꽃에 비유해 줄 사람이 있을까 하고 생각했던 일이 떠올랐다. 라일락 아래 바닷가에서 주워온 돌로 쌓은 작은 돌무덤이 있었지만 그래도 제인은 행복했다. 그것은 영 존이 피터 2세의 무덤 위에 쌓은 것이었다. 모든 것이 아름다웠다. 큰 도널드 부인의 빨래가 파란 하늘을 배경으로 언덕 위에서 힘차게 펄럭이고 있는 것조차 아름다웠다.

멀리 아래쪽에 있는 '전망대' 옆에는 파도가 밀려와 모래밭에서 부서지고 있었다. 제인은 그 즐겁게 춤추는 파도 속으로 단숨에 뛰어들고 싶었다. 하지만 그것은 아침까지 미루지 않으면 안 되었다. 지금은 저녁 식사를 준비해야 하니까.

'다시 부엌에 들어갈 수 있다는 게 얼마나 행복한지 몰라!'

제인은 앞치마를 걸치면서 생각했다.

"내 요리사가 돌아와 줘서 한시름 놓았다."

아빠도 기뻐했다.

"겨울동안 나는 거의 매일 소금에 절인 대구로 연명했지. 그게 요리가 가장 간단하거든. 하지만 이웃사람들이 보급품을 지원해 준 건 부정하지 않겠어. 모두들 우리 저녁 식사에 쓰라고 듬뿍 갖다 주고 갔단다."

식품저장실은 온갖 것들로 꽉 차 있었다. 지미 존네에서 온 차가운 닭고기, 큰 도널드 부인이 보내온 버터, 작은 도널드 부인한테서 온 크림 한 단지, 스노빔 부인한테서는 치즈, 민의 엄마는 장미처럼 빨간 햇무, 그리고 벨 부인은 파이.

"벨 부인은 네가 자기 못지않게 맛있는 파이를 만들 수 있다는 건 알지만, 만들기 전까지 먹게 하고 싶다는구나. 잼도 아직 꽤 남아 있고 야채피클은 거의 그대로 있다."

제인과 아빠는 저녁을 먹으면서 얘기를 나누었다. 두 사람은 겨울 동안 지냈던 얘기부터 하기 시작했다.

"아빠는 제가 없어서 쓸쓸했어요?"

"글쎄, 어땠을까? 제인은 어떤 생각을 하고 있었지?"

두 사람은 몹시 흡족한 눈길로 서로를 바라보았다. 제인은 열려 있는 문을 통해 오른쪽 어깨너머로 초승달을 보았다. 아빠가 일어나서 시계를 다시 작동시켰다. 시간은 다시 흘러가기 시작했다.

속 깊은 제인의 친구들은 제인이 최초의 환희를 만끽하고 난 저녁에 제인을 만나러 왔다. 햇볕에 그을려 장밋빛 볼을 한 지미 존 아저씨네 가족들, 스노빔네 아이들, 민, 종치기. 모두 제인을 다시 만난 것을 기뻐했다. 퀸 해변은 제인을 가슴 깊이 간직하고 있었다. 다시 중요한 인물이 되는 것은 멋진 일이었다. 누구의 눈치도 보지 않고 마음껏 웃을 수 있는 것도 멋지고, 행복한 사람들 틈에 다시 끼게 된 것도 멋진 일이었다. 어느 순간 제인은 명랑한 거리 60번지의 집에는 행복한 사람이 아무도 없다는 걸 깨달았다. 메리와 프랭크는 아닐지도 모르지만. 외할머니는 행복하지 않았다. 거트루드 이모도 행복하지 않았다. 엄마도 행복하지 않다.

지미 존 아저씨네 일꾼 황새걸음이 뜰에 사용할 양의 분뇨를 손수레에 가득 싣고 왔다고 제인에게 속삭였다.

"문 옆에 놔두었다. 뜰에는 잘 썩힌 양의 분뇨보다 더 좋은 건 없거든."

종치기는 피터 2세 대신이라며 새끼고양이를 한 마리 가져왔다. 이 고양이는 나중에 어엿한 어른 고양이가 되었다. 검은 고양이지만 다리는 넷 다 하얀색이었다. 제인은 자기 전에 아빠와 온갖 이름을 생각한 끝에 결국 '은화(Silver Penny)'라는 이름을 지어주었다. 양쪽 귀 사이에 둥그런 흰색 반점이 있기 때문이었다.

언덕의 가파른 비탈에 있는 어린 자작나무가 창문으로 팔을 뻗어 그리운 자신의 방으로 가는 것은, 밤에 바닷소리를 듣는 것은, 그리고 아침에 눈을 뜬 뒤 하루종일 아빠와 함께 있을 수 있다는 걸 깨닫는 것은 얼마나 기쁜 일인가! 제인은 새벽별의 노래를 부르며 옷을 갈아입은 뒤 아침 식사를 준비했다.

아침을 먹은 뒤 제인이 맨 먼저 한 일은 바람과 함께 바다로 달려가서, 미친 듯 춤추는 파도 속에 기세 좋게 뛰어들어가, 터질 듯한 기쁨을 느끼면서 헤엄을 친 것이었다. 제인은 바다의 품속에 몸을 던진 것 같았다. 얼마나 행복한 아침이었는지! 은그릇을 닦고 유리창도 닦고! 아무 것도 변한 것은 없었다. 겉으로 나타난 변화는 있었는데, 황새걸음은 목의 병 때문에 턱수염을 기르고 있었고, 작년의 송아지는 어른소가 되어 있었다. 작은 도널드는 언덕 위의 자신의 목장을 다시 손질했다. 고향에 있는 것은 좋은 것이었다.

"티모시 할아버지가 이번 토요일 대구 낚시에 절 데리고 가준댔어요, 아빠."

별의 방문객

7월이 되자 데이비드 이모부와 실비아 이모, 필리스가 항구의 호텔에 와서 1주일간 머물 예정이라고 했다. 어느 날 오후 이모 부부는 필리스를 랜턴힐로 데리고 와서 자신들이 시내의 친구를 방문하는 동안 필리스를 두고 갔다.

"우리는 9시까지 돌아올 거야."

실비아 이모는 망연한 표정의 제인을 보면서 말했다. 제인은 퀸즈클리크에서 방금 돌아온 참인데, 보스턴에 있는 조 고티에의 여자친구에게 보낼 연애편지를 조 대신 써주고 온 것이었다.

사실 제인은 어떤 일도 두려워하지 않고 해내는 것 같았다. 오전 내내 지미 존네 헛간에 건초를 짐마차로 여러 번 운반했기 때문에, 그때 입은 다갈색 작업복 바지를 여태 입은 채였다. 작업복 바지는 낡고 색이 바랜 데다, 큼지막한 녹색 페인트 얼룩이 묻어 있어서 더욱 볼품이 없었다. 어느 날 제인이 뜰에 있는 낡은 벤치를 녹색으로 칠한 뒤 채 마르기도 전에 그 위에 앉았던 것이다.

아빠가 안 계셔서 필리스의 기를 꺾어줄 만한 것은 아무 것도 없었고, 필리스는 여느 때보다 더욱 제인을 무시했다.

"네 뜰은 제법 봐 줄 만하구나."

제인은 거세게 콧김 소리를 냈다. 제법 봐 줄 만하다고? 타이터스 자매의 뜰을 제외하면 퀸 해변에서 가장 아름다운 뜰이라고 모두가 인정하고 있는 이 뜰을? 군(郡)에서 이보다 더 예쁜 건 없을 거라고 하는, 금련화의 그 화려한 무늬가 얼마나 멋있는지 필리스는 모른단 말인가? 그 작은 빨간 무와 예쁜 황금색 당근이 몇 킬로미터 사방의 어느 집보다 2주일이나 앞서가고 있다는 걸 모른다고? 황새걸음한테서 얻은 양의 분뇨를 듬뿍 준 제인의 분홍 모란이 마을에서 소문이 자자하다는 걸 모른단 말인가?

아무튼 제인은 그날은 기분이 좋지 않은 날이었다. 보스턴에서 돌아온 아일린 고모와 미스 모로가 그 전날 찾아왔는데, 아일린 고모는 전과 다름없이 상냥하기 그지없는 얼굴로 비아냥거리며 여전히 제인의 신경을 건드렸다.

"널 위해 아빠가 전화를 놓은 건 잘한 일인 것 같구나. 내가 넌지시 아빠한테 권했거든."

"전 전화 같은 건 원한 적이 없어요."

제인이 퉁명스럽게 말했다.

"어머나! 하지만 제인, 이런 곳에 혼자 있는 일이 많지 않니? 필요할 거야, 무슨 일이 일어날 경우……."

"여기서 무슨 일이 일어날 거라는 말인가요, 고모님?"

"집에 불이 날지도 모르고……."

"불이라면 작년에도 났지만 제가 껐어요."

"또 네가 헤엄치다가 쥐가 날지도 모르잖니. 내가 그런 생각을 했다는 건 아니지만……."

"하지만 경련을 일으킨다 해도 거기서는 전화를 걸 수 없어요."

"또 만약 부랑자라도 오면……."

"이번 여름에 꼭 한 사람 이곳에 왔어요. 해피가 다리를 물어뜯어 버렸죠. 전 그 사람을 얼마나 동정했는지 몰라요. 그래서 물린 자리에 약을 발라주고 점심 식사를 대접했죠."

"제인, 너도 참! 억지를 쓰는 건 네 외할머니 케네디 노부인하고 똑같아."

제인은 외할머니와 닮았다는 말을 듣는 것이 왠지 마음에 들지 않았다. 그보다 더 마음에 안 드는 건 저녁 식사 뒤, 아빠와 미스 모로가 둘이서만 바닷가로 산책하러 간 것이었다. 아일린 고모는 생각에 잠긴 듯한 표정으로 두 사람의 뒷모습을 바라보았다.

"저 사람들은 공통점이 저렇게도 많은데, 정말 안타까운 일이야."

뭐가 안타까운지 제인은 듣고 싶지 않았다. 하지만 그날 밤 오랫동안 잠들지 못했고, 이튿날 필리스가 와서 뜰을 비웃었을 때도 여전히 마음의 평정을 되찾지 못하고 있었다. 하지만 안주인에게는 일종의 의무가 있고 제인은 랜턴힐의 위신을 떨어뜨리고 싶지 않았다. 하기는 냄비와 솥을 향해 몇 번 찌푸린 얼굴을 해 보이기는 했지만 필리스를 위해 준비한 저녁 식사에는 필리스도 눈을 동그랗게 떴다.

"빅토리아, 설마 이걸 모두 네가 만들었다는 건 아니겠지?"

"물론 내가 했어. 어렵지 않아."

저녁을 먹은 뒤 지미 존네하고 스노빔네 아이들이 몇 명 나타났는데, 저녁 식사에서 어느 정도 자만심이 흔들리기 시작한 필리스는 무척이나 정중한 태도를 보여주었다. 다 함께 바닷가로 헤엄치러 갔지만, 무시무시한 기세로 밀려오는 파도에 기가 질린 필리스는 모래 땅에 앉아 바닷물을 뒤집어쓰기만 했다. 다른 아이들은 모두 인어처럼 헤엄치며 놀았다.

"네가 그렇게 헤엄을 잘 칠 줄은 몰랐어, 빅토리아."

"바다가 잔잔할 때 내 모습을 봤어야 하는 건데."

제인이 말했다.

그래도 데이비드 이모부와 실비아 이모가 필리스를 데리러 올 시간이 되자 제인은 안도했다. 그런데 전화가 와서 데이비드 이모부가 차가 고장나서 그쪽으로 가는 게 늦어질 것 같으니, 랜턴힐에서 누군가가 필리스를 호텔로 데려다 주면 안 되겠느냐고 하는 것이었다. "네, 좋고말고요" 하며 제인은 이모 부부를 안심시키고 필리스에게 말했다.

"아빠가 한밤중까지 돌아오지 않으실 거니까 우린 걸어가야 해. 내가 함께 가 줄게."

"하지만 호텔까지는 6킬로미터도 더 돼!"

필리스가 기겁을 하며 놀랐다.

"들판을 가로질러 지름길로 가면 겨우 3킬로미터밖에 안 돼. 난 그 길을 잘 알고 있어."

"하지만 이렇게 어두운데?"

"어머나, 설마 넌 어둠이 무서운 건 아니겠지?"

필리스는 거기에는 대답하지 않고 제인의 작업복 바지를 힐끔힐끔 쳐다보았다.

"넌 그 차림으로 갈 거니?"

"아니야, 이건 집에 있을 때만 입는 옷이야." 제인은 참을성 있게 설명했다. "오전 중에 내내 짐마차로 건초를 운반했어. 지미 존 아저씨는 집에 없었고 펀치는 다리를 다쳤거든. 금방 갈아입고 올 테니까 기다려."

제인은 예쁜 스커트와 스웨터로 갈아입고 적갈색 머리에 빗질을 했다. 제인의 머리는 요즘 사람들이 두 번씩 쳐다볼 정도가 되어 있었다. 필리스는 두 번도 넘게 쳐다보았다. 정말 아름다운 머리카락이었다. 빅토리아에게 무슨 일이 일어났을까? 늘 바보라고만 생각했던 빅토리아가? 이 키가 멀쑥하고 팔다리만 있는 것 같은 소녀는 분명히 바보가 아니야. 게다가 이런 팔과 다리에도 불구하고 전처럼 어색한 데가 전혀 없어. 필리스는 작게 한숨을 내쉬었다. 그 한숨은 아무도 의식하지 못했지만 두 사람의 위치가 완전히 뒤바뀐 것을 의미했다. 필리스는 제인을 무시하는 대신 존경하게 되었다.

두 사람이 나갈 무렵 시원한 밤공기는 이슬을 머금고 있어 무거웠다. 바람은 어둑어둑한 골짜기로 휩쓸려 내려갔고, 높은 지대의 목장에서는 향기로운 풀고사리 냄새가 풍겨왔다. 온화하고 조용한 밤이어서 멀리서 온갖 소리들이 들려왔다. 쿠퍼 할아버지의 언덕을 덜컹거리며 내려가는 짐마차 소리, '배고픈 기슭'에서 들려오는 목소리를 죽인 웃음소리, 큰 도널드 언덕의 올빼미가 작은 도널드 언덕의 올빼미를 부르는 소리. 주위는 점점 어두워져 갔다. 필리스는 제인 옆에 바싹 붙어서 걸었다.

"아, 빅토리아, 이렇게 어두운 밤은 없을 거야."

"그렇지도 않아. 난 이보다 더 어두운 밤에 다닌 적도 있는걸."

제인이 조금도 무서워하지 않자 필리스는 몹시 감탄했다. 제인은 그걸 느끼고 있었다. 필리스가 무서워하고 있는 것을 안 제인은 필리스가 좋아지기 시작했다.

울타리를 타넘지 않으면 안 되었다. 필리스가 울타리에서 굴러 떨어져서 옷이 찢어지고 무릎이 까졌다. 그러면 필리스는 울타리를 넘는 것조차 못한단 말인가 하고 제인은 생각했다. 하지만 진심으로 위로하는 마음이었다.

"어머나, 저게 뭐야?"

필리스가 제인에게 달려들었다.

"저거? 그냥 소야."

"아! 빅토리아, 난 소가 무서워. 옆으로 지나갈 수 없어, 도저히. 만약 저 소가 우리를……."

"소가 우리를 어떻게 생각하든 무슨 상관이야?"

제인이 대담하게 나왔다. 자신도 전에는 소가 자기를 어떻게 할까

봐 마음 졸인 것을 까맣게 잊고 있었다.

필리스는 울먹이기까지 했다. 그 순간부터 필리스에 대한 제인의 미움은 흔적도 없이 사라졌다. 토론토에서 그토록 사람을 내려다보며 완전무결한 척했던 필리스와, 섬 언덕의 목장에서 두려움에 떨고 있는 필리스는 전혀 딴판이었다.

제인은 한 팔을 필리스의 허리에 둘렀다.

"자, 이리 와, 착한 아이지. 소는 우리 쪽은 쳐다보지도 않아. 작은 도널드 씨네 소는 모두 나하고 친한걸. 게다가 저 작은 숲만 지나면 금방 호텔이야."

"너…… 나하고…… 소 사이로 걸어가면 안 되겠니?"

필리스가 훌쩍거리면서 말했다.

제인은 필리스를 믿음직하게 보호하며 소 옆을 지나갔다. 그 앞에 있는 작은 숲의 오솔길은 무섭고 어두웠지만 거리가 짧아서 호텔의 불빛이 가깝게 보이고 있었다.

"자, 이제 다 왔어. 난 안에는 들어가지 않겠어. 빨리 돌아가서 아빠가 드실 저녁을 지어야 하거든. 아빠가 돌아오셨을 때는 언제나 집에 있고 싶어."

"빅토리아! 너 혼자서 돌아갈 생각이야?"

"물론이야. 그럴 수밖에 없잖아?"

"기다리고 있으면 아빠가 돌아와서 자동차로 데려다 주실 건데."

제인은 웃었다.

"30분만 가면 랜턴힐에 도착하는걸 뭐. 그리고 난 걷는 게 좋아."

"빅토리아, 너처럼 용감한 아이는 처음 봤어."

필리스는 진심으로 말했다. 그 말투에는 사람을 무시하는 감정이 털끝만큼도 없었다. 물론 그 뒤에도 두 번 다시 없었다.

제인은 돌아오는 길을 혼자 즐기면서 걸었다. 정다운 밤이 조용히 제인을 감싸고 있었다. 새들은 날개를 접고 둥지에 들어갔지만 들판의 생물들은 깨어 있었다. 멀리서 여우가 짖는 소리가 들리고, 풀고사리 안에서는 작은 발들이 부산하게 돌아다니는 소리가 났다. 제인은 푸르스름한 빛을 발하는 밤나방을 보았다. 그리고 별과 허물없이 얘기를 나누었다. 무한한 조화 속에 서로를 부르고 있는 듯한 별들이 노래하고 있었다. 제인은 별을 전부 알고 있었다. 제인이 알고 있는 별자리가 북두칠성뿐이라는 걸 안 아빠가 여름 내내 제인에게 천문학을 가르친 덕분이다.

"이래 가지곤 안 되겠다, 제인. 별을 알지 않으면 안 돼. 별을 잘 모른다고 나무라는 게 아니야. 등불이 휘황찬란하게 빛나는 대도시에 사는 사람들은 별에서 쫓겨난 거나 마찬가지란다. 시골사람들도 너무 익숙해서 별이 얼마나 소중하고 아름다운지 모르고 있지. 에머슨이 '만약 천년에 한번밖에 별을 볼 수 없다면 우리는 별을 얼마나 경이로운 눈으로 보겠느냐'고 어딘가에 쓴 적이 있단다."

그래서 달이 없는 밤에는 두 사람은 아빠의 쌍안경을 가지고 별을 사냥하러 나갔고, 제인은 아득히 먼 별의 지식을 터득하게 되었다.

"오늘밤에는 어느 별을 방문할까, 제인? 전갈자리, 물고기자리, 천왕성?"

제인은 천문학이 무척 좋아졌다. 머리 위에는 거대한 세계가 각각의 진로에서 회전하고 있는, 어두운 언덕 위에서 아빠와 둘이서 기쁨을 느끼면서 앉아 있는 것이 행복했다. 북극성, 대각성, 거문고자리, 마차부자리, 견우성…… 이들을 제인은 모두 알고 있었다. 보석을 뿌린 의자에 앉아 있는 카시오페이아자리, 맑은 남서쪽 하늘에 거꾸로 놓여 있는 북두칠성, 하늘의 강을 끝없이 날아가는 커다란 독수리자리, 하늘의 수확물을 거두는 낫 모양의 별무리 등이 어디를 보면 있는지 알고 있었다.

아빠는 말했다.

"걱정거리가 있을 때는 늘 별을 바라보는 거야, 제인. 마음을 가라앉혀주고 위로하고 냉정을 되찾게 해 주거든. 나도 그렇게 했더라면 하고 생각할 때가 있단다. 몇 년이나 전에 말이다. 하지만 이 교훈을 알았을 때는 이미 늦었지."

엘미라 아주머니

"엘미라 아주머니가 돌아가실 것 같아."

종치기가 기운 없이 말했다.

제인은 종치기를 도와 종치기네 작은 헛간의 지붕을 새로 이고 있었다. 제인은 일을 척척 해내며 무척 재미있어하는 모습이었다. 높은 곳에 올라가 상쾌한 바람에 춤추는 구름 아래서 주위를 한눈에 내려다보며 이웃사람들이 무엇을 하고 있는지 감시하는 건 정말 유쾌한 일이었다.

"이번엔 정말 위독하시니?"

제인이 부지런히 쇠망치를 휘두르며 물었다.

엘미라 아주머니와 아주머니의 위험한 발작에 대해서는 제인도 알고 있었다. 이 발작이 자주 일어나서 사실 가족들은 여간 골칫거리가 아니었다. 엘미라 아주머니는 꼭 형편이 안 좋을 때만 위독해졌다. 아주머니는 하필이면 꼭 무슨 특별한 일이 있을 때만 죽기로 작정하는데, 어떤 때는 금방 숨이 넘어갈 것처럼 되어 벨 집안 사람들은 놀라 숨을 삼키는 것이었다. 아주머니는 실제로 심장이 믿을 수 없을 정도로 나쁜 상태여서 언젠가 정말 죽어버리지 않을 거라고 아무도 장담할 수 없었다.

"벨 씨네 집에서는 아주머니가 돌아가시게 내버려두고 싶지 않은 거야. 그 집에는 아주머니가 부담하고 있는 생활비가 꼭 필요하거든. 아주머니가 돌아가시게 되면 아주머니의 연금도 사라지는 데다 온 가족이 놀러라도 갈 때 집을 부탁할 사람이 없어지니까 말이야. 게다가 그 집 사람들은 실제로 아주머니를 좋아하지 않는 것도 아니야. 돌아가시려 할 때 말고는 무척 도움이 되는 할머니지."

황새걸음이 제인에게 이렇게 말한 적이 있었다.

엘미라 아주머니하고 무척 사이가 좋은 제인도 그건 알고 있었다. 하지만 제인은 죽어가고 있는 아주머니의 모습을 아직 한 번도 본 적이 없었다. 그럴 때는 너무 쇠약해서 사람을 만날 수 없다고 엘미라 아주머니는 주장했고, 벨 집안 사람들도 굳이 위험을 무릅쓸 필요는 없다고 생각했기 때문이다.

엘미라 아주머니의 이런 발작에 대해 제인은 그 예민한 통찰력으로 자기 나름대로 의견을 가지고 있었다. 그것을 심리학 용어로 표현하지는 못했지만, 언젠가 아빠한테 엘미라 아주머니는 뭔가에 보복을 하려고 하면서도 스스로도 무엇에 보복하고 싶은 건지 모르고 있는 거라고 말한 적이 있었다. 제인은 안다기보다는 느끼고 있었다. 엘미라 아주머니가 본래부터 화제의 중심이 되기를 좋아하는 편인데, 나이를 먹으니 모두가 잘 대해 주긴 하지만 완전히 무시당하는 자기 처지를 분통해한다는 사실을. 곧 숨이 넘어갈 상태가 되는 것은 관심을 한몸에 받을 수 있는 한 방법이기도 했다. 그렇다고 엘미라 아주머니가 의식적으로 연극을 하는 것은 아니어서, 그 발작에 대해서는 스스로도 무척 낙심하고 있었다. 아주머니는 살아간다고 하는 지극히 매력적인 일을 그만둘 마음이 전혀 없었다.

"심각해. 어머니 말로는 아주머니가 저토록 나빴던 적은 한 번도 없었대. 아주머니는 살아갈 의욕을 잃은 거라고 애버트 선생님이 말씀하셨어. 그게 무슨 뜻인지 넌 아니?"

"알 것 같아."

제인은 신중하게 대답했다.

"다같이 어떻게든 아주머니가 기운을 되찾게 해주려고 애쓰고 있지만, 아주머니는 몹시 울적해 하고 있어. 음식에는 손도 대지 않고 약도 드시지 않아서 엄마가 무척 걱정하고 있어. 브렌다의 결혼식 계획이 완전히 세워져 있는데, 어쩌면 좋을지 몰라."

"아주머니는 지금까지 몇 번이나 발작을 했지만 한 번도 돌아가시지 않았잖아?"

제인이 위로했다.

"하지만 아주머니는 몇 주일째 자리에 누워 당장이라도 돌아가실 것처럼 말하고 있어. 아주머니는 지금까지 일곱 번이나 나에게 마지막 인사를 한 셈이야. 자기 집 아주머니가 죽어가고 있는데 어떻게 성대한 결혼식을 올릴 수 있겠니? 브렌다는 사람들 입에 오르내릴 정도로 성대하게 식을 올리고 싶어해. 카이즈 집안으로 시집을 가는 거고 그 집안에서도 그렇게 할 생각이래."

벨 부인이 제인에게 점심을 함께 먹자고 권했기 때문에, 그날은 아빠가 안 계셔서 제인은 그렇게 하기로 했다. 제인은 브렌다가 엘미라 아주머니에게 갖다줄 음식을 쟁반에 챙기고 있는 것을 내내 지켜보았다.

"저것도 아마 전혀 드시지 않을 거야. 무얼 먹고 목숨을 이어가고 있는지 모르겠어. 물론 발작 탓이지만 마음이 무척 약해지셨어. 아주머니는 이제 지쳐서 나아야겠다는 의욕도 없으시대. 가엾게도 심장이 나쁘시거든. 우린 모두 아주머니가 기운을 잃지 않도록 걱정하실 만한 얘기는 한마디도 하지 않고 있단다. 브렌다, 너도 알겠지? 흰 소가 오늘 아침 질식해서 죽어버린 것을 아주머니한테 애기하면 안 돼. 그리고 만약 어젯밤 의사선생님이 뭐라고 하더냐고 물으시면 금방 좋아질 거라고 했다고 말해야 한다. 환자한테는 반드시 진실을 말해야 한다고 우리 아버지가 늘 말씀하셨지만, 엘미라 아주머니가 기운을 잃게 해서는 안 돼."

벨 부인이 걱정스럽다는 듯 말했다. 벨 부인의 인상 좋은 얼굴이 몹시 피곤해 보였다. 광택 없는 눈은 인정이 많아 보였고 모든 일에 마음을 쓰는 섬세한 성격이었다.

제인은 점심 식사가 끝난 뒤에도 바로 종치기한테 가지 않고 어슬렁거렸다. 그러는 사이에 브렌다가 아래층으로 내려와서 아주머니가 음식에 손도 대지 않았다고 보고한 뒤, 공장으로 가지고 갈 양털의 분량을 결정하기 위해 어머니와 함께 밖으로 나갔다. 그 사이 제인은 잽싸게 2층으로 올라갔다.

작고 쭈글쭈글한 엘미라 아주머니가 침대에 누워 있었다. 흐트러진 백발이 주름투성이인 이마에 엉겨붙어 있고, 테이블 위의 쟁반은 손도 대지 않은 채였다.

"이게 누구야, 제인 스튜어트 아니냐! 나를 잊지 않고 찾아주는 사람이 있다니 이렇게 고마울 데가! 그럼 넌 날 마지막으로 보려고 온 게로구나?"

엘미라 아주머니가 가녀린 목소리로 말했다.

제인은 그 말에 긍정도 부정도 하지 않고 의자에 앉아 슬픔에 가득 찬 눈으로 엘미라 아주머니를 바라보았다. 아주머니는 쟁반을 치우라는 듯이 새발 같은 손을 흔들어 보였다.

"식욕이 요만큼도 없어, 제인. 그게 나아, 아, 그게 차라리 낫고말고. 아까워하고 있는 걸 다 알고 있으니까."

"맞아요, 불경기인 데다 물가가 비싼걸요."

이건 아주머니로서는 생각지도 못한 말이었다. 아주머니의 작고 기묘한 호박색 눈이 반짝 하고 빛났다.

"난 생활비를 내고 있어. 벌써 몇 년 전부터 난 내 생활비만은 벌어왔으니까. 아, 이제 난 이 집 사람들한테는 없어도 그만인 사람이야, 제인. 병에 걸리면 다 그런 법이란다."

"네, 저도 그렇게 생각해요."

제인이 찬성했다.

"아, 내가 모든 사람한테 귀찮은 존재라는 건 너무도 잘 알고 있어. 하지만 말이야, 그리 오래 남지는 않았단다, 제인. 이제 얼마 남지 않았어. 죽음의 손이 나를 향해 뻗쳐오고 있으니까, 제인. 다른 사람은 몰라도 나는 알고 있어."

"아니에요, 다른 사람들도 다 알고 있는 것 같아요. 장례식 전에 헛간 지붕을 새로 이려고 서두르고 있는걸요."

엘미라 아주머니의 눈이 더욱 빛났다.

"모든 준비가 다 되어 있구나, 그럼?"

"그럼요, 벨 씨가 무덤을 어디에 팔 건지에 대해 얘기하는 걸 들었어요. 어쩌면 흰 소의 무덤 얘기였는지도 모르지만요. 아마 틀림없이 소 얘기였을 거예요. 오늘 아침에 질식해서 죽어버렸거든요. 그리고 벨 씨는 남쪽 문을 무슨 일이 생기기 전에 하얗게 칠해야 한다고 했는데, 무슨 일인지는 미처 듣지 못했어요."

"흰색으로? 말도 안 돼! 그 문은 처음부터 빨간색이었어. 아참, 하기는 내가 알 바 아니지. 나하고는 상관없는 일이야. 죽음의 발자국 소리를 듣고 있는 자는 걱정하지 않는 거란다, 제인. 헛간의 지붕을 새로 이고 있다고? 어쩐지 망치소리가 들리더라. 그 헛간은 지붕을 새로 일 필요가 없는데. 사일러스는 원래부터 누가 말리지 않으면 헛돈을 쓰는 사람이라니까."

"비용은 판자에 드는 돈밖에 안 들어요. 인건비는 하나도 안 들거든요. 종치기하고 제가 하고 있으니까요."

"그래서 네가 작업복 바지를 입고 있었구나. 작업복 바지를 입은 여자아이를 흉보던 때도 있었다만 요즘 세상에 누가 그런 걸 상관할까? 하지만 맨발로 다니는 것만은 안 돼, 제인. 녹슨 못에 발이 찔릴지도 모르거든."

"지붕에 올라갈 때는 신을 신지 않는 게 더 편해요. 게다가 시드는 어제 신을 신고 있었는데도 녹슨 못에 발이 찔렸어요."

"나한테는 아무도 얘기해 주지 않았어! 아, 내가 봐줘야 하는 건데. 모두들 그 아이를 패혈증에 걸리게 할 게 틀림없어. 그 소중한 아기를! 아, 아니지, 이제 얼마 남지 않았으니까. 내가 어디에 묻히고 싶어하는지는 모두들 알고 있을 거야. 하지만 무덤을 파는 얘기는 내가 죽은 뒤에 해도 될걸."

"아마 소 얘기였을 거예요. 그리고 아주머니한테는 틀림없이 훌륭한 장례식을 치러줄 거예요. 제가 부탁하면 아빠가 고인의 약력을 멋지게 써 줄 거라고 생각해요."

"아, 그만, 됐다. 어쨌든 그 얘기는 이제 그만 하자. 나도 죽기도 전에 묻히고 싶지는 않으니까. 이 집에서 너에게 제대로 된 점심을 주더냐? 네티는 친절한 사람이긴 하지만 음식솜씨도 최고라고는 할 수 없거든. 난 정말 요리를 잘했단다. 한창때 내가 만든 요리는 말이다, 제인, 정말이지!"

제인은 아주머니가 아직도 요리를 얼마든지 잘 할 수 있다고 장담하게 할 수 있는 좋은 기회를 빼앗고 말았다.

"점심 식사는 무척 맛있었어요, 아주머니. 게다가 재미있었구요. 종치기가 계속 연설을 해댔기 때문에 모두들 얼마나 웃었는지 몰라요."

"모두들 잘도 웃을 수 있구나. 나는 이렇게 죽어가고 있는데!"

엘미라 아주머니는 무척 분해했다.

"그런데도 여기 올 때는 발소리를 죽이고 근심스러운 얼굴로 정말 슬픈 척하면서 말이다! 점심 전에 내내 뭔가 끄는 듯한 소리가 나던데 그건 뭐였지?"

"아주머니와 브렌다가 응접실의 가구를 새로 배치했어요. 결혼식 준비인가 봐요."

"결혼식이라고? '결혼식'이라고 했니? 누구의 결혼 말이냐?"

"아이참, 브렌다지 누구예요? 브렌다하고 짐 카이즈가 결혼해요. 아주머니도 알고 계신 줄 알았는데."

"물론 그 두 사람이 언젠가는 결혼할 줄은 알고 있었다만, 내가 죽어가고 있는 이 마당에 할 줄은 몰랐다. 곧 식을 올린다는 얘기냐?"

"네, 결혼식을 미루는 건 나쁜 징조라고 하잖아요. 아주머니는 조금도 염려하실 필요 없어요. 집 안에서 이렇게 외진 곳에 혼자 계시고, 또……."

엘미라 아주머니가 침대 위에 일어나서 명령했다.

"내 틀니를 이리 다오. 그 옷장 위에 틀니가 있을 거야. 죽어도 상관없어. 점심을 먹고 일어나는 걸 보여줄 테니까. 나에게 숨기고 결혼식을 할 생각을 하다니! 내가 그냥 있을 줄 알고? 의사가 뭐라고 하든 상관하지 않을 거야. 아무리 위험하다 해도 난 의사의 말따위는 반도 믿지 않으니까. 귀중한 가축은 반이나 축나고, 아이들은 패혈증에 걸리고, 빨간 문은 하얗게 둔갑을 하다니! 누군가가 나서서 본보기를 보여주지 않으면 안 될 때가 왔어!"

사자와 함께 걷다

지금까지 랜턴힐에서의 제인의 생활은 지극히 평범한 것이었다. 맨발로 헛간 지붕을 새로 이었을 때도 그저 이웃의 시선을 끌었을 뿐, 솔로몬 스노빔 부인 말고는 그리 놀라는 사람도 없었다. 스노빔 부인은 어처구니가 없다는 표정으로 그 아이는 어떤 일에서도 물러서는 법이 없다고 다시금 말했다.

그런데 어느 날 느닷없이 제인의 이름이 신문에 대문짝만하게 실렸다. 샬럿타운 신문은 이틀 동안 제인을 위해 1면을 할애했고, 토론토의 일간신문까지 칼럼에 제인과 사자――어디서 나타난 사자일까――의 사진을 냈다. 명랑한 거리 60번지의 소동은 상상하고도 남으리라. 외할머니는 몹시 빈정대며 "마치 서커스단 소녀 같구나" 하며 그럴 줄 알았다고 말했다. 엄마는 입밖에 내서 말하지는 않았지만, 제인이 사자의 갈기를 잡고 프린스에드워드 섬을 활보할 줄은 아무도 상상하지 못했을 거라고 생각했다.

이틀 정도 그 사자에 대한 소문이 무성하게 나돌았다. 샬럿타운에 작은 서커스단이 들어왔는데 그곳의 사자가 달아났다는 얘기였다.

서커스 공연을 보러 간 사람들이 사자를 보지 못한 건 사실이었다. 엄청난 소동이 일어났다. 언젠가 한 서커스단에서 원숭이가 달아난 적이 있었는데, 그런 것하고 사자가 비교가 될까? 실제로 확실하게 누가 보았다는 얘기는 없었지만, 몇몇 사람들이 봤다는 소문이 있었다. 몇 킬로미터나 떨어진 곳에서 송아지와 새끼돼지가 사라졌다는 얘기도 끊임없이 들려왔다. 왕족 혈통의 지독한 근시안인 한 노귀부인이 사자의 머리를 쓰다듬으며, "참 잘 생긴 개로구나" 하고 말했다는 소문까지 나돌았지만, 진위는 알 수 없었다.

왕실 사람들은 분개하여 사자를 놓아 기르는 일은 절대로 없다고 단언했다. 그런 이야기가 관광객들의 귀에 들어가는 걸 원하지 않던 것이다.

"난 사자 같은 건 보지도 못했어. 늘 누워만 있으니까 이 모양이야. 아무것도 보지 못한다니까."

루이자 라이온스 부인은 한탄했다. 그녀는 2년 동안 병상에 누워 있었는데 그 동안 남의 힘을 빌리지 않고서는 일어난 적이 한 번도 없다고 했다. 그러면서도 코너 마을과 퀸 해변, 그리고 항구에서 일어나는 대부분의 사건에 대해서는 훤하게 꿰뚫고 있었다.

"사자가 있다니 믿을 수 없어요."

제인이 말했다. 코너 마을에 물건을 사러 간 제인이 라이온스 부인을 문병하러 잠깐 들른 것이다. 라이온스 부인은 제인을 무척 귀여워했지만 단 한 가지 불만이 있었다. 제인이 아빠와 엄마, 그리고 릴리언 모로에 대해서는 한마디도 하지 않는다는 것이었다. 게다가 그것은 묻는 쪽의 끈기가 부족한 탓이 아니었다.

"한번 말하지 않겠다고 결심하면 그 아이는 조개보다 입이 더 단단하다니까" 하고 라이온스 부인은 불평하곤 했다.

"그럼 어떻게 그런 얘기가 퍼진 것일까?"

라이온스 부인이 제인에게 캐물었다.

"사람들은 대부분 서커스단에는 처음부터 사자 같은 건 없었거나 아니면 죽어버렸는데, 사자를 보러 온 사람들이 실망하거나 화를 내면 곤란하다고 생각해서, 서커스단에서 거짓말을 하고 있는 거라고 말하고 있어요."

"그렇지만 서커스단에서는 현상금을 걸지 않았니?"

"겨우 25달러밖에 걸지 않은걸요. 만약 사자가 정말 없어졌다면 더 많은 돈을 걸었을 거예요."

"하지만 본 사람도 있다던데?"

"본 것 같은 느낌이 들었던 것뿐일 거라고 생각해요."

"난 그것조차 할 수 없으니 말이야." 라이온스 부인은 다시 한탄했다. "본 것 같은 느낌이 들었다는 척도 할 수 없지 않니? 사자가 2층의 내 방까지 올라올 리가 없다는 건 누구나 다 아니까. 만약 내가 사자를 볼 수 있다면 틀림없이 내 이름이 신문에 날 거야. 마사 톨링은 올해 들어 두 번이나 신문에 이름이 났어. 운이 좋은 사람도 다 있지. 행운을 혼자 독차지하고 있다니까."

"그분의 언니가 지난주 서머사이드에서 돌아가셨어요."

"내 그럴 줄 알았다니까." 라이온스 부인은 울분을 풀 길이 없는 모양이었다. "그럼 마사는 상복을 입었겠구나. 난 상복을 입을 기회가 한 번도 없었어. 우리 집에서는 몇 년 동안 아무도 죽지 않았거든. 원래부터 난 검정색이 잘 어울리는데. 아! 제인, 사람의 힘으로는 어쩔 수 없는 일이지. 난 늘 그렇게 말하고 있어. 찾아와 줘서 고맙다, 제인. 난 언제나 마티한테 말한단다. '네가 뭐라고 하든 제인 스튜어트한테는 어딘지 내 맘에 드는 구석이 있어. 그 아이의 아빠가 괴짜인 건 전혀 그 아이 탓이 아니니까' 하고 말이다. 층계를 돌아서 내려갈 때 조심하거라, 제인. 난 1년도 넘게 거기를 내려간 적이 없지만 언젠가는 누군가 거기서 목이 부러질 테니까."

사건은 그 다음 날 일어났다. 금빛으로 빛나는 8월의 오후, 제인과 폴리, '널빤지' 스노빔, '네덜란드 미나리' 스노빔, 펀치, 민, 종치기, 페니, 영 존은 다같이 항구의 들판으로 월귤을 따러갔다가, 코너 마을 뒤편의 목장을 가로지르는 지름길로 돌아오던 중이었다. 마틴 로빈의 낡은 건초 창고가 서 있고 기린초가 가득 피어 있는 작은 숲의 골짜기까지 왔을 때, 그들은 그 사자와 정면으로 마주쳤다!

사자는 가문비나무 그늘 아래 기린초 한가운데 서서 아이들을 정면으로 보고 있었다. 그 순간 아이들은 모두 그 자리에 얼어붙은 듯 서버렸다. 그리고 일제히 공포의 비명을 지르면서——제인도 가장 크게 소리지른 아이 가운데 하나였다——바구니를 내던지고 헛간을 향해 기린초 속을 쏜살같이 달려갔다. 사자도 아이들을 따라 느릿느릿 걸어왔다. 다시 비명소리가 울렸다. 낡은 문을 닫을 새도 없이 아이들은 삐걱거리는 사다리를 뛰어올라갔다. 영 존이 더 이상 소리도 지를 수 없을 만큼 숨을 헐떡이면서 마지막으로 들보에 기어올라온 순간 사다리가 부러지고 말았다.

사자는 문 앞까지 와서 잠시 햇빛 속에 서 있더니 꼬리를 좌우로 천천히 흔들었다. 침착을 되찾은 제인은 사자가 약간 더럽고 여위어 있는 걸 알았다. 하지만 좁은 문에 서 있는 모습은 분명히 당당했고, 아무도 사자라는 걸 부정할 수는 없었다.

"안으로 들어오고 있어!"

종치기가 비명을 질렀다.

"사자는 높은 곳에 올라올 수 있니?"

'널빤지' 스노빔이 누가 목을 조르는 듯이 물었다.

"그, 그, 그렇지는, 않을 거야."

폴리가 이빨을 덜덜 부딪히며 말했다.

"고양이는 올라 올 수 있어. 사자도 커다란 고양이 같은 게 아닐까?"

이렇게 말한 건 펀치.

"그만 좀 조용히 해. 사자가 화를 낼지도 모르잖아. 모두들 조용히 하고 있으면 가버릴 거야." 민이 작은 소리로 속삭였다.

사자는 가버릴 기색은 전혀 없이 헛간에 들어와 주위를 한번 둘러보더니, 바쁠 것 없는 몸이라는 듯 양지쪽에 벌렁 누웠다.

"기분이 나쁜 것 같지는 않은데."

종치기가 중얼거렸다.

"배도 고픈 것 같지 않아."

영 존이 말했다.

"화나게 하면 안 된다니까!"

민이 애원하듯이 말했다.

"저 사자는 우리한테는 관심이 없어. 달아나지 않아도 될 뻔했어. 그냥 지나갔어도 아무 일 없었을걸."

제인이 말했다.

"너도 우리랑 똑같이 정신없이 달아나지 않았니? 누구한테도 지지 않을 만큼 무서워했으면서."

페니 스노빔이 말했다.

"물론 무서웠어. 너무 갑작스러운 일이었거든. 영 존, 그렇게 떨지 마. 들보에서 떨어지면 어떡할래?"

"하, 하, 하지만 무서워, 무서워 죽겠어."

영 존은 부끄러운 줄도 모르고 훌쩍훌쩍 울었다.

"넌 어젯밤 나보고 무서워서 양배추밭도 못 지나갈 거라고 하며 웃었잖아? 그런데 지금 그 꼴이 뭐니?"

'네덜란드 미나리' 스노빔이 짓궂게 말했다.

"그런 소리 마! 사자하고 양배추가 어떻게 같니?"

영 존은 계속 우는 소리를 했다.

"정말 사자를 화나게 할 거야?"

민이 자포자기한 듯 소리를 질렀다.

그때 사자가 하품을 했다.

"어머나! 영화 뉴스에 나오는 그 기분 좋은 늙은 사자하고 똑같아."

제인은 눈을 감았다.

"제인, 기도하는 거니?" 종치기가 속삭였다.

제인은 생각하고 있었다.

'저녁에 아빠가 좋아하시는 감자요리를 만들려면 빨리 집으로 돌아가야 하는데. 영 존은 얼굴이 몹시 창백해졌어. 속이 좋지 않은 걸까? 저 사자는 지금 지쳐 있어. 아무도 해치지 못하는 늙은 동물에 지나지 않을지도 몰라. 양처럼 순하다고 서커스 사람들은 말했어.' 제인은 눈을 떴다.

"내가 아래로 내려가서 사자를 코너 마을로 데리고 가 존 터너 씨의 비어 있는 헛간에 넣고 올게. 너희들이 모두 나하고 같이 밑으로 내려가서 가만히 밖으로 나가 사자를 이곳에 가두어버린다면 몰라도."

"아! 제인, 설마, 그런 일을……."

사자가 꼬리로 바닥을 탁탁 쳤다. 아이들은 불만의 소리를 목구멍으로 집어삼켰다.

"난 내려 갈 거야. 저 사자는 굉장히 온순해. 하지만 내가 완전히 데리고 나갈 때까지 여기 꼼짝 말고 있어야 해. 그리고 아무도 소리를 지르면 안 돼."

모두들 거의 튀어나오기 직전의 눈을 하고 마른 침을 삼키며 지켜보는 가운데, 제인은 들보에서 벽을 타고 내려가 바닥에 민첩하게 내려섰다. 그러고는 성큼성큼 사자에게 다가가서, "일어나!" 하고 명령했다.

사자가 일어섰다.

5분 뒤 대장간의 제이크 매클레인이 문득 밖을 내다보자, 제인 스튜어트가 사자의 갈기를 붙잡고 지나가는 것이 눈에 들어왔다.

"침을 뱉으면 닿을 거리에서 말이야."

나중에 제이크는 엄숙하게 단언했다. 제인과 사자가——둘은 완전히 서로 마음이 통하는 모습이었다——가게 뒤로 돌아가서 보이지 않게 되자, 제이크는 그 자리에 털썩 주저앉아 커다란 수건으로 이마의 땀을 닦으며 말했다.

"나도 가끔 정신이 오락가락할 때가 있다는 건 인정하지만 이 지경까지 될 줄은 몰랐어."

자기 가게에서 창문 밖을 힐끗 본 줄리어스 에번스 역시 자신의 눈을 의심했다.

'이럴 리가 없다, 이런 일이 일어날 수는 없는 거야. 내가 꿈을 꾸고 있거나 아니면 취해 있거나, 그것도 아니라면 미친 거겠지. 그래, 미친 거야. 아버지의 사촌이 1년이나 정신병원에 들어간 적이 있다고 하던데, 그런 건 유전병인 모양이야. 틀림없어! 어지간한 일이라면 몰라도 제인 스튜어트가 사자를 끌고 내 가게 앞을 지나가는 걸 봤다는 건 도저히 믿을 수 없는 일이야!'

마티 라이온스는 보기에도 딱한 모습으로 소리지르면서 엄마 방으로 뛰어올라갔다.

"무슨 일이냐, 정신 나간 사람처럼 쇳소리를 지르면서?"

라이온스 부인이 핀잔을 주었다.

"어, 어, 어머니, 아이고 어머니! 제인 스튜어트가 사자를 데리고 이쪽으로 오고 있어요!"

라이온스 부인이 침대에서 내려가 창가까지 걸어갔을 때는, 사자가 꼬리를 휙 하고 한번 흔들면서 모퉁이로 사라지려던 참이었다.

"저 아이가 무슨 짓을 하는지 내 눈으로 봐야 해."

침대 옆에서 손을 비비며 거의 제정신이 아닌 마티를 남겨두고,

라이온스 부인은 방에서 나가 언젠가는 누가 목이 부러질지도 모르는 층계를 한창 나이 때 못지않게 가볍게 내려갔다. 심장이 약한 이웃집 파커 크로스비 부인은 라이온스 부인이 뒤뜰을 종종 걸음으로 지나가는 것을 보고 놀란 나머지 거의 심장이 멎을 지경이었다.

라이온스 부인은 제인과 사자가 건초창고를 향해 터너 씨 목장을 천천히 걸어가는 모습을 놓치지 않고 볼 수 있었다. 라이온스 부인은 그 자리에 서서, 제인이 문을 열고 사자에게 들어가라고 명령한 다음 문을 닫고 빗장을 거는 모습을 끝까지 지켜보았다. 그런 다음 부인이 온몸에서 기운이 빠진 듯 대황이 자라고 있는 밭 위에 주저앉는 바람에 마티는 이웃사람의 손을 빌어 침대로 안고 돌아가지 않으면 안 되었다.

제인은 돌아가는 길에 가게에 들러 계산대 위에 새파래진 얼굴로 엎드려 있는 줄리어스 에번스에게 샬럿타운에 전화를 걸어 서커스 단원에게 사자가 터너 씨네 헛간에 무사하게 있다는 것을 알려달라고 부탁했다.

랜턴힐의 부엌에서는 아빠가 기묘한 얼굴을 하고 있다가 얼빠진 듯한 목소리로 말했다.

"제인, 네가 지금 보고 있는 사람은 한 성인 남자의 서글픈 몰골이란다."

"아빠, 왜 그러세요?"

"왜 그러느냐고? 목소리를 떨지도 않고? 넌 모를 거다——안다면 큰일이지——데이비 가드너 부인하고 계란 값 폭락에 대해 얘기하면서 무심코 부엌 창밖을 내다보니, 내 딸이, 하나밖에 없는 내 딸이 사자와 함께 경쾌하게 걸어가고 있었어. 그때의 기분을 알 리가 없지. 내가 갑자기 정신이 이상해진 건 아닌가 하고 생각했다. 가드너 부인이 마시라고 준 산딸기술에 무슨 환각제가 들어 있었던 게 아닌가 하고 의심하면서 말이다. 가엾은 가드너 부인!

그걸 보고 엄청난 충격을 받은 모양이더라. 괜찮아지기는 하겠지만 전 같지는 않을 거야."

"그건 힘없고 늙은 사자였어요."

제인은 안타깝다는 듯이 말했다.

"왜 모두들 이렇게 야단들인지 모르겠어요."

"제인이여, 나의 숭배하는 제인이여! 너에게 불쌍한 아빠를 생각하는 마음이 있다면 아무리 양 같은 사자라 해도 사자와 함께 걸어다니는 것만은 그만둬다오."

"이런 일은 두 번 다시 일어나지 않을 거예요, 아빠."

제인이 다짐했다.

"그건 그렇구나. 이런 일이 상습적으로 일어나지는 않는다는 건 알아. 하지만 말이다, 제네레트, 어느 날엔가 네가 용을 집에서 키우고 싶다는 생각이 들 때는 반드시 나한테 미리 얘기해주었으면 좋겠다. 나도 언제까지나 젊지는 않을 테니까."

아빠는 눈에 띄게 안심한 표정으로 말했다.

제인은 이 사건이 불러일으킨 소동이 이해되지 않았고, 자기가 여장부라고는 더더욱 생각하지 않았다.

"처음에는 무서웠어요. 하지만 하품을 하는 걸 본 뒤로는 무섭지 않았어요."

지미 존네 가족에게 제인은 이렇게 말했다.

제인의 사진이 신문에 나오자 '네덜란드 미나리' 스노빔이 슬픈 듯 말했다.

"넌 이제 유명해졌으니까 우리하고는 말도 하지 않겠지."

제인도 사자도 헛간도 전부 따로따로 사진이 찍혔다. 제인과 사자를 본 사람들은 모두 중요인물이 되었다. 라이온스 부인은 하늘로 날아오를 듯이 기뻐했다. 자기 사진도 신문에 실렸기 때문이다. 대황밭의 사진도 나와 있었다.

"아, 이젠 안심하고 죽을 수 있게 되었어. 파커 크로스비 부인의 사진도 신문에 났는데 내 사진이 나오지 않았으면 난 참지 못했을 거야. 신문사에서는 뭐 하러 그 사람 사진을 실었을까? 그 사람은 너하고 사자를 본 것이 아니라 나를 보았을 뿐인데. 하기는 남의 이목을 끌지 않고는 직성이 풀리지 않는 사람도 있는 법이니까." 라이온스 부인은 제인에게 말했다.

제인은 사자 한두 마리를 데리고 걸어다니는 것쯤 아무 일도 아닌 것으로 여기는 소녀로서 퀸 해변 역사에 길이 이름을 남기게 되었다.

"정말 겁없는 아가씨야."

황새걸음은 자기가 제인과 친하다는 것을 가는 곳마다 떠들고 다녔다.

"난 처음 만났을 때부터 대단한 아이라는 걸 알고 있었어."

툼스톤 아저씨가 말했다.

스노빔 부인은 전부터 그 아이는 무슨 일에도 물러서지 않는 아이라고 자기가 말하지 않더냐고 보는 사람마다 얘기했다. 종치기와 편치가 노인이 되었을 때는 서로 이렇게 얘기했으리라.

"제인 스튜어트와 우리가 그 사자를 터너네 헛간으로 몰아넣었을 때를 기억하우? 우린 그때 정말 용감했지."

조디의 운명

8월이 끝나갈 무렵, 조디한테서 눈물에 젖은 편지를 받은 날 제인은 잠 못 이루는 하룻밤을 보냈다. 편지에는 마침내 조디가 정말로 고아원에 가게 되었다고 적혀 있었다.

10월이 되면 미스 웨스트는 이 하숙집을 팔고 은퇴할 거래. 난 얼마나 울었는지 몰라, 제인. 고아원에 가야하다니 생각만 해도 끔찍해. 게다가 다시는 널 만날 수도 없잖아. 제인, 아! 제인, 너무해. 미스 웨스트가 너무하다는 게 아니야. 그냥 뭔가 너무하다는 기분이 들어.

제인도 뭔가 너무하다는 기분이 들었다. 조디와 함께 뒤뜰에서 애기를 나누는 일마저 없어진다면, 명랑한 거리 60번지는 전보다 더욱 견디기 힘들게 될 것 같았다. 하지만 그런 일은 가엾은 조디의 불행에 비하면 아무 것도 아니었다. 조디는 명랑한 거리 58번지에서 보수도 받지 못하고 혹사당하는 것보다 차라리 고아원이 훨씬 편할지도 모른다고 제인은 생각했지만, 그래도 조디가 고아원으로 간다는 건 조디 못지않게 싫었다. 포구에서 싱싱한 고등어를 가지고 온 황새걸음은 제인이 너무 기운이 없는 것을 눈치챘다.

"내일 낮에 먹으라고 가져왔다, 제인."

"내일은 콘드비프하고 양배추의 날이에요. 하지만 모레 쓰면 돼요. 마침 금요일이니까요. 아무튼 고마워요." 제인이 분이 안 풀리는 목소리로 말했다.

"무슨 걱정거리라도 있니, 사자 조련사님?"

제인은 황새걸음에게 속마음을 털어놓았다.

"가엾은 조디가 어떻게 살아왔는지 아저씨는 짐작도 못할 거예요."

황새걸음은 고개를 끄덕였다.

"혹사당해 지칠 대로 지친 몸으로 이리저리 쫓겨다니는 신세구나, 가엾게도!"

"게다가 나 말고 그 아이를 생각해 주는 사람은 아무도 없어요. 만약 고아원에 가버리면 난 다시는 조디를 만나지 못하게 돼요."

"그렇다면…… 우리가 머리를 모아서 무슨 방법을 찾아야 해, 제인. 어디 생각해 보자, 열심히 생각해 보는 거야." 황새걸음이 머리를 긁적이며 생각했다.

제인은 열심히 생각했지만 아무 효과도 없었다. 하지만 황새걸음은 깊이 생각한 끝에 약간의 성과가 있었다. 이튿날 황새걸음이 제인에게 말했다.

"난 말이다, 타이터스 자매가 조디를 양녀로 얻지 못한다면 아까운 일이라는 생각이 들었다. 그 사람들은 1년 전부터 아이를 원했지만, 어떤 아이로 하는가 하는 문제로 두 사람의 의견이 일치하지 않고 있어. 저스티나는 여자아이가 좋다고 하고 바이얼릿은 사내아이가 좋다고 하거든. 하기는 두 사람 다 쌍둥이라면 사내아이고 여자아이고 상관없이 무조건 좋다고 하지만. 그렇지만 양부모가 필요한 쌍둥이가 그리 흔하겠니? 그래서 두 사람 다 쌍둥이는 포기하고 있는 모양이더라. 바이얼릿은 살결이 가무잡잡하고 눈이 검은 아이가 좋다고 하고, 저스티나는 하얀 살결에 눈이 푸른 아이가 좋다고 해. 또 바이얼릿은 10살 정도가 좋다고 하는데 저스티나는 7살 정도가 좋다고 하거든. 조디는 몇 살이지?"

"12살이에요. 나하고 동갑이거든요."

황새걸음은 어두운 표정이었다.

"글쎄다. 그럼 그 사람들한테는 나이가 너무 많은 것 같구나. 그렇지만 한번 물어본다고 손해볼 건 없지 않겠니? 무슨 결론을 내릴지 알 수 없는 자매들이니까."

"오늘 밤에 만나러 가겠어요."

제인은 흥분한 나머지 사과소스에 소금을 넣는 실수를 저질렀다. 결국 사과소스는 아무도 먹을 수 없었다. 저녁 설거지를 마치자——그날 밤 설거지도 그리 자랑할 만한 것은 아니었다——제인은 밖으로 나갔다.

항구 위 하늘은 멋진 저녁놀로 물들어 있었고, 제인이 꽃향기 감도는 타이터스 자매네 좁은 오솔길에 도착했을 무렵, 제인의 볼은 날카롭게 찌르는 듯한 바람의 키스로 빨갛게 달아올라 있었다. 오솔길의 나무들이 제인을 만지고 싶어하는 듯했다. 앞쪽에 100년 동안이나 여름 햇살에 달구어진 낡은 집이 사람을 반기는 듯 자리잡고 있었고, 타이터스 자매는 부엌에서 너도밤나무 장작이 타고 있는 난로 옆에 앉아 있었다. 저스티나는 뜨개질을 하고 있고, 바이얼릿은 책——제인은 아무리 애써도 이 두 사람에게서 책이름을 알아낼 수 없었다——을 보고 만든 이따금 꼬임이 들어간 은색으로 빛나는 크림색 토피^(설탕·버터 따위로 만든 과자)를 조각내고 있었다.

"잘 왔다. 어서 오너라."

저스티나는 진심으로 환영하면서도, 제인 뒤에 사자가 어슬렁어슬렁 따라오지나 않을까 걱정하는 듯 제인의 어깨 뒤로 시선을 던졌다.

"오늘밤은 쌀쌀한 것 같아서 불을 피웠단다. 이쪽에 앉아. 바이얼릿, 토피를 조금 줘. 이 아이는 키가 많이 컸어."

"게다가 얼굴도 예뻐지고. 난 이 아이의 눈이 마음에 들어. 언니는?"

바이얼릿이 물었다.

타이터스 자매에게는 제인이 그 자리에 없는 듯이 바로 앞에서 제인에 대한 얘기를 하는 재미있는 버릇이 있었다. 제인은 그리 신경쓰지 않았지만 때로는 그들이 하는 말이 무척 못마땅할 때도 있었다.

"너도 알다시피 난 푸른 눈을 좋아하지 않니? 하지만 이 아이의 머리카락은 정말 아름다워."

"내 취향으로는 검은색이 좀 모자라. 난 원래 새카만 머리를 좋아하거든."

"정말로 아름다운 머리는 붉은색이 감도는 금빛 곱슬머리가 최고지. 이 아이는 광대뼈는 좀 튀어나온 것 같지만 발등은 무척 예쁘잖아?"

"이 아인 피부가 꽤 검어." 바이얼릿이 한숨을 쉬었다. "하지만 지금은 그게 유행이라니까. 우리가 젊었을 때는 다들 피부에 무척 신경을 썼는데. 어머니는 우리가 밖으로 나갈 때는 반드시 모자를 쓰게 했지. 그것도 분홍색 모자를."

"분홍색 모자라고? 파란색이었어."

저스티나가 고개를 저으며 말했다.

"분홍색이었지."

바이얼릿이 완강하게 주장했다.

"푸른색이었다니까."

저스티나도 고집을 굽히지 않았다.

모자 때문에 두 사람은 10분이나 말다툼을 벌였는데 갈수록 사태가 험악해지는 것을 보고 제인은 2주일 뒤에 미란다 갈란드가 결혼한다는 얘기를 꺼냈다. 타이터스 자매는 그 얘기에 흥분하는 바람에 모자에 대해선 금세 까맣게 잊어버리고 말았다.

"2주일이라고? 그건 너무 빠르지 않니? 물론 네드 미첼한테 가는 거겠지? 두 사람이 약혼한 건 알고 있었지만 그래도 겨우 6개월밖에 사귀지 않았는데. 난 너무 성급하다고 생각해. 그렇게 빨리 결혼할 줄은 몰랐어."

바이얼릿이 말하자 저스티나가 두둔했다.

"미란다는 네드가 좀더 날씬한 아가씨를 좋아할지도 몰라서 그런 위험을 피하고 싶은 거야."

"미란다가 결혼을 서두르는 건 저를 들러리로 세우기 위해서예요."

제인이 자랑스럽게 설명했다.

"그 아인 이제 겨우 17살 아니니?"

이번에는 저스티나가 반대 의견을 내세웠다.

"열아홉이야, 언니."

바이얼릿이 말했다.

"열일곱이야."

저스티나는 물러나지 않았다.

"열아홉이라니까."

그렇다고 순순히 물러설 바이얼릿이 아니었다.

제인이 18살이라고 말함으로써 10분은 더 계속되었을 다툼이 끝났다.

"하기는 결혼하는 거야 아무 문제도 아니지. 요즘은 그 결혼을 지속하는 것이 더 큰 문제인 것 같아."

저스티나가 그렇게 말하자 제인은 기가 죽었다. 제인은 저스티나가 자기의 마음에 상처를 주려고 그런 말을 한 게 아니라는 것을 잘 알고 있었다. 그러나 제인의 아빠와 엄마는 저스티나의 말처럼 결혼을 지속하지 못했다.

"그 점에서 프린스에드워드 섬은 좋은 경력을 가지고 있다고 생각해. 연방에 가맹한 뒤로 ^{(1873년 캐나다} ^{연방에 가맹)} 이혼은 두 번밖에 없었거든. 65년 동안 말이야^{(작가가 이 소설을} ^{집필한 것은 1938년)}."

바이얼릿이 열띤 어조로 말하자 저스티나도 인정했다.

"진짜 이혼은 두 번뿐이었지. 그렇지만 그것과 비슷한 경우는 더 있지 않을까, 적어도 6건 정도는. 물론 미국에 가서 이혼했지만. 여러 가지 점에서 볼 때 좀더 많이 있는 게 틀림없어."

바이얼릿은 조심하라고 저스티나에게 눈짓을 했지만 다행히 제인은 눈치채지 못했고, 그래서 그것 때문에 마음이 상하지는 않았다. 제인은 방문 목적을 달성하려면 빨리 얘기를 꺼내야 한다는 결론에 이르렀다. 기회를 마냥 기다리고 있어봤자 소용없다. 스스로 기회를 만들지 않으면 안 된다.

"이 댁에서 아이를 원하고 계신다고 들었어요."

제인은 빙 둘러서 속을 떠보는 건 생략하고 곧바로 본론으로 들어갔다.

자매는 서로 눈짓을 했다.

"그 일로 우리는 2년 동안이나 의논하고 있단다."

저스티나가 말하자 바이얼릿이 한숨을 쉬었다.

"우리는 둘 다 여자아이가 좋다는 것에는 합의했어. 난 사내아이가 좋다고 생각했지만 저스티나 언니 말대로 사내아이에게는 무슨 옷을 입혀야 할지 우린 둘 다 모르거든. 게다가 여자아이에게 옷을 입히는 것이 훨씬 재미있지 않겠니?"

"눈이 파랗고 금발의 곱슬머리에 장미 꽃봉오리 같은 입술을 가진

7살쯤 된 여자아이가 좋아."

저스티나가 딱 잘라 말했다.

"난 머리도 눈도 칠흑처럼 검고 살결이 크림빛인 10살 정도의 여자아이가 좋아. 사내아이냐 여자아이냐 하는 문제는 언니한테 양보했으니 이번에는 언니가 양보할 차례야."

바이얼릿도 저스티나 못지않게 단호하게 주장했다.

"나이는 몰라도 피부색만큼은 안 돼."

"전 꼭 적당한 여자아이를 알고 있어요. 조디 터너라고 하는데 토론토에 있는 저하고 친한 친구예요. 틀림없이 좋아하실 거예요. 그 아이에 대해 얘기해도 될까요?"

제인이 유혹하듯이 말했다.

제인은 얘기하기 시작했다. 자매가 마음에 들어할 만한 점은 빠짐없이 다 얘기했다. 할 말을 다한 제인은 입을 다물었다. 제인은 언제나 입을 다물어야 할 때를 잘 알고 있었다.

타이터스 자매도 말이 없었다. 저스티나는 뜨개질을 계속했고 토피를 다 자른 바이얼릿은 코바늘을 꺼내들었다. 이따금 두 사람은 눈을 들어 서로를 바라본 뒤 다시 눈을 내리깔았다. 난롯불은 타닥타닥 친근한 소리를 내며 타고 있었다.

"그 아이는 예쁘니? 우리는 못생긴 아이는 좋아하지 않아." 마침내 저스티나가 물었다.

"어른이 되면 굉장히 아름다워질 거예요. 그렇게 예쁜 눈은 세상에 둘도 없을 거예요. 지금은 몹시 여윈 데다 제대로 된 옷이 한 벌도 없지만요." 제인이 신중하게 대답했다.

"너무 기운이 팔팔한 건 아니겠지? 난 펄쩍펄쩍 뛰어다니는 아이는 질색이거든."

바이얼릿이 말했다.

"조디는 전혀 그렇지 않아요."

제인의 이 말은 실수였다.

"난 그래도 활기가 있는 편이 좋아."

저스티나가 이렇게 말했기 때문이다.

"그 아이는 바지를 입게 해달라고는 하지 않겠지? 요즘 여자아이들은 많이 입고 있는데."

바이얼릿이 걱정하자 제인이 대답했다.

"조디는 두 분이 입히고 싶어하지 않는 건 아무 것도 입지 않을 거라고 생각해요."

"바지라는 말만 입에 올리지 않는다면 난 여자아이가 바지를 입는 것도 괜찮아. 하지만 파자마는 싫어. 파자마는 절대 사양이야."

"나도 파자마는 싫어."

바이얼릿도 찬성했다.

"혹시 그 아이를 데려온다 해도, 귀여워할 마음이 생기지 않으면 어떡하지?"

저스티나가 말했다.

"조디라면 귀여워하지 않을 수 없을 거예요. 얼마나 착한데요."

제인은 열심히 말했다.

저스티나가 주저하면서 말했다.

"그 아이는, 그럴 가능성은 없을 거라고 생각하지만, 그래도 혹시 이상한 벌레 같은 걸 몸에 지니고 있는 건 아니겠지?"

"물론이에요. 조디는 '명랑한 거리'에 살고 있는걸요." 제인은 깜짝 놀라며 말했다.

태어나서 처음으로 제인이 '명랑한 거리'를 변호한 셈이었다. 아무리 '명랑한 거리'라고 해도 공정한 대우를 받아야 하는 것이다. '명랑한 거리'에는 이상한 벌레 같은 건 없다고 제인은 확신하고 있었다.

"설마 참빗 같은 걸 사용해야 할 일이 있었던 건 아니겠지?"

바이얼릿이 용기를 내어 말했다.

저스티나는 검은 눈썹을 찌푸렸다.

"우리 집에는 그런 물건이 필요했던 적은 한 번도 없었지, 바이얼릿?"

다시 두 사람은 뜨개질을 계속하고 코바늘을 놀리며 서로 눈짓을 교환했다. 마침내 저스티나가 입을 열었다.

"안 되겠어."

"안 되겠어, 제인."

바이얼릿도 말했다.

"살결이 검으니까."

"나이가 너무 많은걸."

"그럼 이제 결정되었으니 너에게 오늘 내가 만든 고형크림을 조금 나눠주마."

고형크림과 바이얼릿이 기어이 가져가라고 준 커다란 팬지꽃다발을 안고 제인은 집으로 돌아갔다. 실망한 나머지 마음이 납덩이처럼 무거웠다. 그런데 놀랍게도 황새걸음은 크게 반가워했다.

"만약 그 자매가 조디를 받아주겠다고 말했다면, 내일은 마음이 변했다고 할 게 뻔해. 그런데 그 반대니까 어떻게 되겠니?"

그말대로 제인은 이튿날 타이터스 자매가 편지를 보내, 다시 생각한 끝에 조디를 받아들이기로 했다며, 필요한 절차를 의논해야겠으니 와달라고 했을 때 정말 어안이 벙벙했다.

"그 아이의 나이가 그리 많은 건 아니라는 결론을 내렸어."

바이얼릿이 말하자 저스티나도 말했다.

"피부색도 너무 검지는 않고."

제인은 뛸 듯이 기뻤다.

"틀림없이 조디를 굉장히 좋아하시게 될 거예요."

"우리는 그 아이에게 더없이 좋은 부모가 되기 위해 노력할 거야.

물론 음악도 공부하게 해야겠지. 그 아이가 음악을 좋아하는지 알
고 있니, 제인?"

저스티나가 물었다.

"무척 좋아해요."

제인은 조디와 명랑한 거리 58번지의 피아노를 떠올렸다.

"크리스마스에 그 아이의 양말에 뭔가 가득 채워줄 수 있다고 생
각하니 가슴이 뛰어!"

바이얼릿이 말했다.

"소를 키워야겠어. 매일 밤 잠자리에 들기 전에 따뜻한 우유를 마
시게 해 주려면."

이렇게 말한 것은 저스티나.

"남서쪽의 작은 방을 그 애 방으로 준비해 둬야지. 난 물빛 양탄
자가 좋을 것 같아, 언니."

"이곳에서는 광기 어린 문명의 터무니없는 자극을 원해서는 안
돼. 하지만 우리는 젊은 사람한테는 친구와 건전한 오락이 필요하다
는 것을 잊지 않을 거야." 저스티나가 근엄하게 말했다.

"그 아이에게 스웨터를 짜 줄 수 있게 되다니 정말 기쁘지 않
아?"

"우리가 어렸을 때 삼촌이 새겨주신 그 작은 목각오리를 꺼내와야
겠어."

"귀여운 아이가 있다는 건 좋은 일이야. 그 아이가 쌍둥이가 아닌
건 유감이지만."

"잘 생각해 보면 쌍둥이를 키우기 전에 한 명의 아이로 우리가 어
떻게 해나갈 수 있을지 시험해 보는 것이 현명하다고 너도 생각하
지?"

"조디에게 고양이를 키우게 해주실 건가요? 그 앤 고양이를 무척
좋아하거든요."

제인이 묻자 저스티나가 조심스럽게 말했다.

"한 마리쯤이라면 상관없어."

결국 제인이 토론토로 돌아가 섬에 오는 사람 중에 조디를 함께 데리고 와줄 사람을 찾기로 했고, 저스티나는 조디의 여비와 여행에 필요한 옷값을 신중하게 헤아려서 제인에게 건넸다.

"즉시 미스 웨스트에게 편지를 보내 이 일을 얘기하겠어요. 하지만 제가 돌아가기 전까지 조디한테는 아무 말도 하지 말라고 부탁할 생각이에요. 제가 직접 얘기하고 싶거든요. 그 아이의 기뻐하는 눈이 보고 싶어요."

"정말이지 제인, 고맙다. 네 덕택에 우리의 일생의 꿈이 이루어졌어."

저스티나가 말했다.

"훌륭한 선택이야."

바이얼릿이 덧붙였다.

다시 명랑한 거리로

"여름을 좀더 길게 늘릴 수 있으면 얼마나 좋을까."

제인은 한숨을 쉬며 말했다.

하지만 그것은 불가능한 얘기였다. 이제 9월이 되었으니 곧 제인은 제인이라는 이름을 벗고 다시 빅토리아라는 이름으로 돌아가지 않으면 안 되었다. 그 전에 미란다 지미 존의 결혼식이 있을 예정이었다. 결혼 준비로 지미 존네 집안일을 거드느라, 제인은 아빠 식사를 준비할 때를 제외하고는 랜턴힐에 없었다.

신부의 들러리가 된 제인은 엄마가 사 준 파란색과 흰색의 물방울 무늬를 수놓은 그 예쁜 옷을 입을 기회가 생겼다. 결혼식이 끝나자 제인은 랜턴힐에 작별을 고하지 않으면 안 되었다. 바람에 찰랑대며 은빛으로 빛나는 바다에, 연못에, 큰 도널드네 숲의 오솔길에── 애석하게도 이 오솔길은 밭이 될 예정이었다──그리고 자신의 뜰에도 작별을 고해야 했다. 그 뜰은 제인에게는 겨울을 모르는 뜰이었다. 여름에만 볼 수 있기 때문이다. 가문비나무 사이에서 노래하는 바람과, 항구 위로 높이 춤추며 날아오르는 하얀 갈매기에도, 사기꾼과 해피와 피터 1세와 은화에게도 작별인사를 해야 했다. 그리고 아빠한테도. 그것은 슬픈 일임에는 틀림없었지만 작년처럼 절망으로 가슴이 미어질 정도는 아니었다. 내년 여름에 다시 돌아오는 것이 지금은 당연한 일이 되었기 때문이다. 다시 엄마를 만날 수 있고 세인트애거스 학교로 돌아가는 것도 싫지 않았다. 조디에게 기쁜 소식을 가져다주는 즐거움도 있었다. 게다가 아빠가 몬트리올까지 함께 가주기로 했다.

제인이 출발하기 전날 아일린 고모가 왔는데, 뭔가 하고 싶은 말이 있는 듯하면서도 말을 꺼내지 못하는 기색이었다. 돌아갈 때 아일린 고모는 제인의 손을 잡고 자못 의미심장한 얼굴로 지그시 제인을 쳐다보았다.

"어쩌면 내년 봄이 되기 전에 무슨 애기를 들을지도 모르겠다, 제인."

"어떤 말을 들을지 모른다는 거예요, 고모님?"

제인은 즉각 날카롭게 되물었고, 여기에는 아일린 고모도 언제나 항복하지 않을 수 없었다.

"아, 그건 아무도 모르는 일이지. 그때까지 어떤 변화가 일어날지 누가 알겠니?"

한동안 제인은 불안한 느낌이었지만 이윽고 그런 것은 깨끗하게 밀쳐두었다. 아일린 고모는 늘 뭔가 수수께끼 같은 말로 거미줄처럼 끈질기게 암시를 던지곤 했다. 아일린 고모가 하는 말은 못 들은 척하는 것이 좋다는 것을 제인은 알고 있었다.

"난 아무래도 저 아이를 알 수가 없어요."

아일린 고모는 친구에게 호소했다.

"아무튼 저 아인 사람을 가까이 다가오지 못하게 해요. 케네디 집안 사람들은 모두 저렇게 고집쟁이들이라니까요. 저 아이의 엄마도 그랬어요. 겉으로 보기에는 장미꽃이나 크림처럼 부드러움 그 자체라고 생각하죠? 그런데 마음속은 정말이지 바위처럼 굳건하다니까요. 그 사람은 내 동생의 인생을 망쳐버렸어요, 가엾은 앤드루! 게다가 친딸이 아빠를 나쁘게 생각하도록 온갖 수단을 다 썼으니, 정말 온갖 수단을 다 썼을 거예요, 틀림없이."

"제인은 지금은 아빠를 무척 좋아하지 않나요?"

그 친구가 말했다.

"네, 그건 그래요. 보통 아이들과 비슷할 정도로는요. 하지만 앤드루는 몹시 외로움을 타는 성격이거든요. 그건 영원히 변하지 않을 거예요. 최근에 생각한 거지만, 어쩌면……."

"어쩌면 마침내 미국에서 이혼하고 릴리언 모로하고 결혼할 결심을 한 게 아닌가 하고 생각한다는 거죠?"

친구는 속시원하게 말해버렸다. 아일린이 남겨놓는 말의 여운을 이쪽에서 메우는 것은 여러 번 경험한 일이었다.

그런 노골적인 말에는 아일린 고모도 깜짝 놀라 당황하는 모습이었다.

"어머나, 나도 거기까지는 말하고 싶지 않아요. 나라고 해서 확실히 알 수 있는 건 아니니까요. 물론 릴리언 모로는 로빈 케네디 대신 동생이 결혼해야 할 사람이긴 했지요. 그 두 사람은 서로 공통점이 많은걸요. 그리고 나도 원칙적으로는 이혼이라는 것에 찬성하지 않지만──그건 무서운 일이에요──그래도 특별한 경우가 있으니까요."

제인과 아빠는 몬트리올까지 즐거운 여행을 했다. 카메르톤에서 시계를 늦추면서 아빠는 "우리가 1시간이나 젊어지다니 생각만 해도 기분이 좋구나" 하고 말했다. 여행 도중 아빠는 무슨 일이든 내내 그런 식으로 얘기했다.

몬트리올 역에서 제인은 아빠 품에 꼭 안겼다.

"아빠! 내년에 다시 올게요."

"물론이지. 제인, 이 돈을 가지고 가거라. 명랑한 거리 60번지에서는 용돈을 많이 받지 못할 테니까."

"조금도 받지 않아요. 하지만 아빠, 이 돈이 없어도 괜찮겠어요?" 제인은 아빠가 손에 쥐어준 지폐를 바라보았다. "50달러나요? 너무 많아요, 아빠."

"올해는 나한테 운이 좋은 해였어, 제인. 편집자들이 친절했거든. 게다가 어찌된 일인지 네가 옆에 있을 때는 글이 더 잘 써진단다. 올해는 옛날의 야심이 얼마쯤 되살아나는 느낌이었지."

사자를 찾아주고 받은 현상금을 랜턴힐에 필요한 물건을 사거나 그때 같이 있었던 친구들을 대접하는 데 다 써버린 제인은, 크리스마스에 요긴하게 쓰일 거라고 생각하며 그 돈을 가방 안에 챙겨넣었다.

"인생이여! 저 아이에게 부디 친절하게 대해주기를. 사랑이여! 저 아이를 저버리지 말기를."

멀리 사라져가는 토론토행 기차를 지켜보면서 앤드루 스튜어트는 그렇게 중얼거렸다.

제인은 자기 방을 외할머니가 다시 꾸며놓은 것을 발견했다. 2층에 올라가 보니 칙칙한 색깔 대신 장밋빛과 잿빛이 빛을 뿜어내는 듯한 멋진 색깔로 바뀌어 있었다. 은빛 깔개와 아련하게 반짝이는 커튼, 사라사 목면 의자, 크림빛 가구, 분홍빛 비단 이불. 제인이 진심으로 좋아했던 낡은 곰 털가죽 깔개는 치워지고 없었다. 요람도 마찬가지였다. 커다란 거울은 둥글고 테가 없는 것으로 바뀌어 있었다.

"어떠냐?"

제인을 지켜보며 외할머니가 물었다.

제인은 랜턴힐에 있는 자신의 작은 방과 마룻바닥, 양가죽 깔개, 조각 누비이불이 덮여 있는 하얀 조립식 침대를 떠올렸다.

"무척 예뻐요, 외할머니. 정말 고맙습니다."

"그래, 뭐 나도 크게 감격하지는 않을 거라고 예상하고 있었다."

외할머니가 그렇게 말하자 제인은 호화로운 물건들로부터 등을 돌리고 창가로 갔다. 고향의 것이라고는 별밖에 없었다. 아빠도 저 별을 보고 계실까? 아니야, 아직 집에 도착하지 않으셨을 거야. 하지만 별은 모두 각자 정해진 장소에 있었다. 북극성은 전망대 위에서, 오리온자리는 큰 도널드 언덕 위에서 빛나고 있을 것이었다. 그리고 제인은 자신이 이제 더 이상 외할머니를 두려워하지 않을 것임을 알았다.

"어머나, 제인! 어머나, 제인!"

조디가 소리쳤다.

"넌 타이터스 자매네 집에서 틀림없이 행복해질 거야, 조디. 조금 구식이기는 하지만 무척 친절한 분인 데다 더 없이 예쁜 뜰이 있어. 이젠 시든 꽃을 흙에 꽂아 뜰을 만들지 않아도 돼. 그 유명한 벚나무 가로수에 꽃이 핀 것도 볼 수 있어. 난 아직 한 번도 본 적이 없지만."

"아름다운 꿈을 꾸는 것 같아. 하지만 아! 제인, 널 이곳에 두고 가는 건 싫어."

"우린 겨울 대신 여름에 만나는 거야. 달라지는 건 그것뿐이야, 조디. 게다가 그게 더 좋지 않니? 바다에서 헤엄을 칠 수 있는 걸. 내가 헤엄치는 법을 가르쳐줄게. 엄마의 친지인 뉴턴 부인이 널 색빌까지 데리고 가면, 타이터스 자매가 그곳까지 마중 나온다고 엄마가 그러셨어. 그리고 엄마가 네 옷을 사 주실 거래."

"천국에 가면 이런 기분일까?"

조디는 숨도 쉴 수 없을 지경이었다.

조디가 가버리자 제인은 쓸쓸해졌지만 충실한 하루하루를 보냈다.

지금은 세인트애거서 학교를 무척 좋아하고 있고 필리스도 무척 좋아졌다. 실비아 이모는 제인처럼 사교적으로 활짝 꽃이 핀 아이는 본 적이 없다고 말했다. 윌리엄 외삼촌은 수도의 이름을 묻는 것으로는 제인의 기를 죽일 수 없다는 걸 알았고, 제인을 장래성 있는 아이라고 생각하게 되었고, 제인도 윌리엄 외삼촌이 무척 좋아졌다. 외할머니는 어떤가 하면…… 빅토리아 아가씨가 용감하게 노마님에게 대항하는 것을 보니 속이 다 시원하다고 메리가 프랭크에게 말했을 정도였다.

"대항한다는 말도 정확한 표현은 아니지만. 어쨌든 노마님도 전처럼 자신만만할 수 없게 되었어요. 무슨 말을 해도 이제 빅토리아 아가씨를 화나게 할 수 없는 것 같거든요. 그래서 화가 나시는 거예요! 노마님이 무슨 얘긴지 정말 사람 속을 뒤집는 말을 하셨는데도, 빅토리아 아가씨가 케네디 가족이 한덩어리로 뭉쳐서 무슨 말을 하든지 이제 전혀 상관하지 않는다는 듯 공손한 태도로 대답했거든요. 그러자 마님 얼굴이 화가 나서 새파랗게 질린 것을 난 봤다구요."

"로빈 아씨도 그 요령을 좀 배우면 좋을 텐데."

프랭크가 말하자 메리는 고개를 절레절레 흔들었다.

"그분은 이미 늦어버렸어요. 너무 오랫동안 마님이 하자는 대로 해 오셨으니까. 태어나서 지금까지 한 번도 거역한 일이 없었고, 단 한 번 거역한 뒤로는 그것을 내내 후회하며 사시잖아요. 게다가 그분은 빅토리아 아가씨와는 다르니까요."

11월의 어느 날 저녁, 엄마는 다시 레이크사이드 가든즈의 친구를 방문하게 되어 제인도 함께 데리고 갔다. 제인은 그 집을 다시 볼 수 있는 기회를 얻게 되어 무척 기뻤다. 팔렸을까? 뜻밖에도 집은 아직 팔리지 않고 있었다. 팔렸을까 봐 무척 마음을 졸였던 제인은 안도한 나머지 가슴이 크게 고동치는 걸 느꼈다. 어째서 팔리지 않았는지 제인은 이해가 되지 않았다. 제인이 보기에는 전혀 나무랄데 없는 집인데 말이다. 사실 그 집을 지은 사람이 레이크사이드 가든즈에 작은 집을 지은 것은 실수였다고 후회하고 있는 사실을 제인은 몰랐다. 레이크사이드 가든즈에 살 사람이라면 더 큰 집을 원하는 것이었다.

자신의 집이 팔리지 않은 것이 기쁘기는 했지만, 집에 불도 켜져 있지 않고 따뜻하지도 않은 것에 제인은 알 수 없는 분노를 느꼈다. 그 집만 생각하면 제인은 다가오는 겨울이 미워졌다. 겨울이 되면 집의 심장이 추위에 떨 것이 분명했다. 제인은 층계에 앉아 가든 거리에 불빛이 꽃처럼 빛나고 있는 것을 바라보면서, 자기 마음에 쏙 드는 이 집에도 불이 켜졌으면 좋겠다고 생각했다. 떡갈나무에 아직도 매달려 있는 마른 잎이 밤바람에 나부껴 바스락바스락 소리를 내고 있었다. 골짜기의 나무 사이로 호반의 불빛이 저토록 깜박이고 있는데! 제인은 이 집을 사려는 사람을 얼마나 미워하게 될까? 얼마나 증오할 것인가?

"말도 안 돼. 이 집을 나만큼 좋아하는 사람은 없는데, 이건 정말 내 집이야."

크리스마스 1주일 전, 제인은 아빠가 준 돈으로 과일케이크 재료를 사서 부엌에서 만들었다. 그런 다음 속달소포로 아빠한테 부쳤다. 이 모든 것을 제인은 누구의 허락도 구하지 않고 거침없이 해치웠다. 메리는 아무한테도 얘기하지 않을 것이고 외할머니는 아무 것도 몰랐다. 설령 외할머니가 알고 있었다 해도 제인은 케이크를 보냈을 것이 틀림없었다.

그해 크리스마스는 한 가지 사건 때문에 제인에게 기념할 만한 날이 되었다. 아침 식사가 끝나자마자 프랭크가 식당에 들어오더니 빅토리아 아가씨한테 장거리 전화가 걸려왔다고 했다. 제인은 의아한 얼굴로 거실로 갔다. 도대체 누가 나에게 장거리 전화를 걸었을까?

제인은 수화기를 귀에 갖다댔다.

"랜턴힐에서 유능한 제인에게! 메리 크리스마스! 케이크, 정말 고맙다."

아빠의 목소리가 바로 옆에 있는 것처럼 똑똑히 들렸다.

"아빠! 지금 어디 계세요?" 제인이 소리쳤다.

"랜턴힐이지. 이것이 아빠의 크리스마스 선물이다, 제네레트. 1600킬로미터 이상 떨어진 곳에서 3분 동안 애기할 수 있어."

아마 3분 안에 이 두 사람만큼 많은 내용을 이야기 한 사람은 없을 것이다. 식당으로 돌아간 제인의 볼은 발갛게 달아 있었고 눈은 보석처럼 빛났다.

"누구한테서 온 전화니, 빅토리아?"

외할머니가 물었다.

"아빠한테서요."

엄마의 입에서 숨죽인 비명이 새어나왔다. 외할머니는 분연히 엄마 쪽으로 몸을 돌린 후 냉랭하게 말했다.

"넌 그 남자가 너에게 전화를 걸어야 했다고 생각했겠지?"

제인이 담담하게 말했다.

"사실은 그게 맞는 거예요."

엄마의 고백

파릇파릇한 3월의 어느 날 저녁, 제인은 자기 방에서 무척 즐겁게 공부하고 있었다. 그날 아침 조디한테서 반가운 편지가 와서——조디는 늘 기쁨으로 넘치는 편지만 보내왔다——퀸 해변의 재미있는 소식을 많이 들었던 것이다.

제인은 지난 주 생일을 맞아 이제 제법 키가 훤칠한 13살이 되었다. 그리고 그날 오후에는 기쁜 일이 두 가지나 있었다. 실비아 이모가 제인과 필리스를 쇼핑에 데리고 가주었기 때문에, 제인은 랜턴 힐에서 사용할 물건을 두 가지 골랐다. 아름답고 오래된 구리그릇과 유리문에 달 재미있게 생긴 놋쇠 문고리였다. 그 문고리는 혀를 익살스럽게 빼물고 있는 개의 머리 모양을 하고 있었는데, 눈에는 참으로 개다운 웃음을 띠고 있었다.

방문이 열리더니 엄마가 레스토랑에서 열릴 만찬에 참석할 차림으로 들어왔다. 예쁜 상아색 호박단 드레스를 입고 등에는 사파이어 색 비로드 리본이 달려 있었으며, 아름다운 어깨 위에 약간 푸른빛이 도는 짧은 비로드 윗도리를 걸치고 있었다. 가느다란 금빛 뒷굽이 달린 푸른 구두를 신고 머리는 새로운 스타일로 다듬어져 있었다. 머리 꼭대기는 매끄럽고 평평했고, 목 언저리에 곱슬곱슬하게 말린 머리가 자연스럽게 한 줄로 늘어서 있었다.

"아, 엄마, 정말 아름다워요!"

제인은 감탄의 눈으로 엄마를 바라보았다. 바로 그때 제인은 절대로 말할 생각이 없었던 말을 하고야 말았다. 그 말은 마치 스스로 제인의 입술로 돌진해 저절로 튀어나온 것 같았다.

"지금의 엄마를 아빠한테 보여드리고 싶어요."

다음 순간 제인은 극도의 혼란에 몸이 오그라들었다. 엄마한테 아빠에 대한 얘기는 해서는 안 되는 것인데 말하고 만 것이다. 엄마는 머리를 한 대 얻어맞은 것 같은 표정이었다.

"그 사람은 절대로 보고 싶어하지 않을 거야."

엄마는 씁쓸하게 내뱉었다.

제인은 아무 말도 하지 않았다. 아무 말도 할 수 없는 느낌이었다. 아빠한테 그런 마음이 있는지 없는지 제인이 어떻게 알 수 있으랴? 하지만, 하지만 아빠가 아직도 엄마를 사랑하고 있는 것은 분명했다.

엄마는 사라사 목면 의자에 앉아 제인을 지그시 쳐다보았다.

"제인, 너한테 내 결혼에 대해 좀 얘기해 두고 싶어. 그 사람이 너한테 어떤 말을 했는지는 모르지만. 물론 그 사람에게도 나름대로의 주장이 있겠지. 하지만 내 얘기도 들어주기 바란다. 네가 알아두는 것이 좋을 것 같아. 좀더 일찍 얘기했어야 하는데, 하지만, 너무 괴로웠어."

"괴로우면 얘기하지 않아도 돼요, 엄마."

제인은 열심히 말했지만 속으로는 '엄마가 생각하고 있는 이상으로 전 많은 것을 이미 알고 있어요' 하고 생각했다.

"얘기해야겠어. 네가 이해해줬으면 하는 일들이 있거든. 나를 너무 나쁘게 생각하게 하고 싶지 않아서 그래. "

"조금도 나쁘게 생각하지 않아요, 엄마. "

"아, 내가 많이 나빴어. 이제야 그걸 깨달았단다, 이미 늦어버린 뒤에야. 난 젊었고 어리석었어. 복에 겨운 경솔한 아내에 지나지 않았지. 난, 난, 네 아빠하고 달아났어. 그리고 결혼했단다. "

제인은 고개를 끄덕였다.

"어디까지 알고 있니, 제인 ? "

"엄마가 달아난 뒤 처음에는 무척 행복했다는 것만요. "

"행복 ? 아, 제인 빅토리아, 난, 난, 정말 행복했어 ! 하지만 실제로는, 굉장히 불행한 결혼이었어, 제인. "

'꼭 외할머니가 하시는 말투야. '

"난 어머니한테 그런 짓을 해서는 안 되었어. 아버지가 돌아가신 뒤부터 어머니한테는 나밖에 없었는데. 하지만 어머니는 나를 용서해 주셨단다. "

'그리고 아빠하고 사이를 갈라놓기 위해 온갖 수단을 다 썼겠죠. '

"하지만 처음 1년 동안 우리는 행복했어, 제인 빅토리아. 난 앤드루를 숭배하고 있었지. 그 웃음 ! 그 사람의 웃는 얼굴은 너도 알고 있지 ? "

'알다마다요 ! '

"우리는 항구에서 모닥불을 피우고 시를 읽으며 함께 즐겁게 살았어. 우린 늘 그 불을 피우는 것을 마치 의식처럼 하곤 했지. 인생이 멋져 보였어. 그 무렵은 매일 매일을 기쁘게 맞이했단다, 지금은 뒷걸음치고 있지만. 첫해에는 단 한 번밖에 싸우지 않았어. 무엇 때문이었는지는 잊어버렸지만 틀림없이 하찮은 일이었을 거야. 얼굴을 찌푸리고 있는 그 사람의 이마에 키스하면 그것으로 모든 오해가 풀리고 전처럼 좋아졌지. 나처럼 행복한 사람은 세상에 둘도 없을 거라고 생각했단다. 그것이 오래 지속되었으면 좋았겠지만 ! ”

“어째서 오래 가지 않았어요, 엄마 ? ”

“난, 난 잘 모르겠어. 물론 난 집안 살림을 꾸리는 건 그리 잘하지 못했어. 하지만 그 때문은 아니었다고 생각해. 나는 요리를 잘 못했지만 어린 가정부가 그렇게 서툴지는 않았고, 엠 아주머니가 늘 와서 도와주었어. 그 아주머닌 정말 좋은 사람이었단다. 난 가계부도 제대로 쓸 줄 몰랐어. 한 줄의 숫자를 덧셈하는 데 여덟 번을 해도 할 때마다 다른 답이 나오는 거야. 하지만 앤드루는 그것을 봐도 그저 웃기만 했지. 그러는 사이 네가 태어났어. ”

“그래서 모든 것이 귀찮아진 거군요. ”

제인이 소리쳤다. 그것에 대한 괴로움이 언제까지나 제인의 마음 속에 도사리고 있었다.

“처음엔 그렇지 않았단다. 아, 제인 빅토리아, 처음엔 그렇지 않았어. 하지만 그 뒤로는 앤드루가 전과 달라진 것처럼 느껴졌어. ”

‘달라진 건 엄마 쪽 아니었나요 ? ’

“그 사람은 내가 너만 예뻐한다고 질투했어. 정말이야, 제인 빅토리아. ”

‘질투를 한 게 아니에요. 아니에요, 질투가 아니었어요. 마음이 조금 상했을 뿐이죠. 가장 중요한 사람이었다가 두 번째로 밀려난 게 서운했던 거예요. 아빠는 자기가 내쳐진 거라고 생각한 거예요. ’

“앤드루는 언제나 ‘당신 아기’라거나 ‘당신 딸’이라며 마치 자기 자식이 아닌 것처럼 말했어. 너를 두고 항상 빈정거렸지. 언젠가는 네 얼굴이 원숭이처럼 생겼다고 말한 적도 있단다. ”

‘케네디 집안 사람들은 어떤 말도 농담으로 받아들이지 못해요. ’

“넌 그런 얼굴이 아니었어. 너처럼 귀여운 아기는 없었단다. 아, 사랑스러운 제인 빅토리아, 넌 하루하루 정말 눈을 뗄 수 없을 정도로 예뻐지기만 했지. 밤에 널 담요에 싸서 재우면서 네 얼굴을 바라보고 있으면 정말 행복했어."

'엄마, 그런 엄마가 커다란 아기였던 거예요.'

"앤드루는 내가 전처럼 자기하고 함께 다니지 않는다고 화를 냈어. 어떻게 함께 다닐 수 있었겠니? 너를 데리고 가면 너한테 좋지 않고 그렇다고 두고 갈 수도 없지 않니? 그 사람은 진정으로 날 사랑한 게 아니었어, 절대로. 처음 얼마동안은 그렇지 않았지만. 그 사람한테는 나보다 책이 훨씬 더 소중했던 거야. 몇날 며칠 동안 계속 책에만 파묻혀서 나 같은 건 까맣게 잊어버렸단다."

'그러면서도 엄마는 아빠만 질투했다고 생각하시는군요.'

"나한테는 아무래도 천재와 함께 살 자격이 없었던 것 같아. 물론 난 내가 그 사람에게 어울리는 머리를 가지지 못했다는 건 알고 있었어. 아일린도 그렇게 생각하고 있다는 것을 나에게 암시했지. 게다가 앤드루는 나보다 아일린에게 훨씬 더 큰 애정을 갖고 있었어."

'아니에요, 아니에요, 그렇지 않아요. 절대로 그렇지 않아요 !'

"아일린은 앤드루에게 나보다 더 큰 영향력을 가지고 있었어. 앤드루는 무슨 일이든 나한테 얘기하기 전에 그 사람한테 먼저 얘기했지."

'그건 아일린 고모가 언제나 아빠가 아직 누구한테도 말할 준비가 되기도 전에 캐물었기 때문이에요.'

"앤드루는 나를 어린아이로 생각하고 뭔가 계획이 있으면 나한테 의논하기 전에 아일린에게 의논했는걸. 내 집에 살면서도 아일린 덕택에 난 언제나 그림자 같은 느낌이었단다. 아일린은 나에게 창피를 주는 걸 좋아한 것 같아. 그녀는 언제나 상냥하게 웃는 얼굴로……."

'맞아요 !'

"언제나 나를 방해했어. 자못 친절한 목소리로."

'저도 잘 알아요!'

"난 다 알고 있으니까, 하고 그녀는 언제나 그렇게 말했어. 마치 나를 감시하고 있는 듯 가시를 품고 말이야. 그리고 앤드루는 나를 분별심이 없다고 했고. 그런 게 아닌데 앤드루는 언제나 아일린 편을 드는 거야. 아일린은 나를 마음에 들어하지 않았어. 그 사람은 앤드루를 다른 아가씨하고 결혼시키고 싶어했지. 아일린이 처음부터 우리 결혼은 실패할 게 틀림없다고 말했다는 얘기를 들었어."

'그리고 아일린 고모는 갖은 수를 다 써서 그 결혼을 실패하게 만들려고 했구요.'

"아일린은 여기저기 모든 일에 간섭하면서 끊임없이 우리 사이를 갈라놓으려 했지. 난 도저히 어떻게 할 수가 없었단다."

'엄마한테 조금만 야무진 데가 있었더라면 그런 일은 없었을 거예요, 엄마.'

"앤드루는 내가 아일린을 좋아하지 않는다고 비난했어. 그러면서도 그 사람은 내 가족을 싫어했지. 어머니에 대해 얘기할 때는 반드시 험담을 하는 거야. 내가 어머니를 만나러 가는 것도 어머니한테서 선물을——주로 돈이었지만——받는 것도 못하게 했어. 아, 제인 빅토리아, 그 마지막 해에는 정말 비참했어. 앤드루는 어쩔 수 없는 경우가 아니면 나를 쳐다보려고도 하지 않았단다."

'너무 괴로워서 그랬던 거예요.'

"마치 나는 모르는 사람하고 결혼한 것 같았어. 우리는 언제나 서로에게 심한 말만 해댔지."

'간밤에 성경에서 읽었던 '죽고 사는 것이 혀의 권세에 달렸나니' (구약성서 잠언) (18장 21절) 라는 말이 정말 맞는 말이에요. 꼭 맞다구요!'

"그때 어머니한테서 집에 한번 다녀가지 않겠느냐는 편지가 왔어.

앤드루는 가고 싶으면 가도 좋다는 식이었지. 아일린은 그것을 기회로 다시 화해하게 될 거라고 말했어.”

‘그런 말을 할 때의 아일린 고모의 미소 띤 얼굴이 눈에 선해요.’

“난 이곳으로 왔고 어머니는 이대로 그냥 눌러앉으라고 하셨어. 내가 불행한 것을 눈치채셨던 거야.”

‘그리고 이때다, 하고 매달린 거죠.’

“나를 미워하는 사람하고는 앞으로 도저히 함께 살 수 없을 것 같았어, 제인 빅토리아. 도저히 살아갈 수가 없었어. 그래서 난, 난 그 사람한테 편지를 써서 내가 돌아가지 않는 것이 차라리 서로에게 좋을 것 같다고 했지. 난, 난 잘 모르겠지만, 어쩐지 모든 것이 현실 같지가 않았단다. 그 사람이 나한테 돌아와 달라는 편지만 보내줬더라면……. 하지만 오지 않았어. 난 그 사람한테서 한 번도 편지를 받지 못했어, 널 보내라고 한 그 편지가 오기 전까지는.”

엄마가 말하는 동안 제인은 이따금 생각에 잠기면서 말없이 앉아 있었다. 하지만 지금은 더 이상 침묵을 지킬 수가 없었다.

“아빠는 편지를 보냈어요. 엄마한테 돌아와 달라고! 그런데 엄마는 답장을 쓰지 않았던 거예요. 한 번도 쓰지 않았어요, 엄마.”

갑자기 조용해진 크고 아름답고 냉랭한 방에서 엄마와 딸은 서로 얼굴을 마주보고 있었다. 잠시 뒤 엄마가 속삭였다.

“그 편지는 받지 못했어, 제인 빅토리아.”

그 일에 대해서는 두 사람은 더 이상 아무 말도 하지 않았다. 그 편지가 어떻게 되었는지는 두 사람 다 잘 알고 있었던 것이다.

“엄마, 아직 늦지 않았어요.”

“아니야, 늦었어, 제인. 너무나도 많은 일들이 우리들 사이에 가로놓여 있기 때문이야. 난 또다시 어머니를 배반할 수는 없어. 어머니는 두 번 다시 용서해주지 않으실 것이고 나를 너무나 사랑하고 계신걸. 어머니한테는 나밖에 없어."

"바보 같은 말이에요! 외할머니한테는 거트루드 이모도 있고 윌리엄 외삼촌과 실비아 이모도 있잖아요?" 제인은 스튜어트 집안 사람들을 다 합친 것처럼 무뚝뚝하게 말했다.

"그건, 그건 그렇지 않아. 어머닌 그들의 아버지를 사랑하지 않으셨으니까. 그리고 난 어머니를 거역할 수 없어. 게다가 그 사람은 이제 나 같은 여자한테는 볼일이 없을 거니까. 우리는 완전히 남남이야. 아, 제인 빅토리아, 인생은, 그렇게, 내 손가락 사이에서 빠져나가고 있어. 붙잡으려고 하면 할수록 점점 더 빨리 달아나버려. 난 너를 잃어버리고 말았어."

"그렇지 않아요, 엄마!"

"아니야, 넌 지금은 나보다 그 사람의 것이 되어버렸어. 널 책망하는 건 아니야. 너도 어쩔 수 없는 일이니까. 하지만 한 해 한 해가 지날수록 넌 더욱 더 그 사람의 것이 되어가겠지. 결국 내 몫은 완전히 남지 않게 되고 말 거야."

그때 외할머니가 방에 들어와서 두 사람을 의아하다는 듯이 쳐다보았다.

"외출해야 한다는 걸 잊어버렸니, 로빈?"

"네, 잊고 있었어요. 하지만 걱정 마세요, 이제 생각났으니까요. 다시는 잊지 않을 거예요." 엄마가 서먹서먹하게 대답했다.

엄마가 나간 뒤 외할머니는 잠시 머뭇거리고 있었다.

"무슨 말을 해서 네 엄마의 정신을 빼놓았니, 빅토리아?"

제인은 외할머니를 똑바로 응시했다.

"오래 전에 아빠가 엄마한테 돌아와 달라고 써보낸 편지를 어떻게 하셨어요, 외할머니?"

외할머니의 차갑고 매정한 눈이 갑자기 타올랐다.

"그 얘기였니? 그것이 너하고 무슨 관계라도 있다는 말이냐?"

"네, 있다고 생각해요. 전 그 두 분의 딸이니까요."

"그 편지는 현명하게 처리했다, 불태워버렸지. 로빈은 자기가 실수한 걸 깨닫고 내가 처음부터 그럴 줄 알고 있었던 대로 내 곁으로 돌아왔어. 또다시 그 아이가 길을 잃고 헤매게 할 수는 없었다. 다시는 그런 흉계를 꾸며서는 안 돼, 빅토리아. 아직은 나도 너한테 지지 않을 거니까."

"아무도 흉계 같은 건 꾸미지 않아요. 한 가지만 말씀드려 둘 일이 있어요, 외할머니. 아빠하고 엄마는 아직도 서로를 사랑하고 있어요. 전 알아요."

외할머니의 목소리는 얼음처럼 차가웠다.

"그런 일은 없어. 네 엄만 네가 옛 기억을 되살려놓기 전까진 오랫동안 행복하게 지내 왔어. 네 엄마 일에 상관하지 마라, 내 딸이니까! 두 번 다시 제삼자가 우리 사이에 끼어드는 건 용서하지 않을 거야. 앤드루 스튜어트든, 너든, 그 누구든! 이것만은 잘 기억해 두기 바란다."

불길한 추측

편지는 3월 마지막 날 오후에 왔다. 제인은 그날 세인트애거서 학교에 가지 않았다. 전날 목이 좀 아팠기 때문에 엄마가 집에서 쉬라고 했기 때문이다. 하지만 지금은 목도 편해졌고 제인은 무척 기분이 좋았다.

이제 곧 4월. 아직 완연한 봄이라고는 할 수 없어도 적어도 봄기운이 바로 저기까지 다가와 있었다. 앞으로 두 달하고 조금만 더 있으면 랜턴힐의 6월을 만날 수 있는 것이다.

그 동안 제인은 뜰에 뭔가 더 심을 계획을 세우고 있었다. 그 계획의 한 가지로 나지막한 돌담 가장자리를 따라 기사처럼 늠름한 접시꽃을 심어야지. 8월에 씨를 뿌려두면 내년 여름에는 꽃이 필 거야.

외할머니와 거트루드 이모, 엄마가 다같이 모리슨 부인의 브리지 게임 모임에 가고 없었기 때문에, 메리는 오후에 도착한 우편물을 제인에게 가지고 왔다. 제인은 자기 앞으로 온 세 통의 편지를 반갑게 받아들었다. 한 통은 폴리한테서 온 것이고 또 한 통은 '널빤지'

스노빔, 나머지 한 통은 마치 인쇄한 것 같은 필적을 보니 틀림없이 아일린 고모가 보낸 것이리라.

먼저 폴리의 편지부터 읽어보니 재미있는 소식과 랜턴힐의 농담으로 가득 차 있었다. 그 속에 아빠에 관한 소식이 하나 적혀 있었는데 가까운 시일 안에 미국에 다녀올 예정이라고 했다. 폴리는 그게 보스턴인지 뉴욕인지 확실한 것은 모르는 것 같았다. 폴리의 편지 마지막 부분은 제인을 굉장히 웃게 만들었다. 훗날 그때를 돌이켜보았을 때, 그로부터 얼마동안은 웃음이 끊어져서 그것이 어린 시절의 마지막 웃음이었던 것으로 제인은 회상하곤 했다.

"지난 주에 줄리어스 에번스 씨는 얼마나 화가 났는지 몰라. 에번스 씨가 새로 만든 단풍나무 시럽통 속에 쥐가 한 마리 빠지는 바람에 에번스 씨는 아깝게 버리고 말았다며 정말 난리도 아니었어. 그런데 우리 아빠는 정말로 버렸는지 어떤지는 아무도 모른다면서 신중을 기하기 위해 조 볼드윈 씨한테서 시럽을 샀지 뭐니."

제인은 다시 한 번 웃으면서 '널빤지' 스노빔의 편지를 뜯었다. 두 장째의 어느 한 구절이 제인의 눈에 들어왔다.

"너의 아빠가 미국에서 이혼하고 미스 릴리언 모로하고 결혼할 거라고 모두들 말하고 있어. 그렇게 되면 미스 모로가 네 엄마가 되는 거니? 넌 어떻게 생각해? 내 생각엔 미스 모로가 네 새엄마가 될 것 같아. 너의 친엄마가 아직 살아 있어서 이상하게 들리긴 하지만 말이야. 네 이름도 바뀌게 될까? '네덜란드 미나리' 스노빔은 그런 일은 없을 거라고 말했지만 미국에서는 온갖 이상한 일들이 일어나는 법이니까. 어쨌든 그렇게 되더라도 넌 변함없이 여름에는 꼭 랜턴힐로 와야 해. 알았지?"

제인은 괴로움 때문에 속이 뒤집히고 몸이 차가워지는 걸 느끼면서 그 편지를 놓은 뒤 아일린 고모의 편지를 집어들었다. 아일린 고모가 왜 편지를 보냈는지 이상하게 생각했지만 이제 그 이유가 분명해졌다.

편지에는 제인의 아빠 앤드루가 미국에서 얼마 동안 머문 뒤 미국의 이혼수속을 밟을 생각인 것 같다고 적혀 있었다.

"물론 이건 사실이 아닐지도 몰라, 제인. 앤드루가 나한테 직접 얘기한 건 아니니까. 그렇지만 이 소문이 곳곳에 퍼지고 있고 아니 땐 굴뚝에는 연기가 나지 않는 법이라고 하니까, 너도 마음의 준비를 해두는 게 좋겠지. 앤드루의 친구들이 오래전부터 이혼을 권한 것은 알고 있지만, 그 일에 대해서 앤드루는 절대로 나한테 얘기하려 하지 않아서 나로서는 찬성도 반대도 할 수 없었단다. 왜 그런지는 모르겠지만, 지난 2년 동안 앤드루는 칼로 자른 듯 나한테 아무것도 털어놓지 않았어. 하지만 앤드루가 오랫동안 극히 만족스럽지 못한 상황에 있었다는 건 느끼고 있었단다. 이 소식을 알려도 너는 걱정하지 않으리라 믿어. 걱정할 거라고 생각했다면 얘기하지 않았을 거야. 너는 분별이 있는 아이니까 그런 일은 없을 거야. 네가 나이에 비해 어른스럽다는 걸 나도 잘 알고 있단다. 하지만 그게 만약 사실이라면 물론 너한테도 약간의 변화가 생기겠지. 앤드루는 재혼할지도 모르니까."

촛불이 갑자기 꺼지는 것을 본 적이 있는 사람은 어둠 속에서 창가로 가는 제인의 모습을 상상할 수 있으리라. 어두운 날이기는 했지만 이따금 거센 빗줄기가 쏟아졌다. 제인은 무심한 거리를 까닭 없이 미워하는 마음으로 바라보고 있었지만, 눈에는 아무것도 들어오지 않았다. 이토록 심한 모욕, 이토록 참을 수 없는 비참한 기분을 느낀 것은 처음이었다. 그러면서도 이런 일이 있을 줄 알았어야 했다는 후회도 들었다.

작년 여름 한두 번 이상하다고 느낀 일이 있긴 있었다. 제인은 릴리언 모로가 아빠를 마치 애무하듯이 '드루'라고 불렀던 것과, 릴리언 모로가 옆에 있으면 아빠가 즐거워하는 기색을 보았던 것이 떠올랐다. 그리고 지금 이 불길한 추측이 만약 사실이라면 두 번 다시 랜턴힐에 여름을 보내러 갈 일은 없을 것이다. 그 두 사람은 랜턴힐에 살 생각일까? 릴리언 모로가 내 엄마라니! 말도 안 돼! 내 엄마 말고는 그 누구도 엄마가 될 수 없어. 그런 건 생각조차 할 수 없어! 하지만 릴리언 모로는 정말 아빠의 아내가 되는 것일까?

이런 일들이 모두 제인이 6월을 기다리며 즐겁게 보내던 몇 주일 사이에 일어난 것이다.

'나에게 두 번 다시 기쁨은 찾아오지 않을 거야.'

제인은 쓸쓸히 생각했다. 모든 것이 갑자기 의미 없는 것이 되어 버렸다. 자기가 모든 것과 멀리 떨어져서, 티모시 솔트 노인의 망원경으로 인생과 인간과 사물을 바라보고 있는 것 같은 느낌이었다. 폴리의 편지에서 에번스 씨의 버렸는지 어쨌는지 확실한 건 알 수 없는 단풍나무시럽 얘기를 읽고 웃었던 것이 몇 년 전의 일처럼 생각되었다.

그날 오후 제인은 내내 자기 방에서 서성거렸다. 한 순간도 앉아 있을 수가 없었다. 쉬지 않고 계속 움직이는 한 고통도 함께 걷기 때문에 견딜 수가 있었다. 멈춰 서는 순간부터 고통은 짓눌러 왔다. 하지만 저녁 식사 시간에 제인은 다시 골똘히 생각하기 시작했다. 사실을 확인하지 않으면 안 된다. 그런데 사실을 알려면 어떻게 해야 하는지 제인은 알 수가 없었다. 게다가 빨리 하지 않으면 안 되는데.

제인은 아빠한테서 받은 돈을 헤아려보았다. 꼭 섬까지 가는 차표를 살 수 있을 만큼 남아 있었다. 먹을 것과 일등석 표를 살 돈은 안 되었지만 그런 건 아무래도 상관없었다. 사실을 알기 전에는 먹을 수도 잠잘 수도 없을 게 분명했다. 제인은 1층에 내려가서 메리가 식당에 차려준 저녁을 억지로라도 먹어보려 했다. 메리가 이상하게 생각해서는 안 되기 때문이다.

하지만 메리는 뭔가 눈치챘다.

"목이 많이 안 좋아졌군요, 빅토리아 아가씨?"

"아뇨, 목은 괜찮아요."

그 목소리가 마치 남의 목소리인 것처럼 제인의 귀에 이상하게 울렸다.

"엄마하고 외할머니가 몇 시쯤 돌아오실지 알고 있어요, 메리?"

"늦게까지 돌아오지 않으실 거예요. 외할머니와 거트루드 이모님은 서부에서 오신 외할머니의 친구를 만나기 위해 윌리엄 외삼촌 댁에 저녁 식사를 하러 가셨고, 로빈 아씨는 파티에 가셨으니까요. 로빈 아씨는 한밤중이 되어야 오실걸요. 큰마님은 11시쯤 프랭크가 모시러 갈 거구요."

기차는 밤 11시에 출발한다. 아직 시간은 많다. 제인은 2층에 가서 작은 여행가방에 소지품을 챙기고 테이블 위에 있던 생강 비스킷 한 봉지도 넣었다.

창밖에서 어둠이 짓궂게 제인을 엿보고 있는 것 같았다. 빗줄기가 유리창을 때렸고 바람은 벌거벗은 느릅나무에서 몹시 스산한 소리를 내고 있었다. 전에는 비도 바람도 내 친구라고 생각한 적이 있었지만 지금은 적처럼 보였다.

모든 것이 제인에게 상처를 주었다. 제인의 삶의 모든 것이 뿌리째 뽑혀 시들어가는 것 같은 느낌이었다. 제인은 모자를 쓰고 코트를 입은 뒤, 가방을 들고 엄마 방에 가서 간단한 편지를 침대 머리맡에 핀으로 꽂아놓고, 가만히 층계를 내려갔다. 메리와 프랭크는 부엌에서 식사를 하고 있었고 문은 닫혀 있었다. 제인은 전화로 조용히 택시를 부른 다음 밖으로 나갔다. 명랑한 거리 60번지의 층계를 내려가서 마지막으로 웅장한 철문을 빠져나갔다.

"유니온 역으로 가주세요."

제인이 운전기사에게 말했다.

택시는 젖은 도로를 미끄러지듯 달려갔다. 도로의 불빛은 물에 잠겨 있는 검은 강처럼 보였다.

제인은 자신에게 사실을 얘기해줄 수 있는 단 한 사람, 아빠에게 물어볼 생각이었다.

슬픈 귀향

　제인은 수요일 밤 토론토를 출발해 금요일 밤에 섬에 닿았다. 기차는 비에 흠뻑 젖은 땅을 일직선으로 질주했다. 제인의 그 섬은 지금은 아름답지 않았다. 이른 봄의 초라함에 싸여, 다른 모든 곳과 마찬가지로 아무런 특징도 없었다. 아름다운 것이라고는 어두운 언덕에 보이는 늘씬한 자작나무뿐이었다.

　여행 중에 제인은 낮이고 밤이고 꼿꼿하게 앉은 채, 생강 비스킷을 억지로 목구멍에 넘기며 허기를 견뎠다. 몸을 거의 움직이지 않았다. 그럼에도 불구하고 제인은 쉬지 않고 달리고 있는 것 같은 느낌이 들었다. 길을 가는 누군가를, 점점 앞쪽으로 끝없이 사라져가는 누군가를 붙잡으려는 것처럼.

　제인은 샬럿타운까지 가지 않고 서(西)트렌트에서 기차를 내렸다. 서트렌트는 특별히 부탁하면 기차를 세워주는 작은 간이역이었다. 거기서 랜턴힐까지는 겨우 8킬로미터. 멀리서 바다의 포효가 요란하게 들려왔다. 제인은 그 소리에 몸이 떨리는 것 같은 기쁨을 느낀 적도 있었다. 태고의 북해안에서 어두운 잿빛 밤에 거센 바람을 타고 울려퍼지는 그 음악. 하지만 지금의 제인에게는 그런 것이 귀에 들어오지 않았다.

줄기차게 내리던 비가 지금은 그쳐 있었다. 길은 험하여 걷기 힘들었고 곳곳에 물이 고여 있었지만 그 웅덩이 속도 아랑곳하지 않고 제인은 걸어갔다. 이윽고 떠오르는 달을 등지고 전나무의 거무스름한 첨탑이 드러났고, 도로의 웅덩이는 은빛 불덩이가 되었다.

지나가는 집들마다 제인을 향해 문을 굳게 잠근 것처럼 낯설고 서먹서먹한 모습이었다. 가문비나무는 제인을 외면하고 있는 것처럼 느껴졌다. 멀리 저편의 파르스름한 달빛 속에 제인이 알고 있는 집집마다 불이 켜져 있고 나무가 우거진 언덕이 보였다. 랜턴힐에도 불이 켜져 있을까, 만약 아빠가 집에 안 계신다면?

아는 개가 멈춰 서서 제인에게 꼬리를 흔들며 짖었지만 모르는 척했다. 자동차가 덜컹거리며 옆을 지나가면서 불빛으로 제인을 비추더니, 머리끝에서 발끝까지 흙탕물을 씌우고 갔다. 조 윅스의 차였다. 조는 미드 부인의 사촌으로 말을 이상하게 했는데, 그것은 그 집안 사람들의 버릇이었다. 집에 돌아간 그는 반신반의하는 아내를 향해 길에서 제인 스튜어트 같기도 하고 유령 같기도 한 것을 만났다고 말했다.

제인은 글자 그대로 유령 같은 느낌이었다. 이 차가운 달빛 속의 불길한 세계를 영원히, 영원히 걸어가지 않으면 안 될 것 같은 느낌이었다.

작은 도널드 씨 집에는 응접실에 불이 켜져 있었다. 커튼이 붉은 색이어서 밤에 커튼을 치면 장밋빛이 되었다. 그리고 큰 도널드 씨 집의 불빛이 보인 뒤 마침내 랜턴힐의 오솔길에 접어들었다.

부엌에 등불이 켜져 있었다!

제인은 몸을 떨면서 바퀴자국이 깊숙이 나 있는 오솔길을 지나 뒤뜰을 가로질러, 지난날에는 양귀비가 비단 같은 환희에 떨었던 적도 있는 쓸쓸하고 질퍽질퍽한 뜰을 지나 창 쪽으로 다가갔다. 기대했던 것과는 판이하게 다른, 얼마나 슬픈 귀향인가!

제인은 집 안을 들여다보았다. 아빠가 테이블 옆에서 책을 읽고 있었다. 그 초라하고 낡은 트위드 윗도리에 제인이 작년 여름에 골라준 작고 빨간 물방울무늬가 있는 멋진 회색 넥타이를 매고 있었다. 입에는 '늙다리'를 물고 다리는 긴 의자에 얹고 있었는데 그 의자에는 개 두 마리와 피터 1세가 자고 있는 것이 보였다. '은화'는 테이블 위에 있는 휘발유 램프의 따뜻한 받침대에 찰싹 붙어 누워 있고 구석의 개수대에는 더러운 접시가 가득 쌓여 있었다. 제인은 그 모든 것을 보자 새롭게 고통이 밀려오는 걸 느꼈다.

잠시 뒤 문득 고개를 든 앤드루 스튜어트는 자기 딸이 눈앞에 서 있는 것을 보고 기겁을 할 듯이 놀랐다. 다리는 빗물에 젖고 온몸은 진흙투성이에 새파란 얼굴을 하고 있고 눈에는 무서운 고뇌의 빛이 넘치고 있는 것을 보고, 그의 마음에 오싹하는 공포가 스쳐 지나갔다. 혹시 이 아이의 엄마한테……?

"아니, 이게 어찌된 일이냐, 제인?"

극도의 불안 때문에 정말로 몸이 이상해진 걸 느끼면서 제인은 다짜고짜 멀리서 준비해 온 질문부터 던졌다.

"아빠, 아빠는 엄마하고 이혼하고 미스 모로하고 결혼하실 거예요?"

한순간 아빠는 어리둥절한 표정으로 제인을 응시했다. 다음 순간, "아니야!" 하고 소리쳤다.

그리고 다시 "아니야, 말도 안 돼! 누가 너에게 그런 말을 하더냐?" 물었다.

제인은 깊이 숨을 들이마셨다. 마침내 끝난 오랜 악몽을 집어삼키려 했지만 그렇게 되지 않았다. 처음에는 되지 않았다.

"아일린 고모가 편지를 주셨어요. 고모는 아빠가 보스턴에 가게 되었다고 했어요. 고모는……."

"누님이? 누님은 언제나 그런 쓸데없는 생각만 한다니까. 물론 다 잘되라고 생각해서 그러시는 거지만. 제인, 잘 들어라. 난 단 한 여자의 남편이며 그녀가 아닌 다른 여자의 남편일 수는 없다."

아빠는 말을 중단하고 제인을 의아하게 바라보았다. 이때까지 한 번도 운 적이 없던 제인이 울고 있었다.

아빠는 제인을 와락 끌어안았다.

"제인, 이 바보! 왜 그런 말도 안 되는 얘기를 믿었지? 아빠는 미스 모로를 좋아해. 오래 전부터 좋아했어. 하지만 천년이 지난 다 해도 그 사람을 사랑할 수는 없어. 보스턴에 간다고? 물론 보스턴에 가는 건 사실이야. 너한테 좋은 뉴스가 있단다, 제인. 드디어 내 책을 출판해 줄 출판사를 찾았어. 보스턴에 가는 건 그 출판사와 상세한 계약을 하기 위해서야. 제인, 그래서 서트렌트에서 여기까지 걸어왔다는 말이냐? 우리 집 불빛이 보인 건 행운이었어. 하지만 이렇게 흠뻑 젖어 있다니! 지금 너한테 필요한 건 뜨거운 코코아를 한 잔 마시는 거다. 아빠가 얼른 만들어주마. 기뻐해라, 해피, 사기꾼! 일어나, 피터! 제인이 돌아왔다!"

잃어버린 시간을 찾아

이튿날 앤드루 스튜어트는 의사를 불렀고 몇 시간 뒤에는 간호사
도 왔다. 제인 스튜어트가 악성 폐렴에 걸렸다는 소문이 퀸 해변과
코너 마을 일대에 퍼져갔다.

처음 며칠 동안 제인은 아무것도 기억하지 못했다. 병에 걸려 처
음으로 헛소리까지 했다. 여러 얼굴들이 나타나서 희미하게 사라져
갔다. 고뇌에 찬 아빠의 얼굴, 심각한 표정의 의사, 하얀 모자를 쓴
간호사, 그리고 또 하나의 얼굴. 이건 꿈에 지나지 않아, 엄마가 이
곳에 있을 리 없어, 그 머리의 향수 냄새는 희미하게 맡을 수 있었
지만. 엄마는 먼 토론토에 있는걸.

누가 물어도 제인은 자기가 어디에 있는 건지 대답할 수가 없었
다. 다만 자신이 뭔가 잃어버린 말을 영원히 찾아 헤매고 있는 미아
같다는 것밖에 몰랐다. 그 말을 찾아낼 때까지는 제인 스튜어트로
돌아갈 수가 없었다.

한번은 한 여자가 미친 듯이 울부짖었고 누군가가 "아직 희망은
있어, 여보. 아직은 조금이나마 희망이 남아 있어" 하고 말하는 소

리가 들린 것도 같았다. 그리고 훨씬 나중에 "오늘 밤에 어느 쪽으로든 변화가 올 것이오"라고 말하는 소리도.

"그렇다면 제가 잃어버린 말을 찾을 수 있는 거죠 ? "

제인이 너무 똑똑하게 말했기 때문에 방에 있던 사람들은 모두 깜짝 놀랐다.

그때, 제인은 자기는 영원히 제인이며 이제 더 이상 미아가 아니라는 사실을 알게 되기까지 얼마나 많은 시간이 흘렀는지 알지 못했다.

"난 죽은 걸까 ? "

제인은 의심하며 두 팔을 힘없이 들어 올려다 보았다. 팔은 몹시 앙상해져 있었고 잠깐 동안밖에 들어올릴 수 없었지만, 제인은 자기가 살아 있다는 걸 알았다.

제인은 랜턴힐에 있는 자기 작은 방이 아니라 아빠의 방에 혼자 있었다. 창문을 통해 반짝이고 있는 바다와, 자주 올라갔던 언덕 위에 끝없이 맑고 푸른 하늘이 보였다. 누군가가 와서——나중에 조디였다는 걸 알았지만——가장 먼저 핀 메이플라워를 꺾어와 침대 옆 테이블의 꽃병에 꽂아주었다.

"분명히, 집이 귀를 기울이고 있는 게 틀림없어. "

제인은 생각했다.

무엇에 귀를 기울이고 있다는 말인가 ? 방 밖의 층계에서 들려오는 것 같은 두 사람의 말소리에. 분명히 아는 사람들인데 제인은 그게 누군지 생각이 나지 않았다. 목소리를 죽이며 얘기하고 있었지만 간간이 얘기 소리가 들려왔다. 그때는 제인에게 아무런 의미도 없는 말이었지만, 제인은 그 말을 잊지 않았다. 언제까지나 기억하고 있었다.

"로빈, 내가 그런 심한 말을 한 건 사실이지만 진심으로 한 말은 아니었소. "

"당신의 그 편지를 받기만 했어도……."

"가엾은 로빈."

"지난 몇 년 동안 나를 생각한 적이 있었나요?"

"당신 말고 누구를 생각했을 거란 말이오?"

"당신한테서 전보가 왔을 때 어머니는 가면 안 된다고 하셨어요. 무척 화를 내셨죠. 마치 무슨 일이 있어도 내가 제인에게 와서는 안 되는 것처럼."

"우리는 둘 다 바보들이었어. 현명해지기에는 너무 늦은 걸까, 로빈?"

제인은 그 대답을 듣고 싶었다. 목이 타도록 듣고 싶었다. 왠지 모르게 그것이 온 세상의 모든 사람들과 중대한 관련이 있는 것 같은 기분이었다. 하지만 바다에서 불어온 바람 때문에 문이 쾅! 닫히고 말았다.

"이젠 알 수 없게 되었어요."

간호사가 방에 들어오자 제인이 힘없는 목소리로 말했다.

"뭐가 말이니?"

"그 사람이, 층계에 있던 사람이 뭐라고 대답했는지. 우리 엄마하고 목소리가 똑같았지만요."

"그분은 네 엄마 맞아. 아빠는 내가 여기 오자마자 엄마한테 전보를 쳤단다. 엄마는 금방 달려오셨어. 그러니까 네가 얌전하게 있고 너무 흥분하지 않는다면 오늘 밤 엄마를 잠시 만날 수 있을 거야."

"그럼 엄마도 이번만은 외할머니한테 반항한 거로군요."

제인은 가냘픈 목소리로 말했다.

하지만 제인이 처음으로 부모와 얘기를 해도 좋다는 허락을 받은 것은 며칠이나 지난 뒤였다. 두 사람은 손에 손을 잡고 방에 들어와 제인을 내려다보며 서 있었다. 제인은 무섭도록 행복한 두 사람이

방에 있다는 것을 느꼈다. 아빠도 엄마도 둘 다 그런 모습을 하고
있는 것을 본 적이 없었다. 두 사람은 인생의 깊은 우물물을 마셨
고, 그것 때문에 다시 젊은 연인으로 돌아간 것처럼 보였다.

"제인, 어리석은 두 사람이 조금은 지혜를 배운 것 같구나."

"훨씬 전에 그것을 배우지 못한 건 모두 내 잘못이었어."

엄마의 목소리에는 눈물과 웃음이 섞여 있었다.

"아내여!" 아빠가 '아내여'라고 할 때의 말투는 얼마나 유쾌한지
몰랐다! 또 엄마의 그 웃음소리란! 웃음소리일까 아니면 종소리
일까?

"내 아내한테 오명을 씌우는 건 그게 누구든 난 용납 못해. 당신
탓이라고? 정말이지! 나한테서 한 가닥의 비난도 끄집어낼 수
없을 거야. 보아라, 제인. 나의 황금빛 아내를 보렴. 이런 엄마를
선택하다니 넌 정말 행복한 아이다, 제인. 네 엄마를 본 순간 난
다시 사랑에 빠져버렸단다. 자, 이제부터 우리는 함께 잃어버린 9
년을 되찾으러 가는 거다."

"그리고 이 랜턴힐에서 사는 거예요?"

제인이 물었다.

"어디 다른 곳에서 살지 않을 때는 언제나. 두 여자를 거느리고
있는 한 내 므두셀라의 생애에 관한 서사시는 완성할 수 없을 것
같구나. 하지만 그걸 보상해 주는 일이 있지. 신혼여행을 갈 수
있을지도 몰라. 네가 걸을 수 있게 되면 바로 보스턴에 잠시 다녀
오자, 유능한 제인! 그 책에 대한 일로 말이다. 그런 다음 여름
에는 이곳에서 지내고 가을에는…… 사실은 말이다, 제인. 난 보
수를 후하게 줄 테니 〈새터데이 애프터눈〉의 편집차장으로 와주
지 않겠느냐는 제의를 받았다. 거절할 생각이었지만 이젠 받아들
여야 할 것 같구나. 어떻게 생각하니, 제인? 겨울에는 토론토에
서 여름에는 랜턴힐에서 사는 건?"

"그럼 이제 다시는 작별인사를 하지 않아도 되겠군요. 아, 아빠! 하지만……."

"하지만이라는 말은 안 돼. 무엇을 걱정하고 있는 거지, 제인?"

"우리는, 그, 명랑한 거리 60번지에서 살지 않아도 되는 거죠?"

"물론이고말고! 그러려면 우린 집을 한 채 사지 않으면 안 돼. 어떻게 사느냐가 어디서 사느냐보다 중요한 건 사실이지만, 우리에게는 비와 이슬을 피할 수 있는 지붕이 필요하니까."

제인은 레이크사이드 가든즈의 작은 돌집을 떠올렸다. 아직 팔리지 않았을 거야. 그 집을 사자. 그 집은 살아 있는 집이야. 우리가 그 집에 생명을 줘야 해. 그 차가운 창문은 사람들을 반갑게 맞이하는 등불로 빛나게 될 거야. 명랑한 거리 60번지에서, 악의에 찬 눈을 빛내며 늙고 무정한 여왕처럼 오만하게 걸어다니는 외할머니가 용서하고 안 하고는 외할머니 마음대로 하라지. 하지만 두 번 다시 우리 사이를 갈라놓지는 못해. 이제부터는 오해도 생기지 않을 거야. 난 부모님에 대해 모든 걸 알고 있으니까 서로를 잘 이해시킬 수 있어. 그리고 집안살림도 빈틈없이 해내겠어. 모든 것이 아주 오래전부터 예정돼 있었던 것처럼 순조롭게 진행될 거야!

"아, 아빠. 제가 꼭 알맞은 집을 알고 있어요!"

세상에서 가장 행복한 소녀, 제인이 소리치자 아빠가 말했다.

"내 그럴 줄 알았어!"

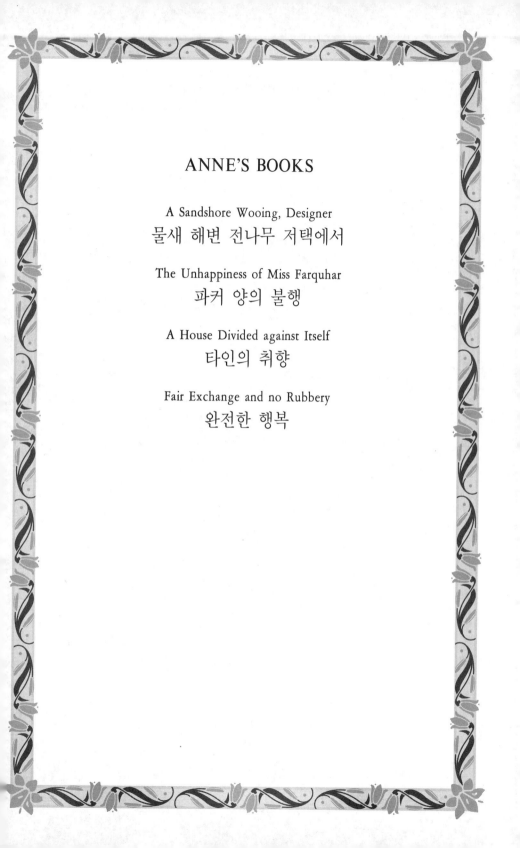

ANNE'S BOOKS

A Sandshore Wooing, Designer
물새 해변 전나무 저택에서

The Unhappiness of Miss Farquhar
파커 양의 불행

A House Divided against Itself
타인의 취향

Fair Exchange and no Rubbery
완전한 행복

물새 해변 전나무 저택에서

7월 6일

우리가 도착한 것은 어젯밤 늦은 시각이었기 때문에, 마사 고모님은 휴식을 취하느라 하루 종일 방 안에서 나오지 않았다. 그래서 나도 함께 방 안에 있어야 했다. 하지만 난 아침 종달새처럼 생기발랄해서 언제라도 즐길 준비가 되어 있었다.

내 이름은 마거릿 포레스터. 나같이 어린 숙녀에게는 우스꽝스러울 정도로 긴 이름이다. 마사 고모님은 절대로 찬성할 수 없다는 투로 언제나 마가라이트라고 부른다. 고모님은 내 이름은 마음에 들어하지 않지만, 나를 배려해 이름을 불러주신다. 코니 셸마딘은 옛날에 '리타'라는 애칭으로 불러주었다. 코니는 작년까지 학교친구였다. 이따금 편지를 주고받는데 고모님은 그걸 별로 탐탁지 않게 여기고 있다.

나는 오래전부터 마사 고모님과 함께 살고 있다. 내가 갓난아기였을 때 부모님이 돌아가셨기 때문이다. 내가 고모님의 마음에 들게 굴면 고모님의 상속인으로 정하겠다고 하시는데, 고모님이 말하는 마음에 든다는 게 어떤 것인지 잘 모르겠다.

고모는 의지가 강하고 완고할 정도로 남자를 싫어한다. 그렇다고 여성을 좋아한다는 건 아니다. 사실 하녀인 색스비 부인 외에는 아무도 믿지 않는다. 나도 비교적 색스비 부인을 좋아하는 편이다. 그녀도 해마다 조금씩 화석처럼 변해가고 있지만 고모님만큼은 아니다. 나도 그 언젠가 화석처럼 변하게 될까 하는 생각이 들지만 아직은 아니다. 나의 육체와 피는 아직도 굉장히 뜨겁고, 맥도 잘 뛰고 있으며, 얌전한 것하고는 거리가 멀기 때문이다.

마사 고모님은 내가 남자하고 말을 나누는 것을 보면 아마 기절해버릴지도 모른다. 고모님은 19세기 남성복으로 몸을 가린 사자가 습격해 올지도 모르니까, 나를 보호해 주어야겠다고 굳게 결심하고 한시도 경계의 끈을 늦추지 않고 있다. 그래서 설사 그런 일이 없다 하더라도, 난 얌전하게 걸으며 정숙한 척하지 않으면 안 된다. 하지만 속으로는 아직 경험해본 적이 없는 화려한 생활을 무척 동경하고 있다.

우리는 2, 3주일 동안 전나무 저택에서 머물 예정이다. 포용력 있고 친절한 마음씨의 소유자인 이 집 안주인은 아무래도 내가 마음에 드나 보다. 오늘은 하루 종일 그녀하고 얘기를 나누었다. 난 가끔 누구하고든 말을 하지 않으면 미쳐버릴 것 같은 때가 있다.

7월 10일

이런 생활은 분명히 따분하다. 하루하루의 일과가 늘 똑같으니까. 오전에는 마사 고모님, 색스비 부인과 함께 바닷가에 나가고, 오후에는 고모님께 책을 읽어드린 뒤, 저녁에는 혼자 외롭고 울적하게 보낸다. 브레이크 부인이 해변에서 쓰라며 그녀의 무척 멋진 휴대용 망원경을 나에게 빌려 주었다. 브레이크 부인의 말로는 '우리집 양반'이 생전에 '외국'에서 가지고 온 것이라고 한다. 고모와 색스비 부인이 바닷가를 하염없이 산책하는 동안은 나도 어느 정도 자유롭기 때문에, 망원경으로 먼 곳의 바다와 해안을 둘러보고, 금단의 세계를 살짝 훔쳐보기도 하면서 지루함을 달랜다.

사람 그림자는 거의 보이지 않지만, 해변에서 1마일 정도 육지로 들어간 곳에 커다란 여름용 호텔이 있다. 그 곳에 오는 손님들에게는 우리가 산책하는 이 해변은 별로 인기가 없는 것 같다. 아마 바위터를 더 좋아하는 모양이다. 마사 고모님은 이 해변을 굉장히 마음에 들어 하지만, 한 마디 해도 된다면, 나에게는 전혀 마음에 들지 않는 곳이다. 하지만 그건 별로 중요한 문제가 아니다.

첫날 해변에 갔을 때의 일인데, 반 마일 정도 떨어진 바위터에 뭔가 하얀 것이 보이는 것 같아서 망원경으로 들여다 보았다. 돌을 던지면 닿을 것 같은 그 곳에 한 젊은 남자가 있었다. 그 사람은 바위에 몸을 기대고 꿈꾸는 듯한 표정으로 바다를 바라보고 있었다. 그 사람의 얼굴에는 어쩐지 누군가 알고 있는 사람을 연상시키는 느낌이 있는데, 누구인지는 생각나지 않았다.

그 사람은 매일 같은 장소에 나타났다. 혼자 다니는 것을 좋아하는 고독한 사람인 것 같다. 내가 이따금 망원경으로 열심히 들여다 보고 있는 것이 무엇인지 고모님이 아신다면, 뭐라고 하실까?

7월 11일

'모르는 사람'을 훔쳐보는 것은 그만두어야 겠다고 생각했다.

오늘 아침에도 여느때처럼 그 사람이 좋아하는 장소를 망원경으로 들여다 보고, 나는 거의 쓰러질 정도로 놀라고 말았다. 그 사람도 역시 망원경으로 똑바로 나를 보고 있는 것 같았기 때문이다. 내가 얼마나 바보처럼 보였을까! 그런데도 나는 왕성한 호기심을 억제하지 못하고, 한참 뒤에 그 사람이 무엇을 하고 있는지 보고 싶어서 또 들여다 보고 말았다. 그러자, 그 사람은 침착하게 망원경을 밑에 내려놓고 일어서더니, 모자를 들어올리며 나에게, 아니 적어도 내 쪽을 향해 정중하게 인사를 하는 것이 아닌가! 나는 얼른 망원경을 내려놓고, 어쩔 줄 몰라 하면서도 재미있어서 미소를 짓고 말았다. 그때 그 사람은 아마 또 나를 보고 있을 것이고, 내 웃는 얼굴이 그 사람을 향한 것이라고 생각할지도 모른다는 생각이 들었다. 나는 이내 웃음을 거두고, 망원경을 챙겨 넣은 뒤 두 번 다시 꺼내지 않았다. 그리고 얼마 뒤 우리는 집으로 돌아갔다.

7월 12일

드디어 일이 벌어졌다!

오늘도 평소처럼 해변에 갔지만, 나는 금단의 방향으로는 눈길을 주지 않겠다고 굳게 결심하고 있었다. 그렇지만 그만 유혹을 이기지 못하고, 그 사람이 바위 위에서 나에게 망원경을 향하고 있는 모습을 보고 말았다. 그는 내가 보고 있는 것을 알고 망원경을 내려놓고 손을 쳐들더니, 수화로 무언가를 얘기하기 시작했다. 나도 같은 수화를 알고 있었다. 작년에 코니가 교실 양쪽 끝에서도 교신할 수 있도록, 나에게 가르쳐 준 것이다. 나는 놀라서 마사 고모님의 움직이지 않는 등에 힐끗 시선을 준 뒤, 그가 교묘하게 말을 전하고 있는 동안 꼼짝 않고 그를 응시하고 있었다.

"내 이름은 프랜시스 셀마딘이에요. 당신은 내 동생의 친구 포레스터 양 아닌가요?"

프랜시스 셀마딘이라고? 이제야 그 사람이 누구를 닮았는지 알았다. 코니의 멋진 오빠, 머리가 좋고 잘 생기고 매력적인 이 프랜시스에 대한 얘기를 코니한테서 수없이 들었기 때문에, 나중에는 내가 늘 꿈꾸고 있는 유일한 주인공이 되어 있었다. 굉장히 멋있었다. 난 망원경으로 그저 넋을 잃고 응시하고 있었다. "우리 서로 알고 지내면 안 될까요?" 그가 계속 물었다. "그쪽으로 가서 내 소개를 해도 될까요? 괜찮다면 오른손을 안 된다면 왼손을 들어주세요."

난 숨이 막히는 것만 같았다! 만약 그가 이쪽으로 오면 도대체 어떤 일이 벌어질지……. 나는 슬픈 듯이 왼손을 흔들었다. 그는 몹시 실망한 모습으로 얘기를 계속했다.

"왜 안 되는 거죠? 당신과 함께 있는 부인이 안 된다고 합니까?"

"네." 내가 신호를 보냈다.

"내가 적극적인 것이 마음에 걸립니까?" 이것이 그의 다음 질문이었다.

그때 마사 고모님의 가르침은 다 어디로 날아가 버렸을까? 고모님이 다가와서 그만 돌아가자고 말했을 때, 나는 수줍은 듯 왼손을 들었고, 유감스럽게도 그가 만족해하는 표정을 포착할 시간이 있었다. 그것을 지금 여기에 이렇게 쓰고 있으니, 얼굴이 달아오르는 느낌이다. 나는 얌전하게 일어나서 옷의 모래를 털고, 순순히 고모를 뒤따라 집으로 돌아갔다.

7월 13일

오늘 아침 해변에 나갔을 때, 나는 양심의 가책과 불안을 번갈아 느끼면서, 고모가 책읽기에 싫증이 나서 색스비 부인과 함께 해변을 산책할 때까지 기다리지 않으면 안 되었다. 그런 다음 나는 망원경으로 손을 뻗었다.

셀마딘 씨와 나는 뜻밖에 대화를 나눌 수 있었다. 상황이 상황이니만큼, 서로의 의견을 교환하는 데 빙 둘러서 복잡하게 얘기할 필요가 없었다. 이미 어느 정도 마음이 통했음을 전제로 대화가 오갔다.

"혹시 나 때문에 기분이 나쁜 건?"

"아니요, 내 쪽이야말로."

"어째서?"

"고모님을 속이는 건 안 될 일이니까요."

"나는 사람 앞에 내세우기에 부끄러운 사람이 아닙니다."

"그런 얘기가 아니에요."

"고모님의 편견을 극복할 수는 없나요?"

"절대로 무리예요."

"호텔에 머물고 있는 아라다이스 부인이 당신 고모님에 대해 잘 알고 있어요. 나의 보증인으로 그분을 모시고 갈까요?"

"전혀 도움이 되지 않을 거예요."

"그럼 희망이 없다는 얘긴가요?"

"네."

"당신을 위해, 내가 도움이 된다는 걸 아셔도 반대할까요?"

"네."

"혼자 바닷가에 나오지 않겠어요?"

"불가능해요. 고모님이 허락하지 않으실 거예요."

"고모님이 이해해주셔야 하는 것 아닌가요?"

"네. 하지만 고모님의 허락이 없으면 갈 수 없어요."

"이따금 이렇게 나하고 얘기를 나누는 것도 이후로 그만 둘 건가요?"

"글쎄요, 아마 그럴 거예요."

그때쯤 집으로 돌아가야 했다. 돌아가는 길에 색스비 부인은 내 안색이 좋아졌다고 칭찬해 주었다. 마사 고모님은 거기에 동의하지 않는다는 표정이었다. 만약 내가 병에 걸린다면, 고모님은 나를 위해 마지막 1센트까지 아끼지 않고 써주겠지만, 고모님은 내가 이 재밌는 세상에 만족하고 있는 듯한 얼굴은 원치 않을 것이다. 언제나 창백한 모습으로 조용히 있는 것을 보고 싶어 하실 테니까.

7월 17일

지난 나흘 동안 셀마딘 씨와 많은 '대화'를 나누었다. 그 사람은 이 해변에 우리보다 몇 주일 더 머물 거라고 했다. 그는 오늘 아침 바위터에서 다시 수화를 보내왔다.

"드디어 당신을 만나기로 결심했어요. 내일 그쪽으로 걸어가서 당신 옆을 지나가겠소."

"안 돼요. 고모님이 눈치 채실 거예요."

"괜찮아요. 걱정하지 말아요. 경솔한 짓은 하지 않을 테니까."

그 사람은 아마 그대로 실행할 것이다. 굳게 결심한 것 같으니까. 물론 그 사람이 우리가 있는 해변을 산책하는 것을 내가 말릴 권리는 없다. 그렇지만 만약 그렇게 되면, 고모님은 얼른 그자리를 떠날 것이고, 그러면 그 사람이 혼자 모래밭을 다 차지하게 될 것이다.

그런데 내일은 무슨 옷을 입지?

7월 19일

어제 아침, 마사 고모님은 평소와 다름없이 아무것도 의심하지 않았다. 고모님을 속이다니 난 정말 못된 아이다. 진심으로 죄의식을 느끼고 있다.

모래 위에 앉아 닥쳐올 괴로운 일을 예상하면서, 나는 《어느 선교사의 추억》을 읽고 있는 척하고 있었다. 그런 책이 고모님이 좋아하시는 책이다. 이윽고 고모님이 위엄 있는 목소리로 말했다.

"마거라이트, 웬 남자가 이쪽으로 오고 있구나. 조금 아래쪽으로 자리를 옮겨야겠다."

우리는 자리를 옮겼다. 가엾은 고모님!

셀마딘 씨는 용감하게 걸어왔다. 손가락 끝에서도 심장이 뛰고 있는 것이 느껴졌다. 그 사람은 오래된 난파선의 잔해 옆에서 걸음을 멈췄다. 고모님은 그 사람한테서 등을 돌렸다.

나는 대담하게 힐끗 그를 쳐다보았다. 그 사람은 윙크를 하면서 모자를 쳐들었다. 그때 고모님이 차갑게 말했다.

"마거라이트, 집으로 돌아가자. 저 사람, 분명히 우리를 계속 방해할 거야."

그래서 우리는 다시 집으로 돌아갔다.

오늘 아침 그 사람은 저쪽에서 신호를 보내왔다.

"코니한테서 편지가 왔어요. 당신한테 보내는 편지도. 전해주고 싶은데 당신은 교회에 나가고 있소?"

물론 '집'에 있을 때는 빠짐없이 교회에 간다. 하지만 마사 고모님도 색스비 부인도, 물새 해변의 감리교회 문턱을 넘는 일은 절대로 하지 않을 정도로 엄격한 장로교 신자이다. 말할 필요도 없이 나 역시 이곳 교회에 가는 것이 허락되어 있지 않았다. 하지만 이런 긴 설명은 도저히 할 수 없었기 때문에, 그저 이렇게 대답했을 뿐이다.

"여기서는 가지 않아요."

"내일 아침에도 가지 않을 거요?"

"고모님이 보내주지 않으실 거예요."

"한번 설득해 봐요."

"고모님한테는 절대로 효과가 없을걸요."

"만약 아라다이스 부인이 당신을 초대한다면 고모님도 조금은 관대해지지 않을까요?"

그래서 나는 고모님에게 아라다이스 부인에 대한 얘기를 조심스럽게 꺼내 보았다. 그런데 고모님이 부인을 마음에 들어 하지 않는다는 사실만 알아냈을 뿐이었다.

"아마 그것도 소용없을 것 같군요. 가도 되는지 여쭤 보겠지만, 거의 찬성하지 않으실 거예요."

오늘밤에는 고모님이 전에 없이 기분이 좋아보여서, 나는 아무 거리낌 없이 물어보았다.

그랬더니 고모님은 강한 어조로 말했다.

"마거라이트, 내가 이곳의 교회에는 가지 않는다는 건 너도 알고 있겠지?"

나는 조금 주눅이 든 목소리로 계속 졸랐다.

"하지만 고모님, 나 혼자라도 가면 안 돼요? 그렇게 멀지도 않으니 충분히 주의하겠어요."

고모님은 복잡한 감정을 드러내는 표정을 지었다. 내가 낙담하며 얼굴을 돌리려는 순간, 색스비 부인이 고맙게도 거들어 주었다.

"이 아이를 보낸다고 문제될 게 뭐 있겠어요?"

고모님은 평소 색스비 부인의 의견을 무척 존중하기 때문에, 난처하다는 듯 나를 보며 말했다.

"그럼 생각해보고 내일 아침에 알려 주마, 마거라이트."

이제 모든 것은 내일 아침 고모님의 기분에 달렸다.

7월 20일

더할 나위 없이 좋은 아침! 아침을 먹은 뒤, 고모님이 짐짓 생색이라도 내는 듯 말했다.

"마거라이트, 가고 싶으면 교회에 가도 좋아. 너에게 어울리는 교양과 조신함으로 행동해야 한다는 것을 잊지 말고."

나는 곧장 이층으로 뛰어 올라가, 트렁크 속에서 가장 예쁜 옷을 꺼냈다. 그것은 가장자리가 진주빛인, 아련하게 빛나는 우아한 잿빛 옷이었다. 내가 뭔가 새로운 것을 받아들일 때마다, 마사 고모님과 나는 그 일로 격론을 벌인다. 고모님은 내가 자기의 젊은 시절의 드레스를 입어주기를 바라는 게 틀림없는 것 같다. 내 가운과 모자도 어쩐지 유행에 뒤처진 감이 있다. 코니는 그것도 재미있으며, 나에게 당당하고 매력적이며 독특한 느낌을 준다고 늘 말했지만, 그것은 어디까지나 코니의 의견일 뿐이다. 진짜 매력을 가진 사람들과는 확실히 다른 것이었다.

하지만 나에게는 이런 드레스도 나 나름대로 입는 방법이 있었고, 실제로 무척 잘 어울린다. 나는 엷은 핑크색 꽃장식을 붙인 은회색의 작은 밀짚모자를 쓰고, 정원에서 따온 빨간 야생 장미 꽃봉오리로 다발을 지어 모자 벨트에 꽂았다. 그런 다음 브레이크 부인한테서 찬송가집을 빌려, 마사 고모님의 세심한 검사를 받기 위해 아래층으로 뛰어 내려갔다.

"오, 저런! 상당히 들떠 보이는구나." 고모는 탐탁지 않다는 듯이 말했다.

"어째서요, 고모님? 전 모두 회색으로 갖추었는걸요, 죄다요." 나는 항의했다.

마사 고모님은 흥! 하고 콧소리를 한번 냈을 뿐이었다. 고모님이 그 흥! 속에 얼마나 많은 것이 내포되어 있는지 남들은 아마 잘 모를 것이다.

하지만 나는 새처럼 날아서 교회로 갔다.

교회에서 맨 처음 본 사람은 역시 셀마딘 씨였다. 그는 나하고 통로를 사이에 둔 자리에 앉아 있었는데, 그 눈에 미소가 희미하게 빛나고 있었다. 나는 그 사람을 더 이상 쳐다보지 않기로 했다. 예배가 진행되는 동안은 마사 고모님도 만족하지 않을 수 없을 만큼 얌전하게 있었다.

예배가 끝나자, 그 사람은 자기 자리 입구에서 나를 기다리고 있었다. 굵고 낮게 떨리는 목소리로 "안녕!" 하고 말을 걸어올 때까지 나는 그 사람 쪽을 쳐다보지 않으려고 애썼다. 그 목소리는 목소리의 주인공이 바라는 대로 한없이 부드럽게 들렸다. 계단을 내려갈 때, 그 사람은 나의 찬송가집을 들어주었고, 우리는 함께 나뭇잎이 무성한 긴 시골길을 걸어갔다.

"오늘 나와 줘서 정말 고마워요."

그는 마치 내가 그 사람을 기쁘게 해주기 위해 온 것처럼 말했다.

"고모님의 허락을 얻는 데 무척 진땀 뺐어요. 색스비 부인이 도와 주지 않았으면 아마 실패했을 거예요."

나는 솔직하게 말했다.

"색스비 부인에게 은총이 있기를! 그건 그렇고, 고모님의 그 도덕관을 타파할 방법이 없을까요? 만약 있다면 나는 어떤 위험이라도 감수하겠어요."

그가 정열적으로 말했다.

"그런 방법은 없을 거예요. 마사 고모님은 저에게는 무척 자상하고 친절하세요. 하지만 저를 교육시키는 것을 포기하지는 않으실 걸요. 제가 50살이 되어도요. 게다가 고모님은 남자를 무척 싫어하세요! 지금의 저를 보면 뭐라고 하실지."

셀마딘 씨는 얼굴을 찌푸리며 죄 없는 데이지 꽃을 스틱으로 거칠게 때렸다.

"그럼 공개적으로 떳떳하게 당신을 만날 수 있는 희망은 없다는 건가요?"

"지금으로선 그래요."

나는 자신 없게 대답했다.

잠시 침묵이 흐른 뒤, 우리는 다른 얘기를 시작했다. 그는 맨 처음 어떻게 나를 보게 되었는지 얘기해 주었다.

"난 언제나 같은 시간에 같은 장소에 있는 사람들이 누구인지 궁금했소. 그래서 하루는 망원경을 가지고 갔지요. 당신이 똑똑히 보이더군요. 책을 읽고 있었는데 모자는 쓰지 않고 있었소. 호텔로 돌아가서 아라다이스 부인에게 전나무 저택에 머물고 있는 사람들이 누구인지 아느냐고 물었더니 가르쳐 주시더군요. 코니가 당신에 대해 얘기하는 것을 들었기 때문에, 당신하고 교제해야겠다고 결심한 거요."

오솔길까지 오자, 나는 찬송가집을 건네받기 위해 손을 내밀며 서둘러 말했다.

"셀마딘 씨, 이제 더 이상 따라오시면 곤란해요. 고모님이, 고모님이 우리를 보고 있을지도 몰라요."

그 사람은 진지하게 나를 응시하며, 내 손을 잡더니 그 손에 꼬옥 힘을 주었다.

"만약 내일 내가 전나무 저택에 가서 당신을 만나고 싶다고 고모님께 얘기 한다면?"

나는 숨이 막힐 것만 같았다. 그는 한번 해야겠다고 결심하면 무슨 일이라도 할 수 있는 사람처럼 보였다.

"오! 정말 그러실 생각은 아니죠? 마사 고모님은 아마……. 셀마딘 씨, 설마 진심은 아니겠죠?"

나는 애처로운 목소리로 말했다.

"아마 그러지 않을 거요. 내가 당신을 괴롭히는 짓은 할 리가 없지 않소? 이것이 우리의 마지막 데이트라는 게 난 싫군요."

그 사람은 못내 유감이라는 듯 말했다.

"고모님은 다시는 교회에 보내주지 않으실 거예요."

"고모님은 매일 오후 낮잠을 주무시지 않나요?"

그가 물었다.

"가끔은요."

나는 안절부절못하며 양산으로 땅을 이리저리 찔렀다.

"내일 오후 2시 반에 그 낡은 보트가 있는 곳에 있겠소."

그가 말했다.

나는 손을 뺐다.

"안 될 거예요, 거의 불가능해요."

나는 귀까지 새빨갛게 물들이며 말했다.

"정말로 안 된다고 생각해요?"

그는 내 쪽으로 약간 몸을 숙이면서 가까이 대고 말했다.

"절대로 무리예요."

나는 중얼거리듯 대답했다.

그 사람은 마침내 찬송가집을 내게 건네주었다.

"장미꽃을 한 송이 주지 않겠소?"

내가 장미꽃 다발을 전부 떼어 그에게 주자, 그는 그 꽃을 입술에 닿을 정도로 높이 들어 올렸다. 나는 너무 창피한 나머지 황급히 오솔길로 달아나고 말았다. 모퉁이에서 돌아보니, 그 사람은 모자도 쓰지 않은 채 여전히 그자리에 서있었다.

7월 24일

월요일 오후 마사 고모님과 색스비 부인이 낮잠을 자는 동안, 나는 몰래 바닷가로 빠져나갔다. 나는 방에서 설교집을 읽고 있는 것으로 되어 있었다.

셀마딘 씨는 낡은 보트에 기대고 있다가, 나를 보자 서둘러 모래밭을 가로질러 왔다.

"와주어서 정말 고맙소."

"오지 말았어야 했는데." 나는 후회하는 것처럼 말했다. "하지만 그곳은 무척 쓸쓸한 데다, 언제까지나 설교집과 전기집에만 묻혀 지낼 수는 없었어요."

셀마딘 씨는 소리 내어 웃었다.

"아라다이스 부처가 보트 저편에 계시는데 만나보지 않겠소?"

그분들을 데리고 오다니 정말 멋있는 사람! 나는 아라다이스 부인을 좋아하고 있다는 것을 알았다. 왜냐하면 고모님이 싫어하는 사람이니까. 우리는 즐겁게 산책을 했다. 셀마딘 씨가 4시라고 말하기 전까지 나는 시간이 흐르고 있다는 것도 의식하지 못했다.

나는 놀라서 소리쳤다.

"어머나, 벌써 그렇게 됐어요? 어서 가봐야겠어요."

"이렇게 오래 붙잡아둬서 미안하군요. 만약 고모님이 일어나계시면 어떻게 되는 거죠?"

셸마딘 씨가 걱정스러운 듯 말했다.

"생각만 해도 무서워요, 셸마딘 씨. 미안하지만 더 이상은 말하지 말아주세요."

나는 진심으로 대답했다.

"우리, 내일 오후에도 이곳에서 만납시다."

그의 이 말에 나는 기겁했다.

"셸마딘 씨! 내 머리 속에 그런 생각을 자꾸 불어넣지 말아주세요. 고모님은 외출하지 않으실 거예요. 네, 외출하지 않으세요. 만약 내가 설교집을 전부 다 읽는다 해도 안 돼요."

우리는 잠시 동안 서로를 응시했다. 그러자 그가 미소를 지었고, 우리는 갑자기 큰 소리로 웃음을 터뜨리고 말았다.

그가 날아갈 듯이 돌아선 내 등 뒤에 대고 속삭였다.

"만약 그 무서운 고모님이 화를 내시면 꼭 나에게 알려주시오."

그러나 마사 고모님은 아직 낮잠에서 일어나지 않고 있었다. 오후에 해변에 나간 것은 21일 월요일부터 세 번. 오늘도 갔다. 내일은 셸마딘 씨, 아라다이스 부처와 함께 요트를 타고 바다로 나갈 예정이다. 하지만 셸마딘 씨가 곧 뭔가 경솔한 행동을 저지를 것만 같았다. 오늘 오후 그가 이런 말을 했었다.

"난 지금의 상황을 더 이상 견디지 못할 것 같소."

"견디다니요, 뭘요?" 내가 물었다.

"당신은 잘 모를 거요. 이런 식으로 몰래 만나고, 그것으로 인해 당신이 이렇게 비참한 양심의 가책을 겪고 있는 것 말이오. 그렇게까지 하면서 이런 만남을 지속해서는 안 될 것 같소."

깊은 죄의식을 느끼면서 나는 대답했다.

"모두 내 탓이에요."

"아니요, 난 그럴 생각은 없었소. 하지만, 내가 당신 고모님을 만나 모든 사실을 솔직하게 털어놓는 게 좋지 않을까요?"

그는 단호하게 말했다.

"만약 그랬다가는 우리는 다시 만날 수 없게 될 거예요."

나는 놀라서 대답했다.

나는 진심으로 그렇게 되지 않기를 바랐다.

"그것이 당신한테는 가장 큰 위협이군요."

7월 25일

모든 것이 끝났다. 난 이 세상에서 가장 비참한 여자. 그건 말할 것도 없이 마사 고모님께 모든 사실이 들통나서 내가 지은 죄의 당연한 죄과를 받았다는 얘기다.

오늘 오후, 나는 다시 집을 빠져나가 요트를 타러 갔다. 우린 멋진 시간을 보냈지만, 돌아오는 것이 꽤 늦어지고 말았다. 불안한 마음으로 급히 집에 돌아갔더니 마사 고모님이 현관에서 나를 맞이했다.

내 옷은 질질 끌리고 모자는 뒤로 넘어가 있었으며, 머리는 꼬이고 뒤엉켜서 손도 댈 수 없을 지경이었다. 내가 생각해도 끔찍한 몰골이었고, 또 죄의식과 양심의 가책을 몹시 느끼고 있었던 것도 사실이었다. 고모는 뭐라 표현할 수 없는 눈길로 나를 내려다보았고, 그 뒤 소름이 끼치는 듯한 침묵 속에서 내 방까지 따라왔다.

"마거라이트, 이게 어떻게 된 일이냐?"

나에게는 많은 단점이 있지만, 거짓말은 못했다. 나는 모든 것을, 적어도 거의 모든 사실을 있는 그대로 고백했다. 하지만 망원경에 대한 것과 수화에 대해서만은 얘기하지 않았다. 고모는 셀마딘 씨와 맨 처음 어떻게 해서 알게 되었는지 묻는 것도 잊어버릴 만큼 크게 당황하고 있었다. 고모님은 돌처럼 굳게 입을 다물고 있었다. 단단히 꾸중을 들을 건 각오하고 있었지만, 내가 저지른 죄는 고모님에게는 말할 수 없이 극악무도한 것이었나보다.

흐느껴 울면서 얘기를 마치자 고모님은 일어서서, 상대방을 위축시키는 경멸의 눈길을 나에게 보낸 뒤, 방에서 나갔다. 곧 색스비 부인이 걱정스러운 얼굴로 들어왔다.

"도대체 무슨 일이 있었던 거야? 고모님은 내일 오후 기차로 돌아갈 거라고 하시던데, 굉장히 화가 나신 모양이야."

색스비 부인이 내 트렁크를 챙기고 있는 동안, 나는 침대 위에 동그랗게 몸을 말고 앉아서 울고 있었다. 셀마딘 씨에게 상황을 설명할 기회도 없을 것이다. 게다가 다시는 그 사람을 만날 수 없을 것이다. 왜냐하면 고모님은 나를 아프리카로 당장 쫓아버리는 일도 충분히 할 수 있는 사람이니까. 그 사람은 내가 마음 약한 그저 바람기 있는 여자라고 생각하겠지. 이렇게 불행한 여자가 세상에 또 있을까!

7월 26일

나는 세상에서 가장 행복한 여자! 어제와는 정반대! 우리는 1시간 뒤에 전나무 저택을 떠날 예정이지만, 이제 그건 중요한 일이 아니다.

간밤에는 역시 한숨도 자지 못했다. 아침 식사 때는 비참한 심정으로 기어가듯 아래층으로 내려갔다. 고모님은 나를 본 척도 하지 않았지만, 놀랍게도 색스비 부인에게 해변에 마지막 작별인사를 하러 나갈 거라고 말했다. 딴 짓을 하지 못하도록 나를 데리고 갈 거라는 건 알고 있었다. 그래서 내 마음은 희망으로 크게 부풀어 올랐다. 어쩌면 셀마딘 씨와 얘기를 나눌 기회가 있을지도 몰랐다. 고모님은 나의 나쁜 행동 속에서 망원경이 하고 있었던 역할에 대해서는 아직 모르고 있으니까.

　나는 무서운 보호자를 따라 얌전하게 해변에 가서, 두 사람이 모래밭을 천천히 거니는 동안 들뜬 마음으로 자리에 앉았다. 셀마딘 씨가 바위터에 있었다. 마사 고모님과 색스비 부인이 멀리 가버리자 나는 다시 수화 신호를 보내기 시작했다.

　"모두 발각. 고모님 격노. 오늘 돌아감."

　그런 다음 서둘러 망원경을 들었다. 그 사람의 얼굴은 놀라움과 낭패의 표정을 하고 있었다. "가기 전에 만나야 한다"고 그 사람이 신호를 보내왔다.

　"불가능해요. 고모님은 절대로 나를 용서하지 않으실 거예요. 안녕!"

　이젠 어쩔 수 없다는 듯한 결심의 표정이 그의 얼굴을 스치고 지나갔다. 그때의 나는 마사 고모님이 40명이나 달려들어도 그 망원경에서 눈을 떼지 못했을 것이다.

　"사랑하고 있어요. 당신도 알고 있죠? 나를 좋아하나요? 지금 당신의 대답을 들어야겠소."

　세상에 어떻게 이런 일이! 여자답게 주저하거나 말을 우아하게 꾸밀 시간도 기회도 없었다. 고모님과 색스비 부인은 늘 되돌아오는 지점에 도착하기 직전이었다. 나는 단순명쾌하게 "네" 하고만 대답했고, 간신히 그 사람의 대답을 읽을 시간이 있었다.

　"당장 집으로 돌아가 어머니와 코니에게 연락한 뒤, 당신을 뒤따라 가겠소. 그리고 내 몫의 재산 소유권을 요구하겠소. 나는 절대로 물러서지 않을 거요. 걱정 말아요. 그때까지 안녕, 내 사랑!"

　"마거릿, 그만 돌아가자꾸나." 색스비 부인이 바로 옆에서 말했다.

　나는 순순히 일어섰다. 마사 고모님은 여전히 무섭고 단호했다. 색스비 부인이 가장 슬픈 얼굴을 하고 있었지만, 나는 아랑곳할 정신이 없었다. 우리가 해변을 떠나기 전에 나는 딱 한번 두 사람한테서 조금 뒤쳐졌다. 그 사람이 보고 있다는 걸 알고 손을 흔들기 위해서였다.

난 정말로 프랜시스 셀마딘과 약혼한 것이다. 하지만 세상에 이렇게 이상한 구혼이 어디 있을까? 그리고 마사 고모님은 과연 뭐라고 하실까?

파커 양의 불행

사교계의 사정에 그리 밝지 않은 사람들은, 아름다운 프랜시스 파커를 사교계의 꽃이라고 부르기도 했다. 아버지는 부자였고 어머니는 명문귀족 출신이었다. 사실 프랜시스는 사교계에 등장한 지 3년이 지난 지금 이미 사교계의 인기인으로 인정받고 있었다. 그래서 그녀가 왜 불행한지 이해하지 못하는 사람도 있을 것이다.

간단히 말하면 프랜시스 파커는 바람기가 있는 여자였다. 남자를 차버리는 것을 아무렇지도 않게 생각했다! 그녀는 폴 호르캄과 약혼했다. 그는 무척 잘 생겼고 본인도 이 사실을 조금은 의식하고 있었다. 프랜시스는 그를 무척 깊이 사랑했다, 아니 사랑하고 있다고 생각했다. 그런 시기에는 누구나 다 그렇게 생각하기 마련이다. 친구들 모두가 그녀의 약혼사실을 알았고, 여자친구들은 누구나 할 것 없이 그녀를 부러워했다. 호르캄은 결혼 상대로서는 넝쿨째 굴러들어온 호박과 같은 존재였기 때문이다.

그리고 파국이 찾아왔다. 도대체 무슨 일이 있었는지는 가족 외에 아무도 몰랐지만, 호르캄과 파커의 혼담이 깨진 것이 알려지자, 그 일에 대한 온갖 소문들이 무성했다.

사실은 호르캄이 마음이 변해서 다른 여자와 사랑에 빠진 것이었다. 그에게는 남자다운 데가 전혀 없었다. 그래서 프랜시스 파커가 비탄에 잠기든 말든, 자기밖에 모르는 이기주의자인 그에게는 그리 심각한 일이 아니었다. 그는 자유를 얻었고, 6개월 뒤에 모드 캐럴과 결혼했다.

파커 집안 사람들, 그중에서도 특히 프랜시스의 오빠 네드는 일가의 명예가 걸려 있는 문제 외에는 좀처럼 누이를 걱정하는 일이 없었는데, 그 사건의 내막을 알게되었을 때는 굉장히 격분했다. 파커 씨는 소리를 질렀고, 네드는 악담을 퍼부었으며, 텔라는 신부의 들러리를 서지 못하게 되었다고 울상을 지었다. 그런가 하면 파커 부인은 울며불며, 이번 일로 프랜시스의 창창한 앞날은 망치게 된 거라고 말했다.

당사자인 그녀는 가족들의 성토대회에는 끼어들지 않았다. 하지만 그녀도 속으로는 깊은 상처를 입었다고 생각했다. 그녀의 사랑과 자존심도 마찬가지로 상처를 입었기 때문에, 그 영향이 비참한 양상으로 드러나고 있었다.

한참 지나자 다시 안정을 되찾은 파커 집안사람들은 프랜시스를 격려하는 데 전념했다. 하지만 그것은 그리 큰 성공을 거두지는 못했다. 그녀는 어떻게든 사교계에서의 시간을 꿋꿋하게 헤쳐 나가며 도도한 자세를 유지했고, 호르캄을 길에서 마주쳐도 전혀 동요하지 않았다.

여름이 되자, 프랜시스는 자기 하고 싶은 대로 하겠다고 우기기 시작했다. 파커 일가는 해마다 여름이면 그린하버에 가서 지내고 있었는데, 프랜시스는 이번에는 가지 않겠다며 고집을 꺾지 않았다. 가족 모두가 번갈아가며 그녀를 설득했지만, 그들의 노력은 허사였다.

"모두가 하버에 가있는 동안, 난 윈디메도스에서 엘리나 숙모님과 함께 지낼 생각이에요. 숙모님이 여러 차례 초대해 주셨거든요."
그녀는 단언했다.

네드는 휘파람을 불었다.

"너 거기서 진짜 재미있게 지낼 수 있을 거다. 윈디메도스는 마치 장례식장 같은 곳이야. 게다가 아무리 좋게 말한다 해도 엘리나 숙모님의 건강은 좋다고 할 수 없어."

"상관없어. 사람들이 힐끔힐끔 날 쳐다보면서 수군거리는 곳만 아니라면."

프랜시스는 당장이라도 울음을 터뜨릴 것 같은 표정으로 말했다.

네드는 프랜시스가 안 듣는 데서 다시 한 번 호르캄에 대해 악담을 퍼부은 다음, 어머니에게 프랜시스가 하고 싶은 대로 하도록 내버려 두라고 부탁했다. 덕분에 프랜시스는 윈디메도스로 떠났다.

윈디메도스는 네드가 말한 대로 화려함과는 거리가 먼 장소였다. 그곳은 상당히 한적한 시골로, 현지에서는 '기슭'으로 알려진, 사방이 탁 트인 좁은 해변에 집들이 옹기종기 모여 있는 작은 어촌의 변두리였다. 엘리나 숙모는 사교계에서는 극히 드물게, 남에게 쓸데없는 간섭을 하지 않는 사람이었고, 남을 즐겁게 할 줄도 알았다. 그녀는 프랜시스를 가만히 내버려 두었다.

엘리나 숙모는 자기 조카가 스캔들 때문에 그 충격에서 아직 완전히 헤어나지 못하고 있다는 걸 알고 있었다.

"이런 일은 가만히 돼가는 대로 지켜보는 게 제일이야. 저 아이도 이제 곧 다시 일어설 거야. 가엾게도 지금은 그렇게 생각하지 않겠지만." 사려깊은 숙모님은 '가정부'이자 친구이기도 한 마거릿 앤 피바디에게 말했다.

첫 2주일 동안 프랜시스는 자유롭게 슬픔을 만끽했다. 밤새도록 울며 지샐 수 있었고, 그러고 싶으면 하루 종일이라도 눈물을 흘리며 지낼 수도 있었다. 또 눈이 충혈된 것을 누가 보지 않을까 하고 억지로 울음을 참을 필요도 없었다. 마음껏 방 안에만 틀어박혀 지낼 수도 있었다. 게다가 그곳에는 예의를 요구하는 남자들도 없었다.

2주일이 지났을 때, 엘리나 숙모님은 자신의 방법을 재검토해야 할 때가 되었다고 생각했다. 방임주의는 물론 잘 되어가고 있었지만, 그렇다고 조카를 자기 집에서 죽게 해서는 안 될 일이었다. 프랜시스는 하루하루 창백해지며 여위어갔고, 너무 자주 우는 바람에 아름다운 속눈썹이 망가질 지경이었다.

어느 날 아침, 식사 때 엘리나 숙모가 말했다. 프랜시스는 밥을 먹는 척하고 있었다.

"지난주에 오늘 코로나 셔우드를 드라이브에 데리고 가겠다고 약속했는데, 도저히 시간이 나지 않는구나. 게다가 오늘은 빵을 굽고 버터를 만드는 날 아니니? 정말 미안한 일이야. 가엾은 코로나!"

"누군데요?"

프랜시스는 자기 말고도 이 세상에 가엾은 사람이 또 있단 말인가 하고 생각하면서 물었다.

"목사님의 동생이란다. 오랫동안 류머티즘을 앓았지. 지금은 많이 좋아졌지만 건강이 쉽게 회복되지는 않는 모양이야. 그녀는 바깥 공기를 좀더 쐬어야하는데 걸을 수가 없어. 내일은 정말 여러 곳에 데리고 다녀야겠다. 그녀는 목사관에서 오빠를 위해 집안일을 해주고 있어. 오빠가 아직 결혼하지 않았거든."

프랜시스는 모르는 일이었고, 조금도 마음에 담아두지 않았다. 하지만 한없는 슬픔에 싫증이 나 있었고, 그녀도 그것을 어렴풋이 느끼고 있던 참이었다. 그래서 자기가 셔우드 양을 드라이브에 데리고 가겠다고 자청한 것이다.

"한 번도 만나본 적은 없지만, 그리 어려운 일은 아닐 것 같아요. 숙모님만 좋으시다면 페튼 마차(쌍두경마차)에 말은 그레이톰으로 하겠어요."

이것이야말로 엘리나 숙모님이 의도했던 일이었다. 그날 오후, 그녀는 흐뭇해 하며, 프랜시스가 드라이브하러 나가는 뒷모습을 향해 소리쳤다.

"코로나에게 안부 전해다오. 그리고 나 대신 코로나에게 전해줘. 완전히 나을 때까지는 바닷가 마을에서 쓸데없는 짓을 해선 안 된다고. 목사관은 세 번째 모퉁이를 돌아 네 번째 집이야!"

프랜시스는 모퉁이와 집을 헤아리며 목사관을 찾아갔다. 코로나 셔우드가 직접 현관에 나왔다. 목사의 동생이라면 안경을 끼고 잿빛 곱슬머리를 한 상당히 나이가 많은 사람일 거라고 생각했던 프랜시스는, 코로나가 자기와 거의 비슷한 나이인 데다 개성 있고 무척 아름다워서 깜짝 놀랐다. 푸른빛이 감도는 검은 머리의 프랜시스에 비해, 코로나는 매력적인 검은 갈색 머리였다.

프랜시스가 용건을 말하자 그녀의 눈이 기쁨으로 반짝였다.

"당신도 엘리나 부인도 정말 친절하신 분이에요! 난 아직 먼 곳까지 걸어가거나 남을 도울 수 있을 정도로 회복되진 않았어요. 게다가 엘리엇은 나를 데리고 나가줄 시간이 좀처럼 나지 않거든요."

출발할 때 프랜시스가 물었다.

"우리 어디로 갈까요? 난 이 근처는 잘 모르거든요."

"먼저 '기슭'으로 가주시겠어요? 가엾은 재키 하트를 문병하고 싶어요. 그 아인 건강이 계속 좋지 않아요."

"엘리나 숙모님은 그런 일은 안 된다고 허락하지 않으셨어요. 숙모님이 시키시는 대로 하는 게 안전하지 않을까요?"

코로나는 웃었다.

"엘리나 부인은 애초에 내가 병에 걸린 건 가난한 바닷가 사람들 때문이라고 하지만, 사실은 전혀 그렇지 않아요. 게다가 꼭 재키 하트를 만나고 싶어요. 재키는 척추병을 오래 앓았는데 요사이 병세가 악화되었거든요. 틀림없이 엘리나 부인도 문병 정도는 걱정하지 않으실 거예요."

프랜시스는 그레이톰을 몰아 '기슭'으로 이어지는 해안으로 갔고, 그곳을 통해 수정처럼 투명한 대해원의 가장자리에 있는 은빛 백사장으로 갔다. 재키 하트의 집은 많은 아이들로 넘치는 조그마한 집이었다. 하트 부인은 찌들어버린 창백한 얼굴의 여성으로, 그녀의 눈은 다시는 돌아오지 않을 사람을 위해 밤낮으로 바다와 육지를 지켜온 여자들에게서 흔히 볼 수 있는, 먼 곳을 바라보는 강인한 눈을 하고 있었다.

그녀는 무감각한 절망 속에서 재키에 대해 얘기했다. 의사가 이제 얼마 살지 못할 거라고 말했다는 것이었다. 그녀는 억양 없는 목소리로, 코로나에게 자신의 힘든 처지를 솔직하게 얘기했다. 그녀의 '남편'은 다시 술을 마시기 시작했고, 고등어 잡이도 시원치 않았다.

하트 부인이 코로나에게 집 안에 들어가서 재키를 보고 가지 않겠느냐고 하자, 프랜시스도 따라 들어갔다. 병에 걸린 사내아이는 하얗고 쇠약한 얼굴에 반짝반짝 빛나는 커다란 눈을 하고 있었고, 부엌에서 조금 떨어진 작은 침실에 누워 있었다. 방 안의 공기는 덥고 숨이 막혔다. 하트 부인은 슬픈 표정으로 침대 발치에 섰다.

"지금은 밤에도 자지 않고 아이를 간호하지 않으면 안 돼요. 그건 나에게도 우리 집 양반에게도 무척 힘든 일이에요. 이웃사람들은 무척 친절하고 가끔씩 와주기도 하지만, 그 사람들도 할 일이 많으니까요. 약을 30분마다 한번씩 먹여야 하는데, 벌써 사흘이나 밤을 샜어요. 제이베스는 이틀째 술집에 처박혀 있고, 전 이제 지칠 대로 지쳤어요."

그녀가 갑자기 울음을 터뜨렸다. 슬픔에 북받쳐 소리 내어 운다기보다 흐느끼고 있었다.

"하트 부인, 제가 오늘밤 와드릴 수 있으면 좋겠지만, 저도 아직 몸이 완전히 회복되지 않아서요."

코로나는 난처한 표정을 지었다.

그러자 프랜시스가 또렷한 목소리로 말했다.

"병에 대해서는 잘 모르지만, 만약 아드님 옆에 앉아서 정해진 시간에 약을 먹이기만 하면 되는 거라면, 저도 할 수 있을 것 같군요. 저라도 괜찮으시다면 오늘 밤 자지 않고 재키를 간호하러 오겠어요."

잠시 뒤 코로나와 함께 그 집에서 나온 그녀는 자기 자신에게 무척 놀라고 있었다. 코로나는 이 제안을 기뻐하며 그것을 당연한 일처럼 받아들였기 때문에, 프랜시스는 자신의 놀라움을 표현할 용기가 나지 않았다. 두 사람은 햇빛이 넘치는 마을 골짜기의 넓고 푸르른 들판을 지나 말을 달렸다. 코로나는 프랜시스를 차를 대접하겠다고 그녀의 집에 초대했다.

엘리엇 셔우드 목사는 목사의 순회업무에서 돌아와, 뜰의 울타리에 스위트피를 감아올리고 있었다. 목사는 와이셔츠 차림에 커다란 밀짚모자를 쓰고 있었는데, 자신의 모습에 당황하고 있는 것 같지는 않았다. 코로나가 두 사람을 서로 소개하자, 목사는 그레이톰을 데리고 나가 마구간에 넣었다. 그리고 다시 스위트피를 감아올리는 일을 하러 돌아갔다. 그가 자기는 차를 이미 마셨다고 했기 때문에, 프랜시스는 집에 돌아갈 때까지 그를 만나지 못했다. 프랜시스는 그가 무척 냉담한 사람이며, 동생만큼 매력적이지는 않다고 생각했다.

그날 밤 프랜시스는 어두워진 뒤에 '기슭'에 가서 재키 하트를 밤새도록 간호했다. 바다는 요정처럼 아름다운 색의 은은한 빛을 발하고 있었고, 어장에 나갔던 어선들이 돌아오기 시작했다. 재키는 환하게 웃는 얼굴로 그녀에게 인사했다. 그녀는 혼자 침대 옆에서 아이를 간호했다. 테이블 위에는 작은 램프 속의 불꽃이 약하게 타오르고 있었고, 바깥의 바위터에서는 높은 웃음소리와 애기소리가 밤 늦도록 그치지 않았다.

그 뒤 정적이 찾아왔다. 그 정적을 누비며, 모래밭으로 밀려오는 잔물결 소리와 멀리 대서양에서 울려오는 커다란 파도의 신음소리가 들려왔다. 재키는 안정을 이루지 못하고 깨어 있었지만 힘들어하지 않았고, 애기를 하고 싶어 했다. 프랜시스는 새롭게 싹튼 동정의 마음으로 그가 하는 애기에 귀를 기울였다. 이런 기분은 코로나한테서 옮은 것이 틀림없다고 그녀는 생각했다. 재키는 자신의 짧은 삶의 슬픔과 아버지의 음주벽, 어머니가 힘들게 일하지 않으면 안 되는 것 등, 모든 것을 그녀에게 애기했다.

연민을 불러일으키는 짧은 애기에 프랜시스는 가슴이 아팠다. 그녀의 마음속에 여성 특유의 모성본능이 깨어났다. 그녀는 그 아이가 갑자기 좋아졌다. 그 아이는 작고 숭고한 존재였다. 고통으로 인해 아이는 성숙하고 현명해져 있었다. 그는 그날 밤 꼭 한번, 천사는 틀림없이 프랜시스를 닮았을 거라고 진지하게 말했다.

"누나는 정말 예뻐요. 난 누나처럼 예쁜 사람은 본 적이 없어요. 코로나 누나보다 더요. 전에 내가 걸을 수 있었을 때 목사관 이층에 올라가서 본, 셔우드 씨 책상 위의 그림이 누나랑 닮았어요. 그림에는 작은 아기를 품에 안은 여자가 그려져 있었는데, 여자의 머리 주위에 고리 같은 것이 있었던 것 같아요. 난 소원이 하나 있어요."

"그게 뭔데? 내가 해줄 수 있는 일이라면, 너 대신 할 수 있는 거라면 뭐든지 해줄게."

프랜시스는 상냥하게 물었다.

"하지만 아마 하고 싶어 하지 않을걸요. 난 누나가 하루에 한번 우리 집에 와서 5분이라도 좋으니까 여기에 앉아서, 내가 누나를 볼 수 있게 해주었으면 좋겠어요, 그것뿐이에요. 하지만 굉장히 실례가 되는 거죠?"

아이는 간절한 목소리로 말했다.

프랜시스는 허리를 구부려 아이에게 키스했다.

"재키, 매일 올게."

그러자 말할 수 없이 만족스러운 표정이 여위고 작은 얼굴에 떠올랐다. 재키는 손을 들어 그녀의 뺨을 만졌다.

"누나는 정말 좋은 사람이에요. 코로나 누나처럼. 그분은 천사예요. 난 누나가 좋아요."

아침이 되자 프랜시스는 집으로 돌아갔다. 비가 오고 있었고 바다는 안개 속에 숨어 있었다. 비에 젖은 길을 걸어가고 있는데, 엘리엇 셔우드가 작은 이륜마차를 타고 흙탕물을 튀기며 다가와 그녀를 태워 주었다. 그는 비옷을 입고 작은 모자를 쓰고 있어서 전혀 목사처럼 보이지 않았다. 적어도 프랜시스가 머리에 그리고 있던 목사의 모습은 아니었다.

그녀는 목사에 대해 자세히 몰랐다. 고향의 목사, 즉 그녀가 다니는 고지대 상류사회의 목사는 은발에 금테 안경을 걸치고, 두둑하게 살이 찐, 위엄이 있고 나이도 지긋한 사람이었다. 학술적이고 이지적인 설교를 했고, 프랜시스의 개인 생활과는 은하수의 별만큼이나 멀리 떨어진 존재였다.

하지만 고무 비옷과 작은 모자를 쓰고, 흙탕물을 마구 튀기면서 이륜마차를 타고, 바닷가 사람들과 마치 한 가족처럼 스스럼없이 얘기를 나누는 셔우드 목사는 프랜시스에게는 완전히 새로운 존재였다.

목사에게 어울리지 않는 모자 사이로 꼬불꼬불한 갈색 머리카락이 단정한 이마 주위에 흘러내리고, 그 밑에 아름다운 진회색 눈동자가 빛나고 있는 것을, 프랜시스는 놓치지 않았다. 또 그의 단정한 입매는 의지가 강해 보이고 때로는 완고해 보이기도 했다. 객관적으로 말해 잘생긴 얼굴은 아니었지만, 프랜시스는 곧 그의 얼굴이 좋아졌다.

그는 비에 젖어 미끌미끌한 고무 무릎덮개를 프랜시스 몸 둘레로 감싸준 다음, 이것저것 질문을 하기 시작했다. 먼저 재키 하트의 상태에 대해 물어본 다음, 셔우드 목사는 수첩을 꺼내 기록해둔 것을 열심히 살펴보았다.

"이런 종류의 일을 좀더 하고 싶은 생각은 없소?" 그가 불쑥 물었다.

프랜시스는 약간 재미있다고 생각했다. 그는 코로나에게 얘기하는 것 같은 말투로 그녀에게 말했는데, 프랜시스는 이 목사가 자신의 이목구비 뚜렷한 옆얼굴과 시원한 눈동자에 대해서는 완전히 잊고 있는 것 같아 조금 자존심이 상했다. 그러나 그의 무관심하고 박력 있는 태도는 프랜시스의 흥미를 끄는 데가 있었다.

"네, 내가 할 수 있는 일이라면 그것도 좋을 것 같군요."

프랜시스는 일부러 짤막하게 대답했다. 그러자 그는 마찬가지로 짤막하게, 전에 코로나가 종교관계의 짧은 팸플릿을 읽어드리러 주기적으로 방문을 했다는, 엘름크리크에 사는 한 노부인을 맡아 달라고 지시했다.

"종교관계의 팸플릿이 클로린다 부인에게는 커다란 낙이지요. 부인은 그것을 상당히 즐기고 있어요. 눈이 반쯤 안 보이기 때문에 코로나가 없으면 무척 쓸쓸해해요."

그밖에도 할 일이 많았다. 보살펴줄 필요가 있는 여공이 여러 명, 그리고 누더기 대신 새 옷을 입혀주어야 할 아이들의 가정 등. 상당히 당황해하면서도 프랜시스는 모든 방면에서 목사에게 도움을 주기로 약속했다. 그리고 그 방법에 대해 의논했다. 길가에 점점이 늘어선 집들의 창문에서 '목사님이 어떤 여자하고 마차를 타고 가는지' 보려고 열심히 주목하는 사람들 덕분에 비에 젖은 긴 길도 무척 짧게 느껴졌다. 프랜시스는 몰랐지만, 그날 아침 엘리엇 셔우드는 그녀를 집에 데려다주기 위해, 일부러 1마일 이상이나 마차를 몰았고, 그것 때문에 중요한 약속시간에 늦어질 수도 있는 위험을 감수했던 것이다. 그것으로 미루어 볼 때 그는 미인에 대해 아예 안목이 없는 것은 아니었다.

프랜시스는 그날 오후 빗속을 뚫고 클로린다 부인의 집으로 가서, 종교관련 팸플릿을 읽어주었다. 덕분에 그날 밤 그녀는 우는 것도 잊어버릴 정도로 녹초가 되어 깊은 잠에 곯아떨어졌다.

그날 오전에 프랜시스는 윈디메도스에 온 이후 처음으로 교회에 갔다. 목사의 동생과 함께 가난한 사람들에 대한 자선사업을 하거나 여공들을 도와주고 있으면서도, 목사의 설교를 들으러 가지 않는 것은 예의에 어긋나는 것 같았기 때문이다. 그녀는 엘리엇 셔우드의 설교에 놀라, 내심 어떻게 이런 사람이 작은 시골 교회에 4년 동안이나 묻혀 있었던 것일까 하고 생각했다. 나중에 엘리나 숙모가 그건 그의 건강 때문이라고 얘기해 주었다.

"그 사람은 대학을 졸업할 무렵 건강이 좋지 않았단다. 그래서 이곳에 온 거지. 하지만 지금은 다시 옛날처럼 건강해졌으니까, 곧 도시에 있는 교회에서 그를 데려가려 할걸. 작년 겨울에 캐슬 스트리트 교회에서 설교를 했는데 모두들 무척 좋아했거든."

이것이 한 달 사이에 일어난 일들이었다. 그 동안 프랜시스는 자신이 많이 변했다고 생각했다. 지난날의 자신은 아득히 멀리 사라지고 없었다. 그녀에게 비어있는 시간은 거의 없었다. 어쩌다 시간이 나면 코로나와 함께 지냈다. 두 사람은 서로 사랑하는 친구가 되어 있었다.

코로나는 서서히 건강을 회복해 갔지만, 오빠의 교구 사람들에게는 거의 아무것도 해줄 수 없었다. 하지만 프랜시스는 우수한 대리인이었기 때문에, 엘리엇 셔우드는 그녀의 도움을 계속 필요로 했다. 날이 갈수록 프랜시스는 고매한 이상을 가지고 진지하게 노력하는 이 젊은 목사에 대해 매우 잘 알게 되었다. 그는 어느새 여러 가지 곤란한 일이 있으면 조언을 구하러 그녀, 즉 프랜시스 파커(!)를 찾아가는 것이 습관이 되어있었다.

프랜시스는 재키 하트를 간호하면서 아이의 아버지에게 술을 끊을 것을 권했다. 또 클로린다 부인에게는 팸플릿을 읽어주었고, 여공들과 함께 독서회도 시작했으며, 자보 집안의 아이들에게 옷을 구해주고 바닷가 아이들도 잘 설득해 학교에 가게 했으며, 바닷가에 있는 두 집안의 불화를 진정시키는 등 많은 일들을 해냈다.

엘리나 숙모님은 그녀의 현명한 습관에 따라 아무 말도 하지 않았지만, 가정부인 마거릿 앤 피바디에게는 그 일을 얘기했다. 그녀가 다음과 같이 말했을 때, 이 모범적인 가정부는 거기에 동의했다.

"일에 몰두하는 건 말이야, 고뇌로부터 사람들을 보호해 주고, 고민하고 있을 때는 고민에서 구해주는 거야. 그 아이는 자신의 고민에 푹 빠져서 자기만 생각하고 있었을 때는 비참했어. 하지만 자기 외에도 불행한 사람들이 있다는 것을 알고, 그 사람들에게 조금이라도 도움이 되어주려고 생각한 순간, 그 아인 누구보다 자기 자신을 돕게 된 거야. 그 아이도 이젠 살이 오르고 뺨도 장밋빛이 되었어. 목사님도 이 지상에 그 아이 같은 여자는 없다고 생각하고 있는 것이 훤히 보이지 않아?"

어느 날 밤, 프랜시스는 코로나에게 호르캄에 대한 사실을 모두 털어놓았다. 엘리엇 셔우드가 집을 비웠기 때문에, 프랜시스는 코로나와 함께 목사관에서 하룻밤을 지내려고 찾아온 것이었다. 두 사람은 코로나의 방에서 은은한 달빛 속에 앉아 있었다. 프랜시스는 왠지 모르게 비밀을 털어놓고 싶은 기분이 들었다. 그 얘기를 하는 동안 후회하거나 울음을 터뜨리게 되지 않을까 하고 생각했지만, 울지 않았을 뿐만 아니라, 반쯤 얘기했을 때는 결국 스스로도 더 이상 얘기할 가치가 없다는 생각이 들기 시작했다. 코로나는 진심으로 동정해주었다. 그녀는 많은 말은 하지 않았지만, 무슨 말을 하든 전보다 더 좋은 관계가 될 수 있었다.

프랜시스는 마지막으로 선언하듯 말했다.

"그래요! 난 다시 일어설 거예요. 전에는 두 번 다시 일어설 수 없을 거라고 생각했지만, 사실은 지금 다시 일어서고 있는 중이라고 할 수 있어요. 얼마나 기쁜지 몰라요. 한때 내가 바람기가 있었던 것이 무척 부끄러워요."

코로나는 진지하게 말했다.

"난 당신이 바람기가 있었다고는 생각지 않아요, 프랜시스. 당신은 그 사람을 진심으로 사랑했던 게 아니에요. 그저 사랑하고 있다고 상상하고 있었을 뿐이에요. 게다가 그런 남자는 당신한테 어울리지 않아요. 프랜시스, 당신은 정말 좋은 사람이에요. 그 바닷가 사람들은 당신을 모두 존경하고 있다니까요. 엘리엇도 바닷가 사람들에게 당신은 뭐든지 할 수 있는 사람이라고 말했대요."

프랜시스는 웃으며, 자기는 좋은 사람이 아니라고 말했다. 하지만 그녀는 기뻤다. 나중에 거울 앞에서 머리를 빗으면서 거울에 비친 자신을 향해 멍하니 미소 짓고 있으려니, 코로나가 말했다.

"프랜시스, 당신처럼 아름다운 사람은 아마 없을 거예요."

"말도 안 돼요!" 프랜시스가 말했다.

"그렇지 않아요, 프랜시스. 당신은 자신이 무척 매력적이라는 사실을 알아야 해요. 엘리엇은 지금까지 본 여성 중에서 당신이 가장 아름답다고 했어요."

두 번 다시 남성의 찬사 같은 건 바라지 않겠다고 수없이 자신에게 다짐하고 있었던 프랜시스는, 윈디메도스의 목사가 자신을 아름답다고 생각하고 있다는 말을 듣고, 무척 야릇한 기쁨의 감동을 느꼈다. 그녀는, 그가 자신의 지성을 칭찬하고, '사람들에게 영향을 주는 천재'라 부르며 깊이 존경하고 있다는 것을 알았다. 하지만 엘리엇 셔우드에게 주일학교에서 아이들을 가르치고 있고, 통통한 장밋빛 뺨에 들창코를 가진 '기슭'의 키티 마틴보다 자기가 더 나으냐고 물으면, 그는 아마 대답하지 못할 거라고 생각했다.

여름은 금세 지나갔다. 어느 날 마침내 재키 하트가 죽었다. 프랜시스의 손을 꼭 잡고, 썰물과 함께 가버린 것이다. 이 인내심 강한 사랑스러운 영혼을 가진 아이를 사랑하고 있던 그녀는 진심으로 슬퍼했다.

자신의 집으로 돌아가야 할 때가 오자, 프랜시스는 기운이 탁 풀리는 걸 느꼈다. 윈디메도스와 코로나, 사랑하는 바닷가 사람들, 엘리나 숙모님, 그리고, 그리고, 그 마거릿 앤 피바디와 헤어지기가 싫었다.

그녀가 돌아가기 전날 밤, 엘리엇 셔우드가 찾아왔다. 마거릿 앤이 정중하게 그를 맞이했을 때, 프랜시스는 석양을 등지고 앉아 있었다. 머리에 꽂은 엷은 금빛 국화꽃이 파르스름한 검은 머리칼 사이에서 별처럼 빛났다.

엘리엇 셔우드는 며칠 동안 윈디메도스를 비우고 있었다. 그의 태도에는 절제된 기쁨이 감돌고 있었다.

"당신은 내가 작별인사를 하러 왔다고 생각하겠지요. 하지만 그렇지 않아요. 얼마 안 있어 다시 만날 수 있을 거요. 캐슬 스트리트에 있는 교회에서 와달라는 요청을 받았는데, 난 승낙할 생각이오. 그러니까 코로나와 나는 이번 겨울에는 시내에서 살게 돼요."

프랜시스는 자신이 얼마나 기뻐하고 있는지 그에게 말하려 했지만, 그저 입속으로 웅얼거렸을 뿐이었다. 저물어가는 빛 속에서 창가에 서 있는 그녀에게 엘리엇 셔우드가 다가갔다. 그리고 말했다.

하지만 생각해 보니, 그가 뭐라고 말했고 그녀가 어떻게 대답했는지는 쓰지 않는 게 좋을 것 같다. 그건 상상력에 맡기는 것이 나을 테니까.

타인의 취향

　지난 며칠, 모든 징조가 그것을 예고하고 있었다. 5피트 1인치의 '큰 조지'는 어째서 그 징조를 눈치 채지 못했던 건지 이상했다. 솔트(개이름)는 월요일 하루 종일 음산하게 으르렁거리고 있었다. 화요일에는 6피트 2인치의 '작은 조지'가 40년 동안 면도할 때 쓰던 거울이 산산조각 나고 말았다. 수요일에 큰 조지는 바닥에 떨어진 바늘을 찾았지만 손톱을 이용해 아무리 집으려 해도 가느다란 바늘은 쉽게 집히지 않았다. 게다가 목요일, 작은 조지는 바다가재 통조림 공장에서 톰 애플비의 사다리 밑으로 지나가고 말았다. 그리고 마침내 금요일에는…… 저녁 식사 때, 크고 작은 두 조지는 두 사람 사이에 그만 소금을 쏟고 말았다.

　불행이 연달아 일어난다 해도 하나도 이상할 게 없지 않은가! 이 운명적인 식사가 끝난 뒤, 작은 조지는 혼자 곳에서 열리는 추첨회에 가서 그 사건을 집으로 가져오게 된 것이다.

　큰 조지는 미신을 믿는 편이 아니었다. 쏟아진 소금도 깨진 거울도 선량한 장로교의 신자에게는 아무 일도 아니었다. 그러나 그는 꿈을 굳게 믿었고, 그것에 대한 성서의 뒷받침도 있었다. 그는 2주일 전에 무서운 꿈을 꾸었다. 보름달이 순식간에 검게 타오르다가, 다음 순간 흑빛이 감도는 붉은색이 되어 점점 지구에 가까이 다가오더니…… 거의 땅과 부딪힐 것 같은 순간, 큰 조지는 리틀 스프루스 인근 몇 야드까지 들릴 만큼 봄밤의 정적을 찢는 절규를 내지르며 잠에서 깨어났다. 그는 40년 동안 꿈을 꼼꼼하게 일기에 기록해 왔는데, 모든 기록을 검토해 보고 이보다 더 무서운 꿈은 지금까지 한번도 꾼 적이 없었다는 결론을 내렸다.

게다가 이곳의 만(灣)이 만들어내는 이색적인 소리가 들려오고 있었다. '노부인의 만'이 이런 식으로 신음하면, 반드시 가까운 시일 내에 누군가의 신상에 좋지 않은 일이 일어나곤 했다. 그러나 작은 조지는 그것과 '늙은 어부의 가정'을 돕기 위해, 리온 보트 선장이 차펠곶에서 개최한 추첨회에서 5등상을 탄 일을 결부 짓지는 않았다. 작은 조지는 단순히 아이들을 기쁘게 해줄 수 있다는 이유만으로도, 영 모지 고티에한테서 표를 한 장 샀다. 그리고 그는 생각했다. '추첨회 날 밤에 차펠곶까지 산책을 나가서 내 운을 한번 시험해 보리라.'

그런데 재수가 좋았다!

작은 조지 비르비와 큰 조지 비르비는 사촌 사이였다. 6살 위인 큰 조지는, 어린 시절에는 딱 맞아떨어졌던 그 '큰'이라는 형용사가, 로즈 강과 리틀 스프루스 만 연안에 온갖 것들이 붙어 있듯이 지금까지 그를 따라다니고 있었다. 두 사람의 조지는 늙은 어부로, 연안 어업을 하고 있었다. 둘은 스프루스 만에 있는 작은 조지의 작은 집에서 30년 동안 함께 살아왔다. 큰 조지는 줄곧 독신이었고 작은 조지는 홀아비였다. 작은 조지가 결혼한 것은 먼 옛날 일이었기 때문에, 큰 조지는 그 일에 대해서는 거의 용서하고 있었다. 하지만 큰 조지는 가끔 말다툼이라도 하지 않으면 상당히 단조로울 수도 있는 은퇴한 어부의 생활에 활기를 주기 위해, 이따금 그 결혼 애기를 꺼내어 그를 공격하곤 했다.

두 사람 다 잘생긴 얼굴은 아니었지만, 옛날에는 물론 지금도 그것 때문에 속이 상하지는 않았다. 큰 조지는 넙적한 얼굴에 새빨간 턱수염을 기르고 있었다. 그는 요리를 할 줄 몰랐지만 설거지와 물건 수리에는 자신이 있었다. 또 양말을 직접 짜는가 하면, 간혹 시를 짓기도 했다. 큰 조지는 자신을 시인으로 생각하며 나름대로 상당히 도취해 있었다. 그는 서사시를 지어서, 마른 체격에 어울리지 않는 커다란 목소리로 낭독하는 것을 좋아했다. 기분이 우울해지면, 자신은 시인으로서의 천직을 놓쳐 버렸다고 생각했다. 또 이 세상의 대부분의 사람들은 지옥에 떨어질 거라고 생각하기도 했다.

"난 시인이 되었어야 했어."

그는 노란 고양이에게 서글픈 듯이 말을 걸었다. 고양이는 언제나 동의해 주었지만, 작은 조지는 때때로 웃긴다는 듯 콧방귀를 뀌곤 했다.

큰 조지에게 자랑거리가 있다고 한다면, 그건 두 손등에 정성들여 새긴 고양이 문신일 것이다. 정치적으로는 자유당이어서, 침대 위에 캐나다 정치가 로리에의 사진을 걸어두고 있었다. 리틀 스프루스 만을 지상에서 가장 멋진 곳이라고 생각하고 있는 그는, 행여나 누가 그렇지 않다고 말하면 불같이 화를 냈다.

"이렇게 현관 층계 바로 앞에 푸르고 적막한 바다가 있다면 정말 좋겠수다."

그는 리틀 스프루스를 적막한 곳이라고 생각하지 않느냐고 묻는 어느 작가에게 큰 소리로 그렇게 말했다.

"저자의 시인 기질이 나온 것뿐이오."

작은 조지는 작가가 큰 조지를 머리가 이상한 사람으로 생각하지 않도록 옆에서 설명했다. 큰 조지는 그 작가가 책에 자신의 이 말을 적어줄 것을 은근히 기대했고, 작은 조지는 그 일을 은근히 두려워하며 살고 있었다.

큰 조지에 비해 작은 조지는 좀 똑똑해 보이는 사람이었다. 작은 조지의 주근깨투성이의 얼굴은 정말 거의 반을 이마가 차지하고 있었다. 코에서 뺨을 흐르는 굵고, 붉은빛이 감도는 자주색 핏줄은 커다란 거미처럼 보였다. 그는 U자형으로 굉장히 길게 늘어뜨린 잿빛 콧수염을 기르고 있었는데, 그것은 그의 얼굴에 전혀 어울리지 않았다. 그러나 그는 밝고 친절한 사람이었고, 그가 자신 있어 하는 요리, 특히 완두콩 수프와 클램 차우더를 즐겨 만들었다. 정치가 가운데 숭배하는 사람은 캐나다의 초대수상인 존 맥도널드 경으로, 그의 사진을 시계선반에 걸어 두고 있었다.

큰 조지가 듣지 않는 곳에서, 그는 여성을 관념적으로 숭배한다고 말한 적이 있었다. 그에게는 빅 스프루스의 오래된 인디언 무덤에서 해골을 수집해, 자신의 감자밭 울타리에 장식하는 괴상한 취미가 있었다. 그가 새 해골을 집으로 가지고 올 때마다, 둘 사이에는 말다툼이 벌어졌다. 큰 조지는 그런 짓을 하는 것은 품위가 없고 괴팍하며 장로교 신자답지 않다고 말했다. 그러나 해골은 아직도 여전히 울타리에 걸려 있었다.

작은 조지가 추첨회에서 돌아온 것은 밤이 이슥해진 뒤였기 때문에, '폭발'은 이튿날 아침까지 연기되었다. 작은 조지는 가지고 온 꾸러미를 풀어 자신 없다는 듯 고개를 갸웃거리며 그것을 응시한 뒤, 일단 시계선반 위에 얹어놓고 그 효과를 시험해 보았다. 그에게는 그것이 마음에 들기도 했지만 불안한 점도 없지 않았다.

"저 여인조각상, 정말 보기 좋지 않아?"

마치 금빛 공처럼 몸을 동그랗게 말고 있는 노란색 고양이를 배 위에 얹고, 침대에서 깊이 잠들어 있는 큰 조지를 향해, 힐끗 미심쩍다는 듯한 시선을 던지며 그는 중얼거렸다.

"좌우지간 큰 조지가 저 여자를 어떻게 생각할지 모르겠군. 전혀 모르겠어. 목사님도 어떻게 생각할지 모르겠고."

그렇다고 내내 자지 않고 눈을 뜨고 있을 수는 없는 일이었다. 작은 조지는 곧 잠에 빠져들었다. 어두운 밤, 새벽의 여신 오로라는 시계선반에서 계속 불침번을 서고 있었다. 드디어 아침에 큰 조지가 눈을 떴을 때, 맨 먼저 눈에 들어온 것이 바로 그것이었다. 그녀는 항구를 가로지르며 솟아난 태양으로부터 구릿빛 광선을 받아, 탄력 있고 아름다운 몸매를 발끝으로 지탱하고 서있었다.

"아니 저게 뭐야!"

혹시 이것도 꿈인가 하고 생각하면서 큰 조지가 소리쳤다. 그는 침대에서 벌떡 일어나 방 안을 걸어갔다. 그 바람에 고양이가 발랑 나자빠지고 말았다.

그는 자신의 눈을 의심하면서 말했다.

"꿈이 아니었어. 조각상이야, 알몸의 조각상!"

작은 조지의 발치에 웅크리고 있던 솔트도 고양이 마스터드를 뒤따라 바닥으로 뛰어내렸다. 큰 조지는 고양이를 무척 좋아했지만, 개를 향해 이빨을 드러내고 으르렁거리게 할 생각은 없었다. 이 소동으로 작은 조지가 깨어나서, 졸리는 듯 침대에 일어나 앉더니 왜 이렇게 시끄러우냐고 물었다.

큰 조지가 험악하게 말했다.

"조지 비르비. 저 위에 얹혀 있는 게 뭐지?"

"아, 저거? 석고조각이잖아. 간밤에 부트 선장의 추첨회에서 5등을 뽑았거든. 꽤 괜찮지?"

큰 조지의 목소리가 커졌다.

"괜찮다고? 저런 저질이고 외설적인 것이 꽤 괜찮다고? 너, 저 걸 당장 갖고내려와서 만에다 힘껏 던져버려!"

만약 큰 조지가 이렇게 심하게 화를 내지만 않았더라도, 안 그래도 목사님과 그 조각의 외관을 생각하고 약간 불안하던 참이라, 작은 조지도 그렇게 했을지도 모른다. 그러나 그는 저런 무자비한 큰 조지에게 위협을 당하고 싶은 생각은 없다는 것을 그에게 보여주려고 차갑게 쏘아붙였다.

"아니, 그러지 않을 거야. 저건 계속 저곳에 두겠어. 소리 지르는 건 이제 그만둬. 형의 머리털을 부르르 떨게 만들어 줄 테니까."

큰 조지의 몇 가닥 남지 않은 머리카락은 부르르 떨 기색이 없었지만, 붉은 턱수염은 분노로 부르르 떨고 있었다. 그는 머리끝까지 화가 나 방 안을 큰 걸음으로 왔다 갔다 하면서, 처음에는 오른손을 다음에는 왼손을 입에 물었다. 솔트가 한쪽 방향으로, 그리고 고양이 마스터드는 다른 방향으로 튀듯이 달아났고, 결국 두 조지의 끝없는 싸움이 시작되고 말았다.

"벌거벗은 조각은 말할 것도 없지만, 어떤 조각도 둘 수 없어. 그건 하나님의 계율에 반하는 거야. '너희는 어떠한 우상도 만들어서는 안된다'…….."

"흥! 내가 만든 것도 아니고 숭배하는 것도 아니라구!"

"그래……그럴 테지. 그건 그렇고 프랑스제 싸구려겠지?"

"그렇지 않아, 독일제야. 그녀의 이름도 밑에 새겨져 있어. 오로라. 그리고 무엇보다 공짜란 말이야, 공짜!"

"사도 바울이 저 따위를 가까이 두었을 것 같아?" 큰 조지는 물고 늘어졌다. 그리고 작은 조지의 마음을 움직일지도 모른다는 생각에 이렇게도 말해 보았다. "아니면 존 A. 맥도널드 경이?"

"설마! 성 바울은 형처럼 여자를 싫어했으니까. 존 맥도널드 경은 선거 때마다 그리츠를 누르는 데 바빠서 멋진 예술 같은 건 감상할 시간이 없었어. 윌프리드 로리에 경은 더 말할 것도 없을 걸? 조지, 주먹을 물어뜯는 건 그만 두고 어른답게 행동해. 설사 그렇지 않더라도 말이야. 형이 인간다운 차림을 하고 있는지 어떤

지 잘 생각해보란 말이야."

큰 조지는 기분 나쁠 정도로 침착하게 말했다.

"어이구, 고맙기도 하셔라. 윌프리드 경은 말이다, 그 사람은 정장을 하고 있었지. 사도 바울과 동등하게 다뤄줘서 영광이구나. 나 참! 내 양심이 내 행동을 이끌어주겠지. 야비한 늙은이 같으니!"

"형이 말하는 양심이라는 건 이것과는 전혀 관계가 없어. 단순한 형의 편견일 뿐이야. 그 작가를 한번 봐. 강 상류에 있는 그자의 여름별장에도 조각품이 반 다스나 있잖아?" 작은 조지가 바지를 못에서 낚아채면서 말했다.

"그자가 바보라 해서……아니 그보다 더하다 하더라도……그게 너까지 바보가 되어야 하는 이유냐? 그것과 자신의 불멸의 영혼을 한번 생각해봐, 조지 비르비."

이 말에 냉정한 작은 조지가 대꾸했다.

"오늘은 내가 생각하는 날이 아니야. 이제 좀 진정됐으면, 포리지^(오트밀을 물이나 우유에 풀어서 끓인 죽) 냄비를 불에 올려줘. 아침을 먹으면 기분이 좀 나아질 거야. 배가 고프면 예술품도 제대로 감상할 수 없어, 조지."

큰 조지는 상대를 노려보았다. 그런 다음 포리지 냄비를 잡더니 문을 홱 열어젖히고 냄비를 냅다 던져버렸다. 냄비는 바닥에서 한번 튕겨나가, 바위 위로 떼굴떼굴 소리 내며 굴러간 뒤 아래쪽 기슭의 모래땅에 떨어졌다. 솔트와 마스터드가 그것을 쫓아 달려갔다.

작은 조지가 음산하게 말했다.

"언젠가 형은 나를 폭발시키고 말 거야. 형은 비열하고 마음이 좁은 여자 같은 사람이지. 형은 그런 사람이야. 그런 더러운 생각을 하지 않는다면, 석고로 만든 여자의 다리를 봤다고 해서 그렇게 날뛸 리가 없어. 내 분명히 말해두지만, 와이셔츠만 입고 돌아다니는 형의 다리는, 석고로 만든 여자 다리에 비하면 전혀 예술적

"으로 보이지 않아. 파자마나 입으시지 그래, 조지."

"내가 진심이라는 것을 보여주기 위해 네 놈의 헌 냄비를 내던진 거다. 이 집에 알몸의 천한 여자 조각 같은 건 필요 없다는 얘기야, 조지 비르비!"

큰 조지가 소리쳤다.

"더 큰 소리로 말해보시지. 이 집은 내 집이야."

"오호, 그러셔? 말 한번 잘했다. 그렇다면 이 자리에서 당장 말해주마. 이 집은 나에게도, 너에게도, 그리고 너의 그 시끄러운 개에게도 너무 좁아."

"그 생각을 한 건 형이 처음이 아니야. 이제 형의 그 수다에는 질려버렸어."

큰 조지는 서성거리는 것을 그만두고, 작은 조지의 미망을 틀림없이 일깨울 수 있는 최후통첩을 고할 때, 셔츠 한 장밖에 입지 않은 남자가 할 수 있는 최대한의 위엄 있는 표정을 지으려고 애썼다.

"난 참을 수 있는 데까지 모든 것을 참아왔어. 난 몇 년이나 너의 해골을 견뎌왔지만, 지금 이 자리에서 분명히 말하겠어, 조지 비르비! 난 이런 횡포에는 더 이상 참을 수 없어. 저것을 그대로 두겠다면……내가 나가지."

"나가든 말든 마음대로 해. 오로라는 저 시계선반에 계속 있을 거니까."

작은 조지는 이렇게 말한 뒤 버려진 포리지 냄비를 찾기 위해 바위쪽으로 성큼성큼 걸어가 버렸다.

우울한 아침식사였다. 큰 조지의 결심은 굳은 듯했지만 작은 조지는 걱정하지 않았다. 지난주에 간식으로 따로 두었던 포도파이를 큰 조지가 몰래 먹고 있는 것을 작은 조지가 발견했을 때는 이보다 더 심하게 싸웠다. 그런데 침묵의 식사가 끝나고, 큰 조지가 여봐란 듯이, 찌그러지고 여기저기 튀어나온 여행용 가방을 침대 밑에서 꺼내, 얼마 안 되는 가재도구를 챙겨 넣기 시작했을 때, 작은 조지는 심각한 위기가 닥쳐온 것을 깨달았다. 아니, 괜찮아. 큰 조지가 날 위협해서 오로라를 버리게 할 수는 없어. 내가 탄 거니까 난 계속 가지고 있을 거야. 큰 조지? 저승에나 가라지!

작은 조지는 저승을 정말로 생각하고 있었다. 그는 목사한테서 이 말을 듣고 지옥보다 멋진 울림이 있다고 생각했다.

큰 조지는 로리에의 사진과, 침대 위의 비뚤어진 선반에 오랫동안 장식해 두었던, 새빨간 선체에 하얀 돛을 단 배의 모형을 챙겨 넣었다. 이것은 두말할 것도 없이 그의 것이었다. 그러나 두 사람이 갖고 있는 몇 권의 장서 소유권에는 애매한 문제가 있었다.

"난 어느 책을 갖고 가지?" 그는 냉담하게 물었다.

"뭐든지 원하는 대로 가져가."

작은 조지가 빵 반죽용 도마를 꺼내면서 말했다. 조금이라도 마음에 드는 건 두 권밖에 없었다. 폭스의 《순교자의 서》와 존 머독의 《그 공포의 고백과 사형집행에 대하여》(존 머독은 캐나다 이주자의 한 사람으로, 자신의 동생을 참살한 죄로 1929년 북캐나다의 브록빌에서 교수형에 처해졌다)였다.

작은 조지는 큰 조지가 나머지 책을 가방에 넣는 것을 보며, 불쾌한 신음소리를 참아내느라 한바탕 고역을 치러야 했다.

방어선을 치듯 큰 조지가 말했다.

"순교자 시리즈와 10센트짜리 소설은 모두 너에게 주고 가마. 개와 고양이는 어떻게 할까?"

"고양이를 데리고 가면 돼. 형의 구레나룻과 잘 어울리니까."

작은 조지가 밀가루의 양을 재면서 대답했다.

이 말은 큰 조지의 마음에 들었다. 그는 고양이 마스터드를 좋아했다.

"그럼 위자보드(점치는 도구의 일종)는?"

"그것도 가지고 가. 난 악마와의 거래는 사절이니까."

큰 조지는 여행가방을 닫고 가죽끈으로 묶은 뒤, 꽁무니를 빼는 마스터드를 자루에 넣어 어깨에 걸치고, 하나뿐인 모자를 쓴 다음, 보란 듯 포도파이를 만들고 있는 작은 조지에게는 눈길도 주지 않고 집에서 나가 바위터 쪽으로 성큼성큼 걸어갔다.

작은 조지는 그가 보이지 않을 때까지 아직도 믿기지 않는다는 표정으로 쳐다보고 있었다. 그런 다음 시계선반에서 의기양양하게 서 있는, 이 싸움의 모든 원인이 된 아름다운 하얀 조각상을 바라보았다.

"뭐, 그래도 널 집어던지지는 않았어, 예쁜 아가씨. 설마 정말로 나갈 줄은 몰랐는데. 아니, 그게 아니지! 내 입으로 말한 일이야. 난 끝까지 그것을 지킬 거야. 어쨌든 이젠 형의 고리타분한 시를 듣느라 내 귀가 아플 일도 없겠군. 그건 그렇고, 그럼 다시 귀걸이도 할 수 있게 된 셈인가?"

작은 조지는 큰 조지가 냉정을 되찾으면 다시 돌아올 거라고 진심으로 믿고 있었다. 그러나 그것은 큰 조지의 원칙주의와 완고함을 과소평가한 것이었다.

그가 들은 최초의 소식은, 큰 조지가 '어퍼 스프루스'에서 톰 윌킨스의 낡은 오두막을 빌려 거기서 살고 있다는 것이었다. 하지만 고양이 마스터드와는 같이 있지 않았다. 큰 조지는 돌아오지 않았지만 고양이 마스터드는 돌아온 것이다. 마스터드는 자루에 담겨 명예롭지 못한 모습으로 나간 지 사흘 만에 작은 조지의 집 창문을 긁고 있었다. 작은 조지는 마스터드를 안에 들이고 먹을 것을 주었다. 큰 조지가 자신의 고양이조차 돌볼 능력이 없다고 해도, 그건 작은 조지의 잘못이 아니었다.

작은 조지는 말 못하는 짐승이 굶어죽는 것을 보고 싶지는 않았다. 고양이 마스터드는 일요일까지 집에 있었는데, 일요일에 작은 조지가 교회에 간 것을 알고, 큰 조지가 리틀 스프루스에 찾아와서 고양이를 데리고 가버렸다. 그러나 헛일이었다. 고양이 마스터드는 다시 돌아왔다. 그 뒤에도 세 번이나 같은 일이 되풀이 되자, 큰 조지는 씁쓸한 기분으로 포기하고 말았다.

"난 녀석의 그 늙어빠진 노란 털 고양이를 진심으로 갖고 싶은 걸까?" 그는 그 작가에게 물어보았다. "분명히 나는 그것을 원하지 않아. 내가 속이 상하는 건, 고양이가 돌아올 거라는 것을 녀석이 알고 있었다는 사실이야. 그래서 고양이를 자유롭게 해준 것이지. 이해할 수 없는 녀석이야! 녀석이 나에 대해 못된 거짓말을 퍼뜨리면서, 내가 곧 소금에 절인 대구만 먹고 사는 생활에 질려서, 맛있는 냄새를 찾아 몰래 집으로 돌아올 거라고 떠들고 다닌다는 걸 알고 있어. 녀석처럼, 난 결코 내 위장을 지나치게 애지중지하는 사람이 아니야. 당신도 그 돼지 같이 처먹는 녀석이, 자기 몫으로 숨겨두었다가 오래되어 곰팡이가 핀 포도파이를 내가 한 조각 먹었다고, 지난 달 녀석이 일으킨 소동에 대해서는 얘기 들었겠지? 또 뭐? 나 같은 수다쟁이한테는 이곳은 너무 심심할 거라고? 물론이지, 녀석이 그렇게 말했단 말이야! 나에게는 심심할 거라고! 이곳은 나에게 딱 맞는 장소야. 이 풍경을 좀 보라구. 난 자연주의자이고, 달을 좋아해. 게다가, 곶의 목초지에서 만족해하고 있는 듯한 저 소들! 난 몇 시간이고 저것들을 바라보고 있을 수 있어. 이런 것이 바로 내가 같이 살고 싶은 친구들이라구."

그리고 큰 조지는 의미심장하게 덧붙였다.

"작은 조지도 할 말이 없는 건 아니겠지. 그 녀석이 만드는 블루베리 푸딩! 그리고 클램 차우더는 그 어떤 것보다 고픈 배를 만족시켜 주거든. 하지만 내게도 자존심이 있단 말이야. 그리고 나의 윤리관도."

두 조지가 싸우고 갈라선 사건은 로즈 강과 '기슭'에서 일대소동을 일으켰다. 그것이 오래 갈 거라고 생각한 사람은 거의 없었다. 그러나 두 조지가 화해하지 않은 채 봄이 지나고 여름이 지나자, 사람들은 마침내 화해를 기대하는 것을 포기해버렸다. 비르비 집안은 완고한 사람들뿐이었다. 두 노인 다 서로의 잘못에 대해 관대하지 못했다. 어쩌다 길에서 맞닥뜨리기라도 하면, 서로를 노려보며 말없이 지나갔다. 그리고 양쪽 다 자신의 입장에 대해서 주장하고 호소하기 위해 이웃이나 아는 사람이 지나가기를 언제까지고 기다리는 것이다.

"내가 개의 복부를 찼다고 형이 떠들고 다니는 모양인데, 복부가 도대체 뭡니까, 나리?" 작은 조지는 콧방귀를 뀌면서 물었다.

"배를 말하는 걸세." 상대방은 무뚝뚝하게 대답했다.

"그렇다면 그걸 한번 조사해 보시지. 형이 거짓말을 하고 다닌다는 건 알고 있었어. 난 개의 배 같은 건 찬 적이 없어. 딱 한번 구두 끝으로 개의 갈비뼈를 살짝 건드린 적은 있어도…… 백 번 천 번 그럴 만한 이유가 있었지. 내가 형의 고양이를 꼬드겼다고 떠들고 있겠지. 그놈의 고양이 뭐가 좋아서? 언제나 주운 쥐를 집안에 들여와서 여기저기 두는 놈을! 게다가 밤에는 내 배를 제 침대로 알고 있다니까. 형이 고양이에게 제대로 먹이를 주었다면, 고양이가 달아났겠어? 난 학대받고 상처 받은 동물을 내쫓지는 않아. 형은 달이 어떠니 만족한 소가 어떠니 하고 흰소리를 지껄이고 다니는 모양이지만, 인간에게 달이 필요한 건 일기예보 때문이라구. 만족한 소든 만족하지 못한 소든, 형에게는 모두 마찬가지지. 하지만 형이 행복하다니 다행이군. 나도 그래. '순무를 썹는 데 적당한 목소리'라느니 '무덤에서 들려오는 슬픈 목소리'라느니 하고 빈정거리는 소리를 듣지 않고도, 형은 자기가 부르고 싶은 노래를 부를 수 있으니까. 난 수십 년이나 그걸 견디고 살았어. 하지만 그렇다고 내가 언제 난리를 친 적이 있었나? 형이 한밤중에 고리타분한 시를 고래고래 읊는다고 내가 소동을 부렸어?……마치 고기칼에 찔린 것처럼 죽는 소리를 하고, 공연히 큰 소리로 웃고, 목을 껙껙거리고, 시끄럽게 떠들고, 새된 목소리로 소리를 지른다니까. 형이 내 의견에는 무조건 반대하는 것을 내가 싫어했나? 아니야. 심심하지 않아서 좋았지. 형이 성서 중심의 원리주의자인 것을 내가 싫어했을 것 같아? 아니야! 난 형의 신념을 존중해 주었고, 형이 '귀걸이는 장로파 신자에게 어울리는 장식이 아니'라고 해서 이 귀걸이를 다는 것도 그만두었어. 형이 일요일에 기도하기 위해 말도 안 되는 시간에 일어나는 것을 내가 싫어했나? 정말 신앙심이 깊은 습관이지! 난 그러지 않았어. 형의 기도 방식이 불경하다고 말하는 자도 사실 있었지만……형은 나나 당신한테 얘기하듯이 하나님께 말을 걸거든. 난 그런 불경은 상관없지만, 마음에 들지 않는 것은, 예배 중에 손을 휘둘러 악마를 물리치는 시늉을 하는 버릇이야. 그래도 그 일로 내가 소동을 부린 적이 있었나? 안 그랬어. 난 그런 것을 모두 너그럽게 봐줬지. 그런데도 내가 오로라 같은 아름다운 조각상을 집에 가지고 왔다고, 큰 조지는 물건을 세 개나 집어던졌어. 그야 물론 형보다 오로라가 함께 있는 편이 훨씬 좋지. 형에게도 그렇게 말해줘. 하나는 그것을 보는 편이 훨씬 즐겁고, 또 하나는 나 모르게 식품저장고에 몰래 들어가, 내 몫의 음식까지 먹어치우지 않으니까 좋지. 나는 이런 얘기는 별로 한 적이 없어. 언젠가 시간이 나면 죄다 얘기할 생각이야."

"그 바보 같은 작은 조지가, 내 무덤에 꽃을 뿌리는 것을 상상하면서 시간을 보내고 있다고 말한다더군요. 그리고 내 기도를 비웃고 있다고 합디다. 그 녀석이 한번은, 아침잠이 방해되니까 기도를 짧게 하라고 뻔뻔스럽게도 말한 적이 있습니다요. 믿어지십니

까? 그래서 내가 기도를 짧게 했냐고요? 천만에! 두 배나 길게
해주었지요. 그 녀석에 대해서는 어떤 일도 참아 왔습죠! 녀석의
개가 다가와서 내 소중한 증서를 거의 다 먹어치우고 말았을 때
도, 내가 불평을 했냐고요? 절대로 하지 않았습니다. 그런데 내
고양이가 또 새끼를 낳았다더군요. 작은 조지가 나에게도 한 마리
보내주었을 거라고 생각하시죠? 세 마리나 있다고 합디다. 난 한
쌍의 오리 외에는 아무것도 가진 게 없습니다요. 오리가 친구지요
……. 하지만 언젠가는 먹지 않으면 안 되니, 모두 소용없는 일
이지요."

큰 조지는 목사에게 말했다.

얼마 뒤 강 상류로 찾아오는 여름 방문객 몇 명이, 작은 조지를
시인으로 생각하고 시를 낭독해 달라고 작은 조지의 집에 갔다는 말
을 들었을 때, 큰 조지는 거의 졸도할 뻔했다. 무서운 사실은 작은
조지가 시를 낭독했다는 것이었다. 그는 처음부터 끝까지 해치우고,
자신이 진짜 시인이 아니라는 것을 끝내 말하지 않았다.

"우상숭배에서 시 도둑질까지 충분히 예상할 수 있는 일입니다요.
놈의 인간성이 어디까지 타락했는지 아시겠지요?"

"아마 과부인 타리지크가 회개하게 해줄 겁니다."

상대방은 이렇게 말하며 킬킬 웃었다.

"그게 무슨 소립니까?"

"작은 조지가 일요일 밤마다 그 여자를 만나러 다니는 것을 몰랐
소? 모두들 어울리는 한 쌍이 될 거라고 생각하고 있는데."

큰 조지는 정말 한동안 말이 나오지 않았다. 그러나 얼마 뒤 강변
과 '기슭'의 주민들에 대한 유쾌한 얘기로 잠시 화제를 돌렸다.

"한번 더 마누라를 실컷 부려먹고 싶은 겁니다요. 작은 조지도 사
실은 좀 더 생각이 있는 놈이라고 여겼는데. 한번 가정을 가진 적
이 있는 남자는 신용할 수가 없어……. 뭐, 당신은 그 녀석이 좀

더 분별심이 있는 남자가 될 수 있을 거라고 생각하겠지만. 난 그 녀석이 이 북쪽 해변에서 가장 추한 남자라고 생각합니다! 그 금발의 타리지크는 턱에 털이 난 커다란 사마귀가 있고, 발목이 더러운 못생긴 여잡니다. 꼭 투견처럼 보이더군요. 게다가 뚱뚱해요! 그 녀석은 차라리 파운드 단위로 그 여자를 사는 게 나을걸요? 또, 그 여자는 두 번이나 결혼했어요. 그 여자의 아버지는 옛날에 술에 취해 잠옷 바람으로 교회 통로를 걸어갔던 사람입니다. 잠옷 바람으로 말입니다! 작은 조지에게는 안된 일이지만, 그 녀석도 틀림없이 그렇게 될 겁니다. 그 녀석은 교회에 앉아서 술에 취한 개처럼 그 여자를 쳐다보고 있다더군요. 다음에는 그 여자를 위해 창문 밑에서 세레나데라도 부를걸요. 작은 조지는 자기가 노래를 부를 줄 안다고 했다면서요? 난 한번 그 녀석에게 말해줬지요. '그 서글픈 목소리를 음악이라고 부를 수 있나?'하고. 뭐 타리지크 집안사람들은 듣는 귀를 가지고 있지도 않겠지만. 그 여자도 골칫덩어리를 떠맡게 되는 거지. 얘기하려고 생각하면 그밖에도 두세 가지 할 얘기가 더 있지만."

큰 조지는 작은 조지의 결혼 계획이 몹시 마음에 걸렸다. 그래서 그 여자는 후드코브라이고, 쓸데없이 몸만 큰 뚱뚱보, 게으름뱅이, 욕심 많은 암컷, 암호랑이라고 사람들에게 공공연히 험담하고 다녔다. 그리고 작은 조지를 진심으로 동정한다고 공언했다. 불쌍한 녀석은 자신이 걸려들었다는 걸 전혀 모르고 있다, 두 남자가 다 빼먹고 난 찌꺼기를 떠맡으려 하다니! 그 과부는 그렇게 사람들을 속여 왔다, 타리지크는 경험이 풍부한 여자다, 그리고 두 명의 남편을 파멸시켰다, 여자는 남편을 더 절약할 줄 알아야 한다!

이 말이 작은 조지와 타리지크 부인에게 그대로 전해졌다면, 그들은 어쩌면 기뻐했을 수도 있고, 또 아닐 수도 있을 것이다. 작은 조지는 큰 조지의 충고에도 아랑곳하지 않고, 마스터드의 세 마리 새끼를 보란 듯이 키우고 있었다.

새벽의 하얀 여신 오로라는 여전히 시계선반에서 발끝으로 서있었지만, 모양 좋은 다리에는 먼지가 하얗게 쌓여 있었다. 리온 보트 선장이 차펠곶에서 다시 추첨회를 시작했을 때, 작은 조지가 그것에 관한 금지 법률이 만들어져야 한다고 말하자, 이번에도 표를 팔아먹으려던 모지 고티에는 황급히 꽁무니를 빼야 했다.

봄과 여름이 지나고 가을도 깊어졌다. 로즈 강변의 주민들은 해초를 집 주위에 쌓아올렸다. 여름 방문객들은 떠나갔다…… 만이 꽁꽁 얼어붙을 때까지 자신의 오두막에 늘 틀어박혀 있던 작가 외에는.

어느 날 밤, 큰 조지는 해변을 돌아 등대 곶까지 산책을 하러 갔다. 긴 노정인 데다, 몸 여기저기에 류머티즘을 앓고 있었지만, 등대에 가면 친한 친구 몇 명을 만날 수 있을 것이고, 집에서 혼자 오른손 대 왼손으로 '세 줄로 늘어뜨리는 게임'을 하는 것보다는, 사교적인 모임에 참석하는 편이 자신의 정신건강에도 좋을 거라고 생각한 것이다.

짧은 해가 빨리 저문 뒤 긴 밤이 찾아오는 계절은 마음을 우울하게 한다는 걸 그도 인정하고 있었다. 윌킨스네 오두막에는 외풍이 심했다. 게다가 등대지기 마누라는 모두에게 식사를 제공해줄지도 몰랐다. 큰 조지의 요리 솜씨는 그리 나아지지 않았다. 자신은 요리를 배우기에는 너무 늙어버린 건지도 모른다고 생각하고 불안해하고 있었다. 작은 조지의 수에트 푸딩과 클램 차우더, 핫 비스킷은 애써서 가능한 생각하지 않으려 노력했다. 그것을 생각하면 미칠 것만 같았다.

그날 아침 눈이 얇게 내렸는데, 구름이 깔리기 전에 태양이 한두 시간 엷은 햇볕을 뿌렸기 때문에 눈이 녹아 땅이 질척질척했다. 짧은 하루는 시간이 지날수록 추워져서, 지금은 바다도 육지도 음산한 정적으로 뒤덮여 있었다. 큰 조지의 귀에 멀리서 울리는 열차의 기적 소리가 똑똑히 들려왔다. '노부인의 만'은 이따금 신음소리를 내고 있었다. 폭풍이 다가오고 있었지만 큰 조지는 폭풍 따위는 두렵지 않았다. 그는 강변길을 걸어서 집으로 갈 생각이었다. 파도가 너무 높았지만 '구멍벽' 곳을 피해 돌아서는 갈 수 없었다.

실제로 사람들이 '구멍벽'으로 부르고 있는 그 길고 붉은 곳에 도착했을 때, 그는 물결이 이미 자기 바로 앞쪽까지 와 있다는 것을 어렴풋이 느낄 수 있었다. 하지만 그것을 우회할 수는 없었다. 울퉁불퉁한 험준한 절벽을 기어오를 수도 없고, 바닷가로 가는 길로 다시 내려가는 것은 공연히 힘들게 돌아가는 것을 의미했다.

그때 대담한 발상이 큰 조지의 뇌리에 떠올랐다. '구멍벽'을 우회할 수 없다면 그것을 통과하면 되지 않는가? 그 곳을 통과한 사람은 지금까지 한 사람도 없었다. 그러나 모든 일에는 처음이 있기 마련이다. 구멍은 작년보다 커져 있었다. 위험을 두려워하면 아무것도 성취할 수 없다.

'구멍벽'은 곳의 비교적 가늘고 긴 곳을 빠져나간, 작은 구멍에서 시작되고 있었다. 해마다 파도와 서리에 의해 부드러운 사암이 깎여나가 구멍이 조금씩 커져서, 지금은 상당한 크기가 되어 있었다. 큰 조지는 비교적 체격이 작고 마른 편이었다. 그는 머리만 통과하면 나머지 몸도 통과할 수 있을 거라고 생각했다.

그는 몸을 옆으로 돌린 다음 신중하게 비틀면서 들어가기 시작했다. 생각했던 것보다 구멍은 좁았다. 갑자기 양쪽 겨드랑이가 꽉 끼는 것이 느껴졌다. 큰 조지는 그때 갑자기 자신에게는 선구자적인 자질이 없다는 생각이 들었다. 원래의 길로 돌아갈까 하고 몸을 도로 빼려고 해봤지만, 꼼짝도 하지 않았다. 윗도리가 그만 어깨 주위에서 주름이 잡힌 채 끼어버려, 몸이 구멍에 꼭 끼고 만 것이다. 그는 헛되이 몸을 뒤틀고 바르작거리며 힘을 주었지만, 큰 바위는 마치 쇠로 만든 집게처럼 그의 몸을 완전히 장악하고 있는 것 같았다. 몸부림치면 칠수록 더욱 더 꼭 죄어왔다. 결국 공포로 인한 식은땀이 온몸에서 배어나와 그대로 가만히 있는 수밖에 없었다. 머리는 '구멍벽' 저쪽에 나와 있었고, 어깨는 바위 안에 끼어 있었다. 다리는, 다리는 어디로 갔을까? 뒤쪽의 암벽에 아마도 대롱거리고 있을 거라고 짐작되긴 하지만 이미 다리에는 아무 감각이 없었다.

어쩌다 이런 궁지에 빠지고 말았담! 우물에 두레박이 떨어지듯 갑작스레 찾아오는 11월 밤, 해변의 적막, 더구나 폭풍이 다가오고 있었다! 그는 이대로 끝까지 버틸 수 없을 거라고 생각했다. 하지만 그는 어쩌면 늙은 선장 조비처럼 아침이 오기 전에 심부전증으로 죽어버릴 수도 있었다. 조비는 술에 취해 문을 타넘다가 거기서 그대로 꼼짝하지 못하게 되었었다.

자신을 발견해줄 사람은 아무도 없고, 소리쳐도 소용없었다. 눈앞은 뒤와 마찬가지로, 다른 곳과 경계를 접하고 있는 활모양의 어두운 '기슭'이 있을 뿐이었다. 집 한 채, 사람 그림자 하나 보이지 않았다. 그래도 큰 조지는 없는 힘이나마 짜내어 최대한 소리를 질렀다.

"그런 목소리를 낼 바엔, 차라리 노래나 부르는 게 낫지 않을까?"

별안간 작은 조지가 나타나 큰 조지와의 사이를 가로막고 있는 커다란 둥근 바위에 머리를 기대며 말했다.

큰 조지는 그 익숙한, 거미 같은 코와 긴 콧수염을 어이가 없다는 듯이 바라보았다. 강변과 '기슭'의 주민들 중에서 이 상황을 최초로 발견한 사람이 하필이면 작은 조지라니! 녀석은 이런 밤에 집에서 1마일이나 떨어진 곳에서 도대체 무엇을 하고 있는 걸까?

"누구처럼 노래를 부르려는 것도 괴로워하고 있는 것도 아니야.

다만 폐 속에 공기를 불어넣고 있었을 뿐이지."

큰 조지가 야유를 담아 말하자, 작은 조지가 바위를 돌아 다가와서 놀렸다.

"왜 거기서 나오지 않고 있는 거지?"

"그럴 수가 없기 때문이지, 보면 몰라? 이봐, 조지 비르비. 우린 친구 사이는 아니야. 하지만 말이야, 난 한 사람의 인간이라구."

큰 조지가 거칠게 말했다.

"당신 속에 어떤 놈과 어렴풋이 닮은 데가 보이기는 하는군."

둥근 돌의 튀어나온 부분에 조용히 앉으며 작은 조지가 말했다.

"그럼, 인간의 자격으로 날 여기서 꺼내줘."

"내가 할 수 있을지 모르겠는걸. 나에게는 다리를 뒤로 잡아당기는 것이 단 한 가지 방법이라고 생각되는데, 그러기 위해 곳을 돌아갈 수는 없어."

작은 조지는 자신 없다는 듯이 말했다.

"내 어깨와 윗도리를 잘 붙잡으면 이쪽으로 끌어낼 수 있잖아? 한번 잘 잡아당겨 보라구. 아무리 빠져나가려 해도 팔이 꼼짝도 하지 않아."

"가능할지 모르겠어."

"아니야, 넌 할 수 있어! 날 이대로 죽을 때까지 밤새도록 여기 둘 참이야? 응? 조지 비르비."

"아니야, 그럴 생각은 없어. 내가 형을 내버려두고 간다고 해도, 그건 형의 잘못이지 내 잘못은 아니야. 만약 내가 꺼내준다면 형도 분별 있는 면을 보여주어야 해. 내가 꺼내준다면 형도 집으로 돌아와서 예의 있게 행동할 거야?"

"내가 집으로 돌아가기를 바란다면 너도 해야 할 일이 있다는 것쯤은 알고 있겠지? 네 '시끄러운 개'를 처분해."

큰 조지가 소리를 질렀다.

"오로라는 그대로 둘 거야."

작은 조지가 짤막하게 대답했다.

"싫다면, 나도 이대로 됐어."

큰 조지도 작은 조지를 흉내 내어 짧게 말했다. 그것은 말하는 데 숨이 찼기 때문이기도 했다. 작은 조지는 파이프를 꺼내 불을 붙이려 했다.

"내가 가기 전에 잠시 생각할 시간을 주지. 이렇게 축축한 곳에 오래 있을 생각은 없어. 형처럼 작고 쪼글쪼글한 늙은이가 어떻게 여기서 하룻밤을 견딜 수 있을지 모르겠지만. 어쨌든 앞으로 형도 바늘구멍을 지나가려는 가련한 낙타를 위해 조금은 생각 좀 해봐."

"너, 그러고도 기독교도라고 할 수 있냐?"

큰 조지는 코웃음을 치며 말했다.

"거기다 갖다 붙이면 안 되지. 이건 종교 문제가 아니야. 상식 문제라구."

작은 조지가 되받아쳤다.

큰 조지는 자유로워지려고 무척 노력했으나, 꼼짝도 않는 곳은 미동조차 하지 않았다.

작은 조지가 놀렸다.

"그 구멍 안에서 빨간 구레나룻이 밖으로 나와 있는 형의 모습을 좀 보라구. 틀림없이 몸의 나머지는 뒤쪽으로 나와 있겠지? 누군가가 지나간다면 멋진 뒷모습을 볼 수 있겠군. 이런 한밤중에 지나갈 사람은 아무도 없을 것 같지만 말이야. 만약 형이 아침까지 살아 있다면, 그 작가에게 형의 뒷다리 스냅사진을 찍어달라고 할 생각이야. 조지, 분별을 좀 가져. 오늘 저녁 식사는 콩수프야, 따뜻한 콩수프."

"네 녀석의 콩수프 너나 많이 처먹어라!" 큰 조지가 냅다 소리를 질렀다.

긴 침묵이 흘렀다. 큰 조지는 필사적으로 생각했다. 자기의 팔다리가 어디에 있는지 지금은 잘 알고 있었다. 맹렬한 추위에 손발이 얼어붙기 시작했기 때문이다. 주위의 바위는 무쇠처럼 단단했다. 비가 오기 시작하고 바람도 불어왔다. 파도가 바위에 부딪히자 물보라가 번졌다. '아침이면 난 죽어 있거나 헛소리를 하고 있겠지.'

그러나 작은 조지와 시계선반의 그 하얗고 천한 여자에게 항복하기는 싫었다. 큰 조지는 패배의 궁지에서도 조금이나마 명예를 건지고 싶었다.

"내가 집으로 돌아가면 그 뚱보 과부하고 결혼하지 않겠다고 약속해줄 수 있냐?"

"아무것도 약속할 수는 없어. 하지만 난 뚱보든 말라깽이든 어떤 과부하고도 결혼할 생각은 한번도 한 적이 없어."

작은 조지는 큰 조지를 놀려주고 싶은 기분을 억제할 수가 없었다.

"그건 그 여자가 너하고 결혼하지 않을 거라는 얘기군."

"나와 결혼하고 안 하고를 선택할 기회는 그 여자에게는 없었어. 난 타리지크 집안사람과 혼인할 약속 같은 건 하지 않았으니까. 자, 집으로 돌아가면 콩수프가 기다리고 있어. 올 거야 말 거야?"

큰 조지는 반은 피곤하고 반은 항복한다는 뜻에서 한숨을 내쉬었다. 인생은 너무 복잡하다. 그는 패배한 것이었다.

그는 불쾌한 듯이 말했다.

"이 끔찍한 구멍에서 어서 꺼내줘. 그러면 네가 벌거벗은 여자를 아무리 많이 갖다 놓아도 상관하지 않겠어."

"하나면 충분해."

작은 조지는 큰 조지의 어깨를 꽉 움켜잡더니, 남자답게 힘껏 잡아당겼다. 큰 조지가 죽는다고 비명을 질렀다. 다리가 허리에서 떨어져 나가는 것만 같았다. 다음 순간 그는 다리가 아직도 몸에 붙은 채 작은 조지 옆의 바위 위에 서있다는 것을 알았다.

"구멍 속에 남아 있는 형의 구레나룻도 꺼내, 빨리." 작은 조지가 말했다. "콩수프가 타버릴까봐 걱정이야. 스토브 가장자리에 올려뒀거든."

창문을 때리는 바깥의 차가운 빗줄기도 신음소리를 내기 시작한 만도, 지금은 위안이 되었다. 스토브는 너도밤나무와 단풍나무의 서정시를 연주했고, 고양이 마스터드는 품 안에 있는 귀여운 새끼를 핥고 있었다. 콩수프는 최고였다. 결국 귀걸이는 작은 조지에게 제법 잘 어울렸다. 말하자면 콧수염과 조화를 이루고 있었다.

그리고 오로라는, 오로라는?

"너, 그 이교도의 우상을 어떻게 할 거냐?" 큰 조지는 마시던 찻잔을 도전하듯이 큰 소리가 나게 내려놓더니 물었다.

그러자 작은 조지는 자랑스럽게 말했다.

"청동색으로 칠할 생각이야. 더 고상해 보이겠지? 그 긴 싸움 동안 형이 몇 번이나 집에 몰래 다녀간 것을 알고 있어. 그래서 형의 사상도 생각해주지 않으면 안 된다는 것을 보여주려고 생각했지."

"그럼, 다시 그럭저럭 함께 살아나갈 수 있겠군. 그런데 까만 알몸뚱이를 저기에 앉혀둘 거라고? 어차피 시도 때도 없이 알몸의 여자를 보아야만 한다면, 차라리 하얀 몸뚱이가 더 나아!"

완전한 행복

캐서린 랭글리는 짐을 꾸리고 있던 중이었다. 다정한 친구이자 룸메이트인 에디스 윌머는 침대에 걸터앉아 편안하고 무심한 눈길로 캐서린을 바라보고 있었지만, 짐을 꾸리기에 바쁜 캐서린에게 그 모습이 특별히 거슬리지는 않았다.

캐서린은 튼튼한 어깨끈을 힘껏 잡아당기면서 말했다.

"정말 화가 나 죽겠어. 하필이면 내가 출발할 때 네드가 이사를 오다니 말이야! 휴가가 끝날 때까지, 저쪽에 이사 올 사람이 기다려줬으면 좋았을 텐데. 여긴 네드가 아는 사람이 아무도 없어서 무척 적적할 거란 말이야."

"최선을 다해서 그 사람 편이 되어줄게. 너에게 부탁을 받았으니까."

에디스가 위로하듯 말했다.

"응! 알고 있어. 넌 하느님의 특별한 선물 같아, 에디. 오늘밤 네드가 이곳에 먼저 들를 거야. 물론 너한테 소개하겠어. 내가 돌아올 때까지 그 가엾은 사람을 잘 돌봐줄 거지, 응? 두 달 동안

이야! 생각해 봐! 엘리자베스 백모님은 약속한 체류기간에서 1분 1초도 줄여주지 않으실 거야. 그리고 하버힐은 얼마나 지루한 곳인지 몰라."

그러다가 두 사람의 대화는 에디스의 애정문제로 옮아갔다. 시드니 키스는 에디스의 약혼자다. 그는 어떤 대학의 교수라고 했다.

"이번 여름에는 시드니를 거의 만나지 못할 거야. 그는 다시 다른 책을 쓰기 시작했어. 무서울 정도로 문학에 몰두해 있지."

"너무 멋있다!" 캐서린은 한숨을 내쉬었다. 그녀 자신이 문학에 대한 야심을 갖고 있었던 것이다. "네드에게도 그런 면이 있다면 난 정말 완벽하게 행복할 텐데! 네드는 정말 산문적인 사람이란다. 그는 시에 대해서는 완전히 무관심해서, 내가 거기에 열중해 있으면 웃는다니까. 내가 작품을 한번 진지하게 쓰고 싶다고 말하면 막 화를 내는 거야. 여성작가는 전 지구상에서 혐오해야 할 존재라면서. 그런 말도 안 되는 소리 들어본 적 있니?"

"하지만 그 사람은 굉장히 잘생겼잖아?"

에디스는 캐서린의 경대 위에 놓여 있는 그의 사진을 힐끗 쳐다보면서 말했다.

"시드는 잘생기지는 않았어. 보기에 그런대로 품위는 있지만 아주 평범해."

에디스는 살짝 한숨을 내쉬었다. 그녀는 잘생긴 남자에게 약한 면이 있어서, 자신에게 평범한 외모의 연인을 짝지워준 운명을 매우 잔인하게 생각하고 있었다.

캐서린이 친구를 위로하듯 말했다.

"그 사람은 눈이 아름답잖아. 게다가 잘생긴 남자는 모두 왕자병이 있어. 네드도 그런걸. 이따금씩 그를 바람맞힐 필요가 있어. 하지만 넌 그를 곧 좋아하게 될 거야."

그날 밤, 네드 에리슨이 나타났을 때 에디스도 역시 그렇게 생각했다. 그는 잘생기고 소탈한 청년으로, 캐서린을 몹시 숭배하고 있는 것 같았다. 아니, 그녀를 조금은 두려워하고 있는 것 같았다.

작별할 때가 다가오자 캐서린이 그에게 말했다.

"내가 없는 동안 에디스가 널 위해 이 리버턴에서 즐겁게 지낼 수 있게 해줄 거야. 그녀는 좋은 친구야. 넌 틀림없이 그녀를 좋아하게 될 거고. 아! 지금 내가 가지 않으면 안 되다니 정말 유감이지만, 어쩔 수가 없어."

"네가 없으면 무척 재미없을 거야." 네드가 불평했다. "편지 쓰는 것 잊지 마, 키티."

"꼭 쓸게. 하지만 제발 부탁이니까 네드, 날 키티라고 부르지 말아줘. 꼭 어린아이 같잖아? 그럼, 잘 지내, 네드. 두 달 안에 돌아올 테니까 그때 즐겁게 보자."

하버힐에 온 지 1주일이 지났을 때, 캐서린은 나머지 7주일을 도대체 어떻게 보내야 할지 암담한 기분이었다. 하버힐은 경치가 아름답기로 유명했지만, 모든 여성이 경치만으로 살아갈 수는 없는 일이었다.

하루는 캐서린이 말했다.

"엘리자베스 백모님, 하버힐에서는 아무도 죽은 적이 없어요? 여기서는 설사 죽는다고 해도 그 사람에겐 아무런 인생의 변화가 없을 것 같아요."

여기에 대한 엘리자베스 백모님의 유일한 대답은 섬뜩한 표정뿐이었다.

시간을 보내기 위해 캐서린은 해초를 수집하기 시작했다. 해초를 수집하기 위해서는 해안을 따라 긴 도보여행을 할 필요가 있었다. 그러던 어느 날, 캐서린은 예상치 못한 사태에 부딪혔다. 그 장소는 늘 가던 해안에서 훨씬 북쪽으로 올라간 먼 곳이었다. 캐서린은 구두와 긴 양말을 벗고, 치맛자락를 걷어 올린 뒤, 소매도 팔꿈치 위까지 걷어 올리고, 바위가 울퉁불퉁한 곳의 바닷물 속에 들어가 정신없이 해초를 채취하고 있었다. 그 모습은 결코 품위 있어 보이지는 않았지만, 그런 상황에서 품위 같은 건 아무래도 상관없었다.

그때, 해안 쪽에서 누가 고함을 지르는 소리가 들려왔다. 놀라서 돌아보니 뒤쪽에 있는 바위 위에 한 남자가 있는 것이 보였다. 틀림없이 자신을 향해 소리치고 있는 것 같았다. 도대체 무슨 말을 하고 있는 걸까?

그 남자는 크게 몸짓까지 하면서 소리치고 있었다.

"이쪽으로 돌아와요! 조심하지 않으면 곧 그 부근에 한없는 구멍에 빠지게 돼요."

캐서린은 혼잣말을 했다.

"저 남자 미친 사람인가 봐. 그렇지 않으면 술 취한 사람이거나. 어떻게 하지?"

낯선 남자는 더욱 열심히 말했다.

"돌아와요, 어서! 그런 곳을 돌아다니다니, 도대체 무슨 생각을 하는 거요? 그건 완전히 미친 짓이란 말이오!"

무서움보다 분노가 더 커진 캐서린은 가능한 한 차갑게 쏘아붙였다.

"전 남의 땅에 침입한 것 같진 않은데요."

그래도 그 사람은 조금도 기세가 꺾인 것 같지 않았다. 그는 캐서린에게 확실하게 보이도록 바위 끝까지 나왔다. 약간 낡은 잿빛 양복을 입고 안경을 끼고 있었다. 정신이 이상한 것도 술에 취한 것도 아닌 것 같았다.

"부탁이니까, 어서 이리로 돌아와요. 당신은 지금 깊이를 알 수 없는 구멍으로 다가가고 있단 말이오."

남자는 필사적으로 말했다.

'저 사람은 분명히 마음의 평정을 잃은 사람 같아. 최근에 정신이 이상해진 신앙부흥론자나 그 비슷한 게 틀림없어. 집으로 돌아가는 게 좋겠어. 안 그러면 내 뒤를 따라 이쪽으로 올지도 몰라.' 캐서린은 생각했다.

캐서린은 소중한 해초의 표본을 들고, 기슭을 향해 조심스럽게 걸음을 옮겼다. 낯선 남자는 그녀가 바위 위를 걷는 것을 엄한 눈길로 지켜보고 있었다.

"그 까짓 해초 때문에 자기 생명을 위험에 빠뜨리는 일이 없도록, 좀 더 분별력을 가지는 게 좋을 것 같군요." 그가 말했다.

"무슨 말씀을 하는 건지 전혀 이해가 되지 않는군요. 당신은 정신이 이상한 사람처럼 보이진 않는데, 정신이 이상한 사람처럼 말하고 있어요." 랭글리 양이 말했다.

"당신이 있던 그 장소 바로 옆에, 이곳 사람들이 '바닥 없는 구멍'이라고 부르고 있는 곳이 있다는 걸 몰랐단 말이오? 이 부근에서는 가장 위험한 장소요."

"몰랐어요." 모골이 송연해지는 걸 느끼면서 캐서린이 대답했다. 그때서야 엘리자베스 백모님이 해안 어딘가에 위험한 구멍이 있으니 주의하라고 말한 것이 생각났다. 하지만 그때는 그리 마음에 담아두지 않고, 어딘가 먼 곳에 있으려니 하고 생각했던 것이다.

"전 이곳 사람이 아니에요."

"만약 그걸 알면서도 거기 있었다면 정말이지 바보라고 생각했을 거요, 미안하지만."

남자는 아까보다는 조금 누그러진 억양으로 말했다.

"어쨌든 이곳은 조심성 없이 함부로 찾아올 장소가 아니에요. 그런 경솔한 얘기는 들은 적이 없어요. 아까 그 장소 바로 옆에 커다란 구멍이 있는데, 바닥이 얼마나 깊은지 아무도 몰라요. 그 구멍에 빠진 사람은 절대로 살아날 수 없어요. 그곳의 바위는 소용

돌이 형상으로 되어 있어서 뭐든지 안으로 빨아들이고 말거든
요."

그 말에 캐서린은 겸손하게 말했다.

"절 구해주셔서 정말 감사해요. 그렇게 위험한 곳인 줄은 꿈에도
몰랐어요."

"멋진 해초를 들고 있군요." 그가 말했다.

하지만 캐서린은 해초에 대해 얘기하고 싶은 기분이 아니었다. 그
녀는 갑자기, 맨발에 치마는 질질 끌리고, 팔뚝에서는 물이 뚝뚝 떨
어지고 있는 자신을 깨닫고, 자신이 어떤 모습으로 보일까 하는 생
각이 들었다. 그리고 처음에는 정신이 이상한 사람이라고 생각했던
이 남자는 의심할 여지없는 신사였다. 아, 내가 구두와 양말을 신을
수 있도록 이 사람이 좀 비켜줬으면 좋겠는데!

하지만 그 무엇도 해초 얘기를 하고 싶은 이 남자의 마음을 이길
수는 없는 것 같았다. 캐서린이 자신이 채취한 것을 들고 집으로 돌
아가려 하자, 남자는 함께 나란히 걸으면서 해초 얘기를 계속했다.
마치 맨발의 젊은 여성과 함께 걷는 것이 평소부터 익숙한 것 같은
말투였다.

캐서린은 자신의 그런 모습에도 불구하고, 남자의 얘기에 귀를 기
울이지 않을 수 없었다. 그가 해초에 대해 무척 흥미로운 얘기를 많
이 알고 있었기 때문이었다. 캐서린은 마침내 그 사람이 그녀가 맨
발인 것에는 전혀 신경을 쓰고 있지 않다고 결론을 내리고, 자기도
더 이상 생각하지 않기로 마음먹었다.

남자는 해초에 대해 무척 해박한 지식을 가지고 있어서, 그 사람
옆에 있으니 캐서린은 자신이 명백하게 아마추어라는 사실을 느끼
지 않을 수 없었다. 그는 캐서린이 가지고 있는 견본을 살펴보고 그
중에서 가치가 있는 것을 골라 보여주었다. 또 그 해초를 표본으로
만들어 보존할 수 있는 가장 좋은 방법을 설명해주고, 더 많은 품종

을 채취할 수 있는 그리 위험하지 않은 장소를 가르쳐 주기도 했다.

하버힐이 보이는 곳까지 왔을 때, 캐서린은 이 남자를 도대체 어떻게 해야 하나 하고 궁리하기 시작했다. 자신의 목숨을 구해준 거나 마찬가지인 사람한테 냉정하게 대하는 건 결코 있을 수 없는 일이었다. 그러나 한편으로, 이 하버힐 대로를 해초 얘기로 열중하고 있는 지적인 신사와 함께 맨발로 걷는 것도, 평범하게 봐줄 수 있는 광경이 아니었다.

그런데 그 난처한 문제를 낯선 남자가 스스로 해결해주었다. 그는 점심식사에 늦지 않도록 돌아가지 않으면 안 된다고 말하며, 예의바르게 모자를 벗어 보이고 가버렸다. 캐서린은 그가 보이지 않을 때까지 기다렸다가, 모래 위에 앉아 구두와 양말을 신었다.

"저 사람, 도대체 누구일까? 전에 어디선가 본 적이 있는 것 같기도 한데……. 어딘지 낯익은 데가 있는 것 같아. 그는 무척 좋은 사람이지만 나에 대해서는 정신이 이상하다고 생각했을 게 틀림없어. 하버힐 사람일까, 아니면?"

이 수수께끼는 그녀가 집에 돌아와서, 에디스한테서 온 편지를 읽었을 때 비로소 풀렸다.

"너의 네드는 자주 만나고 있어. 네드는 정말 멋진 사람인 것 같아. 넌 복도 많구나, 캐서린. 그런데 너, 시드니도 지금 하버힐에 있다는 걸 알고 있니? 하버힐 아니면 그 근처에 있을 거야. 어제 시드니한테서 편지가 왔는데, 휴가를 보내러 그쪽으로 갔대. 그곳은 무척 조용한 곳이고, 지금 손대고 있는 몇 가지의, 그 지긋지긋한 과학책을 마무리하기 위해서래. 오늘 난 그에게 널 찾아가서 인사를 하라고 편지에 썼어. 넌 그를 좋아하게 될 거야. 꼭 네가 좋아하는 타입이니까."

그날 저녁 시드니 키스의 명함이 전해졌을 때 캐서린은 혼자 미소지었다. 그리고 그를 만나러 아래층으로 내려가자, 그날 아침에 만났던 남자가 의자에서 일어섰다.

"아, 당신이었군요!"

"그래요, 저에게도요." 랭글리 양은 반가워하며 문법에 맞지 않는 대답을 했다. "당신은 상상도 못했죠? 난 전에 당신을 분명히 본 적이 있다고 생각했어요. 물론 실물이 아니라 사진으로지만요."

키스 교수는 돌아갈 때 다시 방문해달라는 진심어린 초대를 받아들였다. 그도 이 좋은 기회를 놓치고 싶지 않았다. 그날 이후 그는 이 시카모아 저택의 단골손님이 되었다. 캐서린은 그 모든 일을 에디스에게 보내는 편지에 썼고, 키스 교수와 아무런 거리낌 없이 친밀한 사이가 되어갔다.

그들은 멋진 시간을 함께 보냈다. 해초를 찾아 해안을 따라가며 북쪽으로 긴 학술연구여행을 했다. 해초에 대해 남김없이 조사하고 나자, 이번에는 하버힐의 꽃을 수집하기 시작했다. 여기에는 조수를 동반한 더욱 장기간의 연구여행이 필요했다. 캐서린은 가끔 키스 교수가 언제 책을 쓰는지 궁금하였지만, 그가 얘기하지 않았기 때문에 그녀도 굳이 언급하지 않았다.

어느 날 캐서린은 자신과 키스 교수에 대해 생각하다가, 문득 네드와 에디스는 어떻게 지내고 있을까 하는 생각이 들었다. 처음에는 에디스가 보낸 편지에 네드에 대한 얘기가 가득했는데, 최근에 받은 몇 통에는 그에 대한 얘기가 거의 없었다.

캐서린은 농담으로 네드와 싸운 거냐고 에디스에게 써보냈다. 에디스는 "그럴 리가 있니?" 하고 답장을 보내왔다. 네드와는 여전히 좋은 친구로 지내고 있지만, 그는 이제 리버턴에도 아는 사람이 생겨서 그녀가 속한 그룹에 의지하는 일이 줄어들었다고 했다.

캐서린은 안도의 한숨을 내쉬었고, 그 뒤에도 키스 교수와 양치류 채집을 계속했다. 캐서린의 휴가가 거의 끝나가 앞으로 2주일을 남겨두고 있을 때였다. 걷다가 힘들어서 길가에 앉아 쉴 때, 캐서린은 문득 채집과는 상관없는 얘기를 꺼냈다. 교수는 자기 지팡이로 주위의 죄 없는 땅을 쿡쿡 찌르고 있었다.

'그래, 원래의 생활로 돌아가는 게 더 즐거운 일이라는 걸 그녀는 깨달을 것이다. 게다가 리버턴의 친구를 다시 만날 수 있다는 건 그녀에게는 틀림없이 기쁜 일이겠지.' 교수는 생각했다.

"에디스가 보고 싶어 죽겠어요." 캐서린이 말했다.

"그리고 네드도?" 키스 교수가 물었다.

"네, 네드도 물론." 캐서린은 무표정하게 말했다. 더 이상 할 말도 없는 것 같았다. 그렇다고 양치류 얘기만 끝없이 하고 있을 수도 없어서, 두 사람은 일어서서 집으로 향했다.

캐서린은 그날 밤 네드에게 특별히 애정이 담긴 편지를 썼다. 그러고 나서 침대에 들어가서 울었다.

랭글리 양이 하버힐을 떠나기 전날, 그녀에게 작별인사를 하러 온 키스 교수의 모습은, 마치 재판도 없이 처형당하기 직전의 사람처럼 보였다. 그러나 그는 자신을 잘 억제하며 평온하게 일반적인 화제를 먼저 꺼냈다. 결국 그 균형을 무너뜨린 것은 작별인사를 하려고 일어선 캐서린이었다. 상투적인 인사말을 나누던 도중 갑자기 말이 끊어지더니, 갓난아기처럼 떨면서 목소리도 흐트러지고 말았다.

키스 교수는 손을 내밀어 그녀를 가까이 끌어당겼다. 그의 모자가 발아래 떨어져 발밑에 밟혔지만, 이때 키스 교수가 그 사실을 알았는지 어쨌는지는 확실하지 않다. 그는 캐서린의 머리카락에 키스하는 데 마음을 빼앗기고 있었다. 캐서린은 현재의 상황을 깨닫고 몸을 도사렸다.

"오, 시드니, 안 돼요! 에디스를 생각해봐요! 난 배신자가 된 기분이에요."

"에디스가 정말 상처를 입을까요? 만약 내가, 당신이, 우리가……." 교수는 말을 흐렸다.

캐서린은 진지하게 설득했다.

"에디스는 상처받을 거예요. 틀림없이 그럴 거예요. 네드도 절대로 알게 해서는 안 돼요."

교수는 몸을 구부려 학대받은 모자를 찾기 시작했다. 꽤 긴 시간 동안 계속 찾다가, 모자를 발견하자 문 쪽으로 가만히 걸어갔다. 손잡이에 손을 얹고, 잠시 사이를 둔 뒤 뒤돌아보았다.

"잘 가요, 랭글리 양." 그가 조용히 말했다.

그러나 캐서린은 거실 쿠션에 얼굴을 파묻고 있었기 때문에, 그의 말을 듣지 못했다. 그녀가 얼굴을 들었을 때 그는 가버리고 없었다.

이튿날 저녁, 리버턴 역의 옅은 어둠 속에 내려선 캐서린은, 모든 것이 퇴색하고 무미건조하며 쓸모없는 것처럼 느껴졌다. 캐서린이 다음 기차로 돌아오는 것으로 되어 있었기 때문에, 역에는 아무도 나와 있지 않았다. 외롭게 몇 개의 거리를 지나 하숙집에 도착하자, 아무한테도 돌아온 것을 알리지 않고 방으로 들어갔다. 침대에 누워 있던 에디스가 깜짝 놀라며 벌떡 일어났다. 벌써 제법 어두워져 확실하게 보지는 못했지만, 캐서린은 에디스가 울고 있었던 게 아닌가 하는 꺼림칙한 생각이 들자 불안하고 마음이 떨렸다. 에디스가 무슨 일이 있는 걸까?

"어머, 8시 반 기차로 돌아오는 줄 알았어. 네드와 마중가기로 했는데."

"더 빠른 기차를 탈 수 있어서 그걸 타고 돌아왔어. 죽을 것처럼 피곤해. 게다가 두통도 심하고. 오늘밤엔 아무도 만날 수 없을 것 같아, 네드도." 이렇게 말하며 캐서린은 피곤한 듯이 의자에 몸을 던졌다.

"가엾어라." 에디스는 친구를 동정하며 콜론워터를 찾기 시작했다. "어서 침대에 누워. 그 가엾은 머리를 콜론워터로 식혀줄 테니까. 하버힐에서는 재미있었니? 네가 돌아올 때 시드는 어땠어? 이쪽에 온다는 얘기는 없었고?"

"응, 그는 무척 잘 있어. 이쪽에 오는지에 대해서는 물어보지 않았어. 고마워, 훨씬 나은 것 같아." 캐서린이 힘없이 말했다.

에디스가 나간 뒤, 캐서린은 이리저리 몸을 뒤척였다. 네드가 오늘 밤 온다는 건 알고 있지만 만나고 싶지 않았다. 하지만 오늘 밤 그를 만나지 않는다 해도, 그건 단순히 최악의 날을 하루 미루는 것일 뿐이며, 오히려 그에게 비열한 짓을 하는 것이 될 것 같았다. 잠시 아래층에 내려가 봐야지.

거실문이 두 개 있는데, 캐서린은 도서실에서 통하는 문으로 들어갈 생각이었다. 그 문 앞에는 칸막이 커튼이 쳐져 있었다. 커튼을 열려고 손을 올리다가 무슨 소리가 나서 그녀는 동작을 멈췄다.

방안에서 여자가 울고 있었다. 저건 에디스인데 왜 울고 있는 걸까?

"오, 네드, 이건 정말 못할 짓이야! 캐서린이 돌아왔을 때, 난 그녀의 얼굴을 제대로 쳐다볼 수가 없었어. 난 나 자신이 부끄러워. 이렇게 될 줄은 정말 몰랐어. 우린 절대로, 단 1분이라도 캐서린이 의심을 하게 해서는 안 돼."

"그건 어려운 일이야. 응? 에디스, 어떻게 남들이 눈치 채지 못하게 할 수 있단 말이지?" 다른 목소리, 네드의 목소리였다. 두 사람은 서로 꼭 붙어있는 것 같았다.

에디스는 흐느껴 울었다.

"그렇게 하지 않으면 안 돼. 안 그러면 캐서린에게 상처를 주게 돼. 그리고 시드니도. 우린 서로를 잊기로 결심해야 해. 그리고 네드, 당신은 캐서린과 결혼하는 거야."

바로 이때, 캐서린은 자신이 지금 엿듣고 있다는 사실을 깨닫고, 소리 없이 그 자리를 떠났다. 그녀는 치명적인 충격을 받은 사람처럼은 보이지 않았다. 그리고 두통에 대해서는 완전히 잊어버리고 있었다.

30분 뒤에 에디스가 방에 돌아와 보니 지쳐서 누워있어야 할 병자, 캐서린이 앉아서 소설책을 읽고 있었다.

"두통은 좀 어때?" 에디스는 조심스럽게 자신의 얼굴이 캐서린에게 보이지 않도록 애쓰면서 물었다.

"이제 다 나았어." 캐서린이 쾌활하게 말했다.

"왜 아래층으로 내려오지 않았어? 네드가 와 있는데."

"내려가기는 했지만, 에디스, 특별히 내가 필요할 것 같지 않아서 돌아왔지."

에디스는 당황하면서 친구의 얼굴을 쳐다보았다. 자신의 부은 눈과 눈물로 얼룩진 뺨에 대해서는 까맣게 잊고 있었다.

"캐서린!"

"그렇게 양심에 괴로워하는 얼굴 하지 마. 넌 좋은 친구야. 아무것도 잘못한 것 없어."

"그 얘길 듣고……."

"응, 약간 놀라긴 했어. 그럼 너와 네드는 서로 사랑에 빠진 거니?"

"오, 캐서린! 우린, 우린, 어쩔 수가 없었어. 하지만 이젠 끝난 일이야. 제발 화내지 말아줘." 에디스는 울음을 터뜨렸다.

"화를 내? 말도 안 돼, 난 오히려 기뻐하고 있는걸."

"그게 무슨 소리야?"

"그래, 바보야. 모르겠어? 꼭 얘기해야 하니? 시드니와 나도 너희 둘과 똑같아. 그래서 오늘 밤 너와 네드가 그랬던 것처럼, 우리도 어젯밤에 슬픈 작별을 했어."

"캐서린!"

"그래, 이건 정말 사실이야. 물론 우리도, 의무라는 이름의 제단에 자신을 제물로 바치려고 결심했다는 얘기지. 하지만 이젠 다행히도 그런 거창한 희생을 할 필요가 없어진 거야. 그러니까 우리 서로 용서해 주기로 하자."

"오오! 그게 정말이라면 너무 멋진 얘기야." 에디스는 안도의 한숨을 내쉬었다.

"마치 하느님이 일부러 그렇게 만들어 주신 것 같지 않니? 네드와 난 결코 함께 할 수 없었을 거고, 너와 시드니도 서로에게 죽을 만큼 따분해했을 거야. 그러니까, 비참한 네 사람 대신, 완벽하게 행복한 네 사람이 태어난 거지. 내일 네드에게 그렇게 말해 주겠어."

제인의 집으로 오세요

몽고메리의 《제인 물망초》는 드물게 무대 중심을 프린스에드워드 섬에 한정하지 않고 토론토로 옮겨갔다는 점에서 주목할 만하다. 그러나 이 책에서도 여전히 프린스에드워드 섬은 주인공 제인에게 잊지 못할 '마음의 고향'으로 자리잡게 된다.

토론토가 전형적인 도시의 이미지로 제인의 엄마를 상징하고 있다면, 프린스에드워드 섬은 그와 상반된 자연의 이미지로 제인에게 그리운 아빠를 떠올리게 하는 곳이다.

도회적인 아름다움 이면에 고뇌와 슬픔을 간직한 엄마 로빈과, 자연 속에서 끝없이 자유로운 삶을 갈망하는 아빠 앤드루. 이 둘 사이에서 주인공 제인은 단절된 마음의 길을 이어주는 사랑의 가교 역할을 맡고 있다.

또한 11살 소녀 '제인'의 캐릭터는, 역시 작가 몽고메리의 다른 작품들에서 만나볼 수 있는 여주인공의 전형적 이미지와 마찬가지로 이 작품 속에서도 작가의 또 다른 분신으로 설정돼 있다.

태어나 채 두 살이 되기도 전에 어머니를 잃어야 했던 몽고메리 자신의 불우했던 운명이 고아원 출신 앤《빨강머리 앤》에게 투영되고, 아버지와 단둘이 살다 아버지마저 잃고 이모의 집에 맡겨지는 에밀리《에밀리》로 다시 나타나듯, 여기서도 몽고메리는 정체성을 잃어버린 소녀, 제인의 모습을 빌려 미처 하지 못한 자신의 이야기를 새롭게 들려주고 있다.

제인은 그녀가 기억하는 한 줄곧 토론토의 '명랑한 거리' 60번지에 살아왔다. 그러나 오래되고 을씨년스러운 대저택에서 사는 것은 11살 소녀 제인에게, 즐거움가는 거리가 먼 삶이었다. 가문의 전통을 고수하며 엄격하고 고지식하기만 한 외할머니는 독재다로서 제인에게 늘 하기 싫은 일만을 강요하고, 엄마와의 소통을 가로막는다. 또한 항상 사교계의 파티에 참석하느라 바쁜, 화려하고 아름다운 엄마조차 어딘지 모르게 쓸쓸해 보인다.

제인은 세인트애거서 학교의 같은 반 친구인 애그니스에게서 악몽 같은 이야기를 전해 듣는다. 그것은 죽은 줄로만 알고 있었던 아빠가 살아있다는 것과 자신은 애초에 축복받지 못한 생명이었다는 것, 즉 부모가 원하지 않았던 자식이었다는 것이다.

그러나 제인은 그에 대한 엄마의 해명과 이후 재회하게 되는 아빠의 이야기를 통해 자신 존재에 대한 소중함과 가치를 되찾게 된다.

랜턴힐에 있는 아빠의 집에서 여름을 보내며 제인은, 생동감이 넘치는 자연의 활기찬 생활 속에서 비로소 참된 행복을 체험하게 된다. 외할머니가 보았다면 분명 숙녀답지 못한 일이라고 생각했을 여러가지 일들을 겪으면서 제인은 인생이야말로 진정 아름다운 신의 선물이라는 것을 깨닫는다.

이 작품에서는 주인공 제인을 통해 한 잃어버린 자아의 정체성을 찾아가는 과정을 보여주고 있다. 또한 그와 함께 모든 갈등과 오해를 푸는 행복의 열쇠를 어린 중재자 제인에게 부여함으로써 순수한 영혼의 눈으로 어른들의 세계를 새삼 되돌아보게 한다.

그도 그럴 것이 작가 몽고메리의 다른 작품들의 주인공('앤스북스'의 주인공)들이 유년기에서 사춘기에 이르는 성장 과정을 거쳐 훌쩍 어른이 되어 버리는 것과 달리 이 작품에서 주인공 제인은 어린시절의 해맑은 감성을 유지하며 끝까지 소녀의 연령대를 고수하고 있다.

내면의 강인함을 매력으로 작품 속에서 보편적 소녀상을 형상화한 몽고메리는 그에 열광하는 세계 모든 소녀들에게 몽고메리 신드롬을 불러일으키기도 했다.

1995년의 어느 여름, 몽고메리의 추억을 기리는 장미박물관을 운영하는 잭 해튼 씨는 '앤과 닮은꼴 찾기 대회'를 열었다.

나이는 11살 정도, 누렇게 바랜 하얀 옷을 입고 있다. 면과 모가 섞인 천으로 길이가 짧고, 폭도 빡빡한 얄궂은 옷이다. 색깔이 바랜 갈색 세일러 모자를 쓰고, 사람들의 시선을 모으는 붉은 머리를 두 줄로 땋아 등 뒤로 늘어뜨리고 있다. 작은 얼굴은 창백하고 피부는 얇으며, 주근깨가 흩어져 있다. 입도 크고 눈도 크다. 눈동자는 광선이나 기분에 따라 녹색이나 회색으로도 보이고, 턱은 뾰족하고 새침하다. 커다란 눈동자는 생기가 가득하고, 입술은 사랑스럽지만 입매는 표정이 풍부하다. 그리고 이마가 넓고 볼록하다.

이것이 책에서 묘사된 앤의 모습이다. 말라깽이 빨강 머리 11살 소녀 앤은 자라면서 빨강 머리는 금갈색이 되고, 주근깨는 엷어지면서 날씬하고 세련된 20대 처녀로 성장하는 것이다.

한여름 태양이 내리쬐는 오후, 대회에 앞서 간단한 게임을 한 뒤에 심사위원들은 앤 후보자들을 한 사람 한 사람 차례로 면담했다. 외모도 중요하겠지만 이런 대화를 통해 후보자들이 얼마나 앤을 좋아하는지, 또 얼마나 앤처럼 건강하게 이야기를 하는지를 살펴보는 것이다. 10여 명 모인 소녀들은 거의 대부분 빨강 머리를 땋고, 밀짚모자를 쓰고, 면으로 된 좀 기다란 원피스를 입고 있다. 겉모습만 보면 막상막하, 좀처럼 우열을 가리기 힘든 경합이다.

비디오카메라를 지참한 어른들이 열심히 후보자를 찍고 있다. 후보자들의 참가이유는 제각각 달랐다. 심지어는 '앤이 누군지 잘 몰라요. 엄마가 시키는 대로 차리고 나왔을 뿐이죠'라고 대답하는 재미난 경우도 있었다.

하지만 가장 눈길을 끈 후보는 호리호리한 몸매의 10살 난 스테파니. 코 주위에 주근깨가 흩어져있고 길게 땋은 양 갈래 붉은 머리털은 윤기가 자르르했다. 물빛 원피스 위에 새하얀 앞치마를 걸친 모습은 마치 '초원의 집'에서 금방 뛰어나온 듯했다. 시종 웃음을 잃지 않는 스테파니는 심사위원들의 물음에 이렇게 대답했다.

"이 옷은 모두 엄마가 만들어주셨어요. 이 기다란 속바지도요."

그러면서 치마를 홀렁 뒤집어 속바지를 심사위원들에게 자랑했다. 심사위원들은 전원일치로 이 후보를 1위로 추천했다. 그리고 2위에는 작은 참새처럼 재잘대던 수다쟁이 케리, 3위는 13살 난 혜더. 혜더는 키가 훤칠한 굉장히 어른스러운 어린 숙녀로 이렇게 자기소개를 했다.

"몽고메리의 소설은 전부 읽었어요. 학교에서는 친구들이 저를 '앤'이라고 부른답니다."

우승을 하게 된 소감을 말하면서 스테파니는 뛸 듯이 기뻐했다.

"앤으로 뽑히다니 정말 꿈만 같아요！！"

이날 비록 선발되지는 않았지만 붉은 가발을 뒤집어쓰고 등장했던 흑인소녀 '앤'과, 앤의 마음속 친구 다이애너로 분장하고 나온 3살짜리 여자아이도 어른들의 찬사를 받았다.

대회장에는 앤의 양아버지 매슈로 분장한 이웃사람 컬 번즈 씨가 쌍두마차를 달리며 나타나서 아이들을 이야기 속 동심의 나라로 데려갔다.

작품 속에 나오는 앤은 현명하고 아름답게 성장해 나간다. 대학생이 되고, 학교장이 되고, 주부가 되고, 어머니가 되어가는 앤. 그렇지만 '앤'이라고 하면 금방 떠오르는 인상은 11살짜리 빨강머리 앤인 것이다.

우리는 이 작품을 통해 '앤'의 또다른 부활, '제인'을 만날 수 있다. 겉모습의 아름다움보다는 내면의 강인함에 더 후한 점수를 준 몽고메리는 11살 소녀, 제인을 통해 몽고메리 자신의 닮은꼴을 재창조해낸 것이다. 결말에서 작가 몽고메리는 '비와 이슬을 피할 수 있는 지붕'과 그 지붕 아래 살아갈 한 가족을, 그리고 그들의 희망을 이야기한다.

"토론토의 그 집과 같은 곳에서 엄마, 아빠와 함께 살 수만 있다면…… 사사건건 간섭하는 할머니 없이 그들끼리만 살 수 있는 마법의 집이 있다면……."

그것은 몽고메리 자신의 꿈이 주인공 소녀, 제인의 '가족 찾기'를 통해 비로소 그 소망을 이루었다고 할 수 있을 것이다.

"……그 집을 사자. 그 집은 살아있는 집이야. 우리가 그 집에 생명을 줘야 해. 그 차가운 창문은 사람들을 반갑게 맞이하는 등불로 빛나게 될 거야……."

《제인 물망초》는 삶의 참된 가치가 무엇이며 그것을 위해 진정 필요한 것이 무엇인지를 이야기하고 있다.

세상에서 가장 행복한 소녀, 제인의 집에 여러분을 초대한다.

서초 그린게이블즈에서
김유경

김유경
숙명여자대학교 미술대학 〈서양화 전공〉 졸업
창작미협전 「정월」 특선 목우회전 「주왕산」 입상
지은책 「조선 세시 열두달 이야기」 옮긴책 「잉걸스·초원의 집」
「몽고메리·그린게이블즈 빨강머리 앤」 10권

ANNE'S BOOKS
4
제인 물망초

루시 모드 몽고메리 지음/김유경 옮김
초판 발행/2004. 1. 1
발행인 고정일/발행처 동서문화사
창업 1956. 12. 12. 등록 16-345 (윤)
서울강남구신사동540-22 ☎546-0331~6 (FAX) 545-0331
www.epascal.co.kr
＊잘못 만들어진 책은 바꾸어 드립니다.
전10권 각권 9,800원
＊

「앤스북스」 편찬·필름·제작 일체 「동판」자본으로 이루어짐에 따라
한국어 번역 편집 그림 장정 꾸밈 출판권 소유권자 「동판」에서 제조출판판매 세무일체 전담합니다.
사업자등록번호 211-90-02201
ISBN 89-497-0302-5 04840
ISBN 89-497-0289-3 (세트)